[illegible]

[illegible]可以[illegible]加强合作与交流[illegible]

[illegible]，而是看[illegible]

[illegible]

[illegible]

[illegible]做一个准备[illegible]

[illegible]

[illegible]

[illegible]

[illegible]包括养老、医疗、生育、[illegible]

[illegible]

[illegible]全部[illegible]再加上一

只要你在就好

许三岁 著

UNITY PRESS 團结出版社

图书在版编目（CIP）数据

只要你在就好 / 许三岁著. -- 北京：团结出版社，2022. 9

ISBN 978-7-5126-9556-6

Ⅰ. ①只… Ⅱ. ①许… Ⅲ. ①长篇小说-中国-当代 Ⅳ. ①I247. 5

中国版本图书馆 CIP 数据核字（2022）第 151843 号

出　　版：团结出版社
（北京市东城区东皇城根南街 84 号　邮编：100006）
电　　话：（010）65228880　65244790
网　　址：www.tjpress.com
E - mail：65244790@163.com
出版策划：力扬文化
经　　销：全国新华书店
印　　刷：成都兴怡包装装潢有限公司

开　　本：145mm×210mm　1/32
印　　张：14
字　　数：370 千字
版　　次：2022 年 9 月第 1 版
印　　次：2022 年 9 月第 1 次印刷

书　　号：ISBN 978-7-5126-9556-6
定　　价：56. 60 元

序言

叶度春风芳自接

孙志保

永春的这部三十万言的长篇，我读了近三天，感情经历了一次次起伏，就像被大风吹离了地面，在空中飘浮，突然又回到地面，对刚刚发生的飘浮充满了惊愕。恍惚间，我回到了自己的高中时代，宛如从五彩缤纷走进了一段长长的黑白。

原来，我一时注视并置身的这个时代，以及一直认为比较熟悉的群体，竟然是陌生的；那些熟悉的身影，原来是带着陌生的灵魂的。

一个作家，不能仅仅带着自己的灵魂行走。这是我得到的一个启示。

这部长篇，也许，已经改变了我的一些认识；也许，即将改变我对这个世界的某些看法。

我想，我们在这个世界上生活的时间，或者说，我们生命的长短，不是单纯地从某个时间始，至某个时间止。它应该是由生命的色彩决定的，由经历的丰富与否决定的，由灵魂是否经历过洗礼决定的。

永春是高中老师，已经桃李满天下了。老师的职业，具有其他职业无法比拟的优势，因为他们的甘甜是可以累积的，就像不会枯萎的鲜花，一畦一畦开至远方视线的尽头。自然，一份甘甜，意味着一份辛苦。如果用简短的公文式的语言对老师的过往进行总结，不公平，而且，会留下很多遗憾。因为那不是单纯的甘苦，而是与无数孩子的成长紧密联系的，是与无数家庭的喜怒哀乐紧密联系的，是与这个社会的发展紧密联系的。那么，用文学的形式来表现，则是最为适合的。因为文学有持久的温度，有像风一样不可阻挡的力量，有喜怒哀乐的感情，它可以把一切经历还原并升华。这升华，便是对灵魂的总结。文学的功用，用在教育上，是完全合适的。

所以，这部长篇的写作，不仅仅是总结，它还是一件功德，是一笔宝贵的财富。

长篇是一幢庞大的楼房，里面的一个个单元，以及让它们发生联系的钢筋、水泥、电线等等，共同组成了一个规则而科学的整体，使得华丽的外表里包容着舒适和正确，达到了我们希望的和谐。这部长篇，写了数个发生着各种紧密联系的家庭，数十个在高中和大学里为梦想而辛苦打拼的青春期的孩子。贯穿其中的，是奋斗与爱情，是真实的生活。这便是永春建起的楼房，它也达到了她希望的和谐。奋斗与爱情，这是每个人都会经历的主题，像一根长长的粗线，把大家连接成一个整体，然后缓慢而有力地向前推进，一直到高中毕业，到考研，到梦想长上了翅膀，开始在空中飞翔。刚读它的时候，我有些许的担忧：学生生活虽然辛苦，从外表看却是平淡的、单一的，用小说来表现，往往会失于平整，矛盾冲突不好设计，结尾更容易归于平常。但是，随着阅读的深入，我的看法渐渐发生了改变：每个人的奋斗都有自己的标签，每个人的爱情都是自己的波澜起伏，每个家庭都有自己的泪水，每颗向上的心灵，都会在艰苦的奋斗之后，走向成熟。这些特色，它们的交织，比强烈的矛盾更能吸引读者。

女作家写这个类型的长篇，有得天独厚的优势。她们心思细腻，文笔细腻，可以把倏忽即逝的情绪捕捉到，那是最能表现人物性格的瞬间。这是男作家训练之后都很难获得的本事。在永春这部长篇里，便有很多瞬间捕捉到的元素。这些元素，是我们远离了学生时代的成年人曾经经历的，现在几乎全部忘记且无从查找的。所以，它们在作者笔下复活，会令我们感动、激动，令我们想起自己学生时代很多纤细而美妙的情绪以及与之联系密切的当时的内心。于是，已经尘封的世界明朗起来，仿佛自己的人生又延长了一个学生时代。小说里还有很多细腻的心理描写，是青春期的孩子特有的，是成年人的想象无法抵达的。那么众多的人物的心理，没有朝夕相处，没有充分的交流，没有积极的参与，没有真正的关心，是无法刻画、描写出来的。

我们得到的收获，是多方面的，有一些收获是不可预期的。比如，很多关于教育的理解，很多教学方法，通过班主任和任课老师的言语和行动，呈现在我们面前。这些收获，一般作家无法给予，没有从事过教师职业的作家会回避这一短板。不夸张地说，这部长篇几乎是一部教育技术大全、教育心理大全，它们隐藏在字里行间，如果读者有心，自然会发现。它还是一部青春期孩子的成长史。那些看似平淡的故事，对于他们敏感的不为世事磨砺的思想来说，有可能是暗流汹涌，可能是飞沙走石。一丝风都可能改变他们的想法，一片云也可能让他们重拾信心。在成年人看来很小的事，在他们心里，在他们行为里起到的作用，不亚于成年人生活中发生的重大事件。陪伴他们成长，为他们解决自己无法解决的心理和生活问题，是了不起的行为。所以，我们要为永春点赞。

这部小说还给人强烈的真实感，意念里，它就是生活的原生态。如果有很多剧烈的矛盾冲突，也许更好看一些。但是，作为一部以青春期孩子成长为主要内容的作品，会失真，有造作之嫌。所以，永春的设计是合理的。故事与生活的零贴近，更容易让我们走进孩子的内心，拉近距离，更加理解。而且，这种原生态其实是经过精心设计的，只是没有留下痕迹罢了。这便是匠心。

小说里设计了诸多恋爱故事，这也是一种真实。按照家长的理解，恋爱是不宜提倡的，是不被允许的，因为它存在太大的变数，会影响学习和生活，加大管理难度。有时，还会造成伤害。但是，愿望很多时候是一厢的。对于情窦初开的孩子来说，这种感情是难以约束的，不恰当的管理甚至会激化矛盾，让他们走向极端。在文学作品里，这是不需要掩饰的感情，关键是怎么对待，怎么处理，怎么引导。安瞳、蓝心、杨帅以及他们的同学和朋友，以及他们的上一辈，在这个问题上都经历过挫折，对生活和心理都产生了重要影响。无论结局是苦是甜，痕迹是无法抹平的。在生活里，我们可以从没有恋爱经历的孩子身上找到比照；在小说里，答案则是显而易见的。但是，我们不能因此而否认真实的生活，不能因为副作用而声称其不存在。从另一个方面来说，这样的感情对于人生初期的磨砺也许是一种必需，唯其如此，才更加成熟。

透过一场场脆弱而又坚韧的爱情，我们还能看到他们坚强而向上的心灵。对于高考的渴望，或者胆怯，那些复杂的情绪并没有影响行动的勇敢，没有阻止他们向上攀登。他们希望通过自己的努力奋斗，打拼出一片蔚蓝的天空。这种精神虽然是人性自然的要求，却可以从中看到青春的力量。百折不挠，就像一只坚强的鹰。这部小说展示的青春的力量，是最感人的，也是最鼓励人的，也是这部小说最大的意义。

当然，生活的艰苦以及高考的残酷，是无法忽视的。读完这部长篇，我掩卷，想，那些孩子，他们的前行，不只是负重，而是蹚过随时可能引爆的雷区。经历这样的残酷以后，无论结局如何，他们都可以被称作勇士。我也理解了永春给这部长篇的命名：只要你在就好。班主任说：我只希望你们一个都不要少，都好好的，答应我，都好好的！只要你在就好，既说明了人生各个阶段特别是青春岁月成长的艰难，也为人生画了一条底线：虽然有很多重要的事情要做，但是，只有你在，人生才是人生。这种普通的温暖的话，背后的酸辛，只有经历过的人才知道。而作为作者，她希望得到的，肯定是我们的共鸣。

遗忘的岁月，一点点清晰起来，真是百感交集的感觉。

长篇小说情节的精致，往往被人们忽略，以为精致是中篇或者短篇的事，因为长篇有的是空间，可以放入很多五彩缤纷的东西，足以完成预定的目标。这种认识自然是偏颇的。生活空间的扩充、时间的拉长，更需要生动情节的支撑。就像一根长长的电线，它可以骄傲地在空中与大地平行，是因为有无数电杆为它提供支撑。长篇的情节就是这些电杆，没有它，身躯越庞大，越容易僵硬。在永春的这部长篇里，有很多来自生活的生动感人的细节。我非常感动的一个细节是：班主任开班会，分给学生们每人一颗糖果，然后让大家互赠。结果呢？安曈是全班拥有糖果最多的那个人。这个细节很感人。它体现了一种团队精神，体现了个人对于优劣的判断，体现了班里普用的价值标准，还为优秀树起了一个标杆。我数次在想，如果我们想成为生活中拥有糖果最多的人，应该怎么去做呢？

我愿把手中的糖果，送给永春。因为她创作了这部长篇，为大家准备了最好的礼物。

写作长篇，对于专业作家来说，是严峻的挑战；对于业余作家来说，则是把自己推上一条非常崎岖而又不知尽头的道路。不夸张地说，这是一个自虐的过程。在这个过程中，快乐总是迟到，甚至失约。所以，永春这三十万字，于她是沉重和艰苦的，回报也是屈指可数的。但是，唯其如此，才显珍贵。

这部长篇还是有一些不足的，就像万事万物一样。比如，里面的人物太多，塑造时便可能无法立体；所用的素材有重复之嫌，略显冗长，等等。但是，瑕不掩瑜。对于初次写作长篇的作家来说，这已经是非常了不起的事情。

作家这个群体，重要的力量是教师。他们既是历史的宣讲者，又是历史的创造者。从这个意义上说，他们的作用，是不可替代的。

一叶度春风，芳芳自相接。如果把学生比作叶子，老师便是春风；如果把读者比作叶子，作家便要有化作春风的情怀。从这部长篇可以看出，永春的精神便是一缕温暖的春风。

感谢永春，用这部长篇，让青春永恒，让这段生活永恒，让这个时期的很多人和事，发挥了更多的作用。

创造了这样的存在，就像种植了一片茂密的森林，利当下，也利未来。

目录 Contents

引　子

他不敢推门，怕一推门，又看见父亲搂着一个陌生的女子躺在他的床上。那是他迎考的床。不知多少个夜晚，他就趴在这张床上，拼命地刷着历年来的高考真题。可是现在，只要一开门，他就感觉床在晃动、晃动，然后坍塌了，连同他的世界一起坍塌了。

从未有过的荒凉感让他极度恐惧。浓浓的黑色一层一层地漫过来，积聚，膨胀，溢满，然后喷薄而出。他从小就怕这种流动的黑，而这种从心底里冒出来的黑，让他恐惧到失去理智。他抓住自己的头发疯狂地喊叫："我要下去！我要下去！"

邻座的老外莫名其妙地看着他，嘴里情不自禁地说"What"，然后抱住张一鹤喊空姐："*Stewardess*！*This guy's out of control*！"

空姐过来的时候，张一鹤把所有的情绪都发泄在了老外身上。他像一条疯狗一样推开老外的双臂，嘴里不停地喊着："别碰我！别碰我！别碰我！"

老外两手向外一摊，耸了耸肩说："*I didn't touch him.*"

周边的乘客也不知道发生了什么，只是感觉很奇怪，每个人脸上都泛出一种恐惧不安的表情。空姐一只手抓着张一鹤的胳膊，一只手拿着对讲机向机组汇报道："这个孩子只是情绪激动，我会处理好的。"

张一鹤眼里充满了令人畏惧的绝望，他想躲开所有人的目光，但是眼神里又射出一种想抗争的坚毅光芒。在众人怪异的目光里，空姐一把把他抱在了怀里，抚摸着他的头发轻声地说：“不要怕，马上就好了。”

周边突然安静下来了，只有飞机穿越云层的声音。张一鹤也平静了下来。世界好像在他眼前开了一道缝隙，温和的阳光挤进来照在他身上。黑暗一点点地褪去了。

半个月了，他几乎没睡过一个安稳觉，每一天都在黑暗里挣扎，把自己弄得遍体鳞伤、筋疲力尽，却也找不到一点出口。那些混乱的思绪又想冒出来的时候，另一名乘务组人员递过来一杯咖啡给那个无辜的老外并道歉说：“*Sorry! We're disturbing you!*”

老外看了一眼张一鹤想说什么，张了半天嘴，又咽下去了。他接过咖啡，谢过空姐，戴上耳机，闭上眼睛听歌了。张一鹤此时就像一张剪贴画一样，斜着脑袋贴在座椅上睡着了。

飞机穿越云层，在碧蓝的世界里轻盈地穿行。这个高度好像从来没有过黑色，但是张一鹤却不知道这些。他的梦里又黑成了一片。他在一个高台上孤独地站着，等着有人把他从黑夜里的高台上抱下来。可是，他看不到任何人，只听到自己悲痛的哭声。

哭醒之后，他向左右看了看，好像没人再关注他了。泪眼中，他看到了自己小时候的画面：爸爸妈妈整理好行李，要出去打工了。妈妈买了好多好多好吃的，他兴奋地盯着那些零食，只顾着想怎样在玩伴们面前炫耀，完全不知接下来他会很孤独，孤独到无助。他拿着那些零食，站在玩伴中间，像个孤独的王者，独自品尝着寂寞。玩伴们总是两只手放在裤缝那儿摩擦着，馋得嘴角流着口水，一次又一次地用舌头吸溜着，眼神里渴求的目光像要把那些零食吸走一样。他不想给他们，因为零食在，他感觉妈妈就在。

他们一直哀求着：“给我也吃一口吧，一口就行。”

他有时会莫名其妙地问一句：“那你们会把妈妈给我吗？”

张一鹤一想到那些零食，嘴角就能露出很得意的笑，觉得自己是村里最幸福的孩子。可是，他在云层里听到了很响亮的声音：“儿子回来吃饭了，吃完睡一会儿再玩。”

这声音曾经让他很幸福，但现在他一听到这声音就莫名地紧张。因为这个声音一出现，他就会很长时间见不到爸爸妈妈了。

妈妈总是用这样的方式把他哄睡着，然后离开他，陪爸爸去很远的地方打工。甜蜜的梦里还有妈妈温和的笑容呢，醒来时屋子里就空空荡荡的了，只剩下一堆零食在那自作多情地诱惑着什么。他跳下床把那些零食都推到地上，然后踩碎，在零食堆上哭着蹦着喊“妈妈”。

他想着想着，泪水又不自觉地流了出来。在他的情绪又要膨胀的时候，飞机已经着陆。他的脑海里突然出现了爸爸的样子，这让他瞬间有种晕机的感觉。

张一鹤下飞机的时候，机上所有人终于舒了一口气。跟在张一鹤身后的一些好心人很关切地问：“怎么了，孩子？刚刚不敢问你。想起什么不开心的事儿了吗？想开点，孩子！就像这飞机一样，总有落下的时候。”

也有人从他身边过去，一句话都没说，只是轻轻地拍拍他的肩膀，表示安慰。老外身后背着个大包裹，倾斜着身子从他身边走过，斜眼看了一眼张一鹤，一脸茫然地走开了。张一鹤此时就像一个怪物一样缓缓地在人流里挪动，他不敢想象他的好朋友安瞳看到他是什么反应。

南方的空气里总有一些暖风，好像从地底下冒出来的一样，很诡秘地萦绕在张一鹤的身边，让他感觉内心深处的某种坚硬的东西在融化、流动，一点点渗出皮肤之外。他不希望那是汗水，他希望那是泪水，他需要大哭一场，就像枯竭的心灵需要一场暴雨一样，越淋漓尽致越好。

安瞳和蓝心已经等很久了，他们第一眼看到张一鹤的时候，都没认出来，感觉前面就一个非洲难民跌跌撞撞地走来，脸上涂满了悲伤和绝望。张一鹤看到安瞳和蓝心，愣了好久，泪水才流出来。他趴在安瞳的身上痛痛快快地哭了一场。

安瞳紧紧地抱住他，心疼地说：“你这是经历了什么啊，兄弟？”

蓝心从他肩上取下包裹，并安慰他说：“你来到这里，一切都会变好的。”

张一鹤哭过之后感觉心里敞亮多了。他们边走边说着。来到一辆白色的宝马车旁的时候，蓝心拿出车钥匙按开了车门。他们一起回到了蓝心的住处。

蓝心屋子里清新淡雅的环境氛围一点点改变着张一鹤的情绪。他洗去一身的“黑”，换上安瞳的衣服，感觉内心又敞亮了很多。蓝心端上来几道家乡菜，和有着南方特色的海鲜，叫安瞳陪着张一鹤好好吃。张一鹤虽然很饿，但并不想拿起筷子“狼吞虎咽”。他想把内心的所有苦水和委屈都倒出来，然后再填进这些美味的东西。蓝心看了看安瞳，用眼神暗示他。

安瞳会意地点了点头，拉着张一鹤坐下，很关切地说：“兄弟，我知道你肯定受了天大的委屈，要不然你不会如此沮丧的。你说出来！以前的你不是这样的，谁要是惹着你，那就相当于捅了马蜂窝一样。现在你肯定遇到了难以启齿的事情，对于你来说，这件事的出现就相当于你的整个世界都崩塌了，对吗？蓝心姐姐，你知道的。她懂心理学，她会帮你的。你说出来痛快痛快，好吗？”

张一鹤低着头流着泪，嘴唇在颤抖，好像记忆里的画面越来越清晰。蓝心感觉张一鹤此时浑身的每一个细胞都充满了仇恨，那种张狂的情绪瞬间就会爆发出来。她让安瞳把他领到自己的心理咨询小屋。

张一鹤站起来的瞬间，情绪就已经失控了。他“嗷”一声站起来，将头撞向墙壁。

安瞳紧紧地抱住他，然后用手挡着墙壁，很心疼地说：“你就是在这里撞出一个洞洞来，也解决不了任何问题！听话！蓝心姐会帮你的，好吗？”

张一鹤想要挣脱出去的头缩了回来，趴在安瞳怀里又大哭了一场。痛哭过后，他感觉委屈没有了，抽泣着抬眼看了看蓝心，试探地问：“您真能帮我吗？”

蓝心拍拍他的肩膀说：“以前我帮过你啊，你是知道的。相信我！你先说出来，说出来你就会好很多的。”

安瞳把他扶到座位上，给他倒了一杯温水。张一鹤喝了一小口，润了润嗓子说："离高考还有十天的时候，我爸从外地回来了，说专程来陪我高考的。那几天我特别兴奋，从小爸爸妈妈就不在身边，我渴望他们的陪伴。在我人生最需要陪伴的时候，他们来了，我像中彩票一样欢欣雀跃。那几天，是我人生中最快乐的日子。虽然高考让我很紧张，但在最累最苦的时候，家人在身边，我好像什么都不怕了。可是……"

张一鹤说着说着，眼神里又充满了愤怒。

蓝心递过茶，说："我知道你很委屈，但是我希望你都说出来。我们会为你分担的。"

张一鹤吸了一口气，好像把眼里打转的泪水也吸了回去，接着说："还有几天就考试了，学校提前放了几天假，让学生们回家调整一下紧张的情绪。我想剪掉养了半年的头发，就和我爸说：'中午我不回来吃了。剪完头发，我要和同学去街上遛遛，买一些高考必备的文具。'我爸给了我很多钱，并嘱咐我注意安全。我很开心地跑了出去。剪完头，和同学约好的事情，因为同学家里有事，没有达成。我就在街上买了一些快餐，带回家，想和我爸一起吃，我还顺便给他买了几瓶啤酒。谁知道，进家门的时候，门被反锁了……"

张一鹤停顿了一会儿，然后拳头紧握，牙关紧咬，努力控制着自己的情绪说："我以为我走的时候没关好，锁的弹簧被弄坏了，就狠劲儿地拧门锁。当我用力拧开门锁的时候，你不知道我有多崩溃。我看见我爸和一个我不认识的女人在我的床上，衣衫不整地在我的床上。那一刻，我的世界瞬间就黑了，黑了，黑了……"

张一鹤眼神里充斥着怪异的怒火。安瞳很小心地摸了摸他的胳膊，没有说话，也不忍心说什么。蓝心把茶叶盒打开，但没有重新给他泡茶，只是打开茶叶盒，然后轻轻地倒了一杯温水放在张一鹤的眼前。

那些茶叶清新的香味飘进张一鹤的鼻子里，让他有一种猛然复苏的感觉。他微闭着眼睛，竭尽全力地控制着自己的情绪，然后睁开眼，猛地往嘴里倒了一大口茶水。

放下杯子，他接着说："那时的我，脑子里一片空白，愤怒的情绪充斥着我的头脑。我觉得自己的眼睛在冒火，我手里的啤酒瓶砰地掉落到地上。我气急败坏地冲到床上，把那个女人连拖带拽地推到了门外。我爸把衣服穿好，看着我很胆怯地说：'我对不起你，你知道你妈生病多年，我和你妈这么多年……'我没有听他说完，就咆哮起来：'我不要听你的任何解释，你是来陪我高考的，你就用这样的方式来陪我吗？早知道这样，你都不应该来！你不是我爸，从今以后，我也不会认你这个爸爸了！'你知道吗？我爸要抱我，我推开了他。他竟然跪在了地上，乞求我的原谅，并让我不要告诉我妈。你不知道我那时是什么感觉，我心疼我妈，我想替我妈打眼前这个男人。可是他跪下的那一瞬间，我拼命地拉他起来。我不想看到他，但是又把他推不出去。"

安瞳绕过椅子，从后面紧紧地抱住了张一鹤："兄弟！你怎么没和我们说啊？你一个人承受这么多，太难了！"

安瞳还想说什么，蓝心没有让他说。

蓝心眼里也有了泪水，但还是很平和地问："你现在恨你爸吗？"

张一鹤想了想说："一开始我恨。现在不知道他去了哪里，又很担心他。"

安瞳走回自己的座位上，缓缓地坐下，低着头，声音低沉地说："每个人一生中都要遇到一些猝不及防的事情的，你不要想那么多了。也许当你听到别人的故事的时候，你会发现自己并不是最悲催的那一个。"

蓝心知道不管怎么劝都无法消除张一鹤心中的伤痛。看着张一鹤特别难受的样子，蓝心换了另外一种治疗方式，因为她知道张一鹤从心底里是爱爸爸的，他只是不想让这个家庭出现背叛。背叛对于一个十八岁的孩子来说，是一辈子的心理创伤。

安瞳也用了各种方式劝说张一鹤。但这些都没有让张一鹤有一点好转。

蓝心没有办法，只好抛开一切复杂的治疗手段。

她问他："你确定你还担心你爸爸吗？"

张一鹤看了一眼蓝心说：“他是我爸！我宁愿他做出格的事，我也不愿意让他因为这个出什么事。”

蓝心能懂这个孩子现在的心理，然后问他：“那好！你剪完头发，开门的瞬间，你愿意看到的是你爸在病床上疼痛难忍的样子，还是看见他在床上偷欢愉悦的样子？”

张一鹤想了想说：“我哪个都不想看到！前一个我爸在受苦，后一个我妈会受委屈。我哪个都不选！”

这个问题问完之后，蓝心也觉得脸红了，但仍很坚定地问：“如果非要你选一个呢？”

张一鹤想了半天，突然冒出一句：“我当然希望我爸活蹦乱跳的了。谁不希望自己的父母健康呢？我爸就因为我妈老生病，不能满足他的需求，才这样的。只要他们都健在就好！可是……”

张一鹤想继续说什么，可是他也不知道要说什么了，但似乎明白了什么。那一刻，他的嘴角好像有了一丝笑意，虽然带点无奈和哀伤，但是毕竟有了笑意。这短暂而又诡秘的表情，还是被蓝心捕捉到了。她感觉此时张一鹤内心已经有了一种从未有过的释然。其实，蓝心内心也很纠结，这样的问话本身就有一种道德瑕疵，也有一种选择性的智力游戏成分在里面。但是，如果这句话能挽救一个人，那么这句话就是这个人的佛。当然，如果有人说牛粪也能挽救一个人，那么这牛粪就是这个人的佛。其实心就是佛。有些问题的解决只在一念之间，关键是我们如何捕捉到这个人内心深处最真实的想法。蓝心想着想着也露出了淡然的笑容。

安瞳带着张一鹤在南方最美的城市里穿大街走小巷地闲逛。只要是有特色的小吃，张一鹤都要尝一尝，他突然感觉有胃口了，好像已经忘了自己曾经经历过什么。

南方的晚霞也格外地美！那种被空气润湿了的橙黄色打在两个大孩子身上，流泻到街巷的每一家店铺，涂抹在墙里墙外依然绽放着的花瓣和绿叶上，慢慢垂泄下来，被无数行人踏碎又融合。这一片让人忘却一切的地方，像一幅流动的水彩画，挂在南方最美的街巷。

他们来到了有声控音乐喷泉的地方。张一鹤把这一段时间以来压抑在内心深处的委屈、紧张和无奈都释放出来了。他把所有的情绪和力量积聚在丹田，鼓起肚子吸足了气，猛地呐喊出来。随着“啊啊啊啊啊啊啊”的声音逐渐升高，对面的水柱也像吸水式龙卷风一样，在夜晚的天地之间逐渐上升，形成了一个巨大的天柱。周边的光与影和游客的呐喊声，有节奏地飘动着，仿佛一条五彩的龙，游摆在夜空里。

张一鹤一口气“啊”完，听到有人夸他“铁肺男孩”。他在想：如果自己没有经历这么多，就不可能把喷泉喊爆。看到周边人投来羡慕的目光，他的脸上终于露出了久违的笑容，那笑容自信而又内敛。这是他经历了这么多之后最痛快淋漓的发泄。他感觉南方的夜晚并不黑，夜空也是多彩的。这个世界就该这般明亮。

安瞳虽然也喊了一声，但是声音里明显有着没有发泄出来的情绪。那股水柱冲了一下就掉落了，好像水管被突然关掉了一样。

张一鹤很奇怪地问安瞳：“你怎么了，兄弟？生病了吗？怎么还没我有力气？”

安瞳忙说没有，并用笑容掩盖了内心深处的忧伤。安瞳觉得张一鹤的人生如果是黑色的，那么自己的人生就是蓝色的。黑色的人生就像暴风雨，来一阵猛的，把人砸晕，然后瞬间阳光明媚，让人记不清刚刚经历了什么。蓝色的人生，让你永远处在忧郁的苦海里，沉不下去，浮不上来，似乎有似乎无。没有人能说出真相！能说出真相的当事人或者不说，或者反说，或者含糊其词地搪塞一下。然后真相就躲在当事人的身后，看着人们表演、穿帮，然后再演、再穿帮。最后，都折腾累了，真相走出来大笑一场，扬长而去。

第一章

出生之谜

“妈妈！抱抱我，好吗？”小安瞳经常从睡梦中惊醒，伸手去拽妈妈，可是屋里一片漆黑。在黑暗深处，他只拽回了失望和恐惧。小安瞳总是梦见自己一个人站在世界中央，周边所有的一切都被妈妈给虚化掉了。他想拽住妈妈的手，但是只要他一伸手，妈妈便被黑暗中的一只大手拉到了被虚化的那个世界。他不知道那个世界里有什么，他想走进去看看。可是每一次哭醒之后，他再睡去，就什么都见不到了。

安瞳出生在一列火车上。那天，妈妈周美琪挺着大肚子在车厢里来回走动。

爸爸安浩天说：“别来回晃了，万一动了胎气！一会儿，我去补个卧铺。”

安浩天去补卧铺的时候，周美琪就感觉不舒服了。肚子一阵一阵地疼。因为前面生过几个，所以她很有经验，慌忙叫来乘务员。这节车厢的乘务员比较年轻，没有经验，不知道怎么办，只好用对讲机喊来了列车长。车厢里瞬间热闹了起来。

“出什么事了？那边怎么那么多人？”很多人都好奇地看着车厢的最后一排，不知道发生了什么，“是不是打架了？要不就是抓住小偷了？”

“好像不是，应该是刚才走来走去的那个孕妇，好像要生了。”一位中年妇女抱着个孩子，看着那边的周美琪，随口说道，“这车上什么也没有啊！应该广播通知一下，看有没有妇产科的大夫。”

“各位旅客请注意：10 号车厢有一位产妇，急需您的帮助。如果您是妇产科医生或者有接生经验，请您前往 10 号车厢。谢谢！”广播里已经开始循环播放了。

安浩天一听，知道周美琪有反应了，急忙跑回 10 号车厢。

列车长已经拿一些干净的被子给周美琪盖上了。

周美琪大声地叫喊着：“快快快，出来了，脱掉裤子！”

列车长也不想那么多了，把周美琪的裤子拽了下来。周边还有很多妇女帮着忙。

安浩天挤过来，被列车员拦住，训斥了一顿：“看什么看！女人生孩子，你一个大老爷们凑过来干啥！”

“我是她老公，我必须陪着她！”安浩天跑得浑身是汗，嘴里不停地喊着“美琪”，他从人群里挤过来，一下子拽住周美琪的手安慰道，“美琪，别怕！我来了！”

“啊！”周美琪看到安浩天感觉又有了力量，用力地叫了一声。

在列车长的帮助下，周美琪顺利地产下了一名男婴。一名后面赶来的大夫很熟练地剪掉了脐带，包裹好孩子。列车长一身汗水，看着怀里的婴儿“哇哇”地叫着，开心地笑了，然后托起孩子递给了安浩天。

安浩天一看是个男孩，兴奋得大叫一声：“老天终于开眼了！”

他在儿子的脸上亲了一口，用自己的衣服把孩子包了起来，又在周美琪的脸上亲了一下，很温柔地说：“老婆辛苦了！”

列车长帮着处理完了一切，又让列车员拿了一些干净的衣物，让他们换上。

安浩天感动得不知道说什么了：“谢谢你们！我代表全家人感谢你们！”

安浩天除了会说谢谢，不知道再用什么言语表达。他很想再多说些什么的，可能因为激动而词穷了。他搂着周美琪，看着儿子，感觉满车厢的人都用羡慕的眼光看着他们。

其实，安浩天带着周美琪出来是逃计划生育的。因为前面生了几个闺女，已经超生了，如果再生一个，估计得被罚得倾家荡产。但是，家族几代单传，老安家就差这一个儿子。这回终于如愿了。安浩天心里美滋滋的，嘴角眼角一直藏着笑。

“这还头一回遇见在车厢里生孩子的。”整个车厢里的人几乎都在谈论着，“你看那男的高兴得像中了五百万一样!”

“这谁不高兴啊！生个大胖儿子。”刚才那个中年妇女插了一句，“不过那个女的可受罪了，这啥环境啊！要是我，这么多人看着，我都生不出来!”

想想女人也怪难的，说生，在哪都得生出来。周美琪虽然生过几个了，但在这样的环境下生孩子，还真是头一回，以前连听都没听说过。虽然很不舒服，但也没办法，所以她特别希望早点下车，离开这里。虽然旁人目光没有恶意，但是她自己感觉很尴尬。总感觉那些眼光一层一层地把自己剥开，放在世界最光亮的地方，然后自己的一切就这样被曝光在世人面前了。人也许保留点儿隐私，才活得更精彩吧!

周美琪可算等到广播里说“下车的旅客请做好准备”这句话了。她不顾身体的虚弱，挎着安浩天的胳膊，急忙下了车。车厢里的一些人还很好奇地贴着窗户往外看了看，希望他们能找到一个安静的地方，好好休息一下。但周美琪觉得那些贴在车窗上的脸，充满着猎奇的心态。

周美琪知道，如果换成自己，也许更好奇，甚至会嗑着瓜子儿凑到前面看热闹，然后把最精彩的情节讲给别人听。因为村里人常喜欢这些。特别是农闲的时候，聚到一起，东家长西家短的，说着笑着，好像很开心，要不活着还有什么乐趣呢？现在可好，她一下子成了几个村，甚至几个城市的笑料了，想想就觉得难受。

看着安浩天怀里的儿子，她并没有像安浩天那样兴奋，好像还有一些埋怨，似乎在说：“你这个小屁孩，来到人间，连个落脚的地方都没有。今后你还能在哪立足？害得你老娘我都跟着你受罪!”

想到这，她和安浩天说：“我怎么感觉自己就像一只老母鸡，四处找窝下蛋，最后下到闹市了呢?”

安浩天搂着周美琪很心疼地说："没事了，车里没有人认识我们。一下车，他们可能会谈论这件事，但谁知道你叫周美琪我叫安浩天啊？所以，别想太多了，对你身体不好。我会一直陪着你！都怪我考虑不周，别想了，好好养身体，好不好？你看儿子多像你啊，真漂亮！"

"漂亮啥啊？跟个小老头似的，比你还老！"周美琪虽然嘴上还说着气话，但心里舒服多了，"咱儿子的名字我都起好了，就叫安瞳。一想起车上那些眼睛，我就觉得尴尬，但一看到儿子，我就心安了。"

"好名字！我们就叫他'安瞳'！"安浩天看着儿子，一路上叫着"安瞳"，仿佛这个世界只有一个小男孩，他的名字叫"安瞳"。虽然儿子的眼睛一直闭着，但安浩天感觉儿子只要一睁开眼睛，整个世界都会晃动。

周美琪柔弱地倚靠在安浩天身边，仿佛走在秋天的田野里。那里有无数人拿着镰刀收割枝头金黄的喜悦。而她只是秋天的蕊，却被人掐了嫩黄的尖儿。

第二章

童年之殇

安瞳睁开眼看到的是挂在墙上的牛皮画，画上画着成吉思汗。这是蒙古族人的风俗。他们心中的偶像是圣主成吉思汗。其实，刚出生的安瞳什么也看不到的。只是他睁开眼睛时，面对的前方有一张画像而已。但是，大人们并不这样认为。这家女主人用蒙语说："特日额日格堆读般巴特尔保勒住乌苏呢。"

男主人给安浩天和周美琪翻译道："她说你儿子将来肯定也是一个英雄。"

安浩天兴奋地说："借您吉言！还要麻烦你们照顾他，培养他成为真正的英雄。"

周美琪很疲惫地说："啥英雄啊，一落地儿就逃难了！"

安浩天在他的老客户家里待了一个多月。周美琪天天吃着草原上的"鲜"，养得白白胖胖的。安瞳也胖嘟嘟的，十分可爱。安浩天每一天都和男主人出去收草药。这一个月下来，也积攒了不少。打好包，他又找了一辆大车运到城里，发回了老家。

安浩天和周美琪说："咱们也不能老住在这里。儿子满月了，咱就走。"

"儿子怎么办?"周美琪也想回家了，但是还是很担心，"万一把儿子抱回去，计生部门的人找上门，估计咱们那些货也保不住了。"

"要不，我把你送到新疆，去你弟弟那里。他那查得不严，你先住半年。等儿子不用吃奶了，你再回来。"安浩天也不知道该怎么办，想到周美琪的弟弟在新疆种棉花，那里会安全一些，所以想到了这个办法。

周美琪也没别的办法了。这个地方也仅仅是朋友家，不能再待下去了。她决定去新疆，那里毕竟是自己亲弟弟家，生活起来会方便一些的。

周美琪实在放不下家里的生意，在安瞳半岁的时候，就给他断了奶水，回到了自己家。安瞳在舅舅家一直生活到了三岁。当安瞳已经习惯了新疆的生活方式的时候，安浩天决定把儿子接回来，并让安瞳叫他们姑姑和姑父。在新疆的时候，舅舅说回家就可以见到爸爸妈妈了，可是回来之后，安瞳却要叫他们姑父和姑姑，他不知道该怎么办，只是一直哭。后来，哭到一家人都不愿意接近他了，他开始沉默了。

安浩天看到儿子这样，特别心疼，就让他叫爸爸妈妈，可是安瞳已经不想开口和任何人说话了。安瞳对自己的这个家那么陌生，好像爸爸妈妈，还有那几个姐姐，都是从地里突然长出来的，一下子就出现在他面前了。安瞳天天看着他们忙碌着，总感觉自己不是这个家的人。

安瞳喜欢在闹市看着大人们抱着孩子穿来穿去。他也想被爸爸妈妈这样抱着，可是他们太忙了，天天在院子里忙着收拾那些药材，然后把他放在药材堆旁边，还不让他随便动。其实，他想在药材堆里打滚的，可是他不敢，因为他看到爸爸妈妈的眼里都是那些货，没有他。偶尔，爸爸会看他一眼，接着就去忙了。

安瞳很想趁他们不注意的时候，溜出去，可是试了几次，都被爸爸及时抱了回来。

他想让妈妈抱抱，可是妈妈总是低着头忙着活儿说：“不要乱动，妈妈忙着呢。”

终于有一天，他们都忙的时候，安瞳跑到了门口。看见一个大孩子上树摘果子，他很好奇，昂着头看，也想学他们爬上去。那个大孩子把一根树杈折下来，扔给他，他没接住。一树杈的果子一股脑地砸在了他的头上，他闭着眼睛，感觉眼角有些疼，但是他晃了晃头，睁开眼睛，看了看地上的果子，没有哭。他觉得就这样跑回家，妈妈肯定能抱他。

他捡了几个果子，走回了院里。他想哭着扑到妈妈怀里，可是他的眼里搜寻不到母亲的影子。他听到的是一阵又一阵的争吵声。这样的声音，好像从他来到这个家的时候就开始了。他搞不懂大人们为什么每天都这样，也不知道他们为什么争吵。他能记住的两个字就是“离婚”。他虽不清楚离婚是什么意思，但是他能知道这两个字很重要。他很委屈地走进屋里。那些成天飘在头顶的大人们的影子如此清晰地折射在地上，地面上的影子随着声音的变化而变化来变化去，像皮影戏。小安瞳很小心地走到妈妈身边。他多希望妈妈看到他会心疼，然后抱起他，从而结束这场争吵。

妈妈看到他的那一瞬间，也许是因为心疼，但又不想让爸爸看到她柔软的那一面，狠心地说了一句：“活该！你们老安家的人都不让人安生！”然后把小安瞳推到了一边。

爸爸慌忙跑过来抱他，也许因为太心疼儿子吧，爸爸对妈妈的吼声近乎歇斯底里。但是小安瞳不懂，他以为越来越大的声音都因为自己。安瞳内心的一切美好愿望全没有了，他连泪水都没有了，被妈妈推倒的那一瞬间，他就已经关闭了一切。他不想再和家里任何人说话！他不想再向妈妈索取拥抱！他不想再去探索头顶的那些影子！因为那些影子除了会争吵，似乎什么都不会。他们是一些没有情感的幽灵！

从那以后，小安瞳就很少说话了。在外面和小朋友们玩，无论受了多大的委屈，他都自己承受，不和任何人说。大人们说的任何话，他都像没听到一样。一个人活在自己的世界里！白天他在人群里寂寞着，夜晚在自己的小黑屋里抗拒着恐惧。他的变化并没有改变其他人。父母的争吵还在继续，仿佛他们一见面除了争吵不会别的。小安瞳的童年就是头顶会争吵的一些影子和留在眼角的淤青的疤痕。

第三章

虚幻之影

秘密对于小安瞳来说，就是一个蓝色的易拉罐。他在家门口的泥土路上，一个人拿着树枝儿，在地上画着自己都读不懂的图案。他经常这样画。

姐姐们曾经问过他："安瞳，你画的啥啊?"

安瞳看着偶尔才回来一次的姐姐们，没有说话。后来，和姐姐们熟悉了，他才会说出一些词句，譬如：雪山，戈壁。可是，他还没有和姐姐们说完，姐姐们就进屋了。和爸爸妈妈说了一些话，匆忙地吃一些饭，她们就又走了。虽然她们会和小安瞳说"等姐姐回来啊"，但是小安瞳好像等到天黑也等不到她们回来。也许她们说的回来，就是下一次的"偶尔"和"匆忙"吧。小安瞳不懂，他只知道姐姐们会回来，所以他就一直画画。他特别喜欢画小鸟，但是画不出来。

二姐回来后，给他画了一只小鸟，然后和爸爸说："今天您得送我，我们要换宿舍，正好把以前的被褥全部换一下，拿新的换旧的。"

妈妈不忘加一句："旧的换下来，又让我洗呗?"

二姐很诡秘地笑了笑："怎么能让老妈费心呢?当然如果您心疼女儿，我不介意啊!"

二姐整理了一下要带的东西，就和爸爸一起匆忙地离开了，扭头和门口的小安瞳说："等姐姐回来!"

小安瞳很乖巧地等着，看着姐姐画的小鸟在地上想要飞起的样子，他就想自己要是能飞该有多好啊。

“啾啾”几声，小安瞳看到一只小鸟飞落下来，一只受伤的小鸟，他想去抓它，但怕抓疼它，所以他就那样看着小鸟斜着身子在地面上跳来跳去。

他很认真地问小鸟：“你爸爸妈妈呢?”

小鸟挣扎着想飞起来，却一直飞不起来，好像告诉他：我找不到爸爸妈妈了。

小安瞳就这样跟着小鸟一蹦一蹦地聊着天。他真想抓住小鸟，然后拿着树枝儿，照着它的样子描画下来，再把它的爸爸妈妈也画出来，上面点缀些蓝天和白云，下面再点缀一些小花和小草，最后再画一个梦，梦里有雪山和戈壁。这样想着，小安瞳拿着树枝在地上小心翼翼地画了起来，偶尔还会关照一下那只受伤的小鸟儿。

他对小鸟说：“等姐姐回来，她肯定会夸我‘安瞳，你画得太棒了’，是不是啊，小鸟?”

小安瞳正和小鸟说着话的时候，一只大手抓住了受伤的小鸟，一个粗鲁的声音说：“这只小鸟应该在树上，它的家在那里。”

小安瞳抬头看见了一个陌生的男人，那个男人抓住小鸟一挥手，小鸟就不见了。小安瞳不知道小鸟被这个男人抛到了何处。

他头一次疯狂地喊：“不要碰它，它受伤了!”

小安瞳的眼里都是泪水，但他没有哭出声。他只是拼命地四处寻找。

那个男人拿出一个蓝色易拉罐给小安瞳说：“你在这里等鸟妈妈来!等一会儿，那只小鸟就会出现的。”

说完，那个男人走进了他家的院子。小安瞳为了小鸟，愿意等。他依旧在地上画着各种各样的图案，此时可以清晰地看到那些图案里只有小鸟的影子。他一直在张望，四下里寻找，希望能看到那只小鸟。等了很久，他也没有看到一只小鸟飞过来。

他简单地想：也许受伤的小鸟正躲在妈妈怀里哭泣呢吧。

又过了一阵，小安瞳还是没看见那只小鸟。等待已经让他似乎忘了自己要等什么。他拿着那只陪了他那么久的树枝，回到了自家的院子里。手里的那只易拉罐已经空了，被他的小手捏成了“受伤”的样子。他想找妈妈说说小鸟的事情，可是他从门缝儿里看到了那个粗鲁的男人。那个男人在妈妈面前那么温顺，时不时地用手拢拢妈妈的头发，拽拽衣角，好像幼儿园的阿姨。他从来没看见过爸爸这样对妈妈。妈妈也和往常不一样了，她的眼睛像幼儿园女同桌看到好的玩具时那样，温柔可爱，充满了善意。那个粗鲁的男人一下子抱住了妈妈，好像要把妈妈捏碎。小安瞳想一下子冲进去救妈妈，手里捏紧的蓝色易拉罐碰到了门上。

门开了，那个男人瞬间松开了妈妈。小安瞳却扔下易拉罐跑回了自己的小屋。他关紧房门，感觉妈妈已经不是这个家里的了，是那个男人家里的了。在这个小屋里，他突然感觉这个世界只剩下自己一个人。

他听到了妈妈的敲门声。很久很久，他才打开门，很平静地对妈妈说：“那只受伤小鸟的妈妈一直没有来！”

妈妈哭着抱住了他，这是久违的拥抱，但他没有一丝温暖的感觉。他的眼里飘过了那个男人的身影，就在母亲身后，飘过去了。那个男人的手里也没有那只小鸟的影子。

那个男人走后不久，爸爸回来了。爸爸抱回来很多旧被子和旧衣物，呼哧呼哧地说：“老二太懒了！这是多久的衣服了？堆一堆，就等着回来一起洗呢。”

“也许她学习累吧，回来我洗！”妈妈好像一下子变了一个人，以往她会很抓狂地唠叨唠叨，可是今天她很柔弱地说，“谁让她是你闺女了呢？”

小安瞳以为会有一场争吵，但是一切都很平静。他想说点什么，但是他没说一句话。这也许是最清静的一个晚上。夕阳透着西窗爬进来，爬过床，在地面上逗留，像极了刚刚用树枝画过的图案。爸爸从不问孩子们，今天谁来了。也许他一问，小安瞳就会告诉爸爸的。小安瞳在两个大人莫名其妙的眼神里，想着那只受伤的小鸟现在的状况。他感觉头顶有一团雾，飘来荡去，他看不到自己想看的东西。

第四章

幸福之味

小安瞳希望自己快快长高，能穿透头顶的那层雾，就像他一直梦想着坐飞机飞上蓝天一样，可以和那些云雾近距离接触，他更想知道那雾里面有着大人们怎样的世界。当他觉得自己已经高过一些孩子头顶的时候，他觉得应该像那位说话粗鲁的叔叔一样，保护身边的女孩子，但是他不允许任何男人靠近他的妈妈，包括爸爸。他不知道，这是因为女子柔弱，还是因为她是妈妈，还是因为自己得不到妈妈的关爱。他也不想让任何人靠近妈妈。他不知道！他只是觉得妈妈就该在家里等着他回家，等着爸爸回家，等着姐姐们回家，然后一家人围在餐桌前品着她做的饭菜，其乐融融。但是，这样的情景，他在家里很少见到，几乎都是在别人家里见到，或者在电视里见到。偶尔，爸爸会和一些朋友吃饱喝足后，带回一些残羹冷炙，妈妈热一下，就分给孩子们吃了，这算改善生活了。

二姐因为学习忙，在学校里住宿，也很少回来吃了。小安瞳想，有一天，他也住校，想吃什么就买什么吃，但这样想了很久，他也没有如愿以偿。不过，同桌沈逸琳经常给他带一些好吃的，有家里做的蛋糕，有家里做的薯条，有家里做的牛肉干。那种家的味道，让他有一种上瘾的感觉。他想跟着沈逸琳回家吃一顿。他真去了！

沈逸琳家住 19 楼。一进客厅，大型的餐桌摆在中间，桌上各色水果很诱人，屋里的灯光散发着温和的味道，墙上“Z”型的置物架上面摆放着文竹和吊兰，每一个房间都有阳光的味道，房间的摆设简洁而有品位。主人是穿着很讲究的知识分子，待人接物有分寸而又不失温和，哪怕对待一个孩子，也举止有度。她可以让孩子随意吃，但一定要注意细节和礼貌。虽然有一点拘束，但小安瞳还是觉得这才是真正的家，温暖而有情调，诗意而有品位。

小安瞳说不出来这样的词句，他只和女主人说："你家真好！比我家好！"

他还想说一些什么，但是他已经全身心地投入到这个家的氛围里了，早就忘了自己家是什么样了。

吃完饭，他们可以在有很多健身器材和各种乐器的房间里玩耍一会儿，然后被安排到两个小房间里午休。醒来后，他又被安全送回自己家。那一天，他感觉自己就是一个小王子。他幻想着有一天，也把沈逸琳带回家玩，那样，爸爸妈妈就会和和气气，给他最快乐的童年了。

也是一个周末，小安瞳头一次那么兴奋地起床，他感觉全身焕发着光芒，但看见早起的爸爸妈妈，在晨光里，摆弄着他们总也摆弄不完的药材，他就失去了很多激情。他们不吭声的时候最和谐，只要一吭声就是吵架，所以小安瞳决定不和父母说什么，一个人背着书包走了。

妈妈在后面说了一声："把鸡蛋带上！"

他像没听见，和往常一样，无聊地走了。

他和沈逸琳约好在公园里玩轮滑，因为出来的时候，也没想过多的事，只是想中午的时候，带同学们来家里，让爸爸妈妈做一些简单的饭菜招待大家。可是，看到父母的表情，他突然什么都忘了。

沈逸琳请他玩了轮滑，吃了雪糕，他实在不好意思，还是说了那句："中午到我家吃饭吧？"

沈逸琳很爽快地答应了。

他们一起到家时，满院子都是药材，沈逸琳不知道该不该从上面踩过去。小安瞳带着同桌从上面跳过去，径直进了厨房。他想自己给沈逸琳做午饭。

他们一起在园子里摘了西红柿和茄子，还有青椒。他学着沈逸琳妈妈的样子，系上围裙，忙了起来。大姐回来了，看着弟弟的样子既好笑又心疼，帮忙做好了饭菜。这也许是安瞳来到这个家以来，吃得最好的一顿饭。他看着沈逸琳，露出一种甜蜜的笑容，这种笑容在家人面前很少出现过，稚嫩而神秘。

安瞳痴痴地看着沈逸琳说："以后你经常来我家吃饭吧？"

沈逸琳笑了笑，点了点头说："好！不过，我妈妈得同意喽，我才能来。"

周美琪在旁边站着盛了一碗饭，慌忙地夹了两口菜放在嘴里，连嚼带唠叨着："你们小孩子不要天天想着出来玩，得好好学习！你看我们干苦力的有多累啊！你们吃吧，我还得赶着装货。"

沈逸琳看着周美琪几分钟就吃完了饭，想起了"风卷残云"，想说给安瞳听，但是安瞳姐姐在，她没敢说，只是看着安瞳不说话。

安瞳姐姐也很快吃完了，说了一句"你们慢慢吃吧"，然后也出去了。安瞳看了看沈逸琳，沈逸琳看了看安瞳，他们两个刚刚塞进嘴里的大米饭"扑哧"一下子都喷了出来。

安瞳笑够之后问："你刚刚是不是想说'风卷残云'？"

沈逸琳四下里看了看说："你咋知道的？你们家人吃饭跟抢一样。"

安瞳收敛笑容说："能抢到这样的饭就已经很幸福了。"

沈逸琳还想问什么，安瞳拽起沈逸琳的手，说了一声"咱们走"，就跑出了院子。

沈逸琳边跑边问："干吗要跑？"

安瞳回头瞥了一眼沈逸琳说："你傻啊，咱们喷一桌子饭粒儿，不走就等着挨训吧！"

小安瞳拽着沈逸琳在乡间小路上奔跑着，他们像《泰坦尼克号》里缩小版的杰克和露丝。他们唱着跳着，讲着班上同学滑稽的事情。

小安瞳采了路边的一束野花，戴在沈逸琳的头上说："你真美！"

沈逸琳很害羞地说："我没有这些花美，我也想像它们一样无拘无束地绽放，随意在任何地方，只要开心快乐就好。"

小安瞳感觉沈逸琳也有很多不被人知的无奈，他扭头看着沈逸琳说：“你的生活多美啊！我家里人几乎不怎么理我，他们就知道忙生意。偶尔，我放学回家，爸爸会说一句‘儿子回来了’，然后头也不抬地继续忙手里的活。我妈好像也挺忙。”

沈逸琳看着小安瞳说：“你有爸爸问一句也是幸福的，我没有爸爸。”

小安瞳一愣，觉得沈逸琳好可怜，也许是因为年龄小吧，他没有顾忌什么，就直接问了：“你爸爸呢？”

“我出生的时候，就没有爸爸了。”沈逸琳也不知道怎么说，毕竟她是小孩子，不知道该怎么去形容自己，只是把自己知道的说出来而已，“听姥姥说，我在我妈肚子里的时候，我爸爸就出车祸去世了，所以我很小的时候，一直以为人只有妈妈，没有爸爸。爸爸只是和哥哥姐姐一样的，属于多出来的那部分人。你不要为我担心，姥姥说这是我天生的缺陷，让我接受，就像我长得好看，别人长得不好看，那别人也只能接受他的不好看，因为这是上天给的，无论怎么样都要接受。”

小安瞳像听天书一样，听着沈逸琳讲她姥姥说的话，也许男孩子的语言感悟能力真的比女孩子要弱很多吧，又或许沈逸琳的经历让她过早地懂了很多吧。

“出来太久了，我要回家了。”沈逸琳把从路边采摘的野草，弄成了圆形，一边说一边编。编完了，想起妈妈说的要早点回家。她慌忙站起来，把手里的草环戴在小安瞳的头上，“你真可爱！我做梦梦见过我爸爸。你有很多地方长得像他。”

小安瞳还不知道这句话有什么特殊意义，也不知道该欢喜，还是害怕，他有点心疼沈逸琳，就像心疼家里的那只小花猫一样。

他想给沈逸琳买个棒棒糖，然后就跑到一家小店，买了一长串的棒棒糖，送给沈逸琳说：“你不开心了，就吃一个棒棒糖，甜甜的，吃完你就把不开心的事都忘了。”

小安瞳递给沈逸琳一个剥好的，也往自己嘴里塞一个，剩下的都给了沈逸琳，然后看着她走进了小区。回来的路上，他总是狠狠地“吧嗒”嘴儿，感觉棒棒糖真甜！

回到家后，爸爸妈妈站在院子里，手里还拿着桔梗，估计正要装进袋子里，但是他们只是拿着，手悬空着，像极了拳击手摆好了架势，等着进攻。

小安瞳嘴里的棒棒糖棍儿还没来得及吐出去呢，就听见爸爸妈妈一起问他：“你们什么关系？你还小，以后不要随意把小女孩领家里玩！”

小安瞳头一次感觉爸爸妈妈站同一战线上了，他在脑海里搜寻了很久，都不知道他们什么时候这样默契过。小安瞳一句话也没说，就回自己的房间了。因为他不想打破什么，也不想破坏什么。他的脑海里都是沈逸琳的影子，想着想着，他竟然开心地笑了。

一个人内心无论装了多少酸楚，都会在某个时刻为一个神奇的人而抹去所有。无论他的年龄有多大，也无论他曾经遇到过多么不堪的生活。两个孩子在自己独立的空间里，都因对方而变得如此美妙。

第五章

孤独之夜

父母终于把一院子的药材弄完了。在小安瞳的记忆里，这一院子的药材好像在他刚来到这个家的时候就有了。小安瞳感觉自己应该是从药材堆里爬出来的一条虫，柔软又带着点毒性。不过，在这些不知名的药材里，他也记不清是药材解了他的毒，还是自己百毒不侵了。总之，在这样一个以药材维持生计的家庭里，他好像是局外人。世界上所有人都病了，唯独他还好好地活着，不需要任何良药；世界上所有人都好了，而他偏偏病了，病得无药可救。也许青春叛逆期的人都这样。

小安瞳每一次看到自家院子里一堆又一堆的药材，都觉得那是一堆虫子。

他拿起一个像人参一样的药材和妈妈说："我怎么看，都感觉这是一条带毛的虫子。"

周美琪总是连眼都不抬地说一句"这都是钱"，就接着干她的活儿了。

父母手里一旦没有药材了，就会极度恐慌。他们放下所有猜疑和争吵，决定一起出去，到新疆内蒙古偏远的山区去进货。临走前他们还是没有避免掉争执，焦点是把小安瞳放在谁家。

安浩天说："放在大闺女家，毕竟她是他的亲姐姐，会照顾得很好的。"

周美琪说："放在他蓝叔叔家，毕竟是多年的世交，关键是小蓝心会照顾他，帮他辅导作业。”

最后达成协议，这一次放在大女儿家里，下一次放在蓝叔叔家里。小安瞳的大姐和公婆在一起生活，是全职太太。每天上学放学，大姐都会按时接送小安瞳。小安瞳有了一种说不出的幸福感。

可是有一天，这个家庭也发生了争吵，焦点还是他。姐姐安梅很有底气地说：“他是我亲弟弟，我不照顾他，谁照顾他？”

姐夫杜家豪也理直气壮地说：“你可以照顾任何人，但不能因为照顾其他人而忽略了我们！别的什么都不用你干，就做点家务都做不好，你在这个家还有什么价值？”

小安瞳一直不明白为什么男人和女人在一起就吵架，就不能和和气气地说话吗？小安瞳知道姐夫平时是最疼爱姐姐的，现在因为自己的出现让姐姐受委屈了，内心很愧疚，所以他很知趣地离开了姐姐家。他先在街上逛了几圈，最后回到了自己家。因为爸爸妈妈不在家，所以大门紧锁着。他就沿着墙根儿，一脚踩着墙的阴影，一脚踩着细碎的阳光，向前走着，他知道前面有一个墙角可以爬进去。

那一晚，小安瞳和整个世界隔绝了。他害怕黑，但从小父母就让他习惯了黑。他们从早到晚地忙，在小安瞳眼里，他们没有活儿比没有货还可怕。没有货，他们可以很友好地一起出去进货，看看外面的风景。心情好了，脾气也好了。可是，如果没有活儿了，他们就只剩下争吵了。所以，小安瞳从小就一个人住一个房间，尽管他很不乐意，甚至排斥很久，恐慌了很久，但还是觉得一个人安静，因为这样不会被父母半夜的吵架声惊醒。现在真的就他一个人了，整个院子只有他一个人，他害怕，但他非要征服这种黑。

他把自己看过的鬼片里最惊悚的画面一一地在脑海里过一遍，然后跪在床上，挺直身子，咬着牙告诉自己：“我不害怕！”

弱小的身影在黑夜里显得无比强大。一只猫突然蹿了进来，“喵”的一声，把小安瞳吓得跌倒在了床上。他慌乱地用被子盖住头，紧紧地裹住自己，咬住被角，等着那些恐怖的画面出现。

过了很久，他听到了大门外面有响动，好像有很多人在说话，还冲着墙里喊了几声“有人吗?”，然后安静了一会儿，一些脚步声和低语声一起远了。这些声音的出现，反而让小安瞳有了安全感。他知道他们是来找他的。想想自己没被发现，小安瞳突然有了一种轻松的感觉。他打开了房门，想到院子里透口气。一开门，那只猫又“喵”一声，但小安瞳没有了恐惧感，因为他喜欢这只猫。白天的时候，他经常抱着它玩，突然感觉这只猫是来陪他的。他抱起猫，在院子里深深地吸了一口气，望着天上的月亮，感觉一个人守着一个院子也很好。他抱着猫，回到了自己的小屋，头一次感觉小屋那么温馨。猫也很乖，他瞬间闭上了眼睛。这个夜只有月亮睁着眼。尽管还有一些人也没有合眼，但他感觉好像都和自己无关了。

姐姐一晚上没睡，报了警。警察也没在第一时间理出什么思绪。婆家人那一脸的不满和时不时的一两句伤人的话语，让姐姐彻底崩溃了。她多吃了两粒安眠药，就昏睡过去了，没有醒来。婆家人还是慌了神，以最快的速度，找最好的医生，在最佳的抢救时间里，配合医生把姐姐抢救过来了。

此时，小安瞳也被警察从家里找到了，但他这一天的课却耽误了。他来到医院时，姐姐已经苏醒了。他没有经历那种疯狂地抢救，所以还体味不到姐姐此时死里逃生的幸存感。小安瞳拉着姐姐柔弱的手，看着姐姐苍白的脸，泪水还是止不住地流了下来。他虽然不知道昨晚姐姐为自己做了什么，但他知道这一切都和自己有关。

姐姐擦去他眼角的泪水，有气无力地说：“今晚我陪你回家睡，明晚爸妈就回来了。”

小安瞳坚定地说：“今晚我就陪你在医院里睡!”

这一晚，小安瞳觉得自己长大了。他为姐姐擦洗身子，为姐姐叫医生护士，为姐姐按摩，想尽各种办法，逗姐姐开心。这么多年来，他头一次这么近距离地为家人做事。他抱着姐姐的头，伏在床沿上睡着了。

父母回来的时候，小安瞳已经在学校里了，他一个人去的。姐姐还在医院里，还需要静养几天。小安瞳放学回家时，第一个想到的是去医院，于是他一个人坐公交去了医院。他把同桌帮他叠好的纸鹤拿出来，想带给姐姐看，让她开心。但是，还没到姐姐所在的病房楼层，他就听到了疯狂的争吵声。他感觉这声音里有熟悉的父母的声音。他没敢靠近，在走廊的一头观望。

母亲掐着腰，满脸疲惫地指着姐夫说："我把闺女嫁给你，是让你好好疼她的，现在可好，你差点要了我女儿的命！我女儿要是有个三长两短，你也别好过喽，你整个家族都不得安生！"

母亲骂完，还用手推了姐夫一下。姐夫虽然不耐烦，但还是装出一副理亏但又竭力挽回的样子，哄着母亲说："妈，都是我的错，我以后一定会让安梅好好的！"

过来几个穿制服的，好像说了一些什么，人群散去了。小安瞳不敢走过去了。他又一个人在街上走，感觉自己就是一个多余的人。他不知道自己该去哪，感觉哪里都不安静。最安静的地方只有自己的内心。他在自家外墙的墙根处，安静地睡着了。

安瞳醒来时，抬眼看到的是父母无奈的眼神。他好想再睡一会儿，或者像姐姐一样吃点什么，昏睡过去，等着别人来救。但他还是起来了，说了一句"我要写作业了，别打扰我"，就进自己房间了。

其实，他也想他们，他也想扑进父母的怀抱，让爸爸妈妈亲亲抱抱，但这样的情景他只在别人家见过。在他的记忆当中，好像从未有过这样的欢愉。他有时想，是不是从来没有人教过他们什么是生活，什么是爱。在他们眼里，生活就是为这个家操心，为生计费心。小安瞳甚至觉得父母的生意好像从来没有好过，否则，怎么没见他们兴奋过一次？虽然学习不好，但小安瞳特别希望在家里的每一个角落都放上书本，也许这样父母就会有丰富的情感了。他甚至都想让那个粗鲁的叔叔来，那样妈妈就会特别温柔。他不想想太多了，想静静。他把自己打开成一个"大"字，趴在床上，竟然又睡着了。

睡梦里，他感觉有美丽的天使，带着自己在天上飞。他们飞到一个大型的类似于迪士尼一样的乐园，这个乐园大到铺满整个天空，气派到满眼都是金碧辉煌的游乐场所。天使坐在金辔马车上，看着他在水上乐园欢呼，在摩天轮上尖叫。他玩累了，扭头找不到天使，就骑着一辆独轮车从乐园的最高处飞速滑下来，追上了那辆马车，拽着天使的衣袖，横着身子，同金辔马车和独轮车一起飞奔。他们进入到一片仙雾里，没了踪影。

第六章

学业之荒

越混越容易让人忘记日子，有时一些特殊的日子也需要人提醒。小安瞳已经习惯了一个人上学，一个人放学回家。每一天，他背着书包出去了，中午回来了；下午又出去了，晚上又回来了。课堂上，老师讲了什么，好像和自己关系不是很大。偶尔，老师会提醒一下，他才会注意一下老师。他注意到的是老师与别人不一样的地方。譬如：语文老师一抬手写字，胖胖的肚子就从弹性达到极致的裤子里秃噜一下露出来，耷拉在衣角和裤兜处。很多次，小安瞳都想冲上去，把那些调皮的玩意塞回去，狠狠地塞回去。

后来，他想到了妈妈也有这样的肉肉。每一次受了委屈回家，他就抱住妈妈的腿，拽住这些肉肉，乞求妈妈能抱起他，但妈妈每一次都会推开他，把衣服和裤子整理好后，就去整理一院子的药材去了。所以，他不太喜欢身上肉肉多的女人，也就不喜欢肉肉多的女人教的课，而教他们课的老师几乎都是肉肉多的女人。不过，他还是希望妈妈会瘦下来，他经常梦到妈妈有着飘逸的身材和调皮爱笑的面容。

他最喜欢体育老师，因为每一次体育老师都穿着皮鞋来，安排一下任务，学生们就可以自由活动了。只有这个时候，小安瞳才觉得自己不是多余的人。他最喜欢打篮球，球技可以超过高中生。这也是他每每想起就会情不自禁地笑起来的唯一资本。其实，他最喜欢的是在他进球时女生们的欢呼声和尖叫声。课堂上，很少有人为自己这样欢呼，更多的是嘲笑。因为他实在搞不懂课本上的那些东西学来有什么用，无非说话的时候比别人多说几句，而他又不愿意多说话。况且，没有学这些东西的时候，他想说什么可以毫无顾虑地说出来，现在还要仔细想想，猜猜老师喜欢听什么样的答案。只要稍微有一点点的发挥，老师们就会把毕生学到的他们认为有用的所有东西全都说出来。他觉得这是一种语言暴力，这种语言暴力让他感觉知识就是攻击别人的工具。他不想伤害任何人，也不愿让任何人伤害他，所以只有沉默！

偶尔同桌告诉他“放假了”，他才从自己的世界里走出来，感觉世界万事万物都那么美好。

每一次放假回家，路上碰到一些邻居，都会有人问一声：“安瞳，你们又放假了吧？阿姨看你脸上的笑容就不一样！”

小安瞳会很幸福地回答：“阿姨，你真漂亮！”

可是这一次放假，他竟然想不起来什么时候开学，只知道老师们都被派出去监考了。回来的路上，也有很多变化。原来路上已经看不清的白线，现在突然格外清晰；原来路口有很多小摊点，现在都没有了；他想买个零食，都花不出去钱。交警似乎比以前更精神了，姿势特别规范。他突然感觉整个城市被一个无形的东西梳理了，一切都变得井然有序。在每一个考点，他都能见到“高考”两个字。他知道，这个可能就是和自己将来的命运有关系的考试。不过，现在他倒像一个路人，好像这样的事离自己太遥远。他心里只有一个想法就是感谢高考，因为高考让他可以放那么久的假。不过，听同桌说，接下来就是他们的中考了。中考和自己有关。可是，有关又有什么关系呢？这么多年走过来，他好像就体育得了满分。其他的学科，他都不知道那些课本藏在哪一堆药材下面了。

别人的高考好像就是一个红色的条幅，横着竖着，挂在某个显眼的地方，挂着一些人的命运，也挂着一些人的焦虑。在小安瞳眼里，那些条幅就像一条条红丝巾，被一些看不见的手摆动着，告诉他这个世界还有其他人。而这些人好像正按照上帝的旨意，按部就班地做着一些和他无关的事。没有人给他什么旨意，连父母好像都不太在乎他将来要做什么，在他们那里，只要他活着就好。因为他们有药材生意，今后能让儿子接过他们的生意就可以了。

放假这几天，小安瞳在院子里瞪眼看了几天药材。那些刚刚被父母从很远的地方拉回来的药材，就堆在院子里，还散发着大山里清新湿润的空气味道，他拿起每一种不认识的药材嗅一嗅，最后就一种感觉——药材味。他还不知道父母对他的最大希望和这些药材有关，只是觉得自己从早到晚，就在这些药材里，慢慢地长高了，就像从一条虫一下子变成了龙一样。

可是，他还是感觉不到高考对他来说有什么重要性。大姐和二姐很着急，找来了蓝心给小安瞳补课。蓝心刚刚参加完高考，熟知考场上的路数，特别是中考。小安瞳本来不想再接触任何课本的，想直接参加考试。可是一听说蓝心姐姐来给自己补课，他心情特别舒畅，因为他特别喜欢这位姐姐。虽然她学习特别忙，很少出来玩，但是每一次小安瞳受委屈了，在家门口哭，遇到蓝心姐姐从家门口路过，他都能安静下来听她讲很多有趣的故事。直到小安瞳露出了笑容，她才离开。蓝心姐姐是小安瞳世界里的天使。

这么多年来，他感觉自己内心深处总有这么一个人，一直支撑着他，在他最绝望的时候，想想这么一个人，一切就峰回路转，淡如云烟了。可是，这只是他内心的一个幻影，很少真实地出现在他的世界里。偶尔，他会把蓝心姐姐当成沈逸琳，有时看到沈逸琳又能想到蓝心姐姐。

蓝心姐姐第一次这么近地坐在他面前，小安瞳突然不安了起来。他突然感觉学霸那么有魅力。她的言谈举止，一颦一笑，都让人有种舒服的感觉。小安瞳突然后悔自己荒废学业了。

蓝心很小心地问他：“你在想什么？没有信心吗？”

安瞳摇摇头说：“每一次老师发试卷，我几乎都没怎么看过，写一个名字就睡觉了。”

蓝心笑了笑，似乎想起了班上的什么人，然后眨了眨眼说：“我明白了！那你相信我吗？”

安瞳很干脆地说：“你说什么我都愿意听，蓝心姐姐！”

蓝心摸了摸小安瞳的头说："相信我！我们一起让你的中考成绩超过平时的任何一次考试成绩，好吗？"

安瞳特别兴奋地说："只要我有成绩，有学校要我，我就满意了。"

蓝心看看安瞳幼稚的脸庞，笑了笑，说："会让你满意的，加油！"

蓝心把开卷考试科目的万能句子整理出来，让安瞳记到了书上，并把重点的字句画上了特殊符号，只要题目当中出现这些字眼，小安瞳就可以把这些内容直接抄写在试卷上。其他科估计只能靠选择题了。蓝心又把选择题的答题规律说了一些，当然都只是应急的策略，虽不能百分之百对，但至少不会百分之百地错。

小安瞳头一次这么认真地听课，听完之后，他说："蓝心姐姐，中考那天你送我呗？"

蓝心很干脆地说："好啊，只要你这几天听话，我就送你去中考！"

小安瞳突然有种甜蜜的感觉。经过几天的努力，小安瞳把蓝心指导的重点内容背得滚瓜烂熟。也不知道是老天刻意在帮小安瞳，还是蓝心的确有决胜中考的奇谋妙计，中考那几天小安瞳竟然觉得自己答题时有着从未有过的轻松感，感觉什么都会似的。但毕竟平时没有那么努力，他的中考成绩还是比别人少了几百分，367 分！但是这对于小安瞳来讲，是有史以来最好的成绩，他平时连 200 分都很难得到，有时甚至连 100 分都达不到。这个分数已经过了红线，也就是建档线过了，意味着他有学校可上了。

成绩出来的那一刻，他比蓝心还兴奋。蓝心拿到的是重点大学的录取通知书，而小安瞳拿到的是中专的录取通知书。虽然是职业技术学校，但小安瞳还是很自豪，因为这个学校可以参加职技对口高考。

他见到蓝心的第一反应是冲上去抱住了她："姐姐，你真好！我以后一定会好好学习的，我要和你考同一个城市的大学！"

那以后，小安瞳心里就有了一个上大学的梦想。一个人有了梦想，就会感觉这个世界还有很多有趣的事情吸引着他。其实孩子的世界就是一个魔板，在瞬息万变的时空里，他们在等待着机会，登上人生的顶峰，与生活狂舞。

第七章

选择之盲

暑假有时容易让人颓废堕落，甚至绝望。虽然对于安瞳来说，每一天都是假期，但是暑假却让他更无所事事。同学们好像都很忙碌，有的学吉他去了，有的学画画去了，有的学跆拳道去了，还有的当临时工赚钱去了，唯一让他不理解的就是有的学生竟然提前学习高中课程去了。安瞳想：现在就学高中课程，那开学不是更无聊啊！

安瞳不知道自己要学什么，想问蓝心，但是看蓝心天天捧着个《新概念英语》，怕一问，蓝心会让他学英语。他最讨厌英语，但也知道高考离不开英语，感到很矛盾。但他还是愿意顺从自己内心，远离这些让自己不开心的东西。做什么能让自己开心起来呢？他突然想找沈逸琳玩了。他只想看看沈逸琳在做什么。他不想打电话，也不想留信息，只想跑到她家门口看看。因为沈逸琳搬家了，搬到了郊区一处类似别墅的房子里。

出门前，他打扮了一下，把姐姐的墨镜戴上，再戴个炫酷的帽子。他打开手机美颜相机，看了一下自己，感觉很酷。一路上，他只听到了自己的口哨声和耳边的风声。其实，人一旦有了期待，世界就这般美好。清风流云，周边景色亮丽，仿佛一切都是刚刚被上天装饰好的。那一瞬间，他觉得这样才是真真切切地活着。

前面不远处，开满蔷薇花的小院，就是沈逸琳家了。沈逸琳搬家后，他只来过这一次，但他感觉这才是称得上“过日子的人家”。以前还小，只顾着吃沈逸琳妈妈做的好饭了，安瞳还没有意识到家庭对于他来说，到底有多大的意义。现在想来，一个人在外人面前的样子，就能照出家的样子。

他似乎有很多话想和沈逸琳说，因为他的心里话也和别人提起过，但没有人真正在意他的感受。他坚信沈逸琳会懂他。在敲门的那一瞬间，他的手指还是缩了回来。沈逸琳考上的是全市重点高中，而他考上的是全市可以收留他的学校。虽然他不在乎这些，但是他怕沈逸琳妈妈在乎，大人一在乎，小孩子就有可能不自由了，他们今后能不能见面都很难说，因为沈逸琳妈妈做什么好像都是很讲究的。

他正纠结的时候，院子里传来了钢琴曲《天空之城》，这是沈逸琳最喜欢的曲子。

他曾经问过她："为什么叫天空之城？"

沈逸琳抬头看着天空说："我也不知道。但只要我弹起这首曲子，我就能看到天上有一个我经常梦到的人，给我憧憬，给我力量。"

小安瞳也喜欢音乐，但是父母好像从来没有想到要给孩子一个良好的教育环境。他曾经在元旦晚会上和沈逸琳一起唱《答案》。音乐老师一下子就喜欢上他了，觉得他是音乐天才。

班主任和音乐老师都曾找他爸妈谈过，但他妈妈说："天天唱歌，像个戏子，能管啥用！"

所以他都忘了自己还是个音乐天才。今天，他突然有一个念头，那就是考音乐学院。于是他很坚定地敲响了沈逸琳家的门。里面的琴声并没有停止，但门开了，沈逸琳的妈妈出来开的门，她看到安瞳，犹豫了一下，但还是很热情地把安瞳请进了家门。

沈逸琳似乎并没有发现有人进来，还是很专注地弹着。安瞳就站在门口，仿佛站在"天空之城"的门口。平时，沈逸琳嘴里哼唱的曲子，此时就在她的指尖跳跃着。他第一次这么真切地看沈逸琳弹钢琴的样子。微光下，沈逸琳着一袭白裙，披着长长的黑发，舞弄着纤细的手指，时不时地眨动一下长长的睫毛，身体随着乐曲摆动，真的宛若天仙。这是他有生以来，头一次感觉自己活在高雅的殿堂之上。琴声停下来的时候，安瞳的思想还在天空之城里游荡。

沈逸琳看到安瞳，站了起来，很有礼貌地说："你比我更适合学音乐，安瞳!"

旁边的指导老师看了看安瞳，问沈逸琳："他也会弹钢琴吗?"

安瞳摇摇头说："我什么琴都不会弹，但我喜欢音乐，经常听歌，我听一遍就能唱出来，只是有时没心情唱而已。"

钢琴老师说："那你唱一首吧，好吗?"

安瞳说："我和沈逸琳一起唱吧，就唱《答案》。"

安瞳不害怕任何人，他习惯了一个人，所以即便身边有人，他也只觉得就他一个人。现在多一个沈逸琳，他觉得刚刚好。

钢琴老师听完他们的对唱，连声叫好，看着安瞳说："你绝对是音乐天才，以后和我一起学音乐吧?"

安瞳说："我家人不同意。"

钢琴老师说："你只要有时间就来沈逸琳家里，或者到我家。你有成就了，家人就会同意了。"

安瞳点了点头。

其实他在想，反正也没什么事可做，有一件自己不是很讨厌的事可以做，也是一种生活，免得每一天都想接下来自己要做什么。更何况，和这么好的同桌在一起学彼此都喜欢的音乐，应该是天下第一大乐事。

安瞳回到家，并没有和家人提这件事，因为他感觉这件事是他和沈逸琳的事，和任何人无关，也没有必要让更多人知道。知道的人都会从自己的角度去评说，不会给他更好的结果。但是，安瞳现在很开心，他躺在床上，感觉特别惬意。

马上开学了，家人又争执了起来。这一次，除了父母，大姐、大姐夫、二姐和二姐的男朋友，还有蓝心姐姐，都来了。焦点是小安瞳该去哪个学校上学。如果按照分数，他只能上一所中专学校。学个技术出来，打一份工混混日子就够了。而且这个学校还提前下了录取通知书。爸爸的意思是找人帮忙让小安瞳上高中，这样将来有考大学的希望。

“就你们老安家能出大学生？除非祖坟冒青烟！”周美琪总是用这个腔调跟安浩天说话。

“就冲你这句话，我就是砸锅卖铁也要让我儿子上大学！”安浩天一被激怒就谁也改变不了他的决定了。

“考大学不是重要的，关键是要和优秀的人在一起。安瞳要是考上清华，哪怕是清华里的最后一名，那他也是优秀人群里的。他的朋友圈和我们的朋友圈就都不一样了。”大姐安梅缓解了一下气氛说。

姐夫杜家豪顺着安梅的话说：“我们做生意的都知道，赚取人脉最重要！上高中应该是最明智的选择。就是他考不上大学也无所谓，班上有那么多考上大学的学生，这些学生可能是他人生中最重要的资源。有时，我们要学会借力！”

“安瞳已经是大孩子了，你们就不能让他自己决定吗？我就已经被你们决定错了！这马上毕业了，我和我男友打算去北京发展，他爸爸已经给我们找了一家卖医疗器械的公司了。今天你们就不要决定我的前途了！”二姐安忆很不开心地说，然后拉着她的小男友出去了。

安瞳在一个小角落里，看着大人们吵来吵去的样子，觉得很无聊。他突然感觉自己真的长大了，因为大人们已经把“小”字去掉了，现在他是“安瞳”。他觉得很惬意，好像自己就是一个大男人了。大人们还在那争辩着，而他只在乎蓝心姐姐的建议。

“我想安瞳肯定想上高中。”蓝心看了一眼安瞳说。

安瞳听完微微低头，嘴角泛起了莫名的微笑。

“就他那点成绩，累死也考不上大学！”周美琪又发话了，不过这话在理。

“是的，如果只靠这点成绩肯定什么大学也考不上。我之所以支持他上高中，是因为他音乐好、体育好、美术好。他可以学个艺术，然后在文化课上再努力一下，就能上一个好大学了。”蓝心很耐心地解释着，可是没有什么见识的周美琪根本不懂。

“学艺术管什么用？还不如学个厨师呢，好歹会做个饭。成天唱啊跳啊画啊的，一个大男人弄得娘娘腔的、疯疯癫癫的，我看不惯！”周美琪一个人坚守着自己的执念。

“多说无用，我儿子我说了算，上高中！现在就报名去！我出去一下，和在学校里当主任的你马叔叔碰个面，把这件事定下来！”安浩天说完，就出去了。

“我也去！”安瞳跟着安浩天一起出了门。

刚一出门，安浩天就给那个马叔叔打电话了，他们谈得似乎很顺利。安瞳感觉自己将要去本市艺术生最多的那个学校了。

他和安浩天说：“爸爸，我听你的，你去解决吧。我到附近走走，想一个人静静。”

安瞳来到了他心情不好时经常去的小河边。夏天的河水总是那样多情，芦苇摇曳着满岸的风情。他走在河边的木板桥上，看着两边一望无际的河水，想大声地叫几下，可是他不知道发“啊”还是发“唉”。只好抬头看了看天，他后背倚在栏杆上，双手往后舒展，做起飞的姿势。其实，他从来没有想过要飞，因为他不知道自己能飞多远，飞多高，能不能飞回来。看久了天，他扭过头，又望了望水。

他想起了和沈逸琳去参加歌唱比赛路过这里时，音乐老师问他们：“这里的河水为什么这么绿？”

沈逸琳说：“因为水里有一种神奇的水草，它可以用自己的颜色改变周边所有的颜色。”

安瞳不知道怎么回答，他看到周边有很多绿色的树，随口答道：“树染的！我以后就用这些树把世界上的每一座城市、每一条河流都染成绿色的。”

想想小时候天真的想法，安瞳多想把时光定格在那一刻啊！

沈逸琳弹着钢琴，他穿着小礼服，唱那首《让我们荡起双桨》。这样的场景经常在梦里出现，此时出现在了河面上。那美妙的感觉，就像在沙漠里看到海市蜃楼一样。人生就是这样，当现实很残酷的时候，我们总能从梦里找到安慰。回过神来，安瞳自己都笑自己“做白日梦”！

沿着河边，安瞳带着美好的心情憧憬着未来。河边的风抚摸着安瞳的脸庞，那么地妩媚。路上的行人渐渐地少了，空气越来越清新。

隐隐约约地感觉前面好像有哭声，顺着芦苇摇曳的小径，安瞳看到一对母女蹲在河边。

“不想念就不念！你有本事就去打工！”那个母亲很生气地说着。

“你让我去技校，能学到什么啊？我想画画，去艺术学校不可以吗？为什么你总是这么固执？”那个女孩不顾形象地对母亲哭诉着。

“就你那点分，能上一个技校，学个手艺就可以了。难不成你还想靠两百多分的中考成绩上北大啊？天上就是掉陨石也砸不到你头上！”

“妈妈！你怎么就不相信我呢？我考外语的时候，睡过头了，监考老师不让我进！”那个女孩满脸委屈地说着自己的理由。

“信你？你连时间都控制不好，还能控制啥？”妈妈一脸不屑，眼睛狠狠地瞪了女儿一下。

“你还说我呢，你说帮我看着时间的，我睡醒了，你还没醒呢，你这个妈妈怎么当的啊？你平时老是让我看别人家的孩子怎么做的，我现在也想让你看看别人家的父母都是怎么做的！考试这几天，我吃不好睡不好，你问过我吗？你越是让我上技校，我就越是不想去！再逼我，我就跳河，反正我在你眼里也不重要！”说着女孩做出了要跳河的姿势。

母亲狠狠地打了她一巴掌，骂道：“你除了用死来威胁我，还能干什么？”

安瞳看着这样的情形，实在忍不住说了一句：“你女儿都要跳河了，你怎么还那么霸道？你们大人就不能尊重孩子的意愿吗？”

“你是谁？少管我们闲事儿！妈，我就这么决定了，我去报志愿！”女孩先发了话，不仅没有感激，反而责备了安瞳。

说着，女孩拉着妈妈的手，两个人很亲密地离开了。

安瞳看着他们的背影，一脸发蒙样。一阵风吹过来，芦苇发出响声，在安瞳的耳朵里，满满的都是嘲笑声。

第八章

大理之奇

蓝心要上大学了。蓝心要和爸爸蓝文轩提前几天去，顺便到云南玩玩。安瞳也想去云南玩。

周美琪第一个站出来反对：“那得花多少钱啊？以后等你自己赚了钱再出去玩！”

安浩天看着蓝文轩不解的样子，扭头和周美琪说：“想去就让儿子去吧，也许回来之后，儿子突然就长大了呢。”

周美琪这几天说话也没分量了，在外人面前，她也不好多说，一个人跑到院子里弄那些药材去了。

安浩天偷偷地塞给安瞳一些钱，说：“自己的事情自己做，不要给蓝叔叔添麻烦！”

安瞳突然感觉爸爸是世界上最帅气的男人，连连点头说：“爸爸你放心，我不仅能照顾好自己，还能照顾好蓝心姐姐。”

他们坐了十几个小时的高铁到达昆明。那一晚，昆明的夜色特别美，那晚的天空像白天一样，白云依然透着亮光，很随性地在头顶上飘着。

蓝文轩的大学同学杨子祥来接站了，他们也已经好多年没有见面了。

一见面他们就寒暄起来。杨子祥说：“行啊，蓝文轩，一儿一女啊！嫂夫人还和当年一样，绝代佳人啊！”

戴小婉温婉地一笑说：“您说笑了，这个是朋友家的孩子，非要和他蓝姐姐一起来云南玩。孩子们，跟杨叔叔问好！”

安瞳学着蓝心鞠了一躬，问候道：“杨叔叔好！”

“这么多年，杨子祥，你也没什么大变化啊！”戴小婉上下打量了一下杨子祥说。

虽然戴小婉很随意地和杨子祥谈着什么，但安瞳总感觉戴小婉眼神里有种特别的东西。不知道为什么，他感觉戴小婉现在的眼神里有一种和平时不一样的东西。安瞳这个年龄的小孩只能看到表面的不一样，弄不清楚为什么。也许，大人也不一定能弄清楚为什么吧。

“我们宿舍的几个人都留在了南方，就你们家文轩为了你回到了北方。谢龙飞，张立国，袁天林，他们听说你们要来，专门从广东、广西赶过来了，现在在饭店等着呢。”杨子祥拉着蓝文轩的手与戴小婉说笑着。

安瞳看着这个杨叔叔谈笑风生的样子，感觉他肯定是生意场上叱咤风云的人物。

他们坐着杨子祥的宝马，来到了一家豪华饭店。他们一进门，三个中年男人就迎了上来：“文轩兄，小婉妹妹！”

他们又是握手又是拥抱，感觉和孩子们没什么关系一样。最后转到孩子话题上，还是那一句“一儿一女，真有福气”。这一次那个杨叔叔很得意地解释了，安瞳还是不自觉地看了一下戴小婉，戴小婉的眼神里还是存了一丝莫名的忧郁。

不过，戴小婉瞬间就转移了话题：“文轩，咱们敬各位一杯！”

蓝文轩提起酒杯说：“我先干为敬，兄弟们辛苦了！”

安瞳和蓝心看着大人们谈论大学时开心的事情，心里特别羡慕。安瞳小声地说：“蓝心姐姐，这个杨叔叔上大学的时候，是不是也追过你妈妈啊？”

蓝心很疑惑地问：“你为什么有这样的感觉？”

安瞳也不知道怎么回答，就用了大家常说的话：“你妈妈长那么漂亮，肯定有很多人追她。”

“也许我妈妈就是他们的青春吧。”蓝心若有所思地说。

“蓝姐姐，你的青春是谁？”安瞳不知道为什么这么问。

“我的青春是一本无字的天书！”蓝心突然得意地说。

“各位叔叔阿姨们好！我来迟了。”大家正谈着呢，一位穿着很嘻哈的帅气大男孩进来了。

“你小子！让你早点来迎接弟弟、妹妹呢！又跑哪疯去了啊？自罚三杯！”杨子祥虽然说着埋怨的话，但脸上写满了自豪，“我家败家子儿，杨帅！”

“我干了，各位请随意！”这个帅气的杨帅，还真爷们！说完，一仰脖儿，干了！

安瞳也端起了酒，可是没有勇气喝下去。

杨帅看到后，接过酒杯：“兄弟，你还小，我替你干喽！”说完，杨帅又一仰脖儿，又干了。

“这几天你就领着弟弟、妹妹玩，我和你这些叔叔阿姨们叙叙旧。”杨子祥吩咐着。

“好嘞，这活儿我愿意接，您就瞧好吧！”杨帅很开心的样子，吃了几口之后，小声地和安瞳、蓝心说，“咱们出去玩！我带你们好好玩玩！”

“和大人们说一下吧。”蓝心说完，就和父母商量了一下。

“都是大孩子了，马上上大学了，应该独自出去闯闯了。帅帅照顾好弟弟、妹妹！”几个大人都同意孩子们一起出去玩了。

杨帅带着蓝心和安瞳，四处转了转。蓝心觉得有点累了，说要回家。

杨帅说：“是不是觉得这里不太好玩，明天我带你们去大理。把身份证拿出来，我在网上给你们订票！”

蓝心和安瞳早就听说过云南的大理和丽江，但不知道那到底是什么样的地方。他们只是听说有一个人写下几个字，辞去了工作，就来到了大理，找到了自己的真爱，过上了幸福的生活。那时安瞳感觉，这样的故事只是童话世界里的美好愿望。现在，他就在离大理不远的地方，有人要带他去，他肯定很兴奋的。他毫不犹豫地拿出身份证递给杨帅，杨帅很快就订好了三张去大理的火车票。

此时，已是深夜。昆明的夜晚依然很明亮，大人们醉在了自己的青春里，孩子们醉在了这迷人的夜色和憧憬的世界里。

大人们还没有起床，孩子们就出发了。蓝心想叫醒妈妈，被杨帅拦住了说：“戴阿姨醒了，我们还能去大理吗？你马上就是大学生了，该独立了，听我的，出发！”

安瞳觉得自己是个自由人了，不用担心谁会阻止，想出去玩的心情特别强烈。他和蓝心说：“蓝姐姐，戴阿姨会同意的，我们给她留个字条。”这是安瞳经常用的方式。

“留什么字条啊？都什么年代了啊，微信里留一句话就可以了，他们不放心，醒了可以找咱们啊！”杨帅很不耐烦地说。

蓝心在微信里留了一段话，就毫无牵挂地出发了。

大理的白天是寂寞的，有很多店铺都没有开门。

安瞳很好奇地问：“这就是大理吗？和我想象的不一样啊！人呢，都去哪里了啊？”

“我们先找个住的地方，休息一下，然后去苍山洱海。等夜晚回来的时候，这里就热闹了。”杨帅很熟悉这里似地说。他说他经常来这里找艳遇，但目前还没有遇到。

说这话的时候，杨帅眼角有一种怪笑，回头看了一眼蓝心说：“也许这一次我会遇到哦，哈哈哈哈！”

安瞳下意识地拉了一下蓝心，蓝心很平静地说：“他就这样的，早就听妈妈讲过了。虽然他嘴上很花，但内心很纯净的。他还是学霸呢，这次高考他在他们县城是前五名呢。”

“安瞳，你还小，但你也要学会哄女孩子啊，否则以后找不到对象的。你马上上高中了，也不算小了，有没有心仪的女孩子啊？现在初中生谈恋爱的也很多的。”杨帅像个大人样给安瞳讲女孩子。

安瞳的脑海里立即出现了沈逸琳。虽然他们不是谈恋爱，但是有她在，他就觉得舒服。不知道现在沈逸琳在做什么，是不是还在弹钢琴啊？她马上去全市最好的学校了，以后他们就很难再见到了。

“是不是想女朋友了？看来你还真有啊！这位老兄你行啊，有没有什么经验和我分享一下啊？”杨帅一路上逗着安瞳。

安瞳突然感觉自己和身边的这两位准大学生一样，瞬间成熟了。

是不是心中住着一个女孩子，男孩子就能长大了呀？安瞳想着，脸红了起来，因为他脑海里出现的那个同桌“沈逸琳”笑了一下，然后飞到他身边，亲吻他一下，又飞走了。他好想抱住她。他抬头望天空，天上都是飘逸的七彩云，漂亮极了。

“你们看！天上的云朵真漂亮！”安瞳惊喜地喊。

三个孩子一起望向天空。大理的天空如此神奇，总能把人们最诡异的想法编织成梦幻般的云彩，挂在你头顶，让你时时仰望，充满无限的期望。

“蓝心过来，我和安瞳帮你编头发吧？”说完，杨帅拉着蓝心跑到编七彩发辫的摊点，按下蓝心，就解开了她的辫子。他选出最漂亮的七根彩绳，系到了蓝心的头发上。蓝心很不好意思地坐在那里，任凭杨帅摆弄她的头发。

“安瞳，这根给你！你帮你蓝姐姐扎一根彩绳！”杨帅说着，很笨拙地编着蓝心的发辫。虽然编得很乱，但蓝心看杨帅那么认真，也就认了。

安瞳帮姐姐扎了一根，这是他头一次给女孩子编辫子。以前，姐姐们为了寻开心，经常给自己扎个冲天顶的小辫子，笑过之后，留下安瞳一个人死劲地撸那发绳。安瞳弄掉发绳，满眼都是泪水，也不知道是因为弄疼了头皮，还是被姐姐们嘲笑自己是“小女孩”，反正就是不舒服。所以，这一次，他很小心地帮蓝姐姐弄头发。

他还关切地问：“蓝姐姐，你喜欢吗？不喜欢我们不弄了！”

“弄完了，多漂亮啊！”杨帅拉起蓝心站在镜子旁，“你看你这么一扎，我们多般配！”

“杨帅！你再胡说，我就不理你了！”蓝心很不好意思地说，“安瞳我们走！”

“别走啊！前面就到了！这家客栈很适合我们，里面有个很豪华的带套间的亲子房。”杨帅拦住蓝心说。

“豪华的啊，不要那么贵吧？我一个人住，你和安瞳一个房间。”蓝心很坚定地说。

“放心，我们住的话，和普通间一个价。关键是你一个人住，我们都不放心。我爸已经给我们安排好了，放心吧。”杨帅说着把行李包裹都卸下来，和服务员说了一些什么，他们就被安排在了一间很豪华的带套间的房子里。里面套间还有一扇门，蓝心就住在套间里了。

“这个是孩子的房间，我们两个是大人了，你要听话哟！”杨帅又开始戏弄蓝心了。

蓝心也不理他，看着这别墅一样的客栈，感觉很开心。外面还有一个大阳台，应该说是大平台，站在平台上可以看见远处的苍山。那些奇形怪状的云彩都聚集到了苍山之上，把苍山包裹得像黑面膜外渡了一层奶酪一样，那黑黑得纯澈，那白白得透明。

“车来了，女士们先生们，我们马上去洱海！”杨帅学着导游的腔调，招呼着蓝心和安瞳。

安瞳此时正在云彩里找着“沈逸琳”呢。

“安瞳！这个你拿着！一会儿，万一你跑丢了，我们找不到你。”杨帅递给安瞳一个新手机。安瞳父母怕孩子们出门只顾着玩游戏，没有给他手机。

安瞳虽然觉得不好意思，但还是很爽快地接过来了：“谢谢帅哥哥！”

他们坐上车转了一个弯儿，就到了洱海。洱海的水特别蓝，岸边都是拍照用的道具。杨帅拽着蓝心，站在“心”形的玫瑰花做的道具旁边说：“站好，别动！我给你照出‘蓝心’的感觉。”

手机里瞬间就出现了蓝心的靓照。蔚蓝的天空和浅蓝的海水融在一起，“心”形的红玫瑰仿佛是这蓝色背景上的一枚印章，蓝心就是这“印章”上刻的字。安瞳看了一眼杨帅。杨帅很沉默地看着手机里的“蓝心”，感觉那就是他心底刻下的“爱”字。安瞳觉得此时自己有点多余，就独自一人来到了另一个景点。那里有一个歌手抱着吉他唱着《当爱已成往事》。

周边的游客都说："这肯定是个有故事的人。"

蓝心发现安瞳不见了，慌了神，四下里找，最后手机定位到了这里。

杨帅跟没事人一样说："我就说没事的，他是男人！"

说着他拿起旁边的话筒："先生，帮我弹一曲《情非得已》！"

杨帅唱到"只怕我自己会爱上你，也许有天会情不自禁"的时候，眼里充满了爱意地看着蓝心。

蓝心脸一下子红了："我不理你了，我们回家！"

安瞳正沉浸在这美妙的歌声里呢，蓝心已经跑出去了。杨帅在后面追着，好像跟安瞳没什么关系一样。但安瞳觉得，不能让姐姐吃亏，也追了过去。

杨帅一把抓住蓝心说："我只是唱歌给你听，对不起啊！"

安瞳也追上来，为了缓解一下气氛，说："杨帅哥哥唱歌真好听，再给我们唱一首呗？"

"好的，兄弟！我给你唱华晨宇的《我管你》！"杨帅和安瞳搭肩搂背地大声唱着，"噢噢噢噢噢噢噢噢噢，我管你的感受，噢噢噢噢噢噢噢噢噢，我管你什么想法……"

蓝心也觉得是自己自作多情了，也许人家根本就没有什么想法，只是兴趣来了，随口唱几句而已。这样想着，她就不觉得有什么了。蓝心跟在两个大男孩后边，欣赏着路边的格桑花，突然感觉自己很幸福，对大学生活充满了无限的渴望。那隐隐约约的情感好像一下子就萌生了，这就是成熟吗？

路上吃了一些小吃，他们回到了客栈。也许太累了，两个大男孩就那样横在床上睡了。蓝心看着两个大男孩沉沉地睡去，自己也安心地睡着了，梦里都是格桑花。

第九章

醉酒之情

大理的夜晚，装满了全世界最休闲的“红男绿女”，仿佛白天的七彩云一下子就落了下来，散落成不同肤色各具特色的闲男散女。他们从不同的方向，涌了过来，好像从地底下冒出来的一样，突然就出现了，瞬间塞满了大街小巷。三个孩子随着人流往前走。

杨帅早已经按捺不住内心的激情了，他领着蓝心和安瞳走进了一家餐厅，点了六瓶啤酒和一些小吃，还给未成年的安瞳点了饮料。餐厅的中央有乐队和歌手在演出，周围都是喝着酒、吃着小吃的看客。鼓声响起，很多游客跟着摇摆了起来。

杨帅倒满三杯酒，站起来用左手跟着节奏“嚯嚯”地摆了几下，一口干了一杯。

蓝心也放开了，干了一杯。安瞳默默地在旁边吃着小吃，他从一进门就被那个唱歌的小哥哥吸引了。主唱抱着个吉他，跟着乐队声嘶力竭地唱着最摇滚的乐曲，都是DJ版的。在唱到了《习惯了有你在身边》的时候，安瞳回头看了一眼杨帅，杨帅看了一眼蓝心，蓝心谁都没看，只是默默地喝酒，吃着零食。这里的每一个人好像都在音乐里找到了自己，每个人都若有所思地听着。只有安瞳，跟着音乐，看那位大哥哥卖力地演唱，突然感觉人活着都不容易，每个人好像都在为自己的梦想和现在的生活而拼命。就像现在的自己，也许不该来这种地方，但是现实把自己推到了这里，就只能跟着这里的节奏狂欢。人有时活的就是这种存在感，只要知道自己还在就好。安瞳还不知道自己要什么，但是他在这里找到了自己，也就是在别人的生活里，他看到了自己的影子。以前总觉得自己活得很飘，不知道自己该做什么，任何事情自己都做不了主。好像所有人都在生活里，只有自己在生活之外。自己真的只是一个看客吗？

“沈逸琳”这个名字又出现在了脑海里，他看到了自己小时候和同桌一起参加演出的样子，人们都说他们是“金童玉女”。可是，在家的时候，这个名字为什么一直不出现？现在脑海里为什么经常出现“沈逸琳”三个字呢？也许，这个城市天堂般的美好意境，最适合“沈逸琳”吧。

“兄弟，想什么呢？听入迷了啊？以后是不是也想当个歌手？以后这里的主唱就是你了！”杨帅边说边举杯喝了一杯。

安瞳也不知道，自己走神的时候，他们喝了多少。杨帅的脸红了，蓝心的脸也红了。蓝心和杨帅的眼睛都很迷离，也不知道是他们真喝多了，还是谈了什么，彼此有了暧昧的表情。

安瞳说：“你们喝多了，咱们回去吧！”

“好！我们回去聊！”杨帅站起来叫老板结账。

安瞳说：“进来的时候我们就结过了，哥哥。”这两个人真喝多了，摇摇晃晃地走了出来。这里离客栈不远，安瞳架着两个人，跌跌撞撞地来到了客栈。安瞳把他们扶到了大平台的沙发上，两个人似乎还有没说完的话题。他们谈高考，谈感情，谈生活，谈班上的奇葩。安瞳一个人在豪华间里洗洗睡了。

睡到半夜的时候，他感觉窗外还有说话的声音，拉开帘子一看，杨帅和蓝心还在沙发上坐着。蓝心哭得稀里哗啦的，杨帅就在旁边抱着蓝心的肩膀，帮着她擦眼泪。

安瞳隐隐约约地听到蓝心说：“我不是我妈亲生的，我是别人家的孩子。我妈不能生育。”

“别乱说！你是戴阿姨亲生的！”杨帅好像被这样的语言吓得醒酒了。

“我不是！我高考结束之后，我爸妈聊天的时候，我听到了。我是安浩天的女儿，我和安瞳是亲姐弟俩。”蓝心说这些话的时候，安瞳身上的鸡皮疙瘩都起来了，蓝心是不是中什么邪了啊？

以前经常听人们说蓝心和自己长得像，他以为人们说着玩的。小孩子都一个样，有什么像与不像的。现在想来，这一切应该不是空穴来风。

“我是周美琪亲生的女儿，我和周阿姨长得像，安瞳也随周阿姨的长相。所以，人们都说我们是亲姐弟俩。安叔叔想要一个儿子，生了三个都是女儿，因为计划生育管得严，已经生了两个了，被罚得家里也不剩什么了，就把我送人了。之后，家里就多了一个弟弟。”蓝心哭着说着，似乎很清醒，不像是醉态。

“怎么感觉像电视剧里演的一样呢？你是不是哪里不舒服啊，蓝心？”杨帅也觉得不可思议！

“戴小婉是当年的院花，我爸杨子祥也曾追过她，但戴阿姨都没有接受，最后接受了蓝叔叔。当年蓝叔叔是医学院的高才生，中医世家第九代传人，因为潜心学业，没有时间谈恋爱。”杨帅好像想起什么似的说着，后来又像讲故事一样说，“在大四的时候，蓝文轩遇到了戴小婉，两个人一见钟情，都觉得彼此前世就见过。后来，蓝文轩为了戴小婉去了北方。再后来发生了什么，我就不知道了。我爸爸就和我说过这么多。”蓝心一直哭着，杨帅不知道如何是好。

“蓝叔叔和戴阿姨对你好就好了，他们可能还不知道你知道了这件事，所以你就好好享受现在的生活吧。如果你觉得委屈，以后我就是你的保护神。别哭了，蓝心！”杨帅头一次这么正经地说话。

安瞳拿了一条毛毯出来，披在了蓝心身上说：“姐姐，你永远是我的姐姐，无论周边有什么变化，我都会保护你的。杨哥哥，以后对我姐再好一点！”

安瞳也不知道什么样的好才算最好，他只是不想姐姐受委屈。无论她是谁生的，她都是他心中的女神。

这个夜晚，只有醉。安瞳醒着，突然感觉这个城市真的很魔幻，每个来这里的人都有着可以哭诉一晚的故事。安瞳没有什么想法，只是觉得马上开学了，来一个陌生的地方放纵一下，然后投入最大的激情，给自己一个活着的理由。他没想过什么艳遇，但他见证了姐姐的艳遇。“大理，下次来的时候，我一定带上沈逸琳。”安瞳这样想着，进入了梦乡。

第十章

青春之痕

蓝文轩醒来的第一时间，就被叫去义诊了。杨子祥公司里的大小人物都排着队等着。杨子祥、谢龙飞和袁天林陪着戴小婉。

“谢龙飞、袁天林，你们忙的话就先回去吧！”戴小婉很温和地说。

“我们公司没有我们也一样能运转。我们的女神来了，我们怎么舍得走啊，是吧，龙飞兄？”袁天林冲着谢龙飞笑着说。

“是啊，你不知道，当初为了你，我们这帮兄弟魔怔到了什么程度。你看天林兄的手！”谢龙飞抓起袁天林的右手掌，翻过来，“你看，小婉！这就是当年为了你，天林兄卖命的证据！”

“怎么会这样？我还以为那只是个文身呢！”戴小婉看着袁天林手背上的伤，心里一颤，不知道是心疼还是感动。毕竟是因为自己，袁天林才有了一辈子也去不掉的疤痕。

杨子祥看戴小婉有种愧疚的感觉，慌忙地说：“小婉可能还不知道这些。过了这么多年了，现在谈起来，觉得青春真好，可以毫无顾忌地为某个人卖命。那时候，你是我们心中的女神，我们都想保护你，不希望你受一点委屈。有一次，在食堂排队打饭，你在最前面，后面有几个男生故意往前挤，就为了和女神有个身体接触。当时你很生气，没有打饭就走了。我们几个在后面看到你受委屈走了，我火就上来了，说了一句‘兄弟们，上！’袁天林第一个跑到前面，把那个故意挤你的长得坏坏的男生给打了。因为天林是拿着饭盒打的，用劲儿太大，把对方的头打出血了，饭盒都被打变形了，饭盒弯曲的地方正好划到了手掌，连皮带肉就这么翻着。天林这小子骨头硬，一点没喊疼。我们几个把那个男生吓得捂着头就跑了。结果谁也没吃上饭。”

“还没包扎好伤口，辅导员就把我们叫去了，说要给我们开除处分。我们求爷爷告奶奶地认错，才被留了下来。杨子祥说了，不要让你知道，所以我们谁也没敢吭声。”谢龙飞接着说道。

戴小婉沉默了好久，她不知道在大学里有那么多男孩子关注自己。其实，她那时只想安静地读读书。此时她也不知道该说些什么，抬头看了看几位和当年不一样的三个大男人，笑了笑说：“对不起啊，现在听来感觉你们在讲别人的故事。”

戴小婉感觉这样说也不合适，又转到了文轩那说：“以前常听文轩说，袁天林手上文了一个‘蓝莲花’，好像为了一个女子。当时我还在想，是谁啊，这么有福气，有这样一个痴情的男子为她刻下终身烙印。我真不知道是自己，还以为是一个叫‘莲’的姑娘呢。不过，真的谢谢你们！现在想来还有一种被保护的幸福感呢。”

“如果当初让你知道这一切，你会嫁给我或者天林吗？”杨子祥诡秘地问。

戴小婉也在想这样一个问题。但是当时，她心里只有一个人，就是比她大一届的师兄、院学生会主席滕跃。因为滕跃是个风云人物，为了不影响他，她几乎都是和他搞地下恋情。也是因为滕跃，她流产了，就在滕跃毕业那年。她当时不知道这次流产会对自己将来的生活有多大影响，她只知道滕跃毕业后去了北京，在一家大型医药公司工作。头几个月，他还和她联系，后来就没有音信了。本来就虚弱的她，一下子陷入到了绝望里。那以后，她不相信任何男人，只活在自己的世界里。在一次大学生义诊的时候，她从前面路过，蓝文轩正给一个学生扎手指头测血型，那个学生估计晕血，“啊”一声惨叫，晕倒了，她正好扶住了他。蓝文轩从桌子后面跳出来迅速进行处理，又掐人中又掐虎口的，把那个男孩子弄醒了。

蓝文轩谢过她，握手的时候，觉得她特别虚，就说：“你身体有点虚弱，如果相信我，我会帮你的。”她只是说了声“谢谢”就走了。

“小婉，是不是穿越了啊？”杨子祥他们看小婉沉浸在回忆里，等了半天还是忍不住发话了。

“哦，对不起，我想起了以前。”小婉很不好意思地说。

“穿越之后，决定嫁了吗？”杨子祥觉得这是自己一辈子必须要弄清的问题。

“不会嫁！因为当时我不相信爱情！”戴小婉很坚决地说，“就是现在我也不会嫁，你们会要一个不能生育的女人吗？”

三个大男人突然蒙了：“蓝心不是……你亲女儿吗？”

“我习惯性流产，不能生育！文轩一直帮我调养着呢，我知道文轩是世界上最爱我的男人，现在二胎放开了，如果他能帮我调养好，我就让他老来得子。我相信他，他是中医世家第九代传人，又是重点医科大学的高才生。”戴小婉说完，眼里充满了希望。

三个男人突然没有话了。回忆永远是回忆，现实永远是现实。曾经的一切，再怎么美好，也没有当年的那种冲动了。三个男人仔细回味了一下，觉得当年迷恋过的女神，此时也就是一个被现实折磨得很无奈的中年女人。

“杨总，我们都结束了，您要不要检查一下？”秘书进来了。

“你们杨总就是医科大毕业的，他自己能给自己看病，就是这情伤难治啊！”谢龙飞还不忘调侃一句。

“我们都看看，自己的刀削不了自己的把儿！看看中医世家第九代传人的诊断方法去！”袁天林本就很喜欢中医，说着走了出去。

“文轩，累坏了吧？要不要也给我们看看？”杨子祥走过去寒暄着。

“你们几个，少吃肉、少喝酒、少动情，多锻炼、多晒太阳就什么毛病都没有了。我饿了，开饭吧。”文轩说完，站起来揉了揉腰，活动了一下。

“几个孩子估计也快到了，我们已经准备好饭菜了，他们一到，我们就开饭！”杨子祥什么事情都安排得妥妥的，看了一下表说。

也许这是在云南的最后一顿盛宴了，孩子们这几天也没有正经吃过饭，都是吃零食和地方特色的小吃，见到一大桌美食，马上狼吞虎咽地吃起来了。大人们依旧谈着往事，只是似乎缺少了一些神秘。也许，人到中年一切都不是什么秘密了吧，因为有些秘密已经成了蓝色的疤痕，只是有些人还在疤痕上找回忆而已。孩子们的秘密也许刚刚开始。安瞳看着蓝心，又看了看蓝文轩和戴小婉。杨帅一直看着蓝心，仿佛这个世界只有她一个人。戴小婉看了一眼女儿，心里不知道要说什么。女儿的大学生活就要开始了，她不希望自己的孩子陷入感情的漩涡里，又希望她能找到自己的真爱。虽然不是亲生的，但戴小婉一直把蓝心当成亲生的，因为毕竟是自己从小养大的。

要离开的人都觉得云南是个神奇的地方，留下的人都觉得云南还有遗憾。留下的人对要离开的人说：你来，我温暖你；你走，我等着你。

第十一章

难舍之别

蓝心要上车的那一瞬间，杨帅还是忍不住了，不顾一切地冲过去，拉住蓝心说："我不想你走！"

也许高考结束后的每一个准大学生，都有这样的"毫无顾忌"吧，当初压抑那么久，好像就为了现在的"肆无忌惮"。

"比我当年有种！"杨子祥微笑着说，但眼神里有一种抗拒。

"我们当年也曾激情过，用拳头！"袁天林看着戴小婉说。

"帅帅，我们不走，我们只是带蓝心去广西她姑姑家看看，她就在你的城市里上大学，你忘了啊？"蓝文轩等两个孩子哭够，很温和地看着杨帅说。

蓝文轩虽然对现在的孩子为什么那么容易投入一段恋情里感到不解，但是他还是很喜欢帅帅对蓝心好的。更何况，孩子们虽然到了情感的萌生期，但他相信他们会处理好这一切的。

"帅帅！听话！"杨子祥声音提高了一些，杨帅很自觉地松了手。

蓝心很不好意思地跑上了车。车缓缓地开走了，杨帅没有追，只是满眼泪水，仿佛丢了什么东西一样。

回家的路上，杨子祥很深沉地说："儿子，我不希望你和蓝心谈恋爱！"

"为什么啊？爸爸！你说过的，高考结束之后，我可以找女朋友的，你怎么反悔了啊？我喜欢她！"杨帅很不解地问。

"儿子，你还要考研，不能老沉浸在感情里。刚见面几天，你就对人家有好感了，这也太快了吧？”杨子祥虽然知道现在的孩子都这样，但还是很不解，也不愿。

“我第一眼看见她，就感觉她是我一生要找的那个人了。她跟别的女孩子不一样！”杨帅很满足地说。一提到蓝心，他就有一种甜蜜的感觉。

“她跟别的女孩的确不一样！可你还不了解她！”杨子祥真想把自己知道的一切和儿子说。但是，这对两个孩子是不是有影响？对戴小婉是不是有影响？他突然感觉人生一下子陷入到了两难境地。

“我了解她，爸爸！就因为我了解她，我才喜欢她的。她不是戴阿姨亲生的，她是安瞳的亲姐姐。爸爸！你是不是担心这个？”杨帅一股脑地说出来，一下子把杨子祥说蒙了。孩子们怎么也知道了这些？蓝心那么稳重，怎么会轻易和一个刚见面几天的男孩子说出这些？戴小婉那么高傲，怎么会轻易地把这么重要的事情说给蓝心听？

“爸爸！是蓝心喝醉酒的时候说的，也许不是真的，是她看电视剧多了，自己编的；或者怕我对她有什么想法，故意编给我听的。可是，这些对我都不重要，关键是在那一瞬间，我有感觉了，你知道吗？爸爸，我从来没有对任何女孩子动过心，这种感觉很美妙，哪怕她是乞丐，我也爱！”杨帅都不知道自己能说出这样的话，这可是他第一次有这么好的语言表达。都说失恋了的男女最后都成了哲学家，相爱了的男女都是什么呢？都是文学家！杨帅自己都搞不明白，自己为什么会这样痴迷。

“儿子，如果我说你说的是真的呢？也就是蓝心的确不是蓝文轩的女儿，她是安浩天的女儿，你还爱吗？”杨子祥试探地问。

“爸爸！这有什么区别吗？无论她是蓝心还是安心，我都爱！我爱的是她这个人！就因为她是第一个让我心动的女孩子。”杨帅坚定地说。杨帅不会想那么多的，小孩子又有几个会想那么多的呢？心动了就不顾一切。也许这就是这个年龄段孩子的共性吧。

“可是，也许接下来你会遇到很多不必要的麻烦的，你能保证自己处理好这一切吗？”杨子祥也不知道该怎么说了，反正内心深处对儿子的未来有一种莫名的担忧。

“爸爸！我是男人，我会为自己的一切负责的，您放心！”杨帅很自信地说。

杨子祥虽然担心儿子，但内心又十分羡慕儿子的想爱就爱。

蓝心在车上一直回忆这几天在大理发生的一切。她不知道自己做了什么，让杨帅一下子迷恋上。女孩子的感觉总是迟缓一些，但是杨帅那一个拥抱，让她长久以来不知道自己是谁的感觉，一下子有了依靠。自从知道自己是别人家的孩子之后，她就觉得自己没有了安全感。但是养父母对自己那么好，她根本不想破坏这十多年来的美好生活。她有些后悔自己听到了这一切，多希望这一切是梦，只是梦。可是，为什么这个梦总是那么清晰地出现在现实里，强迫她必须相信这是事实呢？接下来去姑姑家，父亲会不会把这个事告诉给家族的人呢？

她忽然想到了什么似的，扭头问安瞳：“安瞳，在大理的时候，我是不是喝多了？我有没有说什么不该说的话？杨帅是不是知道了什么？”

安瞳被问得一脸糊涂，难道人喝多的时候真的什么也不知道吗？既然她那么在乎杨帅会知道什么，那就不让她知道太多吧。

安瞳想着，也不知道自己这个想法是什么逻辑，仓促地说：“你是喝多了，喝完就睡了。杨帅也喝多了，喝完就睡了。”安瞳真的不知道自己这样说，会对这个姐姐有什么影响，他只希望姐姐现在开心就好。

蓝文轩和戴小婉把蓝心带到她姑姑家，只待了几天，然后夫妻二人就急匆匆地北上赶回老家了。因为大学开学稍微晚一些，俩人担心蓝心一个人在云南不安全。广西离云南很近，快开学的时候，姑姑会把蓝心送到学校的。蓝心没有被任何人问及身世，感觉自己还是这个家族的人，心里一下子舒服了很多，仿佛自己本来就是这个家族的人一样。

安瞳虽然喜欢在外面自由自在的感觉，但玩了这么多天，也的确很累了。他突然想家了。这是他从未有过的感觉。那个自己一直想逃离的家，他现在感觉如此亲切。他更想知道自己是不是别人家的孩子。

他也想知道父母当初为什么舍得把姐姐送出去。这个世界总是有那么多秘密，藏在每个人的内心深处，如果每个人都把自己的秘密说出来，天还会蓝吗？安瞳习惯了一个人去思考什么，虽然和学业无关，但是和生活紧密相关。

第十二章

哭泣之熊

下了火车，家里没有人来接安瞳。蓝文轩的朋友开车来接站时，顺路把安瞳送回了家。安瞳习惯了一个人，回到家门口，扭头看了一下，想叫一声“蓝心姐姐”，但没有了蓝心。如果蓝心在，他一定要让蓝心进来。可是又想：这个家，她还是不进来的好。他一下车就听到了院子里的吵闹声。母亲说话永远是这样的高嗓门，无论做什么，只要一张口就像是吵架。有时安瞳想，应该让妈妈当小学老师，一嗓门就能镇住所有调皮的孩子。这嗓门讲课，隔壁班的学生绝对都能听到。

“十万块钱，你说借就借出去了，孩子马上上学了，需要钱！浙江的客商又催着要货，需要钱！你说你充什么大款啊？你的朋友就那么重要吗？不是给哪个小三付首付吧？”妈妈两手插着个腰，像念经一样地骂着父亲。

“越说越离谱，明天我就把钱要回来！反正有你在，我是不会有一个朋友的！”爸爸已经不愿意和妈妈争吵什么了，因为争吵的结局，总是引出妈妈更多不讲理的脏话。爸爸为这个家的安宁，也喜欢沉默寡言了。

“儿子回来了？”爸爸看到安瞳回来了，说了一句，又去装手里的货了。

“又一个花钱的主！还是个雷子！疯够回来了？帮你爸装货去！别一天到晚就知道玩！”妈妈还是把怨气撒在了安瞳身上。安瞳默默地把背包放下，就出去装货了。

“把新衣服脱掉！弄脏了，还是我洗！”妈妈嗓门依旧很高，似乎就没低过。

安瞳又默默地走回屋，把爸爸装货穿的脏衣服穿上了。虽然有点宽，但也算合身儿。安瞳感觉自己马上和爸爸一样高了。装完货，安瞳冲洗了一下，就躺在沙发上了。隔壁，父母还在争吵着什么，他不想听了。他现在就想开学。他头一次这么强烈地想开学！

他能不让自己听见这些争吵的最佳办法，就是回忆和想象。他想到了云南，想到了大理，想到了蓝心，想到了杨帅。以前每到自己不开心的时候，他就想蓝心，感觉蓝心就是女神，可以帮助自己解决一切难以解决的问题。可是，现在知道蓝心就是自己的亲姐姐了，怎么就没有那样的感觉了呢？心中的那个女神，原来是自己的亲姐姐。他想为姐姐找个说法，问问父母，为什么把姐姐送出去，这样对姐姐不公平。可是，一听到父母的争吵声，又感觉姐姐是幸福的。蓝叔叔和戴阿姨对姐姐那么好，杨帅对她也好，姐姐是幸福的。他都想逃离这个家，如果有谁收留他，他愿意给别人当儿子。

现在，只有沈逸琳能让自己忘掉周边的争吵了。沈逸琳，这个人才是真正的女神！不！应该是小仙女。他知道自己只是想想而已，人家是学霸，自己是学渣，他有这个自知之明。不过，想想总可以吧？认真想想，感觉好久没见到沈逸琳了。他很想见到她，然后不顾一切地拥抱她。安瞳这样想着，站了起来，走出了家门，直接冲着那个开满蔷薇花的小院去了。阳光把他的影子拉得很长，他的眼角又有了异样的光芒。

还没有走进她家大门，沈逸琳就出来了。

安瞳一愣，很奇怪地问：“你怎么知道我会来？”

“我每一天都在这里等你！”

沈逸琳的话着实让安瞳吃了一惊。这是安瞳梦寐以求的，可是不应该以这样的方式出现啊，这也太突然了吧。

“沈逸琳，你……你……你……怎么了？”安瞳看着沈逸琳苍白的脸，很想知道自己走了这么多天，她家里到底发生了什么。

“安瞳，没事的，这个送给你！”沈逸琳递给安瞳一个黄色的布熊说，“我不能弹琴了，身体不舒服。知道你去云南了，我也想去。可是，过几天我要去北京看病，怕你来家里找不到我，我就每一天站在门口等你，也想见见阳光。以前经常弹琴，都忘了外面这么美。”

“你生了什么病啊？要紧吗？”安瞳感觉沈逸琳得了大病，但又不愿意相信这是真的，所以追问她。他不知所措地想摸摸她的头发，想给她一个拥抱，不是满足自己的欲望，而是真真切切地心疼。

“我没事的，你不用担心我！回来我还要和你一起唱歌呢！我该回去了，我不能在外面待太久。你保护好自己！”沈逸琳很柔弱地挪动了一下脚步，扭头看了一下安瞳说，“给我一个拥抱吧，可以吗？”

安瞳从来没有触碰过沈逸琳，因为她是他心中不可触碰的女神。现在，他必须抱抱她，也许抱抱她，彼此都不会太疼。安瞳用笨拙的双手小心翼翼地抱了一下沈逸琳，他想狠狠地抱一下，但怕碰疼了她。那一瞬，安瞳流泪了。他一直觉得自己是个冷血的男孩子，而现在泪水却顺着眼角不停地流。

沈逸琳已经进屋很久了，安瞳还站在那里，流着泪。此时的蔷薇花已经爬满了院墙，一只蝴蝶飞出来，优雅又柔弱地跟着安瞳。安瞳抱着那个黄色布熊，像丢了魂一样地往家里走。母亲的责问声，爸爸的询问声，他都听不见了。他感觉自己从天堂掉进了地狱，没有人能为自己疗伤。女神，不是神吗？救得了别人，为什么救不了自己？不会有事的，她只是病了，去北京就能好的。他抱着布熊斜躺在沙发上睡着了。眼角还有残留的泪水，滴在了布熊的眼睛上，随着嘴角的梦影，忽明忽暗。

第十三章

梦想之初

开学了，安瞳又不想上学了。那种想逃离家的感觉有，想上学的感觉却没有了，因为他的心里装着沈逸琳的病情。虽然他还不知道沈逸琳对他意味着什么，但那种感觉却让他不得不想和她有关的一切。他也想控制自己不去想，但生活里好像除了沈逸琳，没什么可以燃起他的热情了。每一天上学，他都要从沈逸琳家的院墙外绕一圈，然后才去学校。直到住校后，他才很少关注这个小院，但他总是想起这个小院。

开学的第一个月，他只知道班主任是个女教师，语文老师是个女教师，好像所有任课教师都是女的。不对！体育老师是男的。高中的女教师都很漂亮，不化妆也很有气质。体育老师也和以前的不一样，瘦高个，穿着一身运动服，脖子上挂着个口哨，每天上课比班主任都有激情。

班上的学生也和以前的不一样，他们虽然穿着同样的校服，但从里面的衣服可以看出家境不一样，特别是脚上的鞋子，有的是耐克，有的是阿迪，当然也有冒牌的耐克和阿迪。他们的面部表情都很丰富，好像刚孵出的小鸡崽儿，每个人都有不一样的表情和举动。只有他自己是沉默的，冷静的。因为他是找关系进来的，所以班主任把他安排到了最后一排。其实，他最喜欢坐最后一排，因为坐那里可以看到所有，但不会被所有人看到，除了老师。但大多数老师喜欢带着话筒走到最后面讲课，很有一种歌星唱歌时的那种阵势，时不时地喊两嗓子：

“后面的朋友们，你们好吗？”

后面的同学不是不想听课，而是因为在后面，可以自由地听课。也许是因为他的个头儿总比同龄人高一点吧，上这么多年的学，也没在前面坐过。在后面自由惯了，成绩自然就不好，只有音体美还算好一点，也许这些靠天分吧。安瞳这样想着，突然就多了一些自信。这么多年，他一个人活在自己的世界里，估计就靠这点自信了。他感觉自己就像一条蚯蚓，在别人无法进入的神秘地下，慢慢蠕动着，偶尔露出地面，被现实摧残得四分五裂，以为自己就这样死了，但翻个身发现自己还活着，就觉得自己不是蚯蚓，而是一条真龙。有时他甚至可以用自己身上仅存的一小段，来证明自己是一条神龙。这么久了，自己没有抑郁，可能就靠这些吧。也许，自己已经抑郁了，却不知道呢。

班主任是个兼职的心理咨询师。她发现了安瞳与其他同学不一样，但又没有特别的地方。在一次班会上，班主任说，班上每一个学生都要融入到这个大家庭里，不要固守在自己的世界里，否则，你总有见不到阳光的感觉。其实，在这样学校的这样班级里，这样的学生是很多的。这里的每一个学生好像都有着“屡战屡败”之后麻木的感觉。

这里的每一个学生都不一样！好学校的学生都一样，都是“书呆子”样。而这里的学生都活成了自己，无论活成了什么样，也没有人去评判是与非，因为你就是评判，人家该怎么活，还怎么活。当一个人活成自己想要的样子的时候，他无论做什么都是快乐的，无论在别人眼里有多么不可思议。在大人们眼里，他们就像精神病人一样。精神病人病之前是最痛苦的，真的病了之后，是快乐的，每天都笑嘻嘻的。这群孩子有“学霸们”的梦想，也有精神病人的快乐，取了万物之精华，然后做真正的自己。有很多“书呆子”还很羡慕他们呢。不要小瞧他们，他们是思想最自由的群体。

安瞳宿舍里的每一位都是奇葩。长长的走廊里，门上贴了一张大象图案的就是他们宿舍。这不是一般的图画纸，是张天宇用蓝色墨水笔一点一点画出来的。有搞怪的同学，还在旁边加了两个字母

“WC”，因为有同学说他看到过，有的地方就用这个大象标志代表男厕所。安瞳本来还以为是“旺财”两个字的缩写呢，以为作者的名字里有“旺财”两个字。张天宇不在乎别人怎么说，他喜欢诗词，在大象的旁边画了几笔椰子树，然后写了一句“雨散后，椰林清欢弥漫，独自悠闲”。没有人知道他要表达什么，也没有人追究他的诗词是否讲究格律，只要他能自得其乐就好了。他经常写一些莫名其妙的句子，拿给老师看。只有语文老师回复他两句：“虽然你有这方面的天赋，但我还是希望你先关注学业。等你有了更高的平台之后，再专注于此。”他不在乎别人怎么说，总是把自己最奇特的想法说出来，并加上一句“宇宙法则”。

唐亦飞是特招的体育生，专门学舞蹈。面部表情只有一个：微笑。他的身材比女生都柔软，但不妖娆。他是一个台上很美，台下很爷们的男孩子。每一次回宿舍，他都是以舞蹈的姿势滑进来的。

谭皓明是一个特招的音乐生。宿舍里，每一天都有他的歌声。他的假音唱得特别好，而且男女声都能唱。因为经常参加比赛，舞台经验比较丰富，所以他给人的感觉很成熟，对人很热情，很懂礼节，好像在社会上混了几年后来到学校的一样。

安瞳不知道怎么介绍自己，因为他也没有什么特别的地方，就说：“我是后转进来的。”

他也不知道自己以后该学什么，这里的学生都为自己选了一门艺术课。他突然想到了沈逸琳，如果她在就好了，她肯定能帮他选择音乐。可是他不能选音乐，不是不想学音乐，而是家人觉得没用。学音乐要花很多钱，虽然家人也能出得起，但不会出在学音乐上。

班上的学生似乎都有了自己的目标。放了学，有背画夹子出去画画的，有背着吉他学音乐的，有跑到舞蹈房练舞蹈的。安瞳一个人在宿舍里想沈逸琳的病情。天天就只能这样想着，因为没有人给他任何消息。舍友们开心地回来了，他有时也不知道。张天宇拿着画板看着他画了几笔：黑夜里一盏青灯，一只红色的狐狸在草丛间穿越。旁边写了一行小字：我捏碎所有想法，为黑夜点亮一盏青灯，等一只狐狸出现。安瞳虽然不太懂张天宇奇怪的想法，但可以看出他已经画出了一些什么。至少张天宇用他奇怪的宇宙法则懂了他。

唐亦飞也回来了，还是那个舞步，他看见安瞳不开心，又跳了一段拉丁舞。

张天宇说："你跳一段肚皮舞，安瞳就开心了。"

唐亦飞掀了一下舞衣，摸了摸肚皮说："我肚皮没肉啊！"

谭皓明也回来了，他这次唱的是外语歌曲，也不知道是哪国的，叽里呱啦的。安瞳头一次听到这么古怪的声音，看了一眼谭皓明，扑哧一笑。

"哥们！能不能说说自己的心事儿？说出来就好了！"谭皓明说着把安瞳从床上拽下来，按在椅子上，"你天天这样，会憋出病的。"

"我就这性格！我必须自己一点点消化掉我的情绪，才能好起来。"安瞳说完往椅背儿上一靠，不吭声了。安瞳好像不知道自己什么时候好过。什么事都放在心里无数次地琢磨，琢磨到时间淡化了这一切，又面临了新的问题，然后再琢磨。他也不喜欢这样的自己，但是已经这样了，怎么办啊？

"你找班主任谈谈吧？她是心理咨询师。"唐亦飞说。

"谁都不要找，用宇宙法则来解决，你现在已经被我们吸引过来了，我们三个的力量将会胜过你所有不愉快积攒在一起的力量！相信我们！只有你相信我们，我们才会救你！"张天宇又开始"作法"了。

安瞳看着几个兄弟天真纯净的样子，感觉自己好老。自己完全可以像他们一样开心的，为什么这么沉闷？难道真的就因为沈逸琳吗？可是，自己除了瞎想还能解决什么呢？更何况，也许她现在已经好了呢。

"宇宙法则能救一个女孩的命吗？"安瞳看着张天宇问。

"就说嘛，你肯定是为了女孩子。她怎么了啊？"谭皓明说。

张天宇呼唤宇宙能量的双手渐渐地放了下来："这个……没试过。她怎么了？你女朋友吗？"

"不是……是……"安瞳不知道怎么回答了，他自己都不知道沈逸琳是不是他的女朋友。他只是觉得她是一个小仙女，有她在，他就很快乐。只要她在这个世界上就好。

“你们都没谈过，还那么在乎啊？你是不是想用自己的能量把她吸引过来？但你又没有足够的能量？”张天宇总是说一些莫名其妙的话，但安瞳似乎懂了什么。

“我们出去吃饭，然后上自习！只要她在我心里一直活着就好。”安瞳好像琢磨出了什么，挺了挺腰板儿，站起来，拉着兄弟们出去了。

他们三个说好了，无论谁学什么，都带着安瞳，直到安瞳自己决定选什么专业为止。安瞳每一天课外活动时间，都去不同的地方，有时跟着谭皓明去音乐室听听音乐，有时跟着唐亦飞去舞蹈房学学舞蹈，有时跟着张天宇去画室画个画。专业老师都很喜欢他。

也不知道是因为专业老师想多收一些学生，还是安瞳的确有天赋，每一个专业老师都对安瞳说：“你应该学这个，你在这方面很有天赋，不学很可惜的。”

曾经有那么几天，安瞳内心很得意，觉得自己来高中是正确的选择，可是不能都选啊，总要定下来一个吧。所以，他一直在观望。其实，人有了确定的目标之后，就不会太迷茫了，至少知道自己在这个世界上活着，哪怕只有一丝存在感，也是令人兴奋的。

第十四章

暧昧之音

蓝心给安瞳发了很多信息，告诉他大学生活有多神奇和魔幻，但是安瞳都没能及时回。因为学校不让学生上课期间带手机，平时手机都放在班主任那里保管。拿到手机时，看到那么多信息，安瞳很兴奋，似乎忘掉了很多担忧和顾虑。蓝心发了很多军训时的照片，安瞳看着蓝心阳光端庄又有着军人风采的样子，默默地笑了。他喜欢蓝心那种永远不消沉，对生活充满了无限激情的生活态度。可是，为什么他做不到呢？想着，又往下翻看了一些信息，安瞳能脑补出蓝心在大学里的样子。

蓝心被姑姑送进大学里的第一天，眼睛里就有了不一样的光芒。大学的校园要比高中的校园大几十倍，甚至上百倍。各大院系之间的楼群布局也不一样，各具特色，又不失简约别致。校园里，来自五湖四海的大学生，也和高中不一样。他们每个人都有着不一样的服饰，不一样的气质，似乎很从容，又紧张有致。他们在路上很少发信息，都戴着耳机、拿着手机，边走边说，不知道对方是家人还是恋人，蓝心看着他们成熟稳重的样子，觉得自己也将进入这种状态了。

蓝心想着，突然感觉自己的行李箱重了一下，侧头一看，杨帅把他的背包放在了她的行李箱上。蓝心不知所措地问："你怎么来了？"

杨帅很调皮地说："陪你啊！傻子！"然后狠狠地用眼角挑逗了一下蓝心。

蓝心感觉脸一下子就红了，但她不想让对方看到自己的窘态，慌忙说：“你怎么不去报到啊？小心人家不要你！”

杨帅很诡秘地说：“只要你要我就好！”

蓝心突然没词了，她想说“我也不要你”，但是就是发不出声来。

杨帅看着蓝心可爱的样子，特别得意地说：“你默许了啊，不许反悔！现在我就是你的人了，蓝格格，您有什么要求，尽管吩咐，小的必效犬马之劳！”

蓝心看着杨帅那个低眉哈腰的样，“扑哧”一下笑了，说：“你真逗！”

他们说笑着，在大二学长的带领下，很快就完成了报到。

学姐们还很打趣地说：“小师妹，你哥哥真帅气！”

蓝心看了一眼杨帅说：“学姐，他是我弟弟！”

杨帅紧闭着嘴用眼睛微瞪了一下蓝心，看着蓝心的眼神，又假笑了一下，很配合地说：“姐，我饿了！”

学姐把他们领到了食堂。杨帅小声地说：“蓝格格，小的已经安排好了一切，咱们出去吃！”

蓝心扭头和学姐说：“您辛苦了，和我们一起吃饭吧！”

学姐递给蓝心一张学院的结构图和一张写着手机号的纸条说：“我们还有任务，你们吃吧。有什么事打这个手机号。”

学姐说完，还不忘看一眼杨帅说：“好好学，以后也考这个大学！”

杨帅先是一愣，然后和蓝心说：“学姐把我当成高考生了，我不要再回到高三了！啊啊啊啊啊……”

蓝心下意识地捂了一下杨帅的嘴说：“这么多人呢，别喊叫！”

杨帅突然安静了。蓝心吓得突然拿掉了手。

杨帅抓着蓝心的手一声不吭地冲出了大学食堂，他们就那样地跑着，穿过一条小径，又穿过一条大路，又转了几个弯。蓝心被杨帅牵住的那一瞬，感觉这一生的幸福和美好就这样来了，有一些东西瞬间被注满了血液和灵魂。今生她注定要和这个大男孩在这个世界上走一遭了。

他们跑出了学院，来到了一家名叫“蓝调餐馆”的餐厅。这是一家西餐厅，里面的格调与外面一点都不一样：这里有异域风情，有黑人驻唱乐队，曲子几乎都是布鲁斯曲风的。这是蓝心最向往的一种生活格调。听着最喜欢的音乐，和最心爱的人一起畅聊人生，还有什么能比这更令人神往的呢！

蓝心就那样静静地看着杨帅。那张还有些稚嫩的脸泛着红晕，鬓角处还有汗珠在逗留。她很心疼地用手轻轻地擦去了那些汗珠。

杨帅一把抓住蓝心的手，深情地说："做我女朋友，好吗？"

蓝心看着杨帅眼里越来越令人迷醉的深情，突然低下了头，她感觉自己的心在剧烈地跳动，好像有些东西被杨帅夺去了。她想答应又害羞的样子，让杨帅更迷狂了。

乐队的主唱一直唱着那首 *Can I Be Your Lover*（能接受我的爱吗）。杨帅坐到蓝心旁边，小心翼翼地把蓝心拢过来，让她低羞的头，倚靠在他的肩头。

蓝心迟疑了一下，细柔地说："有人看着呢。"

"你是我女朋友，怕啥？"杨帅摸了摸蓝心的秀发，感觉女孩子真是个柔软的神奇物种，天天夜思梦想的，像着了魔一样地想靠近她。现在她终于在眼前了，如此近的距离，他的手却抖得不能控制。

那种神奇的感觉在餐厅里变来变去的轻柔的乐曲里，越来越浓烈。他们似乎忘了一切，直到服务小哥过来，杨帅才想起他们是在一家餐馆。

"您二位慢用！"服务员很客气地说了一句，便退下去了。

杨帅送去了温柔的目光，看着服务员开心地离去，他小心翼翼地在蓝心额头上吻了一下。那一瞬，蓝心感觉自己是世界上最美最幸福的女孩。

她也想回敬杨帅一个吻，可是她忘了自己是谁了，不知所措地看着杨帅，红着脸说："我饿了。"

杨帅很乖地拿起筷子夹了一块儿烤肉递到了蓝心的嘴里，蓝心微微地张开嘴，轻咬着泛着香味的烤肉，感觉尝到了人间最美的味道。杨帅真想冲动地和那块烤肉一起闯进蓝心的嘴里，这样想着，杨帅咽了一下口水。蓝心看着杨帅脖子上那突起的喉结，好想摸摸。好像触碰一下，她情感世界的开关就被打开了，那片神奇的世界就这样魔幻般地闪现了出来。愣了一会儿，杨帅也傻傻地拿着筷子盯着蓝心看，蓝心一触碰到杨帅的眼神，就害羞地闪躲开了，慌忙也夹一块儿烤肉递过来，杨帅张开嘴咬住肉，也咬住了蓝心的筷子。蓝心突然感觉自己的心也被拽住了。

她感觉自己的手软软的，不知道该怎么办了，慌忙地说："你调皮得像个小孩子。"

杨帅笑着把肉吃进嘴里说："我永远做你的小宝贝！"

"唱歌的那个黑人看你呢！"蓝心抬头，乐队的一个歌手正冲着他们唱那首 *Can I Be Your Lover* 呢。

"那我们出去吧，我知道一个好玩的地方，你绝对喜欢！"杨帅说完，拉着蓝心跑出了餐厅。

黑人歌手看着他们跑出去的样子，很羡慕地笑着，故意把声音弄出撕心裂肺的感觉，好像爱总能让人疯狂到无所顾忌。

杨帅带着蓝心来到了开满格桑花的地方。那里的天很蓝，夕阳很绚烂，在水天相接的地方，他们就那样手牵着手，看光与影涂抹出的奇幻世界。

"这里好美啊！我都想永远住在这里。"蓝心从来没有见过这么美的景色，欢喜地说。

她读过那么多书，在书中赏过那么多优美的风景，但是几乎没有读到过眼前这令人神奇的自然景观。在这里，那些光和影仿佛是人为操作的一样，瞬间就有无穷的变化，捕捉不到上一秒是什么，也无法预知下一秒的变化。她只知道，身边有一个神奇的男孩子，会给她变出她想要的一切，永远让她活在惊喜之中。

一个人的内心有时很小，闯进一个人，世界就满了。杨帅感觉这里所有的风景和风景里的人，都是点缀，他的世界里只有蓝心一个人。她就是花海里的蓝精灵。像生命吐出新绿一样，杨帅的爱情在蓝心身上魔幻般地出现了。他们相拥在一起，聆听着彼此强烈的心跳声。那拥吻的影子，被夕阳照进水里，步步涟漪，蓄满了激情。

月亮升起来的时候，周围一片欢呼声，有很多男女围在一起好像在庆祝什么。他们像被惊醒一样，从那种最幸福的状态里走出来。

杨帅意犹未尽，贪婪地望着蓝心，深情地说："我爱你！"

蓝心想说"我也爱你"，可是惊魂未定的她不知所措了，只是含羞地说："你看，天上有弯月！"

他们一起望向天空。杨帅说："我想让你成为月亮臂弯里最幸福的那颗星！"

此时，月牙弯处，长庚星正娇羞地依偎在月亮身边。

"太晚了，我们回去吧。"蓝心看着杨帅温柔地说。

杨帅看了蓝心一眼，没有说什么，又吻了一下，然后拉着蓝心的手向来时的方向走去。

回到宿舍，舍友们都很奇怪地问蓝心："你怎么这么晚才来报到啊？你家离这儿很远吧？"

"我，薛菲！以后就叫我'飞哥'，腾飞的'飞'。芳菲的'菲'太柔了。我是第一个报到的，所以我是老大。这个是赵晓娴，第二个报到的，叫娴姐。这位是钱姝妍，以后就叫'钱姐'，听着就有数钞票的感觉。"薛菲一脚踩着椅子，很霸气地向蓝心介绍着三个室友。

"几位姐姐好，哦，飞哥好！我叫蓝心，以后就叫我'蓝妹妹'吧。"蓝心从最温柔的花海飘到这里，感觉像来到了黑帮一样。她很胆怯地说。

这些和自己在路上想象的一点都不一样。她以为她们会戴着耳机，泪流满面地和家人说着不舍的话，和恋人们说着情话。她以为她就这样悄悄地进来，没有人会注意她，然后她也洗漱一下，躺在床上回味和杨帅在一起时那种美妙的感觉。可是，这种阵势，简直就是"结义仪式"啊！不过，看着她们单纯善良的表情，蓝心会心地笑了。

当一个人心中住下另一个人的时候，其他人都是另一个世界的。蓝心洗漱好，上了床就开始给杨帅发信息。杨帅也抱着被子痴笑着。他们不知道该说些什么，几乎同时问对方"睡了吗"，然后又同时回复“没有”。接下来，杨帅多发了一句：我想你。蓝心回复一句：我也想你。然后他们就用各种表情图来表达自己的想念之情。他们自己都不明白，为什么刚刚分开就那么强烈地想在一起，一刻不见就感觉丢了什么似的。

薛菲偶尔过来拍拍她：“哥们，傻笑啥呢？这个肯定也是有主的。”

蓝心不知道什么意思，抬头看了看，很甜蜜地冲着薛菲笑了笑，又看了看周边。几个姐妹就薛菲一个人在地上溜达，其他人都在床上和她一样，有着丰富的表情，不知道在为谁而癫狂。

灯熄了，蓝心抱着枕头侧躺着，眼睛睁得大大的，感觉杨帅就在身边。她甜蜜地笑着，美美地进入了梦乡。

第十五章

难拂之尘

“十一”放假回来，张天宇带回来一些特殊的玩意儿，据说是他太奶奶留下来的一些传家宝。其中有马鬃做的“蝇甩子”，就是过去驱赶蚊蝇的一种工具，类似电视剧里道士手里拿的“拂尘”。

“这玩意儿不就是‘蝇甩子’吗？好像老辈人都用过。”谭皓明拿起来甩了一下，“以后咱们不用蚊帐了，就用它！”

“在我这里，这是本道士的作法神器，谁要是有什么烦恼，本道士一甩，烦恼就都没有了，以后就叫它‘拂尘’吧。”张天宇说着，从谭皓明手里接过拂尘坐在床上，把蚊帐一放，一手拿着拂尘，一手竖起手掌，嘴里默念着什么。安瞳他们几个看着张天宇搞怪的样子，都笑得前仰后合的。

“这个又是什么玩意儿？哦，是银针！”唐亦飞问着，又拿起另外一样东西，好像是一个竹管，里面塞着一个布绳做的长长的东西，上面插了几根银针。

“别动这个！扎着你们！”张天宇也不作法了，立即下来把银针插进竹管里说，“这个是银针套子，我太奶奶以前是民间的赤脚医生，专门给人看病的。谁要是有个头疼脑热的，我太奶奶拿银针这么一扎，病就好了。”

张天宇拿着银针对着安瞳比画了一下，说：“以后有什么不开心的事，你来找我，我肯定是手到病除。”

接下来，张天宇开始介绍他的旧铃铛：“这个可是纯铜的，得有上百年的历史了。据说，当年东北抗日的时候，我太爷爷抗日去了，我太奶奶带上所有家当，和孩子们赶着小毛驴逃命。日本鬼子的枪子儿就在她脚下乱飞。我太奶奶把孩子们藏好，自己赶着毛驴引开日本鬼子。在一片白桦林里，日本鬼子马上就要追上她了，一个枪子儿击中了小毛驴脖子上的这个铃铛，又一枪，击中了绳索，铃铛掉了下来。我太奶捡起这个救命的铃铛，扔下小毛驴，从另一条小路返回了。日本鬼子不熟悉路，我太奶奶逃脱了，后来她又找回了藏好的孩子。所以，这个可是救命的铃铛！”

“你不是编的吧？怎么这么神奇！”安瞳觉得这个是他在自己的世界里怎么琢磨也琢磨不出来的故事，所以很狐疑地问。

“这是祖先传下来的。让我编，也编不这么顺溜啊！”张天宇很自豪地说，“看来我的祖先还是抗日英雄呢！”

还有一些类似罗盘啊什么的，的确是一些古玩意儿。张天宇很小心地收好说：“这可是从我爸那个破箱子里翻出来的，他还不知道呢，我们玩够了，下周得还回去。兄弟们！以后就叫我‘张天师’吧！”

安瞳他们觉得这个张天宇前世就是个道士，他应该练武术，不应该学画画。但他绘画水平还真高。在画室里，每一次综合测评他几乎都是前几名。他喜欢古玩，课上最喜欢古文，课下常常捧着《易经》《庄子》等古书读。虽然他读不懂，但他喜欢玄妙的东西。

他们正谈论的时候，邻班的一位小男生跑进来问：“你们宿舍有叫安瞳的吗？外面有人找！”

安瞳迅速跑了出去。

张天宇看了看唐亦飞和谭皓明，说：“树上花羽落，凉凉有谁怜？不必问，茫茫天数！”

唐亦飞和谭皓明不明白什么意思，两个人互相看了一下，追了出去。但安瞳已经不见了。

安瞳跑出去之后，一个小女孩自称是沈逸琳的表妹，表情很凝重地说：“这个是沈逸琳让我交给你的。”

安瞳接过一个盒子，很兴奋地问：“沈逸琳回来了，她好了，是不是？”

那个女孩说：“你想见她吗？”

安瞳急切地说：“当然！你快带我去见她，好吗？”

女孩应了一声，就带他走了。

他们来到那个开满蔷薇花的小院，这个曾经在安瞳的脑海里无数次萦绕的小院，如今前面支了一个前棚。绕进院里，安瞳看到沈逸琳放大的照片，挂在蓝色的灵布上，她家人都在哭。那一瞬间，安瞳感觉曾经的那个天使一般的小女孩，一下子变成了让人害怕的样子。

安瞳疯一般地往家跑，关上房门，再也没有出来。

妈妈在外面和以前一样插着腰训斥着：“是不是因为在学校里表现不好，被老师开除了啊？你一天到晚，就知道气人！成天像我们都欠你的似的！”

毕竟是妈妈，唠叨训斥完之后，还是心疼孩子的，自己可以打骂，但是外人不可以。

她做好饭端过来，又一次敲门：“孩子，是不是谁欺负你了？告诉妈妈，我非找他不可！敢欺负到我们头上，真不长眼！”

安瞳就那样瞪着恐惧的双眼，蹲在墙边，腿麻了，又傻呆呆地一屁股刺溜到地上。

晚上，安浩天回来了，听周美琪一说，既心疼，又来气。他一开始还用缓和的语气，接下来声音也大了，死劲地敲门骂道：“你成天就不能吭个声？有什么事也不说，一棒子打不出个屁来，你说你还能干啥！”

安瞳麻木地听着这些声音，感觉天昏地暗的。安浩天开始踹门了，门开了，他看着儿子那呆傻的样子，虽然心疼，但那股子心疼后的急躁情绪一下子迸发了，他连踢带踹地吼着：“你到底怎么了，就不能说吗？”

本来已经悲伤、惊恐到无力的安瞳，此时眼前一黑，晕倒了。在医院里，他躺了一天，医生和父亲说“孩子可能受什么刺激了”，父亲还以为是自己暴打了孩子造成的，很自责。

安瞳醒来后，爸爸妈妈围着他，很愧疚地说："儿子，以后我们再也不打你骂你了，你一定要好好的！我们是心疼你，但你又不说，看着干着急，所以就那样了。"

安瞳觉得自己还活着，好像想起来什么似的，四下里寻找了一番，自言自语地说："我那个小盒子呢？"

父母把那个盒子拿过来："是不是这个？那天看你手里抱着这个，感觉这个对你肯定很重要，就一起带过来了。"

安瞳打开盒子，里面有一个小卡片，上面写了很多字，其中有一句"帮我完成音乐梦想"，还有一个"大眼睛狗狗"笔袋，里面装着一张纸条，上面写着：多想一直在这个世界上啊！你一定要替我好好活着！安瞳看完哭了。

"爸，妈，我要上学校！"他爬起来就往外走。安浩天和周美琪想拦住他，不让他离开，但是没拦住。周美琪大哭起来。

医生过来安慰说："如果孩子在学校，和同学们在一起，有说有笑的，可能对他的精神恢复有好处的。不过，你们要时时关注他。"

安浩天这一次真真切切地感觉到了儿子的重要。孩子刚出生的时候，他兴奋了一阵，终于有了一个儿子了，老安家有后了。从那一刻起，他觉得这一辈子该为儿子拼搏了。人一有了盼头，干劲儿就十足了。可是天天忙着生意，大人们总会忽略孩子真实的想法。有时，意识到了，大人们也会认为"拼死拼活不还是为了儿女嘛"，小孩子能有什么想法，大了就好了。

他们收拾好一切，办理了出院手续，出了门，周美琪四下里找了找，还是看不见安瞳。安浩天和班主任联系了，把这几天的情况和班主任说了一下，希望班主任能多多关心一下安瞳。

和班主任聊完，安浩天看着周美琪说："以后对儿子好一点！"

"安浩天！你说话不要没有良心，我哪一点愧对儿子了？是你把儿子打成这样的，你不打他，他会这样吗？儿子要是告你，你得进监狱，别以为你是父亲，就可以胡来！"周美琪理直气壮地说。他们好像就没有好好说过话。

“儿子小的时候，如果你能多陪陪儿子，儿子会是现在这个样子吗？一个女人生一群孩子，却不会养！”安浩天想想几个孩子都没有什么大出息，就觉得没有一个好女人，的确影响几代人啊！

“安浩天！我为了你们老安家，一次一次怀孕生孩子，东躲西藏地逃避计划生育，由‘一枝花’变成了‘豆腐渣’，你现在是不是开始嫌弃我了？你这个当爹的怎么没想着陪儿子啊？”周美琪想想自己为这个家也付出了那么多，最后落一身埋怨，于是一路哭闹着，打骂着，从医院里骂到了家里。

回家后，她还是觉得不解恨，把整理好的药材都倒出来，用脚踩，用手扬，老安家祖宗十八代都被她给骂出来了。邻居也来劝架了。其实邻居也知道周美琪的脾气，很少有人真劝，因为周美琪火上来的时候，六亲不认，见谁骂谁，骂人都不带重字儿的。

“我的脸早就被你丢尽了，你骂吧，我去进货了！”安浩天说完，扭头走了。安浩天每一次都是这样，听不惯，看不惯，就躲。

周美琪看安浩天走了，也觉得没意思了，就拉着邻居把家里的所有丑事都抖露出来，似乎自己一点错都没有。邻居们也知道周美琪那张嘴，但还是将信将疑，嘴上说一些心疼周美琪的话，觉得一个女人为这个家族生那么多孩子，又干那么多活，最后没落一点好，老安家是有点过分了。

也有邻居说：“她？不给安浩天生，也会给李什么、张什么生的。”邻居们也只是对视了一下，笑笑，各自散了。

安瞳回到学校，班主任先找到了他：“你每天都来我办公室，我给你做心理辅导。我知道你有秘密，你如果不想告诉我的话，那就写到纸上，然后把纸折成小船，放到河里，想着它会带着你的所有想法和愿望，漂到那个人身边。”

安瞳看着班主任，毫无表情地说：“我会的！我现在想回宿舍。谢谢老师！”

安瞳现在不敢再想和沈逸琳有关的任何一件事。他强迫自己去想谭皓明唱歌的样子、唐亦飞跳舞的样子、张天宇拿着拂尘的样子。安瞳拖着丢了魂的躯体走进了宿舍。

谭皓明正在试衣服，对着镜子做鬼脸，看见安瞳，慌忙把他拉过来。两个人看着镜子，谭皓明问：“今年最新款！潮吗？”

安瞳看着镜子里的自己，都不认识了，不知道自己多久没照镜子了。

唐亦飞看了看镜子里的安瞳，慌忙和谭皓明说：“老师让我们天天穿校服，你买的新衣服再潮也穿不着啊？”

唐亦飞又拉过安瞳，交给张天宇说：“张天师，请您给我兄弟作法，驱赶他的烦恼吧。”

张天宇看了看安瞳说：“兄弟，你这两天到底遇到什么了啊？你这脸色跟鬼魂上身了一样，你是不是……”

安瞳还没等张天宇说完就说：“你们打我一顿吧，把我打醒！”

三个大男孩互相看了看，满脸狐疑地伸出手，比画了几下，都没真动手。这几个大男孩除了小时候和玩伴们打闹过，长这么大也没和谁打过架啊。

安瞳先拽过唐亦飞的手，狠劲儿地往自己脸上打，唐亦飞都感觉自己的手麻了。

安瞳说：“你们不打，我就自己往墙上撞！”说着就要去撞墙，被他们三个拦了下来。

张天宇挺了挺腰板儿，拿出那个“拂尘”说：“开始作法！你们两个先帮他渡过此关吧。”

唐亦飞看看谭皓明，伸出拳头，用舞蹈里的一个动作，一掌打在安瞳的胸口处，又连续几掌击下去，并用舞曲的旋律唱道：“一切已成定数，你应该就此重新活过！”

谭皓明也伸出手，学着女生的样子，用一个莲花指点在安瞳的额头上，然后又学猛男的样子，一巴掌打在安瞳的嘴巴上，手被震了一下。他下意识地看了看自己的手，很害怕，也很心疼地说：“你把心中的委屈说出来就好了。”

“我说什么啊，我曾经喜欢的那个小女孩死了，白血病！”安瞳哭出来了，“今生我再也见不到她了。我只想让她好好地活着，只要她在这个世界上就好，哪怕她离我很远都可以，哪怕我们一辈子都见不到面都可以，只要我知道她在这个世界上活着，活着就好！”

安瞳终于痛痛快快地哭出来了。三个大男孩抱在了一起，都哭了。张天宇当时没有哭，他一直抱着那个拂尘，好像想到了很久远的事情。当他的眼里也湿润了的时候，他拿着拂尘在他们身上扫了几下，很镇静地说：“一切随缘吧！”

第十六章

乱象之狂

大学期间，每个人每一天都可能遇到新鲜的事物，然后逐渐成长，最后变成社会人。刚开学时，高中生的那种清纯在军训的步伐里，留下了最后一抹可爱的样子，仿佛青春沉入到了夕阳的余晖里。虽然红霞溢满了西天，但是灰蒙蒙的那种味道总是夹杂着另一种新奇，由酝酿到重生，最后在光与影的焦灼里，幻变成大人的样子，扛起黑夜里的一切。

女生最大的变化，是开始化妆了。军训结束以后，学院里好像瞬间春暖花开了，女生们变换着不同的方式展现着自己独特的美。男生们则在花丛里迷恋而贪婪地搜寻着。为了永久拥有最亮丽的那一朵，一些男生们也开始疯狂地展现自己。他们有的通过秀八块腹肌来展现男人的魅力；有的通过自己的专业能力来展现男人的优秀；也有的通过主动表白、大胆示爱来表达自己的真心。男生们总是在被玫瑰园里的刺扎过之后，身体里的一些东西才开始萌芽。无论是癞蛤蟆想吃天鹅肉的，还是霸道总裁爱上灰姑娘的，好像每一个大学生的爱情这门课，最后都能修得钵满盆满。大学应该是爱情茁壮成长的沃土，当然也有很多人因为盲目开荒、种错庄稼而身心疲惫，劳而无获。

蓝心看着周边的变化，看着舍友们每一天早早起床，就为了多一个小时化妆，心里很矛盾。杨帅给她买了最好的口红，还有兰蔻化妆品系列，这些都是女孩子们最想要的，可是她还没有打开过，不是不想给恋人最美的样子，而是怕自己一旦也和钱姝妍她们一样，每一天在化妆上浪费太多时间，最终会迷失自己。

“你不化妆，就把这些好东西给我们用，别等过期后不能用了，又心疼。”钱姝妍边画眉边说着，“其实你也应该打扮打扮，你皮肤好，五官精致，稍微一化妆，会更漂亮。”

蓝心也心动了，拆开了所有的包装盒。那些化妆品盒子一打开，脂粉味瞬间弥漫了整个房间。姐妹们都羡慕极了，这是她们梦寐以求却又求之不得的。

钱姝妍说：“来！我帮你！”

钱姝妍欣喜地打开了那些盖子，羡慕地挤出一些化妆品，贪婪地亲了一下瓶子，然后给蓝心她们讲怎么化妆更迷人。敷水的，保湿的，美白的，一道道工序，还真的很讲究。钱姝妍在给蓝心化妆的时候，还不忘往自己脸上适当地涂抹一些。一个多小时后，蓝心照了一下镜子，竟然认不出自己了。化过妆的她显得更加迷人了，就跟电影明星一样。

“你看你像不像一个明星？”钱姝妍对自己的作品很满意，得意地问，“你看，多像女儿国国王！”

“像红楼梦里的薛宝钗！”赵晓娴捧着蓝心的脸仔细端详着说，“我也想要这样的效果。”

“你没那脸型，怎么也弄不出这个样的！”钱姝妍笑着说，“除非你回回炉！哈哈哈……”

“飞哥”对这些化妆品压根就不感兴趣，但对蓝心化完妆后娇美的样子感兴趣，她傻呆呆地看着蓝心说：“你真美！”

赵晓娴推开薛菲说：“兔子不吃窝边草啊，过一边去，我也想让钱姝妍画一个漂亮的妆！”

钱姝妍把她们都推开说：“等会儿，还没画完呢，脸再瘦一点点！”

蓝心也不知道钱姝妍在自己脸上点了什么，反正杨帅给的化妆品里没有这个。不过，自己看上去更精致了。现在的化妆和美颜相机一样，瞬间能让一个人变成明星。几个姐妹都在替蓝心幻想着，假如杨帅来了，会怎么样？于是，她们就商量好了，让杨帅带着四个姐妹出去兜风。

钱姝妍也给赵晓娴化了妆。她们四个美女戴着墨镜，一起走出了学院的东大门，杨帅已经在门外等着了。蓝心飞奔过来，还没到眼前，杨帅就惊呆了，问：“蓝心，这是你吗？”

蓝心很不好意思地捂着嘴笑，然后假装生气地说：“这么快就把我给忘了啊？”

“兄弟！什么都别说了，怎么惩罚吧？今天一天我们四个吃喝玩乐，你一个人全包了！”薛菲很直爽地拍了拍杨帅的肩膀说。

“好！你们这么照顾蓝心，今天我带你们出去兜风！蓝心，行吗？”杨帅还不忘问问蓝心。

“四个美女陪你一个啊！你肯定开心了。”

蓝心虽然想单独和杨帅在一起，让他好好夸夸自己，可是看着姐妹们开心的样子，就一起吧。

“不会吃醋吧，蓝心？你放心！”薛菲很痞地把手搭在杨帅身上说，“这就是个哥们！兄弟！车，我来开，你陪蓝心！”

“我喜欢男人，不过，小兄弟太嫩了点，本姑娘喜欢成熟、有钱的男人！”钱姝妍很傲慢地看着杨帅说。

“我有男朋友，过一会儿，他来找我。我先陪你们玩！我不能重色轻友啊！”赵晓娴温和地说。

“各位大姐姐，希望你们多多关照！”杨帅还从没见过这样的架势，客气完，心想，蓝心的舍友怎么个个都是奇葩啊？

不过，一看到蓝心，他就什么都不想了。薛菲开车，蓝心坐在副驾驶，杨帅坐在薛菲的后面，钱姝妍挨着杨帅坐着。赵晓娴坐在最边上，因为瘦小，被挤在一边，她要是不说话，别人都会忽略她了。

杨帅偶尔替薛菲指挥着，车往哪个方向开。薛菲则很霸气地说：“放心，哥们！从小就玩车，比你熟！老司机了！”然后她开心地笑着。杨帅觉得也是，就不在乎薛菲开车怎么样了，一直盯着蓝心傻笑。

“你应该感谢我，把你的蓝心打扮得像仙女一样。”钱姝妍在一旁看杨帅痴迷的样子有点嫉妒地说，“我们又不是空气，你总不能老盯着一个人看吧?”

“你们都好看，但蓝心是我的，我敢看她!”杨帅不知道怎么回复，就这样随意说了一句。

“那你的意思是我们都不能看呗，会吓着你呗，我们有那么丑吗?”赵晓娴也觉得杨帅应该和她们说说话。

这个宿舍可都是新闻专业的，语言表达能力都是超级棒的。得罪新闻专业的学生，就等于天天在丑闻下生活一样，一切都会被扒得体无完肤，就连灵魂都无处可逃。

她们开到了种满薰衣草的地方。下了车，几个姐妹就开始摆拍了，杨帅成了专业摄影师。薰衣草、格桑花，还有那么多叫不出名字的花朵，在蓝天下如此肆意地绽放着。几个女孩子，飞跑在花丛里，好像最大的花朵游离在花海中。杨帅跟着她们，感觉相机定格的瞬间，那些静止下来的画面，成了采花大盗手掌心里娇嫩的花朵，在被欣喜地观赏之后，一切就都成了枯萎的花瓣，飞落在旧相册里，成为一种回忆，仅仅是回忆而已。

几个女孩子欣喜劲儿一过，姿势和表情也显出了倦怠。

杨帅小心翼翼地问：“几位姐姐们，能不能帮我和蓝心拍几张啊?”

“赵晓娴，趁你男朋友还没来，你先帮忙拍几张，我带钱姝妍兜兜风去!”薛菲交代几句，带着钱姝妍，开着车，顺着小路，一溜烟地飞走了。

杨帅和蓝心用各种方式表达彼此的爱意，好像这里的一切瞬间成了他们两个人的。在这一片花海里，有爱的人只能看到一朵，其他的都是陪衬，甚至是虚化的。他们的摆拍让赵晓娴特别想男友，此时，她只想逃离，虽然男友还没打电话过来，但是她还是找了个借口先离开了。

杨帅不顾一切地抱紧了蓝心，那一片天地本来就该属于他们的。薰衣草的香气在他们唇齿之间、心肺之间，如此怡人。他们仿佛就是两株长在一起的薰衣草，在风中摇摆成爱的姿势。蓝心担心姐妹们回来撞见，狂热过后，想推开杨帅，但杨帅又抱紧了蓝心。在杨帅的世界里，爱就是为蓝心奋不顾身、不顾一切；在蓝心的世界里，爱就是杨帅在，一直在，彼此相依。

薛菲飞一样地开着车，她喜欢这样的生活方式，所以她喜欢朋友们叫她“飞哥”，而不是“菲哥”。车在小径中颠簸着穿行，男人的那种狂野和女人的那种纠结，像天上卷起又重叠的云，不知是风还是雨在酝酿，也不知道前方等待她们的是怎样的一种风景。

“她们回来了！”蓝心欢悦地跑过去说，“你们被人绑架了啊，怎么这么晚啊？”

“是的，我们被爱情绑架了！你看你的杨帅哥哥，脸上都是你的颜色。”薛菲说道。

杨帅很幸福地擦着脸上的红，那张干净帅气的脸庞被他擦抹得如天边羞红的晚霞。他一声不吭地开着车，嘴角和鼻翼两侧泛着甜蜜的笑。

蓝心看着天边泛红的晚霞，高呼：“好美啊！”

没有人应和，那种美在车转了几个弯之后，渐被染成了夜色。也许，这种色彩能让人们更自在吧。他们开始商量晚饭在哪吃，最后他们选了“蓝调餐厅”。

第十七章

无影之梦

安瞳最后选择了美术专业，因为他觉得自己安静的性格比较适合描画生活。用一支笔去探索生活最深处的奥秘，应该是人生最有价值的一件事。

自从进了画室以后，安瞳比以前更安静了。他可以一天不出来，就在画室里一直画着。画室的老师格外关注他，总是陪他到最后。

回宿舍的路上，安瞳的脑海里都是画里的风景。安瞳喜欢古色古香的小巷，喜欢断壁残垣的旧址，喜欢粗朴简陋的农家小院，就是画素描，他也喜欢画满脸沧桑的农民。他喜欢那种残缺的破败的荒凉的感觉。他最想去大西北写生。

“安瞳，你怎么又这么晚才回来呀？”谭皓明正弹着吉他曲《突然好想你》呢，看见安瞳飘飘忽忽地回来，以为又有什么事了，问，“你没事吧，怎么把魂儿画丢了啊？”

“你们不懂，这叫艺术家气质！你看他下巴上都有小胡子了，头发再留长一点，就更像画家了。”唐亦飞摆了一个拉丁舞的经典动作，然后用右手食指挑了一下安瞳的下巴说，“跟我们唱唱跳跳吧，坐了那么久，别弄坏了身体。”

“画要出世，人要入世。不要走火入魔啊！”张天宇又发表仙论了，“听说咱们班又转来一位女生，也是学画画的。”

“咱们学专业课的，都很少进班级，你怎么知道那么多啊？”谭皓明疑惑地问，“你这个张天师又是掐指一算吧？”

张天宇笑而不答。三个人围着张天宇看了半天，等他再说点什么，可是张天宇就是不说了，眼里都是温和的笑容。

“估计班上又多了一个奇葩！我们到底是为了考学而学画画，还是因为喜欢而学画画的啊？”安瞳突然打破宁静，漫不经心地说了一句，也许这个是他一直在思考的问题吧。

“我从小就喜欢舞蹈，我会跳一辈子舞的。”唐亦飞摆出圆舞曲的舞姿自豪地说。

“我喜欢音乐，音乐是我的灵魂。”谭皓明很深沉地说。

“我嘛，画画可以让我和宇宙对话。”张天宇眼神里充满了无限神奇，他向窗外望了一下夜空，会心一笑很神秘地说。

“我好像永远是生活的旁观者，我都不知道自己到底喜欢什么。我选画画是因为我文化课不好，必须选择艺考，而我又不太爱说话，与播音主持、音乐舞蹈什么的无缘了，所以我只能选美术。不过，我到了画室，一画画，好像整个世界都安静了，好像什么杂念都没有了。”安瞳漫不经心地说。

安瞳感觉这个世界是空的。如果每个人都生活在一个壳里，那么人来到这个世界之前就只有一个空壳，而一个人出生后，这个空壳就会有变化了。世界也会因这个人的出现而不同，但是对于这个人来说，能让这个世界有变化，就是他本身的变化能让这个世界多姿多彩的，是因为人的想象。如果一个人没有了联想和想象，那么这个世界永远是空的。可是，安瞳每一次画完世界的一种样子，他都感觉自己太渺小，无力实现什么，因为他的作品里，每一笔都加进了他无穷的想象和他自己认为的那种深奥。譬如，他画叶子，每一片叶脉里都有血液在流动，每一片叶子上都有佛光在闪烁，每一条河流的细纹都像蚕丝一般丝柔。他想让他的每一笔都有生命力，所以他从来没有满意过，因为他想要达到的目标总是达不到。

夜深了，四个大男孩子有的抱着被子，有的抱着布娃娃，还有的抱着布熊，似乎每一个人都抱着美梦，香甜地睡去了。

第二天，所有艺术生都被要求上早读。班主任一进来，看了一眼全班同学，喊了一个陌生的名字："李佳音！早晨一来就睡觉！"

全班同学都往后看。安瞳在最后一排，看见前桌在趴着，就用手捅了一下她。那个女生像被突然惊醒了一样，扭头冲着安瞳吼："干什么！有病啊，你？"

那个女生抬头的一瞬间，很多还不知道她的学生都"哇"了一下。安瞳也像被吓着了一样，一愣，定睛一看，惊呼："怎么是你？"

那个女孩也认出了安瞳，没好气地说："你怎么总爱多管闲事啊？冤家啊，走哪都能碰见你！"

班主任很生气地把那个女孩子叫了出去。

安瞳眼前都是那个女孩在河边的情景，那对母女的对话仿佛就在耳边。安瞳想，她还是违背母亲的意愿，来艺术班了，看来她也想考大学啊。可是，怎么开学这么久了才来啊？估计是先去其他学校了，然后转过来的。安瞳想着这个女孩子用死来捍卫自己选择权的样子，就觉得她的家庭给她的也不是什么好的环境。

同学们看班主任在外面和李佳音谈论着什么，大家眼睛盯着外面议论着：这个女孩长得不错，班花啊，音乐委员估计也逊色了。不过，这个脾气也太难控制了吧？

过了很久，女孩回来了，还不忘用眼睛狠狠地瞪一下安瞳说："没有你多事，我不会被老师训成这样！"

安瞳看着女孩眼角的泪滴，觉得很对不起她，虽然他很无辜，但是女孩毕竟哭了。班主任肯定说了一些类似于"哪来哪去"的话。如果这个女孩刚一进班，就被班主任撵走了，安瞳会觉得自己也有责任。

安瞳看着李佳音委屈的样子，心里也不是滋味。终于等到放学了，他跟在李佳音的后面，一直走到了画室，他想说什么，可是又怕她发火。整个晚上，安瞳就坐在李佳音的后面画画，好像就在李佳音的世界里画画一样。今晚，老师没有过多关注安瞳，因为李佳音是新来的，所以老师一直在李佳音的身边指导。

晚上九点的时候，走读生几乎都走了，住校生也陆陆续续地离开了。安瞳还是和以往一样，留到了最后，李佳音也没有走，她就那样一直哭着画着，好像憋了一天的泪水，一下子都涌了出来。安瞳不知所措了，他好想安慰一下她，可是又怕什么。

“对不起，新同学！今天……”安瞳不知道说什么。

“你没有错，是我自己的错，是我爸妈的错，他们离婚了，谁都不要我了，我有那么不堪吗？我以前不是这个样子，我以前是个快乐的小公主，我感觉我现在就是一个被诅咒了的人。我不想这样啊！这样活着真没意思！”李佳音说着冲出了画室。

安瞳什么都没想，跟着她往外跑，他怕她出什么事。在楼道拐角的地方，安瞳追上了她，一把把她拽住，气喘吁吁地说：“就算这个世界抛弃了你，也总会有人要你的！”

李佳音大声地哭着说：“没有人要我了，没有人要我了！”

安瞳的手不知所措地轻轻拍了她几下，安慰她说：“班主任会要你的！”

“她说不要我了！”李佳音哭得更厉害了。

安瞳脱口而出：“我要你！”

李佳音一下子安静了下来，安瞳也被自己的这句话吓得再没敢吭声。两个人就在楼梯走廊的角落里，彼此听着对方的心跳。

窗外，群星闪烁，夜色迷离。李佳音好想就这样睡去，这么多天了，她一直在被弃的世界里醒着。想想爸爸狠心转身的背影，想想妈妈绝望地登上南下火车时的表情，李佳音的泪水又流了下来，静静地流着。想想身边这个被自己无缘无故骂了两次的男孩子，李佳音不知道自己是幸福的还是悲催的。她突然感觉自己对这个男孩子太不公平了，她不能让更多的人来承担她的不幸，更不应该让无辜的人卷进来，无缘无故地忍受这份委屈，她突然挺直腰板说：“今天谢谢你，我会因为你而活下去的，你不要担心我，我会好好的。时间不早了，我们都回宿舍吧。”

他们又跑回楼上，关好灯，锁好门，一起走入月色里。李佳音突然感觉自己不怕黑了，她相信自己今晚会睡一个好觉。安瞳之前最不喜欢女孩子大吵大闹的，可是现在却突然感觉女孩子大吵大闹都是有原因的。他一下子想到了妈妈，想到了父母吵了一辈子也不分开的原因，想到了那个自己一听见吵闹声就想逃离的家。安瞳理解了妈妈，似乎感觉妈妈也有无法释怀的难言之隐，妈妈也有委屈到歇斯底里的苦衷。

他看着李佳音走进女生宿舍后，望了望天空，突然感觉李佳音就是沈逸琳。虽然沈逸琳从来没有这样狂躁过，但是她们绝望的时候，都是那样无助和虚弱。他又一次飘回了宿舍，舍友们都睡了。他没有惊动任何人，躺在床上做了一个美梦，梦见妈妈做了他最喜欢吃的鱼，那些鱼似乎还在海里游动着，但他还是能吃到它的美味。

夜里，他突然醒来，想上厕所，发现床上有脏东西，吓了一跳，满脸通红地看着周边，一切都很安静。他小心翼翼地把一切收拾好，又睡了，没有梦。据说，梦没有影子，如果有，梦就会成为现实。

第十八章

经典之过

周末，安瞳回家了。他已经好久没回家了，因为他怕还没到家门口，就听见父母的吵闹声。回家的路越来越清晰，花红柳绿的季节总能撩得人心情舒畅。可是，抬眼望见家门的时候，安瞳还是停下了脚步，他下意识地听听院落里的声音，似乎没有大吵大闹的动静，好像一切都很和谐，虽然还是有一些特别的声音，但是好像一切都那么恰到好处。不过，就是听到了常有的那种吵闹声，安瞳也能接受了，他懂了李佳音，也就理解了妈妈。这似乎是很奇怪的理论，但是安瞳内心就是这样想的。

门响了，似乎惊动了所有人。二姐第一个跑出来，看到安瞳就跳起来抱住了他，安瞳好像一下子高了很多，二姐在他的脖子上挂着，脚悬空了说："想死你了弟弟，你怎么不回我信息呀？"

安瞳说："我们老师平时不让我们带手机，能带手机的时候，又要学画画，画室老师也不让我们带手机。"

"安瞳高了！"家里人好像都来了，异口同声地说。

"这位是我闺密，滕婉茹！他爸爸是我们公司老总。"二姐拉着旁边一位看上去很有气质的千金小姐说，"婉茹陪我回来是因为我要订婚了。"

"二姐，你这就要嫁人了吗？"安瞳感觉很失落，觉得和姐姐们很少在一起，这下子见面了，还是看着姐姐忙着把自己嫁出去。

"开饭了！大家都入座！"周美琪忙得像没看见安瞳一样，只顾着招呼大家吃饭。

安瞳叫了一声妈，周美琪也没抬头，只随口说了一句："妈啥妈！没看我忙着呢吗？"安瞳感觉这个家好像总是和自己无关一样。

安浩天的几个朋友吸着烟，拿起酒瓶子倒着酒说："安老板，你这又得买车了，闺女出嫁，不得陪送吗？"

安瞳看着爸爸有些沧桑的脸，很心疼。

安浩天说："这个还不是问题，大雷子在后面呢！安瞳结婚可是个大头啊！"

安瞳好像明白了，父母平时忙得连停下来看一眼自己儿女的时间都没有，其实都是为了他们姐弟几个。为什么生活总是这么矛盾呢？安瞳什么都不想要，只想让家人在一起，开开心心地享受天伦之乐。安瞳有满脑子学校里的故事，想讲给他们听，然后看着他们听完后开怀大笑的样子，就觉得幸福了。可是，一切想法都只是想法。回到这个家，自己好像就是一个被搁置在一边的小孩。偶尔，大人们还会训几句：我们成天忙来忙去，不都是为了你吗？你还有什么不满足的？成天也不说一句话，好像我们都欠你的一样。安瞳之前回家很少说话，可是随着年龄的增长，他看清了一些东西，越来越想说话了，越来越想表达自己的意见了。因为，这个家也是他的。

"你叫安瞳？很好听的名字。你学的是美术吗？"滕婉茹看安忆去忙了，就和安瞳搭讪着，"你们这里有姓蓝的医生吗？"

安瞳看滕婉茹的气色很好，心想她问这个也不像是要看什么病啊。

"嗯？你认识蓝叔叔？他中医很好，远近闻名，北上广的一些大老总也经常过来找他看病。姐姐，你想找他看什么病吗？"安瞳突然感觉自己有知音了，好像什么都知道似的说。

"噢，不是不是，我是想问问他妻子是不是叫戴小婉。"滕婉茹觉得不该和一个孩子说这么多，但又一想，反正是孩子，没什么的。

"戴阿姨吗？我一会儿就领你去找她，今晚我们就住她家里，家里人都回来了，没地方住，我妈和戴阿姨说好了，我们一会儿就过去。"安忆忙着也不忘关注着滕婉茹，看来她们真的是好闺密啊。

安瞳想问滕婉茹为什么知道蓝叔叔和戴阿姨，又怕人家女孩子有什么难言的病情，可是安瞳总感觉这个女孩子肯定和戴阿姨有一些不可言说的关系。安瞳只知道蓝心是自己的亲姐姐，难道这个滕婉茹是戴阿姨的亲生女儿？安瞳想想就觉得乱，感觉自己活在电视剧里一样。

饭后，安忆带着滕婉茹去找戴阿姨了，安瞳就和未来的二姐夫一起开黑打游戏，也许只有这样才更能忘掉周遭的一切吧。安瞳有时想：为什么人们在游戏里的时候活得那么有激情，而回到现实，一切都变得索然无味呢？事实上，安瞳是最不喜欢玩这些游戏的，因为班主任说安瞳眼白上有蓝色的疤痕，不能长时间看手机，否则会引起眼部疾病。他也曾偷偷地试过，和室友们在一起开黑，一夜未睡，第二天眼睛就生疼。关键是，现实对于安瞳来说和游戏里一样，总是飘飘忽忽的，似梦非梦的。现实里，他是虚空的；游戏里，他是真实的。从游戏里走出来，安瞳就不知道自己是真实的还是虚空的了。所以，为了不让自己有这样的纠结，安瞳能不玩游戏就不玩游戏。

安忆带着滕婉茹来到了蓝文轩的诊所。蓝文轩很忙，戴小婉带她们到了家里。滕婉茹看见戴小婉的一举一动，总感觉哪些地方很熟悉。

“听安忆说，你跟她来这里还有一个目的，就是帮爸爸找他的老朋友？你找到了吗？”戴小婉边洗手边说。

“您是戴阿姨吧？戴小婉？”滕婉茹又一次确定地问。

“是的啊，安忆都和你说了啊。那你叫什么名字啊？”戴小婉觉得安忆肯定和这个女孩子说了一些自己的情况。

“我叫滕婉茹，戴阿姨！”滕婉茹说完很认真地看着戴小婉。

“你叫滕婉茹？好名字！你爸爸叫啥？”戴小婉先是一愣，然后很镇定地问。

“我爸爸是滕跃！阿姨！”滕婉茹说出滕跃这个名字的一瞬间，戴小婉手里的水杯一晃。

“你是滕跃的女儿？谁给你起的这个名字啊？”戴小婉似乎知道了什么。

“我爸爸给我起的。听我奶奶说的，爸爸大学的时候，谈了一个女朋友叫小婉。”滕婉茹想问，那个女孩是不是就是戴阿姨您，可是怎么问呢？

“你爸爸让你来的吗？”戴小婉突然这样问。

“不是的，戴阿姨，是我自己要来的，我主要是好奇。”滕婉茹突然不知所措了，讲起了以前的事，“奶奶说，我爸爸当年一毕业，就回到了北京。我爷爷给他找了一份好工作，但是爸爸忘不掉初恋女孩，想回到学校陪她。我奶奶觉得这样会毁了他的前途。爸爸特别想那个女孩，天天疯狂地上班，下班后到健身房和体育场疯狂地锻炼，最后尿了黑尿。爷爷奶奶吓坏了，四处求医。爸爸自己也以为得了绝症，不敢和那个女孩子联系，后来才知道是因为剧烈运动，横膈肌受损引起的。爸爸不知道该不该把这一切告诉给这个女孩，那个女孩也一直没有回信，后来才知道这个女孩怀孕了，而且这个女孩一直没有告诉爸爸肚子里的孩子就是爸爸的，等爸爸知道后，女孩已经打胎，和一个医学院的高才生谈了。爸爸觉得对不起这个女孩，但又不敢再去触碰这段爱情，因为爱得深，所以怕伤得重。我出生后，他就和奶奶说，就叫滕婉茹。奶奶知道为什么，妈妈一直不知道。”

“都过去了，都该释然了。”戴小婉很温和地说，似乎这个故事跟自己一点关系都没有一样。

当年爱过，为爱奋不顾身，什么都舍得；现在也爱着，依然奋不顾身。这就是戴小婉。但是，现在的付出，让她很幸福，所以，以前的爱，已经很模糊。

“戴阿姨，您是不是就是我爸爸的那个初恋女孩？您不恨我爸爸吧？”滕婉茹很天真地问。

“爱得越深，恨就会越深。除非遇到了更爱的人。不错，我就是你爸爸的初恋，可是……”戴小婉似乎回到了以前，想了想接着说，“我那时一个人走进手术室的时候，是很绝望，觉得这个世界上最绝情的就是男人，最悲催的就是女人。绝望的时候，我什么都不相信了。其实你爸爸从来就没有放弃过我，是我自己放弃了我自己。那时，我们就像夫妻，他把我宠成了女儿。可我离开他后，就像丢了魂儿一样。

后来知道自己怀孕了，我想告诉他，可是怕他误会，所以一个人去了手术室。最难忍的那一瞬间，我哭到了昏厥。从那以后，我就恨他，在我最需要他的时候，他不在身边，这就是命。所以，我放下了一切，连手机号都换了。他根本就联系不上我。其实，我那时也还有一些幻想，就是他联系不上我，会来学院找我。我一直没有等来他，一切就都重新洗牌了。”

“可是，我知道他很爱你！他特别宠我，我感觉他把我当成了你！”滕婉茹似乎吃醋了一样，噘着嘴很矫情地说。

“傻孩子，你是他女儿，他最爱的永远都是你！他只不过用一个符号来表达曾经爱过而已，他不会在你和你妈妈面前表现出任何和我有关的一切的，我了解他。”戴小婉很有把握地说。

爸爸确实从不提起这些往事，只是问到有没有初恋的时候，他才点点头。我也曾问过爸爸：“如果你和你的初恋再次遇到，又可以在一起了，你会爱她如初吗？”我爸爸说：“你没听人家说吗？泰坦尼克号沉入海底，就让它沉下去吧，永远都不要打捞，就让那些爱情成为经典，让曾经的爱成为永恒。一旦打捞，捞上来的只有残破的船骸。”滕婉茹觉得和戴阿姨谈这些很轻松，就很大胆地说出来想说的一切了。

“我们彼此都遇到了更好的。爱的时候，那段时光是美的；放下的时候，我们彼此都成全了对方，祝福彼此都找到了真爱。这就是最好的状态。我们都很幸福！现在我也有了自己的宝宝，刚刚一个月。你们蓝叔叔的真爱感动了上天，我们终于有自己的孩子了。”戴小婉的幸福是从心底溢出来的，可以感染周围每一个人的那种幸福，可是戴小婉突然转移了话题，“还有我们最爱的蓝心！我们现在很幸福！”

滕婉茹正要问蓝心的事，可是一听戴小婉那么说，就不问了，只觉得上一辈的爱情很神圣。

“戴阿姨，爱情美好吗？”滕婉茹似乎在想着自己的爱情，也像在问自己。

“你们刚刚接触感情，还不懂爱。只有自己全身心地去爱，才会遇见最美的爱情，但不要爱得丢了自己。其实，爱情有时就是你付出全部之后换来的感觉。你不去付出爱，你永远得不到爱情。现在你们还不懂，疯狂爱一次就知道了。”戴小婉说完，看着两个正处在爱情边缘的孩子们，仿佛也回到了那个爱情萌芽的时代。

她好像从来没有后悔曾经爱过，即便遍体鳞伤，如果让她重新选择，她还会义无反顾地去爱，不计后果地去爱。人在爱里，才会看到自己的样子，才会看到自己的影子，才会有存在感，才会提醒自己活着就是有价值的。也许，爱只是上帝的一个谎言，让人们在虚幻的美感中好好地生活下去，因为如果没有爱，这个世界就不会长久地存在。

戴小婉沉浸在美好的意境当中，她转过神的时候，突然想蓝心了，那个从小就来到自己身边的小天使。虽然她不是自己亲生的，但是戴小婉总是以母亲最伟大的爱去爱这个孩子。

被爱和爱都是幸福的。

第十九章

狂泉之水

蓝心知道妈妈有了自己的孩子，虽然特别兴奋，但心里还是有些莫名的失落。蓝文轩和戴小婉从来不在蓝心面前提她被抱养的事，说明他们从来就没有觉得这个孩子是抱养的。蓝心只是奇怪为什么自己的亲生爸妈就在身边，也不和自己提这件事呢。安瞳好像也知道了什么，但是他也不和任何人说。难道自己只是做了一个梦？既然是梦，就让这一切都在梦里吧。现实里，蓝心有了自己的前途，找到了自己的真爱，她很幸福。身边的每一个人，无论幸福还是不幸福，都是从骨子里活出自己最真实的一面，自己还有什么理由去纠结呢？

“喂！蓝心！化妆了，我们的行动开始了！”薛菲一脚踩着凳子，一只手指撩着蓝心的下巴，提醒着。

她们说的“行动”，在蓝心的世界里，是前所未闻的。蓝心只是听说钱姝妍曾经因为一瓶蓝色瓶装的“矿泉水”而夜不归宿，而这类“矿泉水”似乎和大学门口的某一类社会现象有关。

薛菲听说之后，抓住钱姝妍的两个肩膀，狠狠地捏着，似乎要把对方捏碎一样，眼里含着泪水说：“你可以不爱，但是不能作践自己！”

钱姝妍狠狠地挣脱出来，哭着说：“我就是被所有男人践踏，也不关你的事情！”

钱姝妍看见薛菲眼神里瞬间没有了光芒，那双眼像两个可怕的黑洞。她慌忙过来安慰：“对不起啊，飞哥！你永远是我们的飞哥。那天接我的是我新谈的男朋友，那个蓝瓶矿泉水是旁边那辆车上掉下来的，我只是帮他们捡了起来。我不知道那是什么意思，后来听我男朋友说那是‘价标’。我不懂，也没多问。”

薛菲缓了一下说：“承认我还是你飞哥，是吧？那好，我们今天出去完成一项任务，我们宿舍的几个女生一起出门，把门口车上的矿泉水都喝干，然后扔给他们十元钱，让他们走人！”

这个决定一出来，很多女孩子都不淡定了。有的说和男朋友商量一下，有的说那些都是黑社会不好惹，有的说我们这样是不是轻贱自己啊。最后，加上隔壁宿舍的几名“巾帼勇士”，一共六名女生决定去，蓝心也在其中。她们跟着薛菲来到了学院大门口，后面也有一些胆小怕事的，小心翼翼地跟着，如果出现了特殊情况，她们好及时汇报给辅导员。还有一些男同学也跟了出来看热闹。

薛菲第一个冲到了一辆宝马车的前面，很霸气地拿出一百元放在车前，然后拧开瓶盖，把那瓶饮料咕咚咕咚地喝进肚里了。宝马车司机吓了一跳，不知道这是什么情况，看看旁边的车前也有女孩子放下钱，拧开瓶盖就喝。这些车主看见后面还有那么多男生，都慌忙开车落荒而逃。

蓝心看见远处银杏树下杨帅的车了，兴奋地跑过去，杨帅抱着一大瓶果汁出来说：“蓝宝宝，这是我刚刚给你榨出来的蓝莓汁，喜欢吗？”

蓝心先是一愣，然后生气地说：“怎么你也学会了这一套？你把我当成什么人了？”

杨帅莫名其妙地问：“怎么了，蓝心？这是我弄了一上午才弄出来的，你最喜欢喝的蓝莓汁。”

“不喝？我们喝！”薛菲和她的几个密友过来了，一把夺过杨帅手里的果汁，说着拧开盖就要喝，“蓝心，这是你帅哥用心血榨出来的汁，你不喝我们就都喝了啊？”

“飞哥，你看他这种方式是不是和刚才那些人很像？”蓝心说完，也觉得杨帅无辜，可能这个单纯的大男孩还不知道学校门口的潜规则。

“刚才哪些人啊？你们到底做什么呢？蓝心！”杨帅越来越蒙，疑惑地问。

“蓝心上车吧，和你的帅哥喝蓝莓汁吧！我们走！”说着，薛菲又把蓝莓汁瓶还给了蓝心，然后带着几个密友走了。

蓝心上车之后，给杨帅讲了刚刚发生的事情。

杨帅担心地说：“你不要参与这些，那些人都是很坏的。”

蓝心很得意地说：“我不怕，因为我有你保护我！”

薛菲她们在旁边的小吃铺买了一些小吃，几个女孩子边吃边谈论着今天发生的事，觉得很解恨。正兴奋着呢，几个文身的男子过来了，他们见着这几个女孩子就把她们拎了起来。薛菲练过跆拳道，但是此时也没能抵挡住他们。她看见体育队的几个高个儿男生正在买水喝，急忙喊他们的名字，让他们过来帮忙。周边所有的学生都过来了，他们拿着手里吃的喝的往那些人身上扔。后来，警察带走了他们。薛菲几个被辅导员叫去。

“这是社会问题，你们女孩子能有多大能耐？只要我们女孩子自重，不出卖自己，这种现象就不会发生！水放在那，你们不去喝，那就只是水！我们自身出现了问题，才给那些人可乘之机！没有人拿着瓶子硬往你嘴里灌！所以，我们女孩子都要自重！”辅导员的话一字一句地刺痛着每个人的心。

薛菲对自己的鲁莽表示道歉，因为自己简单的想法，给那么多人带来麻烦。可是，她就想出这口气。

蓝心还不知道这里发生的一切，她跟着杨帅在山脚下看着蓝色的海，甜蜜地勾画他们的美好蓝图呢。

杨帅搂着蓝心的肩膀说：“我爸爸说让咱们结婚后就要孩子，能要两个就要两个。到时候，咱们带着一双儿女，就这样面朝大海，等着世界春暖花开。”

蓝心红着脸说：“我不给你生！”

杨帅看着蓝心，深情地一吻，动情地说：“这样你就给我生了！”

蓝心很柔软地躺在杨帅的怀里，她感觉天格外蓝，海水那么地轻柔，这片天，这片海，是独属于他们的。他们就那样依偎着聆听世界上最美的声音。

杨帅突然很调皮地说：“亲爱的，我在想，如果我是你儿子，你在我眼里该是怎样的一个妈妈呢？”

蓝心温和地抚摸着杨帅俊俏的脸庞说：“宝贝，你想要一个什么样的妈妈啊？”

杨帅想了想，看了一眼蓝心天真地说：“我希望我的妈妈有着布格罗的《仙女》里梅洛佩一样的柔润肌肤和飘逸的身材，每天我在她的怀里任性地撒娇；她有着乔伊斯《尤利西斯》里海妖塞壬的魅惑声音，听了她的歌声，我就会从任何地方跑回家里，在她的歌声里舞蹈。她有着仙气十足的外表，有着佛性十足的品性，有着趣味十足的灵魂。她端庄大气，慈眉善目；她明眸善睐，聪颖贤惠；她举止优雅，知书达礼。”

蓝心打断了杨帅的话说：“你这说的是我吗？我都被你妖魔化了啊？”

杨帅很得意地说：“你在我心里就是圣母，就是神！我爱你！我会在每一个清晨都给你一个蝶吻，我会在每一个夜晚都给你一个拥抱。只要你在，我就是快乐的。”

“亲爱的，假如你是女儿，你希望我这个爸爸是什么样的？”杨帅挺了挺胸脯，“哼”了一下，装成很成熟的样子问。

蓝心笑了笑说：“你怎么装都像个孩子！我要是你女儿，你肯定每一次接我放学，都会说一句‘爸爸是不是帅到你了？’因为这个是你口头禅啊！那样的话，我就会觉得我的爸爸是一个有着潇洒的外形，有一张俊俏的脸，有一双深邃而纯净的大眼睛的帅气男人。我每天都挂在他肩上，从他的眼睛里去张望他世界里的我。我希望我矮小的世界里飘满他的影子；我希望我的每一个夜晚，都是听着他的故事、靠着他的温暖的手臂入眠的；我希望他无论遇到什么都会对我说‘自从生命里有了你，我就知道自己这辈子该怎么活了’。”

杨帅突然说：“假如你的妈妈把爸爸惹哭了呢？”

看着杨帅，蓝心笑着心疼地说：“我会说你是个爱哭鬼！然后哄着你说‘爸爸不哭，乖乖的’，再然后就擦干你眼里的泪水。”

杨帅吻了一下蓝心的眼睛，很甜蜜地靠在她肩上说：“我大闺女真可爱！我会用有生之年一直陪着她，不让她受一点委屈。”

“亲爱的，昨天我做了一个梦，梦见你在一个山崖边上，剃光了头发，双手合十静坐修炼。我穿一身白裙，用黑纱巾遮住半个脸，飞到你身边，问：‘前面已是悬崖，你在绝处修炼，想用什么方式逢生啊？’你闭着眼睛不回答。旁边的一块石头上写着‘闭关期间请勿打扰’。我说：‘你闭关修炼，无非就是想绝处逢生，那就不要在悬崖边无奈地悲伤和哭泣，也不要一味地忍受而不知所措，你应该找到绝处逢生的方向。’你睁开了眼，问：‘如果悬崖有路，还叫悬崖吗？’我说：‘你总是给自己一些感觉很开悟的大道理，然后承受不能承受之重，人生就这么几十年，你误不起。相信我，就跟我走，我要带你飞到一个能活出你自己的世界。’你缓缓站起，我在你眼前画了一道彩虹，刚好搭在悬崖上，我带着你一起飞了起来，飞过悬崖，来到了一个童话般的王国。那里阳光暖暖的，微风习习，山清水秀，四处都是花草，草地上有很多你喜欢的各种乐器。你的头发瞬间长长了，你的衣服也变成了燕尾服，你的笑容比山花烂漫，你的舞姿比蝴蝶妩媚，你的歌声比山泉清澈，你的眼里只有爱。你把我抱起旋转，大声地说：‘今生我要为你纵情歌唱。’我对你说：‘我是你悬崖边上的金鱼公主，你是我泉水边的蝴蝶王子。’我就在你的歌声里醒了。我们眼前的这些景色，就和梦里的一样，就少了你的歌声，给我唱一首歌吧，亲爱的。”蓝心仿佛还没有从梦里走出来一样。

杨帅已经站起来，把头发拉长，竖起来一绺儿，指着前面的海唱道：“你看那花儿都谢了，你看那海儿都哭了，你知道我会永远永远等你给我的回答。让我们忘了那片海，让我们来世再重来，让我们一生一世，生生世世永不再分开。”

“你猜我做的什么梦？我梦见一个女子。她就在这样的一个湖边飘动着，我远远地看着她。湖水很静，她很美。几只黑天鹅看见她，兴奋地游过来，摆出各种姿势，在她面前优雅而又闲适地漫游着。她就像一只白天鹅，在湖边站立着，宛若仙子，透着灵气和智慧。我多想过去，陪她守着这片湖，守着这份宁静，和那些黑天鹅一起，自由地嬉戏在飘逸的芦苇间，让纯净的爱在湖面上美成步步涟漪，然后浓成一潭湖水，与日月同辉，与时光静对！可是，我怕我走过去，她会像白天鹅一样飞走，她失去了这么静谧的生活空间，我也失去了远远地陪伴她的机会。人间最美的情感就是这种不远不近的相守，我愿意一直守着这份清幽和淡远，成为彼此最美的风景，愉悦时光，使真爱永恒！我躲在角落里，翻阅和她有关的一切，便觉得这时光格外姣好，生活如此惬意，满世界的光和影便有了神奇的空灵色彩。后来，她还是飞了，我就那样看着她飞成一个白点，然后我哭醒了。我上了个厕所，回来就一直想着你，怕你离开我。”杨帅很紧地把蓝心揽在怀里，说，“别离开我，永远都不要！”

他们用那个空了的蓝莓汁瓶子，装了满满的海水，里面放了两个蓝贝壳，每个贝壳上面都刻着他们两个的名字。他们对天承诺“彼此永不相弃”，然后他们把这个瓶子埋在了山脚下的一块巨石下面。他们手牵着手，踩着海水走远了。夕阳把他们的影子拉得好长好长，海水一遍又一遍地在影子上面写着“永远”两个字。

爱情的神奇，在于可以让彼此相爱的两个人，一下子意识到自己回到了“开天辟地”的远古时代，意识到两个人只要相爱，就会独创一个完美的世界。

第二十章

化妆之男

谭皓明有演出，早晨起来就开始化妆了。安瞳感觉一个男孩子化妆总有一种怪怪的感觉。谭皓明化完妆，让舍友们看。

张天宇竖起大拇指说："精致！"

唐亦飞挺了挺腰板儿，一本正经地说："精神！"

谭皓明非要让安瞳也评价一下，安瞳没有办法敷衍，就说了一句："神经！"

谭皓明也不介意，美滋滋地拿起那几件比较嘻哈的衣服，试来试去。几个哥们实在等不及了，就提前走了。

班主任在门口看到他们问："谭皓明呢？怎么没来？"

他们三个异口同声地说："试衣服呢！"

他们三个进教室五分钟之后，谭皓明才慌慌张张地跑过来。

班主任说："站后面去！"

谭皓明很委屈地说："老师，我今天有演出，所以就迟到了。"

班主任说："你觉得这个理由站得住脚吗？提前五分钟起来化妆，你能迟到吗？站着去！"

谭皓明很无奈地站到了后面。安瞳用余光看了看谭皓明，想象着他那一身嘻哈，再加上特殊的妆容，刚刚还那么精神抖擞的样子，此时落败得好像那些嘻哈因子被击散得只剩下带有嘲讽味的"哈哈哈"。安瞳能够感受到谭皓明那种"跌份儿"的心情有多沮丧，因为那偶尔飘过来的脂粉味也变得稀奇古怪了。

因为上午九点演出就开始了，早读后，班主任把谭皓明叫到了办公室说："你父母还有周边的很多人经常说你'不务正业'，你觉得自己已经很努力了，为什么别人还觉得你不务正业呢？你看看你现在，这叫务正业吗？"

语文老师也在办公室，接了一句："你是很努力，在'不务正业'上，那是相当努力！"其他老师也说他不够努力。

班主任拿出一个小本本，像做年终总结一样严肃地说："第一，你因为化妆而迟到，这是务正业吗？第二，你为了商演旷课，是务正业吗？第三，你为了学专业课，而耽误文化课，是务正业吗？第四，你每一天就知道迎来送往，关注人情往来，是务正业吗？第五，你和一些不爱学习的人拜把子，是务正业吗？第六，你刚进这个班，就和女孩子谈恋爱，是务正业吗？第七，你没有演出的时候，因为一颗青春痘而化妆，是务正业吗？第八，上课时你拿个超大的镜子臭美，是务正业吗？收收心吧，谭皓明！如果一个人说你'不务正业'，可能有特殊原因；如果所有人都认为你'不务正业'，那就是你的原因了。今天我就不说你那么多了，这已经说得八九不离十了，因为你还有演出，调整好状态，先去演出！"

谭皓明不知道自己原来这么"不务正业"，仔细想想也是啊，一个学生如果不经常在课堂上，不经常思考和学业有关的事情，怎么算是务正业呢？也许，只有舞台是自己的，谭皓明登上舞台的那一刻，什么烦恼都没有了。他喜欢自己在舞台上的那个样子，阳光自信，才华尽现，台下掌声雷鸣，每个人仿佛都因为自己的歌声而沉浸在一种美好的状态里。谭皓明喜欢这种感觉，享受这种被人追捧的感觉，这就是明星梦。可是，现实不允许他这么张狂，他还有很多学业，他还要再上一个台阶。也许老师说得对，现在不努力，将来就有可能被人撵下台，那么自己最美的梦想就会破灭。

回到宿舍，谭皓明把班主任跟自己说的那八个"不务正业"说给那三个萌男。

张天宇慢条斯理地说："你不务正业是天性，因为在你的世界里，不务正业才是你的正业。”

谭皓明哀求地说：“张天师，能不能给我一点安慰。我想务正业了。”

张天宇摇了摇头说：“你太痴迷于音乐了，是好事，也是坏事，看你自己修行了。”

唐亦飞说：“那我也是不务正业了，只不过没有你那么多条而已。可是我也想有那么多条啊！譬如：找个女孩不务正业。这样的不务正业，我很想加倍努力啊！”

安瞳看着谭皓明没有说话，他只是看着，莫名其妙地看着。谭皓明被看蒙了，问：“你这么看我干吗啊？”

安瞳很好奇地看着谭皓明说：“我怎么不知道你还有女朋友？我怎么不知道你有那么多的不务正业？”

张天宇眯缝着眼，缓缓地说：“寂寞在自己的世界里，怎么能知道另一个世界的浪漫？”

谭皓明推了一下安瞳说：“你天天像没活着一样，走路都飘飘欲仙似的，你怎么会关注我们这些小众人物的平凡生活？”

唐亦飞蹲在地上，劈着叉，头也没抬地问：“安瞳，你是经历过生死的人了，应该对这个世界的认识更深刻一些啊？”

安瞳想了想说：“也许我还在一个人的死亡世界里吧，可是我已经走出来了啊，一切都和以前一样了。只是，我以前可能就是这个样子。也许是受家庭影响吧。我对家很无奈。他们就当我是空气，根本不知道我也是人，是个有感情的人。他们除了忙，就是吵架。”

谭皓明照着镜子拍拍自己的脸说：“我妈和你妈估计差不了多少，天天说话就跟吵架一样。我一拿演出奖回来，她就说：‘别骄傲，取得一点成绩就嘚瑟，早晚得一败涂地。’我数学如果能上七十分，你猜我妈会说什么？她说人家孩子考150分也没像你这么嘚瑟啊，就考70分，连一半都没考到，还好意思回家显摆！你知道吗，我当时眼泪都掉下来了。她不知道我为了这个分数，学得有多苦；她不知道我为什么现在得这点分都兴奋；她不知道我以前写作业遇到难题向她求助，她推开我说‘回学校问你老师去，别影响妈赢钱！’的时候，我有多难受。那时，我经常看着她手里拿着麻将，和几个中年妇女，有说有笑，而我却在一旁委屈地含着眼泪，撇着嘴不敢吭声。我在她们的麻将声中度过了童年。等我长大了，成绩不好了，她就说：‘你看人家的孩子，每次都考第一名。你看你，总是倒数。’那时，我就想做别人家的孩子。后来，她们一打麻将，我就唱歌。我这好脾气呀，就是委屈撑大的。现在我谁也不怪了，因为怪谁都没有用了。我们不可能再重活一次吧？现在只能靠自己！”

安瞳往墙上一倚，说：“我以为就我这样不幸呢。”

唐亦飞站起来说：“我爸妈对我很好，我学得怎么样，他们都不训斥我，但是他们也没什么文化，只知道赚钱给我花，我要什么他们就给我买什么。因为我喜欢舞蹈，他们就花钱送我去舞蹈班。因为对舞蹈太痴迷，所以上课的时候我还在想每一个动作该怎么做。这样久了，成绩下来了，父母觉得不应该让我学这个了，但是我喜欢，哭闹着要继续学，所以父母就答应了。现在我专业课绝对没问题，就怕文化课了。班主任找过我，让我在文化课上多下功夫。可是我看外语字母，都能想出舞蹈的动作。我的语文书和历史书上，只要有人物头像的地方，我都画成了舞蹈动作简图。”

安瞳听着舍友们敞开心扉谈论的话题，感觉自己的世界突然被打开了。父母有父母的活法，自己有自己的活法。在离开父母的世界里，自己应该有自己的活法了。回到父母身边应该学会交流，估计是自己不会交流，才让自己的生活如此沉闷而没有生机的。

他突然莫名其妙地想到了李佳音，感觉她的出现会让自己的生活有一些生机。虽然她的性格有些地方和母亲一样，撒泼的时候，让人难以接受，可是安瞳却想试一试，因为这样就可以了解妈妈天天吵来吵去的根本原因了。毕竟，她还有和妈妈不一样的地方，就是在最无助的时候，她那么需要自己的呵护。这一点好像也和妈妈一样，在遥远的记忆里，妈妈最无助的时候，好像也曾出现过一个，和爸爸不一样的男人。当然，这样的想法一出现，安瞳就觉得哪里不舒服，他不希望妈妈是那样的女人。可是，记忆里总有一个粗鲁的男人的影子飘过，飘过妈妈的世界，路过自己的人生。

第二十一章

暗语之解

唐亦飞喜欢乡村最自然的风光，平时没什么事儿，就带着舍友们到乡间游玩。

路上碰到了张一鹤，张天宇问：“张一鹤，你会游泳吗？和我们一起吧？”

张一鹤知道他们经常来这里游泳，很羡慕他们，但自己的确不会游，又想逞能，就说：“会……一点儿。”

唐亦飞拽着张一鹤说：“那我们一起吧，我教你。”

这个池塘并不是很深，对他们来说，有地方嬉戏就是最快乐的。因为这里也很隐蔽，所以他们来到这里，飞奔着把衣服脱掉，随意扔在一边，然后纷纷跑进水里。唐亦飞先来个鲤鱼打滚，在水中做出各种优美的动作，溅出的水花四下里散去，无比愉悦。张天宇先双手合十，想弄个莲花坐的姿势，但是试了几次也没有坐稳，然后就钻到水里冷静了一会儿，估计水里有莲花，半天也没出来，可把张一鹤吓坏了，连忙喊：“张天宇！你怎么半天不出来啊？”

谭皓明不慌不忙地说：“你初来乍到，还不熟悉我们的水性，每个人的游泳习惯都不一样。你放心，他们水性都特别好！你看我的，哎哟！”

谭皓明想用左臂摆水，来个仰泳，让张一鹤看看，没想到自己拍到自己脸了，很尴尬地站起来说：“不好意思，本来想给你做个仰泳示范的，结果打自己脸了。”谭皓明就是站起来了，也不忘又重新拍一下自己脸。张一鹤就像一只孤独的白鹤一样，在水里傻傻地站着，看着他们欢快地游着。

安瞳不知道什么时候站在张一鹤身后了，他撩了一些水往张一鹤肩上滴了几滴说："想学吗？我教你！"

张一鹤把头点得特别重，说："嗯嗯嗯，我也想学，太好玩了。"

安瞳带着张一鹤一会儿在水里憋气，一会儿露出水面呼气，这样重复了几遍，张一鹤虽然喝了几口水，但还是掌握了最基本的游泳动作。安瞳拽着张一鹤在水面上飘着，张一鹤死死地抓住安瞳，小心翼翼地往前游着。

这个时候的夕阳正红，像超级红月亮一样挂在西边的天空，漫天的晚霞映在孩子们调皮的身影上，柔软而又神秘。张一鹤突然看到一个人影出没在草丛里，仔细一看是一个中年老妇人在晚归的路上割几把顺路草。

她抬眼看了一下池塘，发现池塘里有几个孩子还在游泳，就喊："天晚了，快回家吧。"喊完，那个老妇人又接着割草了。

张一鹤想出来拿衣服，但是有女人在，不好意思了，就在水里一直那样站着，活活地把一个白鹤站成了红鹤，最后成了黑鹤。

那几个会游泳的不想那么多，即使有人在，也接着玩。张一鹤感觉身上有点凉飕飕的，就想上岸，但自己身上没个遮拦，也不好意思啊。最后还是下定决心跑出去了，他捡起衣服穿上就逃跑了。

后面几个开心地说："你捂错了地方，应该捂脸！是不是啊，阿姨？哈哈哈……"

那个老妇人莫名其妙，抬眼看了一下池塘，明白了，很不好意思地匆匆离开了。

几个孩子很大方地从池塘里走出来，不慌不忙地在岸边吹了吹风，然后穿上衣服，整理了一下头发，一脸满足的笑容。

张天宇看了一下远方的黑影说："张一鹤此时已经'羞'矣！"

谭皓明拍打着身子说："他一点都不会游，就那样一直站着，像一只呆鹤！"于是，很形象地学着张一鹤在水中站着的样子。

唐亦飞很遗憾地说：“我以为他真会游呢，我一直在游玩，忘了他了，下次教他。”

安瞳慢悠悠地说：“你们都不教，只顾着自己玩了，所以只能我教他两招了，也不知道他学会了没。”

谭皓明又开始学张一鹤看见老妇人时尴尬的样子了。一路上，他们有说有笑，都忘了天色已经暗下来了。他们还有晚自习，所以必须快速跑回去。

张一鹤早已在班里了，看见他们回来这么晚，不解地问：“你们这么晚，不会一直在水里站着，等那个女人离开吧？”

谭皓明捂着嘴笑着说：“你只顾着自己跑了，都把我们给忘了。”

张一鹤说：“我跑出女人视线了，才想到你们还在那里。我怕回去碰见那个女人，尴尬，所以就没有回去。”

张天宇看了一眼张一鹤说：“第一次学游泳，有如此经历，真是造化弄人啊！”

唐亦飞刚和班长说完几句话，就跑过来说：“今天晚自习好像是新来一个数学老师给我们上课，据说很富态。”班上很多同学都开玩笑似的惊问：“有咱班郑飞肥吗？”

正说着呢，一位胖胖的男老师笑眯眯地来到了班里。张一鹤看到之后，小声地叫了一声“郑飞”，郑飞没敢出声。

这位老师听到了一些，突然很严肃地说：“谁说我‘真肥’啊？”

全班学生哄堂大笑起来。老师第一次进班就碰上这样的待遇，本来想好的开场白，就这样被搅黄了。他走到张一鹤旁边说：“你习惯给别人起外号吗？你叫什么名字？哦？书桌上贴着呢，张一鹤，你自己有外号吗？”

张一鹤很委屈地说：“老师我没说你肥，我是在叫咱班的‘郑飞’。”全班学生又笑了起来。

谭皓明说：“老师，张一鹤外号叫‘张小眼’。”

“老师，我们都有外号。这个是‘张天师’，喜欢《易经》一类的玄学；这个是‘唐妩媚’，舞蹈跳得比女人妩媚；这个是‘谭正业’，师生都觉得他平时用在文化课上的时间太少，感觉他‘不务正业’，所以就起这个外号提醒他‘务正业’；这个是‘安静静’，他很少说话，就那样静静地看着这个世界；这个是‘褚僵尸’，这个是……”同学们七嘴八舌地说着班上每一个同学的外号，都忘了老师不喜欢听到“肥”这个词了。

“你们的班级文化还很特别啊？”老师很幽默地说，“不过我也的确很胖。人嘛，就是这样，如果你不胖，别人说你胖，你觉得很开心；如果你很胖，别人说你胖，你就不开心了。我就是最后一种。就像我们同学一样，如果你很聪明，有人说你笨，你可能觉得人家是觉得你很可爱；如果你真笨，人家说你笨，你就不愿意了。”接着，老师就讲起了数学的神秘之处。

张一鹤觉得今天是自己的倒霉日，什么倒霉的事情都能摊上。下了晚自习，张一鹤就找张天师给自己算算，张天宇说：“苦难已经过去，如果你还放不下，还想纠缠，那一切就只能‘应运而生’了。苦难会吸引苦难的，幸福也会吸引幸福的。回去睡个好觉，明天一切都是美好的。”

安瞳跟在后面，不紧不慢，他对张一鹤说：“韬光养晦，少说多做，一切都会好起来的。”

张一鹤两个胳膊耷拉着，没有一点生气地走回了宿舍。那双小眼睛，在深夜里再也不想睁开。

安瞳上床后，发现枕边多了一张字条，问：“这个是谁放在这里的？”

谭皓明拿过字条，看了看说：“是李佳音给你的，我不知道是什么，也没多问，她只是很神秘地说让我把这个放在你枕边。不是炸弹吧？”

安瞳打开后，看到的是一张漫画，画面里有两个小人，一男一女，面朝大海相互依偎着。下面有一行小字，很秀气，一看就知道是用了心的：有一天，我一觉醒来，满世界都是浪漫的花香。你拥抱了我的世界，带走了我最珍贵的东西，我不想这样轻易地放你走。我想闯进你的世界里，找回我的灵魂，可以吗？最后，是两个小人拥抱的表情。

几个男人挤在一起看完，都傻傻地看着安瞳。谭皓明说：“这分明是情书啊！我还头一次遇见用这样的方式来求爱的。”

唐亦飞眼睛向上挑着，看着谭皓明说：“那你的她怎么向你求爱的呀？”

谭皓明美滋滋地说：“我只唱了一首《情非得已》，她就拥抱了我。”

安瞳看着谭皓明懵懂地问：“然后呢？”

张天宇摇了摇头，很无奈地说：“又是一段孽缘！”

谭皓明转移了话题说：“我们现在是要帮安瞳解决问题。不要管我！”

“这个得问问安瞳是否愿意谈。”唐亦飞斜眼看了一下安瞳说。

“我……想过，但是害怕。人家女孩子有这个意思，我该怎么回？”安瞳也不知道自己该怎么办。

“这个女孩子不简单，安瞳估计很难招架住。”张天宇捋了一下没有胡子的下巴说。

“如果这样的话，我倒想试试。”安瞳若有所思地说。

“人家都同意了，我们还在这里研究啥啊，睡觉！”谭皓明跳上床说。

安瞳洗漱好，刚要上床，舍友们都伸舌头，诡秘地冲他一笑说：“好梦！”

安瞳很不好意思地上了床，这个夜是属于李佳音的。

安瞳在床上翻来覆去地想：之前李佳音无论说什么做什么，好像都没有让他有心动的感觉，为什么今天看到这幅漫画，看到那几行字，内心就有了不一样的反应了呢？这个和妈妈一样性格的女孩子，我该怎么去爱？我到底是不是因为爱呢？我这样做，最后是不是一个悲剧呢？我要不要娶这样一个女子进家门呢？如果娶进家门，她和父母是否能相处融洽呢？想到这里，安瞳冒了一身冷汗，两个嘴上绑了刀子的女人在一起生活会是怎样血腥的场面啊！梦里都是母亲和李佳音唇枪舌剑地争吵的样子。安瞳不安静了。

第二十二章

试探之虚

蓝心觉得自己莫名其妙，明明不在乎的，怎么在那一瞬间就不明事理了呢？

她发了一条微信问妈妈：什么是爱情？

戴小婉回复：女儿啊，怎么了？是不是和杨帅闹别扭了啊？

蓝心把事情的经过和妈妈说了，觉得自己很委屈。

戴小婉回复：女儿，听妈妈给你分析。我觉得你最初就有了一种不情愿让杨帅先背你舍友的想法，但是又碰上了你舍友特殊情况，你只好让杨帅先背起舍友，可你在主席台下等杨帅回来背你的时候，你已经忍受了那么多人异样的眼光和褒贬不一的评价，这个时候你就有一种莫名的东西藏在了内心深处，等着发泄出来。可是一路上因为天气原因和舍友的特殊情况，你来不及多想，等一切都平静下来了，你就开始复苏那些沉底的酸情了，再加上杨帅在你看不到的地方，也不知道他遇上了什么特殊情况，所以才那么说一句。女儿，试想想，如果他真有什么想法，怎么会直接和你说出来？

蓝心知道是自己在找事，但是又觉得自己的确很委屈，不知道什么原因，就是觉得自己委屈。

戴小婉说："爱情就是自己的恋人背着其他的女人在雨中奔跑，而自己还觉得恋人奔跑的姿势很帅气的那种感觉。"

蓝心心里想：他背着其他女人，我还能欣赏他的帅气？这怎么可能？难道是自己不爱吗？那为什么又这么在乎？是不是自己爱得不够？

也许吧。

蓝心在胡思乱想的时候，舍友们回来了。估计这几个姐妹得到了杨帅的什么特殊礼物，回来都说杨帅有多好，还推着蓝心往室外走。蓝心僵持不过，硬是活生生地被几个姐妹给架了出来。

杨帅看见蓝心出来了，急忙过来抱住了蓝心："宝贝对不起，我错了！你别生气了，好吗？"

蓝心的眼泪哗哗地流了出来，也不知道是心疼杨帅还是心疼自己。杨帅一脸疲惫的样子出现在蓝心面前，蓝心还真有些心疼了。但是，她也不知道为什么，总想试一下，他们之间到底是不是真爱。好像不是为了试探杨帅，是为了试探自己。

杨帅带着蓝心又跑到了山上，把自己昨晚遇到的一切解释给蓝心听，蓝心知道杨帅对自己毫无二心，但是自己就是不想轻饶他，就想找事。

听杨帅讲完，蓝心来了一句："你带我来这里，是不是因为刚才那个美女说这个地方太美了？你想趁机找她聊啊！"

杨帅被弄得莫名其妙："蓝心！你怎么了？是不是身体哪里不舒服啊？"刚才那个美女，在和自己恋人说呢。我们两个路过那，听到了，就过来了啊！

蓝心很讽刺地说："我哪里不舒服你都不知道，还说爱我？"

杨帅不知道说什么了，弱弱地说："我不是在给你解释吗？"

蓝心突然大声地说："你带我来这里，就是为了让我听你解释，是吗？无聊！"蓝心不能控制自己的情绪了，哭着跑下了山。

杨帅头一次见蓝心这样，愣了一下，然后带着哭腔喊："蓝心！我爱你！"

蓝心头也不回地跑远了。蓝心内心的酸楚和说不出来的委屈一拥而上，那种哭声几乎吓到了自己。她感觉世界崩塌了，她试验的结果是失败的，她觉得杨帅并不很爱自己，自己也并不是很爱杨帅。因为杨帅要是很爱自己，就不会解释那么多；而自己要是很爱杨帅，也不会计较那么多。蓝心不知道自己的这套理论是否正确，但是就是觉得自己从天堂跌落进了地狱，天地一片黑暗。舍友们谁都不敢去招惹她了。钱姝妍也陷入尴尬中，既委屈又愧疚。

蓝心一直在一种啃噬自己周遭一切的境遇里一个人恶魔般地生存着，好像在等火岩喷发的那一刻，这种从未有过的焦虑和无尽的忧伤把她扭曲成敏感任性无理取闹的蛮横公主的样子了。她一点都不喜欢这个样子，因为这个样子那么像自己的亲生母亲周美琪，她怕自己变成这个样子，可是现在自己分明就是这个样子。于是一种恐惧和自卑又扑面而来，她删掉了杨帅和舍友们的所有信息。这些瞬间改变了的一切，让舍友们也惊讶了。杨帅连续几天在女生宿舍楼下等蓝心出来，但是几乎见不到她，偶尔见到了，也像陌生人一样。蓝心经常被几个舍友护佑着到系里上课。杨帅也像一个落魄的公子一样，头发乱蓬蓬的，眼神里都是呆傻的样子。

杨子祥看到儿子这个样子，心疼地说："儿子！你还是不懂女人啊！女人生气，不要解释！抱抱她、亲亲她就好了。"

杨帅低着头说："我抱她了，可她还是误解我，她以前不是这样的。我真想回到从前。以前我们就像神仙眷侣，无忧无虑，每一天都生活在仙境里一般，可是现在她突然像变了一个人似的。"

杨子祥像是自言自语："爱情就是这么魔性，热恋期一过，就是无尽地折磨了。儿子，你就等着接招吧！"杨子祥说完，就去整理他的后花园了。

第二十三章

星辰之眼

被爱的感觉就是李佳音说的那样："一觉醒来，满世界都是浪漫的花香。"花香带着怡人的气息吹开每一扇门，心门也被温柔地打开，安瞳的世界在一个早晨突然变得如此亮丽。他轻盈地走进教室，想第一眼就看到昨晚那个痴情的女孩。

安瞳自己也弄不明白，打过那么多次照面，为什么偏偏这一次有那么强烈的感觉？河边的那个和母亲吵架想轻生的女孩子是她吗？从画室里冲出去想跳楼的那个女孩儿是她吗？平时很有"大哥"范儿的那个女孩子是她吗？此时，安瞳看到座位上的那个女孩子如此姣美而又神秘，仿佛西方油画里最清纯的少女，圣洁而又如此迷人。他走到她身边，站了一下，想说什么，但又不知道说什么，最后在众人莫名其妙的目光里走到了自己的座位上。

李佳音也不知道说什么了，突然感觉自己也变了。要是平时，有一个男孩子这样看自己，她早就该发威了。今天她也胆怯了。谭皓明和唐亦飞看他们尴尬的样子觉得很可笑，但又不知道怎么帮安瞳缓解。谭皓明翻开书，看了一眼唐亦飞，两人不约而同地背诵"同是天涯沦落人，相逢何必曾相识"。他把这首《琵琶行》硬生生地给弄成了说唱版的，全班同学都把注意力转移到谭皓明这里来了。这时候班主任来了，也没看出什么端倪，反倒觉得今天早读同学们格外起劲儿，听到谭皓明的说唱版《琵琶行》也忍不住偷偷地笑了。安瞳看班主任来了，所有同学都在背书，他也不敢懈怠，也跟着谭皓明背起了《琵琶行》。李佳音只是在纸上画着什么，老师也没注意到她。

一个女孩子，在家里得不到关爱，或者家人对她关爱不够，最容易陷入感情世界里，而一旦陷入感情世界里，这个女孩子便开始敏感了。她们用大大咧咧撑起来的“无所谓”正是没人疼没人爱的铁证，不这样，还怎么撑得下去呀？可是，安瞳是不是能给她最大安全感的那个人呢？每一次，在最困难的日子里，她都能看到他在她的世界边缘静静地站着，默默地为她收拾残局。她多希望他能主动地靠过来，在离她最近的地方停下来，哪怕就那样每天看着他，什么都不做，只是看着他，只要他在这个世界上就好。可是，这种感觉越来越强烈的时候，但即使在一个班里，她却感觉他离自己很远，似乎在另一个世界里。所以，她要把他从另一个世界拉到离自己最近的现实里。

李佳音就这样想着，课堂上的内容几乎没有一点印象。老师偶尔叫她，她从沉思里走出来，冲老师笑了笑说：“对不起，老师！”

安瞳被谭皓明和唐亦飞超级大的嗓音吸引了，他偶尔看看李佳音，但注意力瞬间就会转移到这两个活宝身上。这两个兄弟也是拼了，知道安瞳肯定会胡思乱想，就故意弄出点大动静吸引他。老师还很开心，觉得他们回答问题特别积极，嗓门还高，也带动了其他同学对课堂的兴趣。可是安瞳的心一直很乱。他就等着铃响后，对李佳音有个交代。

放学后，学艺术的学生们都跑到自己的画室、舞蹈室或音乐室了。谭皓明跑到前面拽住安瞳说：“你知道我和唐亦飞怕你上课分神，有多卖力吗？你听我的嗓子，都快喊哑了。专业老师肯定会训斥我，不注意保护自己了。兄弟，接下来你们聊吧，我就帮你到这了。拜拜了！”

唐亦飞故意装出嗓子哑了的样子笑着说：“幸好我不用嗓子，好好表现啊，兄弟！”

安瞳心里涌起一阵暖意，他快速追上李佳音说：“喂！你等我一下好吗？”结果李佳音走得更快了。

安瞳一口气追到画室，拽住她说：“你那漫画……是表达想和我在一起吗？”

李佳音的脸一下子红了，问：“什么漫画？我不知道啊！”

安瞳一时无语，“那那那”了半天，也脸红了。

画室很安静，安静到世界消失了一样。安瞳的画里是一棵孤零零的麦穗儿，麦穗儿低着头凝视水里的蓝天，像一个倒立的人面朝天空一样。蓝天静默地俯视着大地，和大地上这株孤独的麦穗儿；麦穗儿以成熟的姿态面对蓝天，是虔诚的敬畏，还是感动于天地的恩赐？安瞳凝视着麦穗儿，仿佛看到了自己。李佳音的画里都是星光，星光下面是一个小女孩，背对着仰望星空。小女孩旁边放着一只木桶，木桶里有半个月亮。虽然看不见小女孩的眼睛，但是每一个走到小女孩前面的人，一定能看到她眼里的星辰。其他同学都按照老师的要求，画着考纲里的“画”。结局很残酷，安瞳和李佳音都被罚重画，并被加罚五张素描。

安瞳注定是一株孤独的麦子，但这并不影响他仰望蓝天。回宿舍的路上只有他一个人，这个夜晚安静得像李佳音画里的星空一样。安瞳想：但愿梦也如此干净！

第二十四章

摇曳之苇

再干净的梦，也无法洗去现实里的污浊。无论梦有多纯净，醒来的现实依然是一团糟。

安瞳回到家，家里的气氛有些凝重。一向一张嘴就像吵架的妈妈也低声细语了。大姐二姐都回来了。没有人通知安瞳，安瞳因缺生活费了，想回来要一些。

安梅和安忆把安瞳拉了过去，掏钱给他："这两个月的生活费，省着点花。"

周美琪嗓门又大了："省啥？不花最好！一个个都是要钱的主！"爸爸在旁边吸着烟，一直没有说话，呼出的烟气飘到了安瞳的脸上，安瞳轻轻地咳了一下，想问什么，但没有吭声。

安浩天叹了一声说："别难为安瞳，让他读完书。我们老安家不缺这点钱，一定要让安瞳上大学！"

周美琪急了："那你的……病呢？……是不可能治好的。"她似乎还要说什么，被安浩天的眼神给打断了。

安瞳还是忍不住问了："家里到底发生什么了？我也是这个家的人，你们为什么什么事都瞒着我，我还是不是这个家的人？"

安梅突然阻止了她："安瞳！你在说什么？还有谁不是这个家的人？"

安瞳憋了半天，用手锤了一下凳子说："蓝心姐姐到底是不是咱家的？她的爸爸妈妈到底是谁？"

周美琪气得几乎在咆哮："你住嘴！就你不是老安家的！老安家没你这个畜生！"

安瞳也不知道怎么了，发泄道："蓝心姐姐是你生的，但不是爸爸的，对吧？所以你们把蓝心姐姐送出去了。不过，蓝心姐姐很幸福啊！我多想自己也不是这个家的人啊！我在这个家还不如畜生！你们想骂我就骂一顿，想打我就打一顿，要不然就冷落我，当我不存在一样。"

"白眼狼！我供你吃，供你喝，怎么养了个孽障！"周美琪歇斯底里地骂道。

安浩天扔掉了手里的烟头大声呵斥道："都住口！这个家让你们弄得乌烟瘴气！老的没老的样，小的没小的样！都滚！滚！滚！"

安浩天气得脸色铁青，干咳了几声，脸憋得通红，差一点一口气没上来，缓了缓说："你们都走吧，家里留我一个人清静清静。"

"你们从来都不知道我要什么！我要的是一个家，别人家那样的温馨的家！你们除了给我生活费，就是让我滚。那好，我滚！"安瞳说完，带着绝望的表情冲出了家门。他来到了当年李佳音哭泣的河边。

面对着安静的河水，安瞳大声地哭喊："啊啊啊！你们为什么都来折磨我！为什么？为什么？为什么？"

安瞳突然感觉自己就是那脆弱的芦苇，无力承受风雨的折磨，稍一受挫，就会枝叶弯折，甚至连根漂移。他能想到当年李佳音为什么绝望了。他现在好想到天上去，找沈逸琳，只有那个纯净的女孩能给自己带来美好和快乐。安瞳坐在岸边的长椅上，眼里都是泪水，仿佛要和这个世界告别了一样，难道就这样离开吗？可是不离开，一个弃婴又怎能独活？

安瞳胡乱地想着，委屈的泪水一直流着。他感觉自己要哭晕过去了。右上方好像是天堂，此时那个世界如此清晰，除了温馨浪漫的气息，还有沈逸琳弹着优美的乐曲在召唤着他。他眨了下眼，画面就没有了，他走到河边，四下里寻找。此时的岸边除了无聊的风，就剩下一个绝望的人了。他蹲下来，看着河里的水草，感觉那些水草都比自己快乐。可是自己是个男孩子啊，不能就这样绝望下去。

这时，他突然感觉有人从身后抱住了他，扭头看时，李佳音心疼的眼神望向他，让他感觉眼前出现了一道闪电，电波直击他的内心。他不顾一切地抱住了李佳音，所有的委屈和无助，在这一刻全都化成了泪水。

他仿佛重新活过来了一样，心脏开始快速跳动，那种慌乱和神奇的甜蜜感觉，像从天上飞落下来的一样，瞬间整个世界都明亮了起来。李佳音帮安瞳擦去脸上的泪痕，温柔地说："别怕，你还有我呢!"

安瞳感觉这个女孩刻在自己的生命里了。他的痛苦似乎都已烟消云散。他只看到河边摇曳的芦苇，用柔弱的身躯为自己挡住了邪念，李佳音好像就是那束最具风情的芦苇。

第二十五章

村花之遇

安浩天突然感觉天旋地转。这么多年最担心的事情还是发生了，而这个结果却是他做梦都排斥的。这么多年，他之所以没有提及这件事，是因为孩子们都大了，他不希望有什么事情影响到这个家庭。他爱这个家，爱这些孩子们，特别爱安瞳这个儿子，可是安瞳好像一点都感受不到。在安浩天的世界里，爱一个人就是为他默默地付出，为他改变自己。为了这个儿子，安浩天几乎拼尽了毕生所有的幸福。

儿子没出生的时候，他就带着挺着大肚子的妻子周美琪四处躲避，生怕计划生育部门的人又来家里，把家里仅有的财物都罚光。最重要的是，这个孩子是个男婴，从此老安家就有后了，这是安浩天每每想起，做梦都能乐醒的事情。安浩天的家族是典型的传统家庭，如果他不能给这个家族带来一个传宗接代的男孩，那么即便他再有成就也是会被家族排斥的。最受歧视的不是安浩天本人，而是妻子周美琪。自从家里来了三个女孩后，这个家就总是面临着危机，各种不愉快时不时地就被触发，就像秋天遍地的黄叶，只要秋风起，总有一片飞起来“作妖”一样。

第三个女儿出现的时候，也是整个家族最绝望的时候。老人们觉得这辈子是指望不上老安家能在这根藤上摸出瓜蛋儿来了，就绝情地把他们撵出来。安浩天跟着朋友一起靠倒卖药材维持生计。周美琪带着孩子跟着安浩天也吃了不少苦，脾气越来越差。她是以“村花”的美貌嫁过来的，却过着乞丐一样的生活。在安浩天出门弄药材的时候，一些客商经常来家里洽谈生意，周美琪当时不懂得怎么做生意，每一次都是一句“等他回来您再来”。可是，有一位客商每一次都专门等安浩天走了来。

周美琪可以称得上绝世美女，但从小长在农村，也没怎么读过书，空有一副好皮囊，唯一学得最地道的就是“骂街”。未出嫁前她就是出了名的“泼妇”，几乎没有人敢和她对骂，唯一能骂过她的就是她的母亲，因为这一切都是得了她母亲的真传。所以，虽然她很漂亮，但是没人敢娶。

她曾经对一个人温柔过，那人是她的初恋。两个人在冬天的小河边相遇，母亲生了重病，周美琪找不到帮手，就一个人骑着车子带母亲去医院。因为天气不好，路上有一些积雪，很滑，再加上她特别慌，所以骑得特别快，只顾着紧张地看着地面，她没注意到对面来车，两个人撞到了一起。

本来就急躁的她，从地上爬起来就拽住那个男的骂：“你给老娘站住！你看你给我妈撞的！今儿个，你要是不给我个说法，我揭你家瓦，挖你家祖坟，我要让你断子绝孙！”

那个粗壮的男人很不屑地说了一句：“好呀！你来断断试试！”

路人都知道周美琪的这个样子，没有人敢劝，扶起周母，让那个长得很粗壮的男人带老人去医院。

也不知道从什么时候起，人们发现，自从那一次在路上撞车之后，这两个人竟然在一起了。人们发现那个粗壮的男人经常来周美琪家。周美琪也因此变得温柔了许多。大家都很感激这个粗壮男人，觉得“一物降一物”。乡里终于太平了几天。

这个男人大家也是熟悉的，老丁家的独生子丁世昌，因为长得又高又壮实，都叫他“铁大柱”。虽然身材长得“傻”，但人很聪明，一手好木匠活，唯一遗憾的是他家里开的是个棺材铺，很多女孩子都不喜欢跟他接触，一看到满院子的棺材，那些女孩子都绕道走。

周美琪的母亲病还没好，一听说女儿和这个男人好上了，就气得骂道：“你是不是想早点把我装进他家的棺材里？你个孽障！”

周美琪没想过那么多，感觉来了，就谈了。可是好景不长，丁世昌莫名其妙地丢了。

据说，丢的那天，乡里来了一辆全封闭的车，有的说是拉冷鲜肉的车，有的说是拉水果的车。总之，这辆车走了以后，丁世昌也失踪了。家里人找了个遍，也没找到。报了案，警察也没有理出什么头绪。

周美琪的母亲认定这个孩子参与了什么违法组织，和周美琪说："开棺材铺的，终究是死路一条！你要是急着把自己嫁出去，明天我就和老安家说，人家来家里好多次了。"就这样，周美琪被母亲轻松地嫁了出去。

周美琪一开始也在等丁世昌，就连结婚的时候，她还幻想着丁世昌会跑到婚礼现场把她带走呢，可是电视剧里出现的美好情景，在她的人生里没有出现，她也只好认命了。因为她不嫁，丁家人也会说三道四，认为好好的一个儿子，就因为和一个"泼妇"谈，才有了如此下场。

第二十六章

失踪之谜

丁世昌自己都不知道被带到了什么地方。那天中午，阳光照进院里，暖暖的，他正专心雕刻棺木周边的花饰，一个穿着体面的中年男人走进院子，四下里瞧了瞧说："这里有楠木料的吗？"

丁世昌抬头看了一眼，没有吭声，接着做他手里的活儿。

中年男人很不开心，继续追问："这里的人难道都在棺材里吗？"

丁世昌停下手里的活儿，用手抹了一下额头，一点儿蓝色的油漆很调皮地跳了上去，跟包公的第三只眼一样。丁世昌并没有抬头，只是调了一下手里的涂料，边调边说："兄弟远道来的吧？我们这除了棺木就是棺木，没有楠木！"

来人走近丁世昌，贴着丁世昌的耳朵说："我就要你……你手里的这副杰作！"

丁世昌突然感觉自己被什么东西扎了一下，然后就失去了知觉，模模糊糊地感觉有很多人影在晃动，一开始周边很明亮，过了一会儿，周边一片漆黑，好像自己被装在了一辆封闭的车里，再后来就什么都不知道了。

等他醒来的时候，他感觉自己来到了一个世外桃源，这里开满了鲜花，那些花看着像虞美人，似乎很柔弱，但瞬间就有一种让人不寒而栗的感觉，丁世昌见过这样的花，这就是俗称大烟花的"罂粟"。难道他被带到这里，就是为了让他吸食这些东西吗？这到底是什么地方？他的视野还没来得及放远，他就被一些拿着长棍等武器的人连拖带拽地弄走了。和他一起的还有很多人，但他一个也不认识。他们被带到一个装有铁丝网的地方，里面有十几间民房，他和另外五个人被安排在了一间房里。房间阴暗潮湿，除了床还有一些工具。后来的这十几个人和之前来的几十号人都被叫出来，集体训话。

领头的说：“你们来这里就是照顾这些花的，这辈子就在这里了。任何人不要有逃的想法，这里方圆几百里都没有人烟，你们四周除了电网还是电网。如果想逃，只有死路一条！”

丁世昌就这样被莫名其妙地拉到了这样一个与世隔绝的地方。他曾经的美好愿望，他和周美琪刚刚开始的美好生活，就这样被现实摧残得如此离谱。任何一个生存在绝境里的人，都有追求自由的念头。丁世昌一进来就有了逃离的想法，虽然周边的一切对自己来说简直就是绝境，但是他相信“天无绝人之路”。他每一天出去干活，都带着很多工具，因为身体壮实，干活卖力气，再加上憨厚的外形，在别人看来就是一副逆来顺受的苦相。所以，没有人特别关注他，也没有人对他特殊防备。

在一个风雨交加的夜晚，丁世昌和两名室友趁着上厕所的机会，偷偷地溜了出来。他们把白天藏好的工具从铁丝网下面挖出来，借着雨水快速地掘出一条通道，直接通往铁丝网外面的世界。他们正要穿越过去的时候，哨岗兵的手电照向了他们这一边，他们三个慌乱地往外挤，丁世昌被挤在了后面。

就在他想钻出去的时候，后面来了一排兵，端着枪冲他喊：“不许动！否则，我们开枪了！”

丁世昌乖乖地举起手等着命运的惩罚，他斜眼看着两个队友瞬间消失在雨夜里，心里还是有一些成就感的。就在那一群人过来要抓他的时候，天空一个响雷，“咔嚓”一声，所有人都吓了一跳。丁世昌也往后一仰，瞬间淹没在雨水里，没了踪影。那一群兵回过神来，发现丁世昌失踪的地方有一个巨大的洞，雨水一贯而入，却不见任何人的踪影。

其中一个领头的说：“这里是地下工厂的另一个出口，快跟我来！”

丁世昌被响雷惊了一下之后，回过神来的时候，发现自己在一个漆黑的洞穴里，里面还弥漫着烂菜味。偶尔一些老鼠蹿出来，从他脚底下吱吱地跑过去，好像鼠的世界发生了混乱一样。丁世昌也顾不得什么了，就那样跌跌撞撞地往前走着。在有亮光的地方，他看到了工厂的样子，他知道这个地方肯定就是地下工厂，他们白天在地面上侍弄的那些花就是为这里服务的。丁世昌突然想，不能从这个地方过，他选择了另外一条特别阴暗的小路，虽然很艰难，但是他觉得自己有生机。

领头的兵在地下工厂入口的不远处发现了那两个逃离的人，他们两个觉得反正也逃不出去，就乖乖地束手就擒了。他们被押到了地下工厂里。这里常年见不到阳光，里面都是药味。他们两个被一脚踢到了药渣里。

一个老男人背对着他俩缓缓地说："你们非要来这种地方找死吗?"

被打了一顿之后，这两个可怜虫就被安排到毒气最浓的厂房受苦役去了。

这里的结构那么像抗战时期的地下道，如今却被一些不法的人员占领了，成了他们逃避外界法律制裁的避难所。他们白天藏在洞里，晚上熬夜加工。这个偏僻的地方，很少有人来，周边几十里都是野草野花。他们围起这一块，专门在地下工作。这个地方不允许有任何人员逃离，否则，就意味着暴露。

丁世昌沿着悠长的小道不知道走了多久，感觉这里的空气使他快窒息了，但是他还是一直走下去，他在想只要有一口气都要走下去。在走到有水声的地方，他突然感觉清凉了很多，空气里也有了一丝清爽，他不知道自己是否还活着，感觉一切都是有生以来闻所未闻的。他特别想出去，又特别害怕出去。在一个有亮光的地缝上方，他看到了一条青藤，他那么想爬上去，但是还是忍住了，因为他担心这一切都是陷阱。他还是选择了另外一条小路，虽然很难走，但是能给他希望和安慰。他不知道到底哪里是尽头，只知道在这里多待一段时间，就会多一些生的希望。

丁世昌出来的时候，感觉自己已经过了一个世纪。在黑暗里行走，他很无助，但总比绝望强。在黑暗里走久了，即便从黑暗里出来，还是习惯夜行的方式，包括思维。丁世昌在白天里也是摸索着前行，带着恐惧的眼神和想走出去的决心，就那样小心翼翼地往前走。饿了就吃野草，渴了就喝小溪里的水。看见人影就埋伏在草丛树灌里，一趴就趴很久，感觉世界上没有一点响动了才敢出来。就这样他走出了这个怪异的地方。

他回到家的时候，已经从一个粗壮的男人变成了瘦骨嶙峋的老者。家人问他到底发生了什么，他好像失忆了一样，一切都不记得了。特别是当他知道周美琪已经嫁人了的时候，他感觉自己更无话可说了。为什么老天眷顾你一次，不愿意给你第二次幸运？上天给了丁世昌活的机会，却没有给他爱的机会。

第二十七章

出国之因

杨子祥看着儿子失恋痛苦的样子，就想了一个两全其美的办法，为儿子争取了一个出国留学的名额，让儿子出去深造。男孩子成天沉溺在感情的漩涡里，终究不是什么好事，与其把时间浪费在与女人的纠缠上，不如趁机提升自己，让自己的内心更加强大，让自己的人生更有高度，这样人生才不会荒度。

当杨帅知道自己要出国时，他第一个想到的就是让爸爸再争取一个名额，给蓝心一个，让他们一起出去。可是杨子祥只是希望他们彼此都冷静一下，并没有真正希望他们出去。因为他知道苦恋一个人太痛苦，他不希望儿子也和当年的自己一样。为了戴小婉，杨子祥当年几乎用了四年的青春去暗恋一个虚无的女神，他把她当成了信仰，而最后才发现，信仰只是一个人的心甘情愿。他唯一欣慰的是在那四年里，他为了这个信仰，拼了命地使自己变得更优秀，他屏蔽掉了所有的女性，为了心中的这个女神完成了自己大学四年最辉煌的业绩，并成功地开办了自己的工作室，在大学里就有了自己的私家车，他拥有了属于自己的粉丝团，和无数倾慕者。青春不该打烊，而杨子祥的青春却为了戴小婉拒绝了别人的爱情。杨子祥现在想来还觉得自己并不后悔，因为在这样的美好暗恋中，他看到了自己最美的样子，也成就了最成功的自己。

在杨子祥看来，儿子对待爱情应该更有信仰，那就是在爱情里不要迷失自己。丢了自己的青春，是在拼命垒砌别人的青春；丢了自己的爱情，只会留下瞬间的虚无。

杨帅第一时间把这个消息告诉给了蓝心，蓝心觉得一切来得恰到好处，仿佛之前所有的不安纠结都是为了这一天一样。杨帅约蓝心出来，蓝心这一次没有拒绝。杨帅看见蓝心出来就跑过去，紧紧地抱住了蓝心，蓝心并没有躲，但也没有迎合，她的两只手就那样悬在空中，不知该放在何处。这个曾经让自己魂牵梦绕的男孩子，就这样又出现了，她能感受到杨帅的真情，但是她就是不看好他们的未来。蓝心也不知道为什么，心很安静，但泪水却很疯狂。

“宝贝，我错了，你一流泪，我就心痛。一切都是我的错。不要不理我了，好吗？”杨帅说完，吻着蓝心的眼睛。

蓝心的泪水像泉水一样，一汩一汩地流出来。温热的泪水湿了杨帅一脸，杨帅还是不顾一切地吻着。蓝心承认自己爱杨帅，而且很爱很爱。可是，她一直就觉得他们不可能长久地走下去，她不想爱到不能自拔的时候被抛弃掉，像母亲戴小婉当初那样。她也不想像别人说的那个亲妈周美琪那样。蓝心彻底被两个母亲的爱情吓住了。

蓝心感觉自己陷入到了一个巨大的漩涡里，她那么想爱，也曾不顾一切地爱过，可是为什么爱情在她这里那么脆弱？那么不堪一击？蓝心在杨帅的心里就是一片没有被污染过的蓝海，纯净而又恬淡，而此时的蓝心在杨帅的怀里就像是一汩暗流，时时想把杨帅从爱的海洋里推到岸上，然后猛地退去，无影无踪。

杨帅晃动着蓝心，带着哭腔地说：“宝贝，你到底怎么了？你为什么会这样？”

蓝心看着杨帅在自己怀里无助的样子，很心疼，但是她依然没有一点温度，只是默默地流着泪。最后，泪水也憋了回去。

蓝心用手温柔地在杨帅额头上抚摸了一下，然后帮他拢了拢头发，很平静地说：“你出国深造吧，如果我们有缘，以后一定会再见！”说完，蓝心在杨帅唇上吻了一下，快速地跑远了。

杨帅愣过神来，跑去追的时候，蓝心已经拐进了女生宿舍。杨帅不顾一切地在女生宿舍门口大哭了一场。宿舍门口来来往往的女生，手里拎着吃的喝的，三五成群地路过，斜眼看着杨帅，没有一个敢去劝的。

有几个女生看着这么痴情的男神也很眼红，上前递去一张纸巾，躲在别处和闺密小声嘀咕："这是谁家的啊？这么优秀的情种都要放弃？不要我要啊！"

杨帅哭够之后，冲着蓝心的宿舍楼高声喊道："蓝心，我爱你！等我！"喊完，哭着逃离了。

那天早晨的天特别蓝，空气也格外清新。偶尔飘过来几片流云，梅花印状，三三两两，散落有致，好似前一天深夜天庭里夜归的神仙留下的脚印，并渡上了月光，无比清亮。可是这些，在蓝心和杨帅的世界里，已经成了另一个世界的幻影。他们的世界已经哭成了海。

杨帅回到家，和爸妈说"我决定出国了"，然后就开始收拾东西了，好像一刻都不能待在这个伤情的城市了。这里的每一寸土地，每一处街景，每一个角落，都有他们爱的影子，而此时，现实已经把这一切狠狠地涂掉了，大脑还在无比兴奋地记忆着，比任何时候都清晰。他不知道大脑里控制情感开关的系统何时能关闭这一切，但是他又不希望关闭，可是开着又不能在现实里捕捉到，爱到底是什么啊？如此魔性！

第二十八章

约架之胜

安瞳感觉这个世界烦躁得很，他想找每一个人打一架。连平日里和他关系最好的张一鹤，他也想打。因为张一鹤看见安瞳不开心的样子，就说了一句："安瞳你今天的脸色灰暗，如死人一般。"

安瞳知道自己脸色不好，但并不想让谁看出来，好朋友看出来了，但不要说出来，如果说出来了，就像在灰暗的天空加了许多泪，但又流不出来，那种难受的感觉就像憋久了的雨听见一声响雷一样，他希望自己爆发出来，倾泻出来。

张一鹤说完就下去了，安瞳憋着一股劲儿等他上来。

谭皓明慌慌张张地跑上来说："安瞳快和我下去，张一鹤和人家打起来了。"

安瞳听完嘴角一撇"哼"了一声说："关我啥事？我都想揍他！"

"安瞳，你怎么这么没良心！张一鹤看你不开心，下去给你买好吃的，才遇上事的，你不去就算了。"谭皓明又急又气，说完，随意拉了几个人就下去了。

安瞳一听是这样，也慌忙跑了下去。张一鹤已经被人拉开，鼻子脸上都是血。安瞳过来看了看，没有吭声，心里却在想：我想把世界上所有的人都打成这样。那种隐秘的笑和冷峻的外表在阳光下显得格外另类。

张天宇拿了一小瓶云南白药让张一鹤吸，先从瓶里取出一点药沫放在左手手背上，然后用右手挤住一个鼻孔，另外一个鼻孔用力一吸，那些药沫就被吸进去了。

不过，这个办法还挺管用，张一鹤的鼻子一会儿就好了，他担心还会流，就用餐巾纸卷成一个鼻孔大小的纸柱塞进鼻孔里。

上课铃响了，是班主任的课，她一进来就问："怎么回事？"

张一鹤鼻子里插着长纸很委屈地站起来说："我着急给安瞳买东西，一下子撞到二班的一个体育生的身上了，把他买的东西弄洒了，弄了他一身菜汤，他很生气，然后就给了我一拳。我给他道歉了，他还不依不饶，我想虽然我有错，但他也不能就这样不依不饶啊！所以……所以，我也动了手。"

安瞳听完突然想出去，他感觉自己愤怒时那种猥琐的想法特别让人窒息，他自己都有一种想抽自己一个嘴巴的感觉。为什么自己总是莫名其妙地陷入一种怪圈里呢？他不喜欢别人的某种样子，自己却偏偏成了名副其实的那种怪样子；自己不喜欢做的事情，有时却莫名其妙地做了。他想改变自己的现状！他不知道班主任说了什么，但他听到了自己说的话："周末和他们单挑！"这也许是他今生最霸气的想法。想着想着他竟然笑了出来，他看着窗外安静的树，规整的楼群，听着隔壁班传来的齐整整的读书声，感觉这里的安静和有秩序马上就要被自己给打破了，他没有一点点的自责和恐惧，反而多了一丝莫名的快感。

男孩子总有一种怪异的想法就是不能被欺负，否则就不是男人了。他最初那么想打人，而且目标竟然是自己最好的朋友张一鹤，就因为人家说了一句"像死人"，而当他知道张一鹤为自己买东西受了欺负的时候，他的目标一下子就转移到了打人的那个家伙身上，无论对手是谁，自己的好朋友自己可以欺负，但别人不可以。他感觉自己终于有事可做了，为了自己的朋友他策划了很久。

周末，总是令人向往。安瞳这一次带着无比强烈的心情期待着周末来临，这样他策划的这场"战争"就会如期而来。谭皓明是最害怕打架的，因为他怕毁容，万一伤到了脸，这一辈子怎么站在台上唱歌啊？而不能唱歌，他的生命将会失去三分之二，剩下的三分之一是为父母活在这个世界上的空壳。所以，谭皓明虽然很支持安瞳，但还是不希望有“战争”。

安瞳数落谭皓明：“你劝我的时候头头是道，怎么到自己了，也认怂了啊！”

谭皓明很不情愿地说：“性质不一样，我希望我们这里的每个人都好好的，我不能保证这样做就能让每个人都好好的，如果非要解气，我们都去，就站在旁边壮壮声势，你们壮汉先上！”

唐亦飞也瘦小，跳舞的小身板跟飞在空中的羽毛一样，柔弱而纤细。所以他也不想去，他很诚恳地说：“我们就算打赢了对方，又能怎样呢？”

张天宇若有所思地说：“冤冤相报何时了，得饶人处且饶人。我掐指一算，今晚的行动会有突发状况出现，一定要有应急准备。”

他们约在了操场东北角，那个地方比较隐蔽，夜晚那里一片漆黑，只能借助墙外的路灯看到晃动的人影。两个班的学生各约 20 人，先一对一对打，然后混战。第一局，是双方队长先上。安瞳和打张一鹤的那个练体育的先开战了。人家一米八几的个头，练就了八块腹肌，一上来就不一样。但安瞳并没有怕，因为他从小爬树爬墙，也练就了腿上的功夫，个头上，他们不相上下，只是安瞳是美术生，那个是体育生而已。

对方的那个体育生一上来就挥拳弄掌地砸向安瞳，安瞳并不还手，只是左右躲闪，在消耗了对方的一些体力之后，安瞳突然绕向对方的背后，双脚噌噌噌地从对方的腿部一直窜到对方的颈部，然后右脚猛地一踹，对方踉踉跄跄地倒在了地上，半天了还觉得头蒙蒙的。安瞳很轻巧地从对方的头部跨越过去，轻轻地落到了地上，回头看了一眼地上的体育生，很不屑，但还是很友好地伸出手，拉对方起来。体育生怎么能受得了这个？他没有伸出手，自己爬起来了，还想接着战，但还没站稳就又跌倒了。安瞳这边，谭皓明他们大声地叫好，使劲地鼓掌。

第二局是张一鹤和对方的一个美术生。那个男生戴了一副深度眼镜，夜晚看什么东西都感觉很模糊，但是身体素质很好，看着就有力气。张天宇在张一鹤耳边小声嘀咕了些什么，张一鹤点着头上来了。那个美术生想速战速决，所以上来就冲着张一鹤的伤鼻子猛地击中一拳。张一鹤属于硬汉子形象，坚决不躲，就那样硬生生地挨了一拳，鼻子又流血了，但是他没有退却，像发了疯似的狠狠地向对方的脸上啪啪地打去，好像把所有的委屈都打了回去。因为速度快，对方有一次没有招架住，眼镜被打落到了地上，他下意识地想捡地上的眼镜。张一鹤猛地一脚踹在了对方的屁股上，嘴里还不忘加一句："找你眼镜去吧！"对方来了个狗啃屎，估计连鼻子带嘴唇都出血了。张一鹤感觉特别舒畅，憋了几天的闷气终于出了，但还是有一个小小的遗憾，就是没有亲自打倒那个打自己的体育生，不过安瞳替自己出气了。估计他上去，也是遍体鳞伤地下来。

他们正打得热火朝天的时候，突然有人喊"班主任来了"。这一群孩子都被吓跑了，有的爬墙逃到了外头，有的没爬过去就沿着墙根"嗖嗖"地四下里逃窜。班长没跑多远就被班主任发现了，被叫住之后，班主任了解了一下情况，让他们先回去，第二天再解决。

孩子们回到宿舍感觉特别爽，比考第一名都兴奋。安瞳什么也没说，只是左手托起右胳膊肘，右手托着下巴，不动声色地露出一丝笑意。

谭皓明眉飞色舞地说："哎呀妈呀，你们这哪叫打架呀，简直就是打擂台，这可是我有生之年头一次见过的阵势，太酷了，你们！特别是安瞳，我都不知道你还有那两下子，这一下子就把对方的士气给压住了。佩服！佩服！"

唐亦飞手舞足蹈地说："我感觉这是一场舞会，一会儿探戈，一会儿拉丁的，偶尔还有空中芭蕾。精彩！精彩！有生之年真的长见识了。"

张天宇盘腿坐在床上慢悠悠地说："我就说嘛，肯定会出现突发状况，接下来该想想明天我们怎么接招，接班主任的招，接学校的大招。"

舍友们突然都停下来了，屋里安静了几秒，安瞳说："都洗洗睡！"安瞳说完自己先去拿洗漱工具了，步态轻盈的样子，似乎很有成就感。安瞳觉得今天是自己这么多年以来活得最敞亮的一天，以前活得太窝囊了。但想想明天，他又有些害怕。

第二十九章

情感之城

杨帅走了，蓝心没有去送，但是心却一直在疼。你知道那种疼是什么滋味吗？就好像有一口气堵住胸口，让你无法呼吸，然后把心脏撑大，撑疼，你小心翼翼地想缓解一下，但瞬间就有一种窒息的感觉。想哭都不敢，她就那样一直托着一颗疼痛的心，等时间一点点过去，也不知道她在等什么，反正就是傻傻地等，好像在等杨帅回来，又好像在等心别再那么疼。舍友们也很心疼蓝心，蓝心失恋后，一直就不怎么爱说话了，好像屏蔽掉了世界上所有的人。

安瞳把自己最得意的打架事件和蓝心分享，并留言说：蓝心姐姐，我和家人说了你的秘密，然后自己就变了一个人似的，特别想找事出出气，想打世界上所有的人。你还好吗？我以前不敢带手机，现在就想带手机。谁不让我干啥，我就想干啥。蓝心姐姐，我这是不是叛逆啊？你现在怎么样？过得好吗？今后我天天把手机带在身边，你有什么事就和我说，我帮你出气。蓝心看到信息后，在夜最深的时候才回复：和你一样，想打人。

安瞳这一晚上并没有回宿舍睡觉，而是和室友们一起泡网吧了。因为学校期中考试结束之后可以不上晚自习了，回家的可以回家。安瞳突然决定和舍友们去网吧玩通宵，而且带上了李佳音。李佳音父母离异之后，脾气越来越古怪，也是处在青春叛逆期，就想得到关爱，也想破罐子破摔，所以安瞳叫她去网吧，她很爽快地答应了。

他们几个走在街头，一点学生样子都没有了，感觉是黑社会老大带着帮派人物走场子一样。网吧里服务设施特别好，有沙发座椅，有吃的有喝的，也有可以躺着休息一会儿的便床。

李佳音是第一次进这种地方，要不是安瞳带她来，她一个人再怎么叛逆，也不敢来这里泡夜网。安瞳和她随意玩了几个游戏，就和室友们一起开黑了。李佳音就那样看着安瞳沉浸在游戏里，头轻轻地倚靠在安瞳的肩上，她多想身边的这个男人能给她一辈子的安全感啊，可是看他们沉迷在网络里时那种不顾一切的样子，心想这个男人估计也不可靠。她突然想起妈妈说的话："男人没有一个能靠得住的！"

想着想着，李佳音把头从安瞳的肩上抬起，看了看安瞳。安瞳眼睛紧盯着电脑，随意说了一句："你是不是困了？困了就回去吧。"

李佳音轻描淡写地说了一句："不困，你玩吧。"

安瞳似乎没听见一样，嘴里只顾着说："打死打死打死，打打打打打……"

李佳音看着这个俊朗的男孩子，突然感觉很陌生，为什么这样一个慈眉善目的孩子，内心却那么孤独？为什么这样一个看着很暖的孩子，内心却那么冷？难道仅仅是对我这样吗？李佳音不想再多想什么了，也许就这样在一个自己暗恋过的男孩子身边这么近距离地接近他也是幸福的吧？她就那样看着他很投入地打着游戏，偶尔还能感觉到他嘴角有一丝笑意，似乎很得意自己身边有这样一个女孩子一直陪着。李佳音自己就那样很痴迷地幻想着，也不知道安瞳是否注意到了自己。

一局打完之后，谭皓明说："我们过过瘾就好了，不要太晚回去，我妈在家该等急了。"

唐亦飞说："你是着急回家陪女朋友聊天吧？"

张天宇很深沉地说："过瘾就好了，夜路走多了，终究要遇见鬼的。"

谭皓明慌忙说："别说了，我现在就走，你别吓我啊！"

安瞳说："你们都走吧，我要送李佳音回家。"

哥几个互相看了看，都很自觉地走了。安瞳带着李佳音在一个有湖的公园里漫步，此时公园里估计就剩下了这对恋人。

安瞳不知道说什么好，吞吞吐吐地说："本来约你出来就是泡网吧的，谁知道你不会那个游戏。”

李佳音说：“我以为你看我心情不好，想安慰我呢？”

安瞳揉了揉眼睛说：“你心情怎么了？”

李佳音愣了一下：“啊？哦，没什么！是我自作多情了。”

安瞳很不好意思地说：“啊！不是这样的，我是说你到底因为什么不开心。”

李佳音心想：你这个呆子，真是一个不开化的老顽固。想想在这个世界上没有一个懂自己的人，可一下子把希望寄托在这个男孩子身上，发现他又是一个不懂风情的冷漠人。他们在这样一个暧昧的夜晚，竟然如此平静。安瞳也不知道是什么心理，反正就是觉得心里有一点害怕眼前这个女孩子，却又有一种原始冲动的感觉。有那种冲动，是因为她是女人；害怕是因为不知道这个女人会给他的人生带来什么灾难。在他的世界里，女人是可怕的物种。

李佳音看着眼前静谧得如身边这个男孩子一样的湖水，让人捉摸不透，又如此深邃迷人。她在木桥的一侧停了一下，脚搭在木绳上面，晃来晃去，希望这个夜晚能有一些打破沉寂的光影。突然她的脚从木绳上滑了下来，她吓得“噢”了一下，安瞳瞬间抱住了她，另一只手撑在了木桩上，他们才没有掉下去。

李佳音吓得感觉像被噩梦惊醒了一样，钻进了安瞳的怀里，两个人紧紧地抱着，一切又恢复了宁静，这个世界只有两个人心跳的声音。李佳音感觉心脏要跳出来了，两只手紧紧地抓住安瞳的衣服。安瞳本来很平静的，却被李佳音狂跳的心脏给跳乱了。那种娇喘的气息和头发间青春女子的香味一股脑地冲击着这个十八岁大男孩的情感围城。曾经多么冷漠荒凉的世界，曾经多么坚不可摧的城墙，此时情感如弃城而逃的败兵，慌乱而又如此卑微地在一个弱女子面前缴械投降。他抬起女孩子的脸，月光下如此娇羞而又胆怯的脸，他高大俊朗的身躯挡住了月光，像挡住了白天的阳光一样，把这个女孩子藏在了自己的世界里。女孩柔软甜蜜的香唇让他曾经黑冷的深夜如此温暖多情而又浪漫有激情，这是他从未体会到的感觉，他的世界从此有了惊人的改变。

第三十章

迷离之爱

李佳音躺在安瞳的腿上，在公园的长椅上睡着了。安瞳背靠着长椅两侧的木桩，就那样傻呆呆地看着天上的星星。他突然想问自己到底从哪儿来的，自己的妈妈是哪一颗星，为什么妈妈只有他一个儿子还不珍惜，为什么他们给的爱都是伤害。

天上的星星没有一点回应，连平时眨眼的表情都没有。月亮也不哭也不笑，似远非远、似圆非圆地挂在苍茫的夜空，似乎不屑这无边的黑暗，又似乎厌倦了这种无声的等待。公园里除了树还是树，夜晚纯净的气息就是排除了人的气息的那种自然万物在深邃的静谧里肆意舒展的气息。

安瞳仿佛看到了每一棵树都把浓浓的绿意从躯体的深处一汩一汩地挤弄出来，一层一层地涂抹着黑夜，由浅绿到深绿，再到墨绿，再到比夜还浓的黑。似乎耳边还有花绽放的声音，还有淡雅的花香和李佳音的发香，他感觉自己好像从来没有这么清晰地近距离地接近夜，也从来没有如此近距离地仔细端详一个女孩子，虽然以前曾经抱过她，但是那一瞬间自己的眼睛是合上的，所有的语言和行为都是心灵在与对方对话。而此时，这个女孩就这样肆无忌惮地躺在自己的怀里，身体舒展，呼吸匀畅，夜晚独有的光与影把她勾勒得像一个睡美人。安瞳好想把她放在湖面上，让她如睡莲一样温婉恬淡，无忧无虑。他不想有一丝杂念，虽然有过冲动，但长久以来他修炼出来的最大的本事就是克制自己。也许他真的不懂莲的心事，也许他本身就是莲，只是不愿与人说他的苦罢了。

夜色越来越淡了，安瞳感觉自己再也无心窥视夜的秘密了，他想活动一下腿，但是他只是双手支撑了一下自己的身体，稍微轻松一些，腿还是没有动，他怕惊醒这个对于自己来说也是个秘密的女孩子。安瞳拿起手机，想看看几点了，看到蓝心的回复“和你一样，想打人”几个字，突然感觉蓝心姐姐好像遇到什么事了，而且回复信息的时间是在深夜，也就是说姐姐一定没有睡好。安瞳的胳膊肘不自觉地往后击了一下，撞在了后面的木桩上，也撞到了麻筋上。安瞳感觉胳膊又酸又疼，心疼了一下，好像这个世界上唯一能让他心疼的就是蓝心了。他回复蓝心：是不是杨帅欺负你了？等我给你报仇！那头没有回应，他知道姐姐一定睡着了。

蓝心并没有睡，看到安瞳的回复后想回复他“为什么这么晚了还没有睡?”可是，她怕弟弟担心她，此时她也望着渐渐变淡的天，心里既想着安瞳，又想着杨帅，泪水不知不觉地流了出来。她不知道这个泪是为谁流的。室友们都睡得正香，她不敢大声哭，就那样默默地流着眼泪，仿佛这个黑夜是专门为她而设的一样。是不是没有心事的人能巧妙地躲过黑夜，而有心事的人把别人的黑夜和自己的黑夜一起独扛过来?

蓝心独揽了所有人的夜晚，而夜晚却绑架了她曾经的美好，她就那样一整夜地去和黑夜撕扯着抢夺她最珍贵的回忆。她累了，呆呆地躺在床上看着黑夜带着美好回忆渐渐消逝，两颗大大的泪珠镶嵌在眼角，仿佛夜晚匆忙逃离时丢下的两颗珠子。蓝心想：晨露是不是有情人夜晚哭泣时滑落的泪滴？每一朵花上都有一颗晨露，是不是每一天最美的事物出现都需要用流逝的美好事物来浸润?

宿舍里的闹铃依次响起，有歌声，有相声段子，有鸡叫声，各种声音此起彼伏，把室友们弄得痛苦不堪，大家都想再多睡一会儿。蓝心想早早起来，因为她就想等白天早早来临，好有新的美好事物出现。可是，自己一夜未睡，一抬头就晕了，她又躺了下去。这个时候，铃声又响起了，如此响亮，仿佛就在耳边，她自己的闹铃声早就关掉了，她还是不自觉地拿出手机，一看是视频电话，杨帅的。她突然很兴奋，仿佛一切都烟消云散了，只要自己的“帅帅”回来就好。可是，瞬间就犹豫了，她的“帅帅”是被自己逼走的，她想想自己为什么那么矛盾，总是纠结在进与退的边缘，最后选择一条让所有人都感觉莫名其妙的路子走，走丢了自己的最爱，也走丢了自己。这一次，她不想再错过什么了，太痛苦了。她终于鼓起勇气点开了视频。

“撒绿！蓝心！”杨帅依然很阳光地摇着手和蓝心打着招呼。

“什么意思啊？”蓝心听见什么“撒绿”一类的谐音，不知道什么意思。

“撒绿，就是你好的意思，法国人一般和自己最亲密的人打招呼才用这个。”杨帅很调皮地解释道。

“你怎么起这么早啊？”蓝心不知道说什么，就随意一问。

“我们这里是半夜，我还没睡觉呢！这里和你那里时差有六七个小时呢。”杨帅很开心地给蓝心解释着。

“蓝心，我想你了！你想我吗？不要生气了，好吗？”杨帅很心疼地说。

“我没有！”蓝心突然又流泪了，她不想让杨帅看到，就把视频转向了天花板。

“蓝心！蓝心！蓝心！让我看到你啊，别哭，好吗？你要是让我回去，明天我就飞回去。”杨帅心疼得嗓音都变了。

“你不要回来，我没事！”蓝心装成没事的样子说，但手已经紧紧地抓住了被角，下嘴唇也被牙齿咬出了一道深痕。

“我们蓝心为你瘦了十斤了！”蓝心不知道室友们都聚过来了，听室友们这么一说，也心疼自己了，但又不想让杨帅知道，所以和杨帅说了一句“你睡吧，太晚了，我没事”就把视频关了。任凭杨帅打来多少个电话，蓝心都是拒接。

蓝心反而轻松了许多，突然想睡一会儿了，室友们都说：“我们会给你看好时间的，你认真睡一会儿吧。”

蓝心也不知道是累了，还是困了，闭上眼睛就感觉天昏地暗的，然后就什么都不知道了。

第三十一章

叛逆之逃

安瞳从家里跑出来，几乎没有人找他，只有姐姐问了一下“在哪”，他回答：“不要管我!”姐姐觉得弟弟有回音就没事，肯定在学校里上课，所以家里人都没有在意他，反而觉得安瞳不懂事，叛逆心理严重。

安瞳觉得自己这样跑出来，都没有人在乎，觉得自己活得特别没意思。现在他的世界里只有李佳音。他虽然心里不希望过早地让这个女孩子成为自己生命的一部分，但是现实世界里只有她了。安瞳也不知道为什么，开始关注李佳音的一举一动，怕她饿着，每天给她买早餐；怕她凉着，每一天晚上都带一件外套。画室里的同学们都很羡慕李佳音，觉得她找到了一个这么心疼她的人。李佳音也感觉自己很幸福，平时大大咧咧很霸气的她此时也由“御姐”变成了“小萝莉”。爱可能就是为对方改变吧。

可是，班主任知道了他们曾经“夜不归宿”，而且彼此经常在画室里熬到半夜才回宿舍，宿管阿姨都受不了他们了。几乎每天十一点的时候，他们从画室回来，都在树荫下亲密一会儿，然后和高三毕业班的学生一起回宿舍。

最令班主任头疼的就是这帮艺术生了。下了课，他们各自到自己的专业老师那里训练，就相当于失去了班主任的管控。他们训练的时间也不固定，每个专业都有自己的时间安排，有些专业老师指导完，留一些作业让学生们在画室里完成，有些学生画一晚上都不一定能完成，所以这些学生经常很晚才能回宿舍。这样就给了一部分不爱学习的孩子可乘之机，他们经常以学习专业课为借口，耽误文化课学习，然后再找个借口向专业老师请假出去，做一些让班主任提心吊胆的事儿。

安瞳和李佳音连续请了三个晚上的假，理由是“李佳音生病了”，班主任在班会课上问安瞳：“李佳音生病了，和你有什么关系?”

安瞳理直气壮地说：“她是我女朋友。”

班主任特别生气，认为安瞳在班会课上不仅不接受老师的批评，还敢明目张胆地宣扬自己有女朋友。为了在班级里树立自己的威严，班主任头一次在班上发那么大的火：“安瞳，别忘了你是个学生，如果想结婚，回家结去！今天晚上就让你家长来，把你领回家结婚!”

安瞳也知道自己太任性了，这么严肃的问题就这样随口说出来了，不仅挑战了权威，也亵渎了爱情。

同学们用异样的眼光看着他，他也在关照着自己的内心。他看到一个让他都讨厌的自己。那一瞬间他感觉自己的脸是扭曲的，身体是扭曲的，心灵也是扭曲的，好像有一种无形的力量在用力撕扯他，并让他看到了丑陋的原型。然后是无尽的痛，那种无形的巨大力量把他逼迫到了几近崩溃的边缘。

他瞬间站起来说：“你找家长就是了!”

他扭头冲出教室，冲出门岗，冲进车来人往的广阔空间，感觉舒畅了许多。他漫无目的地行走在街道上，看着人群中的人影晃动，好像从小他就这样看着头顶上晃动的这些人影，今天他终于看清了他们的样子。每个人都按照自己的轨道穿行在人群中，不喜不悲，不疾不徐，似乎每一种方式都有它独特的合理性。即便看到的是流满泪水的孩子，安瞳也觉得那是孩子那时该有的表情，和悲喜无关；即便看到一些人急匆匆地从身边疾驰而过，安瞳也觉得那是他们行走的正常方式，与目的无关。

李佳音也想冲出去，但是看到班主任愤怒而又无奈的脸，她没有冲动。全班学生被这样的情景吓得都不敢吭声了。

谭皓明急忙过来安慰老师："老师您别生气！他不是因为您这样的，他与家人斗气好几天了。"

班主任把李佳音叫到了办公室，本想狠狠地训斥一顿，但一想到已经跑了一个了，不能再丢一个了，便强压住心中怒火问："你们什么时候谈的？"

"我爸妈离婚之后。"李佳音很爽快地回答。

班主任愣了一下："你爸妈离婚了？"

李佳音毫无表情地说："中考之后他们就要离，一直是我在中间拦着。后来，我爸说我'就你那点分，哪也上不上，你让我还有啥指望？和你妈一样没出息！'好像是我的错一样，好像是因为我没考好，他们才离婚的一样。我跪地求他们'只要你们不离婚，我肯定好好学'，可是最后他们还是离了。后来我才明白，这一切和我并没有什么大关系。他们过不下去了，早都过不下去了，我只是他们离婚的一个托词而已。多么冠冕堂皇的借口啊！也好，就当是我没出息！"

李佳音眼里没有一滴泪水，那种绝望似乎已经看到了沙漠。曾经多么水汪的大眼睛，今天却成了荒漠，偶尔眼神里还有一丝凛冽的寒意略过，让人有点毛骨悚然。

"是老师没有关照到你，对不起，孩子！"班主任说完，突然感觉这个孩子很可怜，觉得自己了解得太少了。

当我们不了解一个人的过去的时候，我们真的无法想象这个孩子现在的样子有多绝望。老师们习惯了指出孩子们的缺点，觉得这样可以帮助孩子们成长，即便现在孩子还不理解，老师也能感受到将来的某一天，孩子们能突然领悟到老师们的用心良苦。每一个孩子的背后都有很多不为人知的苦衷，他们的苦楚往往来自最亲近的父母，而这样的苦让孩子们无法找到更合适的倾诉对象，除了老师、同学和朋友。但是，有时孩子们连想说的勇气都没有了，因为他们怕有更大的痛苦来临。

"那安瞳为什么会变成这样？"班主任试探着问。

"他家的情况好像更复杂，具体的我不太清楚，您还是问他自己吧。”李佳音也不清楚安瞳的家庭环境，反正知道很复杂，所以就敷衍地说了一句。

“不管怎么样，我作为班主任肯定不会支持你们早恋的，无论什么情况。不过，你这么一说，我只能好好劝劝你。就是你到了能谈恋爱的年龄，你也不要进入复杂的家庭里面，你会一辈子有纠缠不清的麻烦的。”班主任语重心长地说，“估计你妈妈也会给你讲这些的。趁着你们现在还没有进入热恋期，你能及时退出来，对你是最有利的，否则你是最大的受害者。”

“老师，爱情有那么残忍吗？”李佳音突然很疑惑地问。

“长大了你就知道了，爱情只是一种感觉，这种感觉来了，一切就都发生了，无论好的坏的，都扑面而来。于是，你在这种感觉里体味到人生百味而乐此不疲，直到意识到失去自我了，你要找回来，你才发现自己已经丢失很久了。你开始计算得失了，爱情也就慢慢变淡了。”班主任似乎是在说爱情，又感觉在说爱情里受尽折磨的一类人。

“你能帮我找到安瞳吗？我相信你能！你找到之后第一时间告诉我，好吗？”班主任虽然派了很多人去找，但这个时候还没有人来报信，她也有些急了。

“好吧，我现在就去！”李佳音回答完就跑出去了。

其实李佳音也不知道到哪里去找安瞳。安瞳这段时间很反常，也许是周遭的一切都不如意吧。

班主任给安瞳家里人打电话，家里人也慌了神。

安浩天一听儿子丢了，以为那天离家出走之后就一直没有回学校呢，很气恼地问班主任：“孩子没进学校，你们怎么不早和家长联系？”

说着说着，安浩天晕倒在地。家人叫来救护车，把他送到了医院。安瞳离家出走的那一天，安浩天就查出来得了肝硬化，但是为了不让安瞳知道太多，家人一直隐瞒着他。这回实在瞒不下去了，安浩天进了重症监护室了。

第三十二章

被爱之肆

安瞳从蓝心那里借来了很多钱，自己租了一个民房。李佳音找到他的时候，安瞳一个人在屋里睡觉，屋子里很乱，还有几个啤酒瓶子散落在地上。

李佳音从床上把安瞳拽起来，大声呵斥道："安瞳！你看你现在都什么样子了？家里人找不到你，老师和同学找不到你，你还不想见我，你想一个人撑起一个地球吗？"

安瞳看见李佳音发飙的样子，慢慢从床上爬起来，一把拽过李佳音，趴在她怀里哭了起来："我也不想这样，可是没有人关心我，除了你，但我是男人，总不能老让女人担心吧？"

李佳音看着安瞳落魄的样子，也很心疼，把他抱在怀里，抚摸他的头发说："我们和家人道歉，和老师道歉吧，好吗？"

安瞳听完，不哭了，推开李佳音说："如果你来是为了把我交给他们，那你走吧，我一个人自生自灭算了。"

李佳音慌忙说："不是这样的，我是想你这样做对你没有一点好处，不是向谁求饶，而是放过自己。"

安瞳"哼"了一声说："你和家人闹别扭的时候，你怎么不考虑放过自己，还寻死觅活的。"

李佳音很生气地怒斥道："安瞳，我是在帮你，就因为我经历过，才这么劝你的。"

安瞳态度缓和了一些说："我不向任何人低头，除了你！"

李佳音很感动，想借机劝他：“那你愿意听我的了？跟我回去，好吗？”

安瞳抬眼看了看李佳音说：“回不回去和听不听你的好像没什么关系。”

李佳音不解地问：“那你想耗多久？”

安瞳表情里有一种挑衅的神色，霸气地说：“我就让他们急，让他们满世界找我！”

李佳音摇了摇头说：“你觉得这样好玩是吧？你一个人跟一群人玩捉迷藏，小时候没玩够是吧？好！我陪你玩！”

安瞳也不知道为什么，就是不想向任何人认输，但是李佳音说什么他还能听进去，因为李佳音最后总能站在安瞳的角度，一起扛起这一切，特别是他的脾气。李佳音给安瞳带来了很多生活用品，安瞳吃了一些零食，两个人就开始画画了。两个人画着的时候，偶尔彼此对视一笑，偶尔想亲近对方了，就停下笔热吻一番，然后接着画。安瞳得到了暂时的满足。

李佳音回到宿舍的时候，很多同学都问：“找到安瞳了吗？你肯定知道他在哪里？据说，他家里也出事了，他爸爸好像在重症监护室，你要不要告诉他？”

李佳音半天没有说话，因为她也不知道该不该让安瞳知道这些，如果不让他知道，万一他父亲没抢救过来怎么办？可是安瞳家人不让说的，李佳音想等一两天让他们家人亲自告诉他。

安浩天苏醒过来就问：“儿子回来了吗？”

家人都说：“孩子没事，在学校正常上课呢。”其实姐姐们也找疯了。

周美琪更是头一次这么在乎儿子的存在。她给班主任下了一个死命令：“必须还我儿子。”

班主任知道只有李佳音能找到安瞳，但是她也知道李佳音不会轻易说出来。所以班主任派全班同学跟踪李佳音。他们了解了李佳音的行踪，但是并没有让李佳音知道，因为这个时候即便找到安瞳，安瞳也不会回来的，还会跑。班主任了解了情况之后，和安瞳的大姐沟通了一下，让家人放心，孩子是安全的。

安瞳和李佳音并不知道这些，所以他们就像在世外桃源一样，过着神仙般的生活。外面的一切安瞳都不怎么知道，所有的一切都是李佳音放了学给安瞳带过来。他们见面时，安瞳总是习惯性地问："没有人跟踪吧？"

李佳音很机警地说："我每一次来都要绕几个弯儿，肯定没有人跟踪我。"

第一天他们胜利度过，第二天他们也很安全。但是第三天的时候，安瞳受不了了，他想出去散散心，透口气。另外，唐亦飞过生日，都是室友，大家习惯了一起过生日。

安瞳给唐亦飞订了一个大蛋糕，想约唐亦飞出来。在李佳音还没有来的时候，安瞳就早早地出去拿蛋糕了。中午放学的时候，唐亦飞接到电话就飞奔了出来。因为他也想看到安瞳，然后劝劝他。但是因为唐亦飞没有顾及那么多，下课就飞奔了出来。同学们和班主任都感觉到了他肯定是要和安瞳见面，所以都跟着跑了出来。

唐亦飞见到了安瞳说："谢谢你了兄弟，落难了还想着我们。你能回到班级和我们一起上课吗？同学们都很希望你回来的。"

安瞳只是笑笑说："你知道的，我不喜欢别人束缚我，并带给我无止境的压力。"

唐亦飞很直白地回击："没有人压制你，是你自己束缚了自己。回来吧！"唐亦飞接过蛋糕，说了一声谢谢就走了。

李佳音正好过来，看了一眼安瞳说："你知道你这样做意味着什么吗？意味着你已经暴露，还想继续演下去吗？对不起，恕不奉陪！"

李佳音说完扭头要走，被安瞳一把拉了回来问："你在说什么，暴露了什么？"

李佳音有些不耐烦地说："如果你想回去，就光明正大地回去，风风光光地回去，你这样只会让别人说我和你一起来对抗家人和老师。我和班主任说你很安全，但是我并没有告诉班主任你在哪，班主任问了，我只是说你很安全，也不知道你在哪。这下可好，全班同学都知道我每一天都来你这里，班主任早就知道你住的这个地方了。我来的时候，很多同学都和我说‘找安瞳去吗？’”

安瞳很委屈地说：“我不就送一个蛋糕吗？”

李佳音带着哭腔说：“你就送一个蛋糕，全班学生就都看见你了，你觉得你继续藏下去还有意义吗？”

安瞳很心疼地安慰：“对不起啊，我自己没什么，我真的不想让你暴露的。”

李佳音好像没听进去，似乎又想起了什么：“我以前就提醒过你，我们早恋学校是不允许的，不要太张扬，可你还敢在班主任面前示威一样地坦白，你觉得光荣吗？”

安瞳理直气壮地说：“做了承认就是了，我一个人承担这一切后果。”

李佳音带着讽刺的意味说：“你现在已经落魄到无法自救了，你还有闲心去考虑别人，真对你服气了！”

安瞳也有点不知所措了：“我没想到会有这样的结果！”

李佳音近乎咆哮似的说：“你是觉得好像没有人关注你，你就安全了。也许同学们首先关注的是唐亦飞，并没想到唐亦飞要见的人是你，他们都以为是他家人或者女朋友。结果你正好撞枪口上，你知道他们怎么说我吗？”

安瞳只顾着说：“对不起！”

李佳音冷笑着看着安瞳说：“我真的不想再见到你了，一辈子不想见你。我为了你，这些天一直吃不好睡不好，瞒着家长瞒着朋友，瞒着班主任瞒着同学，就这样傻傻地陪你演这出戏，没想到现实比戏还精彩！”

安瞳一声不吭了，李佳音的泪水止不住了，她觉得自己特别委屈，这些天一直在为这个男孩子卖命，失去底线地维护着他的尊严，可是自己却轻松地被他给暴露了，而且她亲眼看见他不顾一切地为一个很少关注他的室友卖命的那个样子，而在她面前，他却像一个孩子东躲西藏，从未考虑过她陪他演这出戏有多难、多累。

现实总是很残酷，你努力得到的东西，人家轻而易举就拿到了手。你拼命地付出，也许换来就是那个人用你的方式拼命地去爱别人。

第三十三章

父爱之重

李佳音不想这样地卑微下去，她决定让眼前这个男孩子有担当。

“你必须回去！你爸爸在重症监护室！”李佳音不想为他考虑什么了，必须让眼前这个男人承担起家族的重任，必须让他知道逃避是最软弱的行为。

“不可能！我姐怎么没和我说？”安瞳很无奈的样子，似信非信地看着李佳音说。

“你可以不信我，反正我已经说完了，在你的生命里，任何人都不重要。”李佳音几乎带着哭腔地说。

“李佳音，不要拿我家人开玩笑！”安瞳说完也害怕了。

无论如何，这个家还是他最牵挂的，虽然他从来没有被关注过，但是一个人最大的安全感是他被需要，现在终于有人需要他了。他像疯子一样推开李佳音向家的方向飞奔过去。李佳音终于知道自己在安瞳的眼里比不过他的亲人，比不过他的室友，她感觉好像一直是她在同情、可怜这个异类。他有什么好呢？李佳音一直问自己。就因为自己在最艰难的时候，他恰巧在吗？还是自己在人生中最悲催的时候，还有一个人悲催到需要她的安慰？李佳音想狠狠地放下这一切，可是安瞳一流泪，李佳音就心疼了，什么都不计较了。一旦全身心投入了，安瞳就又肆无忌惮了。最后都是以李佳音委屈的泪水收场。

安瞳跑回家看见妈妈在院子里傻呆呆地坐着，看见安瞳回来也不说话也不吵了。安瞳慌乱地问：“妈，我爸咋啦？”

周美琪弱弱地回答："病了，我怕他醒不来。"安瞳头一次看见妈妈对爸爸这么在乎，以前几乎都是吵，没完没了地吵。

"爸爸是不是因为知道了蓝心姐姐不是他亲生的？"安瞳想知道这一切。

"这个说起来都是丢人的事，儿子你就别问了。"周美琪似乎有很多愧疚，想说又不能说，"你去看你爸吧，上次就查出肝硬化了。"

安瞳什么也没说，就跑医院去了。他看见高大魁梧的爸爸突然躺在重症监护室一动不动，心里特别难受。这个家上上下下、老老小小都是这个男人在支撑着，如今他却躺在这里不省人事，今后这个家庭该怎么办啊？安瞳好像突然长大了，遇到这么多事，仿佛就为了接受今天这样的现实一样。姐姐们都眼泪汪汪的，安瞳也有了一些不安的感觉，他担心爸爸就这样再也起不来了。他傻傻地靠在墙上，一句话也不说，就让时间一点点过去，他希望出现奇迹。

班主任也过来了，和安瞳说："不要遇到什么事就逃避，你是男子汉了，今后这个家就得靠你来支撑了，你动不动就想逃怎么能行呢？"

安瞳也知道自己这样做什么也没得到，只有家人、老师和同学们的担心，而自己的任性带来的永远是对爱自己的人的伤害。

他说："老师对不起，是我错了，让你们担心了。"

"醒了！醒了！"姐姐们高声喊道。

安瞳隔着隔离窗看见爸爸的眼睛微微地裂出一条缝，感觉爸爸好像做了一场噩梦，想醒来却身不由己。安瞳头一次这么不动声色地流眼泪。

姐姐们问医生："我爸爸苏醒了，应该没事了吧？"

医生说："各项指标目前还平稳，观察一段时间，如果没有什么波动，应该没什么大碍。"

安瞳听到"没什么大碍"，突然止住了泪水，好像看到那个高高大大的爸爸突然从病床上起来了，第一眼看到安瞳就喊："你小子终于回来了，下次再逃，打断你腿！"安瞳下意识地躲在了病房的一个小角落里，回忆起自己为什么总是被孤立，为什么想逃。他童年的记忆里，爸爸很少回家，偶尔回来一次，看到他不吃饭，爸爸就用筷子使劲儿地敲他额头；作业没写好就大声呵斥；在外面惹祸了，爸爸就把他拎回来，关在一个小黑屋里，暴打一顿。安瞳每一次大声呼救，妈妈都在门口补一句："该打！活该！"所以安瞳每一次都很绝望，他不想低头认罪，但又不得不认罪。后来，他就很少说话了，特别是沈逸琳离开人世之后。

姐姐们让班主任把安瞳领回了学校。班主任又给安瞳做了一些思想工作："我们都知道你从小缺爱，因为父母忙于生意，家庭教育方式不当，给你的童年造成了无法挽回的伤害。其实，我们都很在乎你的存在的，你逃离的时候，我们所有人都在四处找你，你能懂我们找你时慌乱的那种感觉吗？不要以为你家人不在乎你，你姐姐每一天都在关注你，问我你的情况。"

安瞳也知道自己的做法有时太出格，但是脾气一上来，头脑一发热，就什么都不想了，由着性子来了。他看着老师眼泪汪汪地说："你们都还爱我吗？不会也不理我了吧？"

班主任被问得也心酸了，她想一个孩子以前到底受到了多大的打击，才会有这样的担忧和顾虑啊，班主任还是很镇定地说："我们都在爱着你，孩子！不要老想着逃离了，我们要学会面对，我们要成为这个时代的主角。退缩永远没有出路！"

安瞳点了点头，似懂非懂地离开了。

孩子毕竟是孩子，回到班级，安瞳就有了存在感。同学们都围过来，让他讲这几天的经历。

李佳音过来了说："他这几天在修炼，大家都别问了，等他修行好了，会与大家分享一切的。我们好好上课！"

张一鹤还是挤过来插了一句说："逃离就为了修行，那我从小到大得修行多少次啊，我现在是不是已经修行成得道的高人了？快叫我'高人'！"

同学们七嘴八舌地叫着"高僧、方丈"一类的词。

张一鹤说："怎么我成了和尚了啊？看来明天我得去剃个光头！"

大家正笑着呢，语文老师来了说："今天我们讲《离骚》!"

大家安静了下来，安瞳也静下来了，但是内心深处却一直在和屈原比较，觉得自己比屈原还不幸，他在想自己有一天会不会也和屈原一样浑身绑上石头，毫无顾虑地跳下去，了无牵挂。想着想着，他突然被自己的想法吓到了，看着慈眉善目的老师、可爱的同学们，安瞳觉得这个世界是美好的，外面的天格外蓝，阳光格外温和。他不自觉地看了一眼李佳音，觉得此时的她那么美，长长的睫毛一闪一闪地，把安瞳的心撩得想直接走过去，拉着她飞出教室，来一次说走就走的蜜月之行。

但这个想法也瞬间闪过，他突然想到了班主任的话"不要逃离"，怎么又想着逃离了呢？而且还带着一个人逃。在想把注意力集中到黑板上的时候，抬头的瞬间，他的余光看到了班主任在教室外正紧贴着窗户望着自己，那张脸似乎就是一张人物素描张贴在窗玻璃上一样，安瞳顿时安静了。

第三十四章

雪藏之情

杨帅在法国很受师生的喜爱。院长的女儿 Garance 长得无比精致，特别喜欢中国文化，她看杨帅第一眼就感觉似曾相识。在中国的除夕夜，杨帅没有回国，Garance 和几个中国留学生约杨帅一起包中国饺子。他们在大洋彼岸开心地聊着中国文化和风俗，一起过有中国味的年。

杨帅虽然也想着家里的一切，特别是蓝心，但是在这浓浓的中国风里，他也被这些会玩的留学生和法国女孩的浪漫吸引了，和他们沉浸在这种十分惬意的氛围里。Garance 让杨帅教她包饺子，杨帅就手把手地教她。杨帅在家里的时候经常帮妈妈做饭，妈妈是东北人，很会做面食，所以他一个大男孩也学会了包饺子。他可以用一只手拿擀面杖，另一只手拿面团，很快就把一个小面团擀成一个小面片。他拿起一个面片，放上适量的馅，交到 Garance 的左手里，然后握住 Garance 的右手，让她把拇指和食指伸出来，做捏的动作，把对折的饺子皮捏紧，然后就捏好了一个小饺子，虽然不是特别精致，但是有了饺子的样子。

Garance 特别开心，让杨帅一直教她，杨帅就那样不厌其烦地教着，不一会儿，他们就包了一小锅。那几个留学生帮着煮，出锅的饺子很可爱，肥嘟嘟的，很喜庆。杨帅给 Garance 夹了一个，并用嘴吹了吹，生怕烫着她，Garance 用刀叉扎起来一个刚要往嘴里送，饺子露馅了，掉了下来。

杨帅急忙用筷子夹走，放在了自己嘴里说：“这个坏了，我吃掉，我再给你夹一个。”

于是杨帅就又夹一个，吹完还用嘴唇在饺子上面轻轻地触碰了一下，感觉温度正好，就直接送到 Garance 的嘴里了。

Garance 一开始还很不好意思，最后红着脸吃下了第一个中国饺子，她用中文赞叹到：“中国饺子好吃!”

几个留学生异口同声地说：“不是中国饺子太好吃，而是有一个帅气的中国男孩喂给你吃的。”他们有说有笑地嗨了起来。

蓝心好久没有收到杨帅的信息了，似乎已经记不清杨帅长什么样了，但是内心深处却一直有一个隐秘的地方藏着这段感情和曾经的美好。蓝心只是用学业来让自己不去想。

过年回家，蓝心和安瞳见面了。蓝心越来越漂亮了，那种端庄和温婉特别像戴小婉，但仔细看去总能看出周美琪的影子。两个美人共同养育出来的孩子肯定是无与伦比的。周围的亲戚朋友都上门来提亲，蓝心都是以“我有男朋友”为借口推脱了。安瞳每天都和蓝心在一起，补习外语和数学。

偶尔，安瞳会问蓝心：“姐，你想杨帅哥哥吗?”

蓝心不假思索地说：“不想是假的。”

“那你为什么要离开他?”安瞳用很期待的眼神看着蓝心问。

“没有什么特别的理由，就像最初没有什么特别的理由爱上他一样。”蓝心若有所思地说，但说完后让人明显地看出她有遗憾，而且是很让人心痛的那种。

“你们不可能了吗?”安瞳还傻乎乎地问。

“不知道!”蓝心很茫然地说，“也许那段时间我会遇上的是他，接下来的时间里还会遇上另外的人吧。譬如现在，陪在我身边的是你。我们只要珍惜眼前的就够了，谁也不知道明天会怎么样。”

“姐，我也谈恋爱了，你不会介意吧?”安瞳很胆怯地说。

“你这么小就谈恋爱，能懂什么啊?爱情就是越在乎就会越折磨对方，以此验证彼此还爱着，其实爱情的最高境界就是‘你来，我给你温暖；你走，我等你回来’，可是又有多少人能做到呢？人们都在为不可能的未来一次次地找证据。在一次次的肯定、否定中，爱情就成了某种筹码。赌赢了，有人迁就你一生；赌输了，你迁就别人一生。我是不喜欢将就的人，也容不得一点点的瑕疵，所以我拥有了爱情，却输掉了一个最爱我的人。只要他活着，我的爱情就存活着，但我已不想再去惊扰他了。也许，世界上最有魅力的事就是遥远的相吸。”蓝心也不知道自己面对一个孩子，说了什么，好像是说给自己听的，“你还小，不要知道这么多。”

“姐，我已经不小了，十八了。我的爱情比你丰富，我为了她出逃过，我刚刚回来不久。”安瞳很不好意思，又很得意地说。

“你爱她什么？无非是青春期的冲动，不会长久的，这样会影响你的学业的，到时候学业耽误了，恋人也走了，你会比同龄人更痛苦更绝望的。”蓝心像个很有经验的过来人一样，说得一本正经的。

“可是感觉上来了，我就想谈，没想太多。”安瞳觉得顺着感觉走没有错啊。

“可是，感觉没有了呢？你那个她怎么办？”蓝心觉得男人的想法很奇怪，又觉得自己好像也是这样，但是毕竟自己是个大孩子了，可以让自己的情感更理智一些。

“没有了，就散呗！”安瞳也很无奈，可是现在就想谈。他感觉一个女孩子需要自己就是爱自己，他喜欢这种被女孩子需要的感觉，好像这样就有了存在的价值。

“好吧！那她爱你什么呢？你什么都没有，你能给她什么呢？”蓝心追问，好像也在追问自己的感情。

“我没什么可以给她的，我也不知道她爱我什么，反正我就知道她喜欢我。她那么高冷的女孩子谁都看不上，偏偏在我面前很乖巧，偶尔也很任性。她说她就看我有感觉，看其他人没有一点心动的感觉。我们班上有很多比我优秀的，但是她觉得那些男孩子就像空气一样，就在身边，她却什么感觉都没有。姐，你说这是不是缘分？”安瞳第一次这么大胆地谈论爱情，他在蓝心面前仿佛是另外一个人。

“那些空气一样的男孩子比你幸福。有一天你们分开了，你们连同学的友谊都没有了，而那些男孩子可以很自由地和她交往，甚至一辈子。除非你娶她，但是这又是多么遥远的事情啊！你现在只能好好学习，等你真正成熟了，找一个最合适的那个女孩，彼此都优秀到毫无挑剔，然后一起陪伴到老。”蓝心表面是在劝这个弟弟，内心好像在和自己说话。

安瞳眨了眨眼睛问：“姐，杨帅哥哥回来找你，你还爱吗？”

蓝心没有回答，让安瞳看书。其实她自己也问过自己，还爱吗？如果爱，爱的到底是什么，是曾经的自己吗？那个最帅气的大男孩子现在在自己的内心深处已经模糊得无法辨认了，只有一些爱的情节像某个经典名著里的一些细节一样，反反复复浮现，让她心疼自己，也心疼那个时候的他。

第三十五章

真爱之妒

蓝心天天陪着安瞳补习文化课，安瞳似乎已经忘了李佳音了。

李佳音很生气，觉得自己特别委屈，问安瞳：“还爱吗？”

安瞳很快就回复了一句：“我想好好学习！我姐姐天天给我补课呢。”

李佳音醋意浓浓地问：“你什么时候多了一个能给你补课的姐姐？”

安瞳故意气她说：“能给我补课的都是姐姐！”

李佳音突然感觉自己就是一个多余的人，想想自己为对方付出了那么多，到底是为了什么。她真想跑到安瞳面前把他的心挖出来看看。她狠狠地回复一句：“好！那你和你这个姐姐谈恋爱吧！我退出！”

安瞳一听到“退出”一词，突然感觉内心一下子被掏空了，这是从来没有过的感觉。

安瞳很小心地回复：“下午我们见面，你当我面说好吗？我要看着你的眼睛听你说。”

李佳音流着泪回复：“我累了，你身边多一个人陪着，你就会忽略我，只有你走投无路的时候才会想起我，你把我当成什么了？恕不奉陪！”

安瞳很害怕：“别走！好吗？我的世界不允许你离开！”

李佳音大哭了一场，然后跑到水池那洗了一把脸，回来又打了一大堆字：“我跟你谈恋爱的感觉就是：你需要我的时候，我感觉我养了个儿子；你不需要我的时候，我感觉我找了个祖宗！我不想给你当妈！我也不想找一个祖宗！从今天开始，往事清零，爱恨随意！”

安瞳看李佳音真的要放弃了，特别害怕，感觉整个世界突然黑暗了，他想到了所有关于她的好，还有她为他赴汤蹈火、奋不顾身的样子。他甚至感觉自己头一次对女人这么在乎。不经历一次分手，真的不知道对方在自己内心有多重要。安瞳放下手里的一切，冲了出去，蓝心不知道怎么回事，也跟着追了出去。

安瞳跑到李佳音的门前，徘徊了好一会儿，也没敢敲门，他一直发信息：“在吗？在吗？在吗？在吗？回答我！我就在你家门口，出来一下好吗？”

蓝心在不远处等着安瞳，感觉杨帅当年也许就是这样等着她出来，也许那时候出去了，一切也都变了。李佳音看着门外的安瞳，泪水一直流着，她真的不知道怎么办了，她不知道安瞳到底爱不爱自己。可是放下他，心又那么疼。不放下吧，她感觉自己没有被爱的感觉，都不知道自己出现在他生命里是为了什么。为什么爱情如此魔幻？李佳音哭着哭着还是心软了，她走出了家门。

安瞳跑过来一把抱住她，哭着说：“不要离开我！不要离开我！我爱你！”

安瞳像瞬间找到了失而复得的传世家宝一样，抱着李佳音狂乱地吻着。李佳音沉浸在他的爱里，失去了自我。爱，有时就是这样，两个人在微信里吵得再凶，一见面就崩溃了，所有的坚持和原则都没有了。在爱的世界里，每个人都是卑微的，除非不够爱。

蓝心看着他们两个真爱的样子，也不知道是什么感觉，有那么一瞬，很羡慕，但是瞬间感觉这个弟弟过早进入感情的旋涡，会失去很多。她整理了一下自己的情绪，头也没回地走了。

安瞳带着李佳音在公园、电影院、大街上，四处秀恩爱，把李佳音宠成公主样，这是李佳音从未有过的被爱感觉。看来女孩子学会“作”和退出，的确可以赢取很多，至少能验证自己的爱是否是真爱。其实，如果是真爱还需要验证吗？如果不是真爱，验证了又有何意义呢？孩子的世界里，没有这么多的“如果”，他们感觉不到爱了，就要用各种方式去唤醒。如果一个人一味地装睡，时间久了，另一个心凉了，也就散了。即使见面，也没有拥抱的冲动了。

蓝心不知道杨帅此时出现在自己眼前，她还会不会像李佳音那样冲出去，为爱疯狂。她似乎多了一些理性，但又感觉自己很需要这样的疯狂。她现在突然感觉自己很冷，是从心底生风的那种冷，她裹紧蓝色羽绒服，向着父亲的诊所走去了。

“蓝心怎么了？你脸色不太好。”蓝文轩看着女儿的脸色特别心疼，摸了摸蓝心的手，感觉手指像冰块一样。他倒了一杯热茶给蓝心，让她捂捂手。这么多年来，蓝文轩一直把蓝心当成亲生女儿，没有和任何人提起她的身世，就那一次和妻子戴小婉夜谈了一次。他还不知道，这一次，恰恰就被蓝心听到了。

蓝心感觉这个世界上有很多神奇的东西，譬如爱情，再譬如自己的身世。可是现在她什么都不想去想，因为感觉越想越复杂，甚至还会出现很多莫名其妙的事情，而且会接二连三地发生在自己身上。所以蓝心尽量克制自己，她现在休假在家，只想多陪陪父母，特别是母亲戴小婉已经快要生了，她要照顾这个家。

诊所里病人很多，蓝心想着的时候，蓝文轩已经给很多病人看了病。蓝心看着病人们排着长队等着看病，感觉父亲活得特别有价值，一辈子钟爱自己的医学事业，宽厚仁慈，从不计较个人得失。蓝心看着病人们带着满足的心情离开的样子，心底突然从寒流变成了暖流，她有种满血复活的感觉。她在手上哈了一口气，搓了搓手，帮父亲打理诊所的闲杂事务去了。其实，人一旦忙起来就什么事情都没有了。

第三十六章

绝望之夜

暑假对于高二学生来说就是冲刺！特别是艺术班的学生，他们要分散到各个不同地方去集训。学生们为了选择培训机构也是耽误了很长时间。有的学生想到大城市最好的培训机构，但是家庭经济条件不允许，所以只好选择一个稍微好一点的，他们总觉得只要不在本市的就是好的。孩子们对外面的世界很好奇，觉得只要出去，多苦多累都可以。

安瞳不知道怎么选择，问家人，安浩天说："只要你能考上大学，想上哪一个培训机构都可以！"

安瞳随口来一句："我想上全国最好的培训机构，你能出那么多钱吗？"

安浩天很生气："我这刚好一点，你又来气我！"

安瞳也没好气地说："我在征求你们的意见，你们给我的是什么？给我的是讽刺！"

安浩天本不想生气了，但一听这一句，气就不打一处来了："那你自己都觉得自己考不上，那就别上了！"

周美琪看了看他爷俩，瘪了一下嘴说："上哪儿你都考不上，白花钱！"

安瞳狠狠地说："好！我考不上！我不用你们管了！"安瞳哭着跑出了家门。

夜晚的风很迷人，但是安瞳什么感觉都没有，哭够了，站在桥头，看着桥下的水，他感觉自己的人生一下子就黑了，似乎看到河水里突然冒出一股黑烟，可以瞬间把自己卷走。

他发信息给李佳音："你在哪？"李佳音半天没有回复。他又连续发了几个"你在哪"，对方还是没有回复。

于是，他给李佳音的闺密方璐发信息，方璐的回复是：她好像找专业老师去问集训的事儿了。安瞳就那样毫无目的地哭着走着。连最心爱的人都没来安慰自己，他感觉自己就是这个世界的弃婴。

在十字路口，他想过去，突然看到一个熟悉的身影。这个身影再熟悉不过了，在黑夜里，即便没有路灯，没有一点亮光，他都能认出这个人来，"李佳音"，他不自觉地喊了一下，可是对方根本就没有任何反应。因为李佳音当时正和张一鹤一起过马路，他们似乎有很急的事情，张一鹤还很绅士地护着李佳音过那个绿灯。安瞳傻眼了，他站在原地半天，像做梦一样，失去了知觉。他不知道自己该往哪里走，该做什么，眼泪也没有了，眼里只充满了仇恨。

一个骑共享单车的人从他身边过，清脆的铃声让他感觉自己醒了一下。他拖着沉重的身体一直往前走，不管红灯绿灯，他就那样一直往前走。脑海里没有父母讽刺的样子了，只剩下李佳音和张一鹤过马路飞奔的样子。他感觉李佳音和张一鹤那么像一对儿，好像他们早就在一起了一样，好像他们才是天生的一对儿。安瞳默默地掏出手机，把和李佳音有关的一切都删除了，删除前还留了一句：你最落魄的时候，我在你身边陪着；我最落魄的时候，你在别人身边陪着。

安瞳感觉世界彻底黑了，那种黑所带来的冷是刺骨的，虽然这是夏季的夜晚，但是他像生活在冰窟里一样，那种伸手都不见底的黑，就像一个巨大的黑洞，把一切有光亮的美好都吸进去了，找不到一丝痕迹。现在安瞳显得特别无力。蓝心开启了视频邀请，安瞳感觉支撑自己最后一口气的只能是这个姐姐了。他接受了邀请，所有委屈都想说给这个姐姐听，但是张口的瞬间却什么都不想说了，只是一个"姐"，所有的苦水都挤在脸上，但就是发泄不出来。

蓝心很心疼这个弟弟，慌张地说："这么晚了，你怎么还在外面？

安瞳你在哪啊，姐去接你！”

蓝心从房间冲出去，和妈妈说了一下，就去找安瞳了。夜晚的大街小巷已经安静得只剩下那些寂寞的灯光了。她骑着电动车飞奔在夜晚的风里。每一条街巷都在晃动，每一家店铺都只剩下冷冷的字，周边的树一闪而过，偶尔出现的车辆像幽灵一样飘过。风在耳边无尽地哀号着，只有长长的头发齐整整地飘在夜色里，像一面黑色的旗帜向着不知名的方向飘着。

蓝心沿着安瞳的共享位置图一直没有停歇地骑着，在一个正在施工中的路的尽头，蓝心看到了一个黑影。她把车子停靠在路边，钥匙都没有拔掉，就奔着黑影冲了过去：“安瞳，是你吗？”

安瞳看到蓝心着急的样子，也哭着跑了过来，蓝心一把抱住安瞳说：“你那么怕黑，怎么一个人跑到这个地方来啊？”

安瞳一个大男孩子就那样放肆地在蓝心怀里哭了很久。蓝心很心疼地抚摸着安瞳的头，听着他的哭声，有那么一瞬，蓝心觉得这个大男孩子就是杨帅，他们抱紧的那种感觉特别像。

蓝心听着这个弟弟的心跳，由最初哭泣时的急促到逐渐平息时的平缓，感觉安瞳已经哭累了，就伸手抬起安瞳的头，帮他擦掉眼里的泪水说：“我们回家吧！”

安瞳抽泣着说：“我不想回去！”

蓝心试探着问：“那你想去哪？”

安瞳想了半天赌气着说：“我一个人在街角睡一晚都可以，就是别让我回家。”

蓝心温和地说：“你不回家，家里人会担心的。”

安瞳用绝望的眼神看着蓝心说：“已经这么晚了，你看他们找过我吗？”

蓝心很疑惑地问：“你经常这样吗？”

安瞳低下头缓缓地说：“我经常出逃，否则我喘不过气来，那个家太压抑了。”

蓝心想了想说：“那你去我父亲的诊所睡一晚吧。”

蓝心把电动车交给安瞳，让安瞳带着她去父亲的诊所。这已经是深夜了，周围静得可怕，连精力最旺盛的夜虫都睡了。安瞳骑行着，感觉特别冷，骑到周围树木丛生的地方，感觉像路过一座冰山一样。

蓝心感受到了安瞳的冷，就紧贴着安瞳的后背，竭尽全力地给他温暖。安瞳瞬间感到一股暖流流遍全身，空气中还带着高贵的香气。他们一路上没有多余的话，就那样紧紧依偎着，穿越这个有点凉的夏夜。

人世间总有一些最舒服的感觉，有时就那么一瞬，就能成为永恒。在蓝心的记忆里，这样的画面很多，在一个美丽如画的大城市，只要有最爱的人陪着，这样的感觉几乎随时出现。也许，就因为经常出现，人们往往忽略了这种感觉，从而出现了极不协调的画风，扭曲了城市的美，模糊了美好的记忆。蓝心和安瞳都希望这种感觉一直存留下去，这个夜晚只属于他们。

直到那个诊所的牌子出现，一切好像又回到了现实。蓝心把安瞳领进诊所，让安瞳洗漱一下，两个大孩子就在诊所里睡着了。临睡前，蓝心给安瞳的父母发了信息：安瞳在诊所，放心。

第三十七章

天使之怜

蓝心早早地起来了，把诊所所有的门窗都打开，一缕晨阳斜照进来，照在安瞳的脸上。安瞳两手抱着头，侧卧着，睡得特别香，好像好久没睡过觉了一样，婴儿般贪婪地睡着。蓝心看着安瞳还带着些稚嫩的脸庞，心底泛起了温和的笑容。她不明白，为什么这么可爱的孩子，一次次地想逃离？到底是什么让他这样一个孩子想逃离成人的世界呢？

蓝文轩穿好了白大褂，带着听诊器过来了："这孩子还没醒吗？"

蓝心慌忙说："如果影响您工作，我叫醒他。"

蓝文轩凑近安瞳的脸小声地说："不影响，就让他睡吧，这孩子身体得好好调调了。"

蓝心很担心地问："爸，他不会有啥大病吧？"

蓝文轩摇摇头说："不会！你先照顾他吧。噢，对了，你们社会实践活动是什么来着？要不，你就办一个家庭教育方面的咨询驿站，正好可以每天都来这里，我专门给你留一个工作室。"

蓝心特别开心地说："好呀好呀！老爸真好！我正想着不知道从哪个方向入手呢，这个正合我选修的专业。孩子们的悲剧几乎都是家庭教育的悲剧。我就从安瞳这里研究。"

蓝文轩笑了笑说："你怎么不从你自己这里研究啊，女儿？"

蓝心很得意地说："从我这里研究也可以啊，家庭教育的楷模。"

蓝文轩只是会心一笑，很绅士地朝着自己的专家门诊室走去了。

门诊室外很多人在排着队，等着叫号进入。

安瞳睡到了自然醒，看着周边陌生的一切，揉了揉眼睛，坐起来愣了半天，才缓过神来，慌忙下地，想出去。

蓝心过来说："你不会又要逃吧？逃习惯了，就总想逃，是吗？"

安瞳很不好意思地说："姐，我不是逃，我要回家！"

蓝心很平静地说："你真要回家吗？那你这次没白逃，逃明白了，对吗？"

安瞳想了想，骨子里并不是想回家，但是自己什么都没有，最后也只能回家："姐，你觉得我现在该怎么办？"

蓝心心平气和地说："你先洗洗脸，我们吃点早餐，然后坐下来好好聊聊，包括你的梦想、你的感情，好吗？"

安瞳很满意地点了点头："姐，我听你的！"

蓝心把做好的早点端了上来，让安瞳好好吃早餐。看着这个弟弟狼吞虎咽的样子，蓝心特别有成就感，就让安瞳多吃一些。安瞳往嘴里塞了一大口，很诡秘地说："姐，我撑死你会心疼吗？"

蓝心捂着嘴笑了一下说："我当然会心疼！我不会让你撑死的，你吃好就好！"

安瞳偷偷看了一眼蓝心说："姐，如果你不是我亲姐，你会爱上我吗？"

蓝心愣了一下说："安瞳，你在想什么呢？我不是你亲姐，我也比你大啊，你怎么会爱上我？关键是你爱上我，我也不会爱上你的，你天天玩失踪，谁爱上你谁都得累死！如果你用逃离的方式来验证爱不爱的话，说明你已经缺爱了。"

安瞳的眼睛在自己的世界里搜索着，好想找到爱的样子，可是他的世界总是那么荒芜。到底是别人不爱自己，还是自己不想被别人爱？安瞳找不到任何蛛丝马迹，可以让自己有一个足够的理由去接受别人的爱，他把自己封锁在无爱的世界里了，即便有人来爱，他也感觉对方是有一定目的性的，就像他自己经常感觉到的那样。他感觉自己就是一只疯狗，感觉所有人都在威胁着自己，所以对所有人都攻击，即便有一双手是来挽救他的，但是因为他已经失去了辨别能力，所以他只能防卫攻击，有时甚至是疯狂地报复性地攻击。

蓝心看着这个陌生的弟弟，心里有一种莫名其妙的危机感，同时也下定决心一定要挽救这个弟弟：“安瞳，你在想什么？”

安瞳诡秘地笑着说：“我在搜索我世界里爱的影子，却找不到。我知道在你这儿我就有安全感了，可是我还想要更多，我知道我的欲望是无止境的，但是我真的想要。虽然我知道你能给我一切，别人给的你能给我，别人给不了的，你也能给我，但是我又怕我这样的奢望会吓跑你，所以特别纠结。姐，你不会不管我吧？”

蓝心看着安瞳无助的样子，心里特别心疼，走到安瞳身边，抱着这个弟弟的头说：“从今以后，我就是你的港湾，无论你遇到什么，我都在，好吗？”

安瞳眼泪都流出来了，这种被爱感动的泪水头一次这样甜蜜地流出：“姐姐，你从小就是我的女神，我要让你永远是，我以后就是讨饭，第一口也先给你。”

蓝心推了他一下说：“你说什么呢？我怎么能让你讨饭呢？你现在应该好好学习，等考上大学了，我们一起做事业，好吗？”

安瞳很向往未来的生活，但是眼前父母对自己不抱任何希望，怎么办？他犹豫了半天说：“姐，你说我应该去哪个培训机构学美术？”

蓝心很坚定地说：“当然去最好的了，你是不是担心家里人不支持你啊？”

安瞳很委屈地说：“我这次出逃就是因为这个和父母吵起来的，他们觉得我考不上，上哪都白费钱，可是我想上大学！”

蓝心想了想说：“你回家和父母商量一下，如果仅仅是因为钱的问题，我帮你，我这个卡里有三万元，你看够你上学了吧？如果不够，还需要，我会从我爸妈那儿借过来帮你的，只要你想学就好，我们先研究一下去哪一个更好吧？”

安瞳不好意思用蓝心的钱，但是现在他自己什么都没有，家人又不支持，他只好暂且把所有希望都放在蓝心这，因为只有在这里，他才感觉自己活得像一个人。

他们一起找了一个在全省排第二的培训机构，学校一放假就可以培训了。安瞳特别开心，抱着蓝心转了几个圈。蓝心被转晕了，被放下后，捂着眼睛还不忘开导安瞳：“安瞳，你要学会和父母有效沟通，他们的教育方式的确是失败的，但是你现在已经长大了，不能一直在失败的教育里走不出来。”

安瞳很听蓝心的话，硬着头皮回家了，他按照蓝心的要求，给父母每人一个拥抱。安浩天和周美琪头一次被儿子这样深情拥抱，有点不知所措。两个曾经颐指气使惯了的大人竟然像个孩子一样哭了。

安浩天和周美琪说：“孩子大了，懂事了，我们以后不要老吵他了。”

周美琪用手抹着眼泪说：“以前儿子老是倔，我也管不了，再加上手里活多，忙得顾不上他，所以也不愿意理他，时间久了，就习惯了，好像说一些甜蜜的话，都觉得不正常一样。只有吵着说，才觉得正常。儿子，以后我们都改改，你不要老逃离了，你一逃离，我就更气，也不想找你了，虽然很担心，但就是赌气不找你。也知道你那几个姐姐会找你的，所以你跑，最后还得回来，图啥呢？”

安瞳头一次在这样可以交流的家庭氛围里享受着被爱的感觉，而这样的改变只一个拥抱就可以了。他头一次从妈妈的口里听到“儿子”这个昵称，以前那个只会吼叫的妈妈，此时那么慈爱。安瞳不自觉地又靠近了妈妈一点，周美琪也感觉到了一丝变化，她主动靠近儿子，仔仔细细地看了看眼前这个比自己高很多的大男孩。这么多年来，她都没有像今天这样仔细端详自己的儿子，看着看着，周美琪又落泪了。

其实，她不是冷血动物。她心中那个不能说的秘密，一直在影响着她。她一直爱着这几个孩子，但是因为文化水平低，不知道用什么方式爱，更重要的是心中这个秘密，老是时不时地跳出脑海，让她总能找出各种理由对周边的一切显出烦躁和厌恶，只有这样才能掩盖她内心深处的那种愧疚和伤痛。

今天这样的场合，她多想把所有的一切都说出来，然后让自己轻松一下，但她又怕，怕说出来反而更沉重。此时她一想到这些，就想转移话题：“儿子，你想去哪学习都可以，考上考不上，我们都供你，你放心学吧。”

安瞳突然感觉整个世界都亮了，他疯狂地抱紧妈妈，转了几圈，妈妈喊晕了才放下。没有哪个母亲会对自己孩子残忍的，只是内心深处背负了太多无奈和隐私而已。安瞳已经忘了李佳音了，抱起妈妈旋转的时候，突然想起来了，心情一下子又低落了。

周美琪看到儿子脸色一下子暗了下来，吓了一跳：“儿子，你没事吧？是不是晕了？”

安瞳拍了拍妈妈的肩膀说：“妈，没事了，我要出去一下，解决一个问题，等我回来。”

安瞳跑了出去，可是跑了一半就想回来了。他不知道要不要找李佳音。亲眼看见她和张一鹤在一起，这股气老是咽不下去。李佳音到底爱不爱自己？为什么那么晚了，她会和另外一个男孩子出现在深夜的街头？他想知道，但是又怕知道。难道她早就不爱自己，爱别人了？这不是李佳音的性格啊，不爱了，她会直接提出来的。安瞳越想越乱，想打电话问吧，所有的联系方式都让他删完了。找她吧，又不知道见了面会是什么样的尴尬局面。他没想通，径直向诊所走去了。也许只有那里才能让他感觉到真正的舒服，虽然那里几乎都是病人，但是他们好像比没病的人活得更敞亮。有些看着没病的人，可能早已病入膏肓了，只是自己不知道而已。

第三十八章

失恋之谈

安瞳把同一宿舍的几个舍友都找来了，让他们在蓝心的咨询室里帮忙。

谭皓明心情很不好，几个兄弟问他怎么了，他说：“有种失恋的感觉。”

唐亦飞不解地问：“你老说自己有女朋友，也没见你们谈过啊？天天那么隐秘吗？这女朋友的面还没让我们见呢，就分了？你觉得可能吗？怎么也得给我们一个交代吧？”

谭皓明摇了摇头说：“不是不让你们知道，是怕班主任知道，所以平时我们都不敢张扬，虽然有接触，也没人会误解。我们都是一个音乐室的。上专业课的时候才会见面，平时哪有时间啊？我们都是最后离开音乐室的。”

张天宇用飘飘欲仙的语气说：“看来最后走的都有故事啊！哈哈哈……”

谭皓明突然又精神了似的说：“张天师又开始泄露天机了，那你说安瞳属于哪一种？”

安瞳没等张天宇开口说呢，趁着他眯缝着眼睛想词儿的时候说：“不用算了，我也是最后走的那个，但不是想和她谈，我是没地方去，就想在画室多待一段时间，好打发时光，可是偏偏那天她也没走，还哭了，情绪特别激动，我也不能不问啊，她冲下楼的时候，我拉住了她，然后就开始了这段‘孽缘’。现在我也有失恋的感觉。我感觉她喜欢上了别人。”

安瞳说完自己都觉得自己很八卦，以前自己在这几个人面前总是很沉闷的，今天怎么比他们还能侃？安瞳一想到蓝心姐姐，心底就舒展开一朵娇嫩的花来，而且是正绽放的那一种，他就想把所有的心事都说出来，让蓝心姐姐给他指点方向。虽然此时蓝心正忙着呢，但是安瞳感觉她就在身边听自己诉说呢。

谭皓明想了半天才说：“我也有这种感觉，但是我感觉她喜欢的是她闺密，她们几乎每天都在一起，而且好像没有我她也很开心，有时甚至她在我这里闹情绪，回到闺密那里就好了。我都不知道她在和我谈恋爱呢，还是和闺密谈呢。”

张天宇闭着眼睛听完说：“不要跟恋人的闺密较劲，这是铁律！”

谭皓明打了张天宇一下说：“你个出家人，都没谈过恋爱，你懂什么啊？”

安瞳笑了笑说：“人家懂天数！”

唐亦飞说：“你心情那么不好，不至于就因为她和闺密黏在一起，没黏你吧？”

谭皓明瘪了一下嘴说：“又一个不懂爱情，偏要谈论爱情的大傻子。不过，说出来也痛快痛快，还能给你们这两个没谈的传授点经验。”谭皓明把这一次的吵架事件定义为“对歌事件”。

谭皓明的女友叫白雪菲，长得特别水灵，声音也特别甜美，专业是唱民族歌曲。谭皓明钢琴弹得好，经常忘了时间，有时弹入迷了，周边发生什么都不知道了。白雪菲和闺密苏曼经常在门口看着谭皓明很投入地弹着，偶尔发出一些动静，谭皓明好像没感觉到一样，依然沉浸在音乐里。

有一天，白雪菲和苏曼打赌，只要有一个人从后面抱住他，他就会停止弹琴了。白雪菲和苏曼用石头剪刀布的形式，决定了让白雪菲上去抱谭皓明。白雪菲很胆怯地走到谭皓明的背后，感觉一个大男孩全身心投入到一件事里的那个样子特别迷人。

白雪菲情不自禁地抱住了谭皓明，谭皓明全身流动着音乐的身体突然颤了一下，他感觉有一股淡雅的香气弥漫在自己的周边，那瞬间就像在自己喜欢的音乐里多了一道神奇的光，他不想停止音乐，他想就让这种感觉一直持续下去，永生永世。所以谭皓明继续弹着，好像什么都没发生一样。

白雪菲很尴尬，虽然她那么想长久地拥抱这个大男孩，但是闺密就在旁边看着呢，怎么能太放纵呢？她不好意思地轻轻退了出来，谭皓明正好一首曲子弹完，扭头问白雪菲："你们怎么在这里？想听什么曲子，我再给你们弹。"

苏曼把白雪菲往谭皓明身边一推说："我们想听你的心曲。"

白雪菲向后退了一步，害羞地说："别胡说，我们只是路过，想提醒你该回家了，很晚了。"

谭皓明一看时间已经是夜里十点了，他们一起下了楼。因为白雪菲和苏曼住在音乐室旁边，谭皓明送完她们，就一个人骑车子回家了。

一路上，谭皓明想着刚才的情景，感觉在做梦，又好像是音乐里的某一个画面。反正那个夜晚，谭皓明感觉特别甜蜜。

不久以后，在一次比赛时，谭皓明拿了第一名。白雪菲和苏曼都去看他的演出了，苏曼开玩笑地说："谭浩明，这一次你要是拿第一名，我就把白雪菲送给你，怎么样？"

谭皓明特别兴奋，看着白雪菲说："那得白雪菲同意才算数啊。"

白雪菲脸一下子红了，娇羞地说："你俩在干什么啊？"

结果谭皓明还真拿了第一，他抱着鲜花和奖杯，跑到台下的白雪菲和苏曼面前，看着白雪菲说："我爱你！希望余生都是你。"

白雪菲愣了半天，不敢接话。

谭皓明转向苏曼说："苏曼作证！"

白雪菲拉着苏曼跑了出去，谭皓明不知道怎么办，苏曼使了个眼色，让他跟上来。谭皓明跟着跑出来。

苏曼气喘吁吁地说："你傻啊？那里有很多老师的，白雪菲以后还怎么面对那些老师和同学？"

谭皓明结结巴巴地说："我当时……只有一个……只有一个想法，

就是……就是把这两句话告诉白雪菲。”

白雪菲拽了一下苏曼：“别难为他了，你看他难受的样子。”

苏曼醋意浓浓地看着白雪菲说：“典型的重色轻友，你就喜欢这样的吧，那就交给你了。”说完，苏曼把谭皓明往白雪菲身边一推，扭头就跑了。

谭皓明讲到兴头上不讲了。

唐亦飞听得入迷了，急忙问：“后来呢？”

谭皓明说：“下面内容是秘密，不给你讲了。但我可以告诉你的是：爱情是魔性的，当你得到的时候，你天天感觉要失去。这几天，本来我们有一个演出的，她和闺密合唱民族歌曲，让我陪她们在湖边练唱，我偶尔会给她们纠正一下，她就说，你一边去吧，你一个练美声的怎么指导我们的民族唱法？我想也是啊，但是又一想，是你让我来的啊，就让我来听你们唱啊，我也得练啊，我也有比赛啊。我一来气不听她们的了，就自己唱。她们又觉得我影响她们了，让我滚远点。我感觉自尊心受损了，我就跑到湖边开直播的那里唱流行歌曲去了。专业老师不让我们唱流行歌曲的，这样会影响美声唱法，但是我就是气，所以不顾一切地想发泄。我一唱，周边围了很多人，美女居多哦，而且她们都很崇拜我，纷纷要加我微信。我平时不喜欢这样的，但是为了解气，我故意加那些小萌妹的微信。她们两个练完之后，跑过来找我，看我得意的样子，她们很生气。白雪菲直接跑过来把我拉走了。我们大吵了一次，很明显看出来她吃醋了。后来，她闺密苏曼找过我一次，说：‘白雪菲哭了三天，你也不去劝劝她吗？等她哭完，你想哄她，她都不需要了。’然后我就低三下四地找她去了，被她给骂了出来，告诉我：‘和你在一起，还没有和苏曼在一起有安全感呢，我受够了，我们结束了！’我真的舍不得她，她哭三天，我哭三天三夜。她有闺密陪着，我呢？我只有枕头陪我，还要调整好心情准备第二天上台演出，而且必须面带笑容。”

张天宇听完说：“爱情常遇暴风雨！也许她要的安全感就是一种偏爱呢？所以，你要为她拒绝所有异性。”

谭皓明不解：“那她可以为我拒绝她闺密吗？”

唐亦飞答非所问："你也可以有闺密啊！"

谭皓明说："我们这个专业，让我拒绝所有异性不可能。我谈个恋爱，连个朋友都没有了。谈成可以，谈不成，我就是一个人间孤独客。我不是她的私有产品，爱情里的两个人应该彼此信任，彼此独立，彼此支持。我现在感觉谈恋爱真累！"

半天了，安瞳来一句说："是累，但是还想谈。我的这个女朋友不知道是不是放下我，找别人了。我们在一起的时候，就是难兄难弟，我俩都处在和家人格格不入的状态，所以那时我觉得我不能给她好的感觉，那我就不要轻易给她希望。其实，我的爱有所保留，她的爱却是赴汤蹈火、奋不顾身的。我有时就沉浸在她给的爱里，却不愿意为她考虑一点点，因为觉得自己什么资格都没有，我怕她爱上我，但是我又想让她爱上我。反正我没有全身心投入，但是分开了，心又如刀割，想找她问问吧，又有些害怕。"

谭皓明不解地说："怎么感觉你现在精神状态特别好呢，一点不像是失恋的人。"

张天宇很淡然地说："家里有一个搞心理咨询的姐姐，他能悲伤多久？"

安瞳很无奈地交代："那天我看见李佳音和张一鹤在一起，而且是晚上，看见那一幕我感觉世界比黑夜还黑。我没有追上去，只是拿出手机把李佳音的所有信息都删了。"

唐亦飞说："你不能先问问再说吗？"

安瞳很气愤地说："我还问什么？我亲眼所见！"

谭皓明突然问："那你觉得李佳音爱过你吗？"安瞳想了想，本来自己的世界从来就没有出现过"爱"字，怎么知道李佳音是不是爱过。

安瞳好像突然发现了什么似的说："我好像从来没有出现过那种心动的感觉，好像每一次都是我恰巧看到了她悲伤的样子，然后在她最低谷的时候，我的出现让她找到了依靠。偶尔，我们会因为习惯了彼此而去找对方，闹分手之后感觉习惯被改变了，突然失去了一些东西，也会变得很疯狂，然后去见面，见面时也觉得舍不得，也很兴奋激动。但是一旦熟悉了，我们就又进入一种无休止的互相折磨中。我知道我一直在想着怎么拒绝她，因为我可能给不了她什么，所以有时我会有所顾忌，有所掩饰，可能这种顾忌和掩饰本身就是不爱的表现吧，只是自己不愿意承认而已。我真的想来一场轰轰烈烈的恋爱，可以为一个人大哭，为一个人傻笑，就是那种被砸碎了骨头也要跋山涉水地去见一个人的奋不顾身的样子，哪怕让我死都愿意的那种恋爱。”

唐亦飞很向往，又叹了口气说：“我也想，但是一直没有遇到，所以我不敢找。我爸妈也不让我找。”

张天宇插了一句说：“只要爱，就会奋不顾身！”

谭皓明莫名其妙地看了看两个对爱情懵懵懂懂的大男孩，一本正经地说：“你们两个小屁孩，还不懂爱情呢，就别往这方面想了，这东西可不好玩。”

安瞳好像没有在现实中，似乎听不到周边人的话，自言自语地说：“我最不能接受的是她竟然不和我提分手，就直接和张一鹤在一起了。”

谭皓明看着安瞳傻愣愣的样子摇了摇头说：“你最好问问她，也许他们的确有什么特殊的事情呢？”

安瞳似乎想起了什么似的说：“对，她闺密方璐和我说，她要去找专业老师问选机构的事情。”

唐亦飞高兴地说：“我就说嘛，肯定有特殊情况。既然这样，他们就应该没什么了，那你还拉黑她干吗？如果你女朋友本来没什么，你这样做，对她伤害多大啊！”

谭皓明很疑惑地问：“平时也没见他们在一起过啊，你们不是一个画室的吗？更何况，张一鹤和你关系那么好，他不会直接从你这把她抢跑的，除非你真正放弃了。”

安瞳拿出手机，又把李佳音从黑名单里拉了回来，问：“你在哪？”

李佳音立即回复：“你还知道把我拉回来啊，你是想给个动静，让我知道一下我是怎么被拉黑的吗？”

安瞳回复：“我看到你和张一鹤在一起，而且是半夜。”

李佳音回复："你看到了就把我拉黑了，也就是说我没必要解释了？"

安瞳回复："我那时正好和家人因为选机构闹情绪呢，我一来气就跑了出来，然后就看到你和张一鹤了。"

李佳音回复："我们还真有缘啊，你怎么不问问我为什么那么晚还要跑到老师那里？我爸爸不问我，我妈妈不支持，因为需要太多钱，你说我怎么办？我只能找专业老师和我妈说，我妈和老师谈着谈着吵了起来。当时我正准备集训的东西，谁知道他们会吵起来？我想叫你和我一起去，可怎么也联系不上你。路上正好碰见张一鹤，他就带我一起到我妈和老师谈话的地方，我妈一看见我带着个男生，一气之下，又走了。走之前还不忘甩一句'你们机构除了教学生谈恋爱还能干啥'。你说你们一个个的都知道考虑自己，可考虑过我的感受吗？我现在都不知道自己该去哪？呜呜呜……"安瞳看着李佳音发的信息，想象着屏幕对面李佳音悲伤绝望的样子，突然心好疼，他慌乱地跑出去找李佳音去了。

咨询室里突然安静了下来，三个大男孩一脸疑惑地互相看着，然后异口同声地问："他不是不爱吗？"

"现在又想爱了吧？"张天宇很诡秘地说。

"搞不懂你们！"唐亦飞一脸茫然，好像在思考，也好像在质问这就是爱情吗？

蓝心不知道什么时候走了过来，手里端着一盘水果问："安瞳又去哪了？"

他们三个异口同声地说："追逐爱情去了。"

蓝心摇了摇头说："你们还是孩子，懂什么爱情啊？在心理学里，就没有爱情这个词儿，真正的爱情只是一种感觉，而感觉是会消失的。现在给你们讲，你们也不懂，等以后你们遇到了一个让你有感觉的那个人，你就知道啥叫爱情了。你们现在应该把学业搞好，一切美好的东西都会到来的，包括那种感觉。"

蓝心说完自己也觉得尴尬，因为她学业优秀了，爱情也没想象中的那样美好。她有点想杨帅了。

第三十九章

苦难之甜

安瞳找到李佳音时，李佳音哭得满脸疲惫。安瞳心疼地抱住了她，李佳音狠狠地推开安瞳："我需要你拥抱的时候，你不给；现在你就是给我，我也不要了。"

安瞳很委屈地说："那时候我和你境遇是一样的，我要是知道你也在受着煎熬，我就带你一起逃了。"

李佳音没好气地说："逃逃逃，你能不能别再和我说逃，如果你想逃，现在就从我的世界里逃离，从今以后不要再让我看见你！"

安瞳本来是想安慰李佳音的，可是现在这个气氛，怎么安慰啊？安瞳不知如何是好，转移了话题："你妈现在让你去集训了吗？如果不让，我就带你去我选的机构，如果钱不够，我帮你出，好吗？"

李佳音抬起泪眼，很新奇地看着安瞳，这是她头一次感受到自己的男友用这样的方式来安慰自己。在爱情里，也许这才是实实在在的安慰："那你呢？你不也在发愁吗？"

安瞳很理性地说："我家人答应给我出钱了，你别担心我了。你的钱，我家人肯定不会出的，但是我能从我姐姐那里借来，帮你交学费。"

李佳音突然抱住了安瞳，趴在他怀里哭了个痛快。泪水里有一直以来的隐忍无奈和释然后的痛快淋漓。安瞳一直等她哭完，然后带着她来到了咨询室。

李佳音看到蓝心正在给家长们答疑解惑，那一瞬间她感觉自己见到了一位神仙姐姐，端庄大气，温婉知性，眉宇间有着慈悲和高贵的气质。这样的女子，谁见到都想多看几眼，那种美好像从骨子里能溢出香味来，又能散发无数的光芒。李佳音被蓝心的魅力迷惑住了，刚刚的那种悲催的情绪瞬间烟消云散了，感觉人世间好像根本就没什么烦恼与忧愁一样。

蓝心忙完，又来到他们身边，看见李佳音就问安瞳："这位就是你经常提起的李佳音吧？我见过你的，但是你没见过我，因为那时你眼里只有安瞳。"

李佳音一愣："姐姐见过我，肯定是我最丑的样子，因为我和安瞳在一起的时候，我总感觉自己很狼狈。"

蓝心笑着看了一眼安瞳说："弟弟不能老欺负小女孩的。"

安瞳看了一眼李佳音："你要是来告状的，那我带你出去！"

李佳音像求助一样和蓝心说："姐姐，你看着了吧，他平时就这样对我的。他要不就不说话，要不就说一些让人无法忍受的话。"

蓝心笑了笑说："那你为什么还一直跟他在一起呢？"

李佳音也被问得摸不着头脑了，她很调皮地摸了摸后脑勺说："估计不是冤家不聚头吧！关键的时候，他总能在我身边，帮我解燃眉之急。"

蓝心看着眼前这个稚嫩而又有苦难生活痕迹的小女孩，有点心疼："你认为爱情是什么？"

李佳音看了一眼安瞳说："爱情就是我从家里逃出来的时候，迷茫的路上，正好碰见一个可以给我指明方向的人，而且这个人还愿意陪我一起走完剩下的那段路程。这就是爱情。"

蓝心摸了摸额头，无奈地笑了笑说："这是我第一次听到爱情是这个样子的，那你幸福吗？"

李佳音也不知道自己是幸福还是不幸，她看安瞳一直看着她，故意说："我感觉自己从虎窝掉进了狼窝。反正都是受折磨，也许生活本身就是这样吧。"

蓝心心底突然生风了，有呼啸而过的寒风狠狠地刮过去，心中最柔软的东西被狠狠地拧了一下。她感觉这个时代里有很多东西被大人们扭曲了，最后把天真可爱的孩子们扭成了未老先衰的样子。

蓝心小心翼翼地问："你恨家人吗？"

李佳音很淡然地说："谈不上恨，就是不想回家，感觉家对我来说就是无力承担的伤。"

唐亦飞很男人地说："一个人也可以撑起一个家。我爸妈常年在外打工，我生活在我爷爷奶奶身边，他们有时体力不支，我就要撑起一切。"

谭皓明眼泪汪汪地说："每一个家庭都有说不完的故事，以前我以为我最不幸，现在看来天天被妈妈唠叨也是幸福的。"

张天宇慢悠悠地说："经历过苦难的人都是哲学家啊！"

蓝心问张天宇："你对家有什么感觉？"

张天宇说："我只是天地间一飞羽，不知来处，何问归处？"

蓝心想笑，转而又很心酸，心想：安瞳这些室友怎么和自己的室友不一样，难道男人的世界和女人的世界差距那么大吗？而且这只是一帮孩子，怎么那么多故事啊？不过想想自己，蓝心也觉得自己肯定是一个有故事的人，只是现实对自己太慈悲，让自己生活在一个有爱有人情味的家庭里。

蓝心突然想起了什么，站起来，脱掉白大褂，和这几个孩子说了一句："安瞳照顾好他们，我有事先走了。"

蓝心走出咨询室，去菜市场给快要生娃的母亲买中午的食材去了。蓝心脚步轻盈，脸上溢满了幸福的笑容。那个早晨，她成了街上最靓丽的风景。

第四十章

生命之歌

蓝心放暑假回来，几乎每一天都围着戴小婉转，给妈妈做孕妇的营养餐。她每天除了到诊所咨询室，就是研究孕妇餐，每天换着花样地给妈妈做美味佳肴。

戴小婉挺着大肚子看着蓝心把老鹅放在锅里煮了一会儿，捞出来，加一些葱姜又炖了很长时间，最后把弄好的海鲜菇和山药放了进去，过了一会儿，香喷喷的老鹅汤就出锅了。

戴小婉两手托着大肚子问："女儿，你这是跟谁学的啊？我也没教过你啊？"

蓝心盛了一碗，并夹起一小块，在嘴边吹了吹说："先尝尝，看好不好吃。"

戴小婉咬了一口，索性捏着骨头，自己吃了起来："太好吃了？你还没回答我，你这是从哪儿学来的啊？"

蓝心看了看戴小婉，扶着她走到餐桌前，让妈妈坐下，然后说："妈，你永远不要担心我们这一代人不会做饭，我们有手机，只要一查，什么山珍海味我们都能给您做出来，所以我们都是不用培训的高级厨师。就看您想吃什么，随便点！"

戴小婉摸了摸女儿的头很舒心地说："妈妈没白疼你。"

蓝心很幸福地笑了笑，又给妈妈夹了一个鹅腿，然后摸着妈妈的肚子说："喂！肚皮墙里面的那个弟弟，你什么时候出来见我？我们的暗号是，你出来哭着说'鹅鹅鹅，曲项向天歌'，我回答'白毛浮绿水，红掌拨清波’。”

戴小婉笑得嘴里的半块鹅肉都喷出来了，笑着笑着突然感觉肚子特别疼，戴小婉知道要生了，忙和蓝心说：“快！叫你爸爸回来！叫救护车！”

蓝心先打了120，然后叫爸爸回来。蓝文轩虽然是医生，但是听到妻子要生了，也特别紧张，慌忙放下一切，急忙飞奔回来，因为他知道戴小婉是第一胎，而且是高龄产妇，他特别担心妻子的安危。蓝心也很担心妈妈，但是毕竟学过心理学，就用各种专业知识帮助妈妈缓解疼痛。

救护车来的时候，蓝文轩也赶到了。蓝文轩一路上打着电话，安排着什么，偶尔看一眼妻子疼痛的样子，脸上就露出特别心疼的表情，没人知道，平时脸上一直带着温和笑容的男人，为什么此时脸上都是担忧的神色。

戴小婉抓紧蓝文轩的手，看着他想笑，想告诉蓝文轩“我们终于有自己的孩子了”，但是又好像很痛说不出来，又好像觉得蓝心在身边不敢说什么。

蓝文轩都懂，用手拨弄了一下戴小婉的头发，摸着她的额头说：“没事的，有我呢。”

到了医院，蓝心让爸爸一直陪着妈妈，自己跑来跑去地办理入院手续。在需要病人家属签字的时候，蓝心叫来了蓝文轩：“爸爸，这个字必须签吗？他们不能保证妈妈的安全吗？”

蓝文轩拍了拍女儿的肩膀说：“女儿，别怕，妈妈不会有事的。”然后签了字就急忙回到了戴小婉身边。

蓝心跑了一头汗，看着爸爸签完字，她突然有种从未有过的生离死别的感觉，人的生命就真的这么脆弱吗？美好的东西，还来不及享受，就有可能没有了。瞬间她又提醒自己，妈妈肯定会一切顺利的，转而又想到了人们常说的“产妇一半在产床，一半在坟墓”，然后又胡思乱想了。

她虽然上了大学，但还不懂那么多。虽然她的身世很复杂，但是周边的每一个人都很保护她，没有让她因为家庭的原因而受太多委屈，所以现在她还不能承受太多，遇到这样的事情还只能胡思乱想。

她在产房外焦急等待的时候，想了很多。想想自己这么多年生活在这个家庭里，从来没有过任何纷争，好像生活在仙境里一样，无忧无虑。这个家给她的良好教育，足以让她担起整个人生。她坚信一切顺利，不会出现意外。

戴小婉虽然知道自己是高龄产妇，很危险，但还是选择顺产，因为她知道只要蓝文轩在身边，什么事都能解决。经过两个多小时的阵痛，在医生的帮助下，戴小婉顺利地产下了一名男婴，母子平安。

当医生把一个啼哭着的婴孩抱出来交给蓝心的时候，蓝心喜极而泣，她替爸爸开心，替妈妈开心，她希望这个家永远没有遗憾，永远都美梦成真。

她在弟弟的脸上亲了一下，这个小家伙就不哭了。蓝文轩一直陪着戴小婉，直到医生说产妇没什么问题了，才放心地推戴小婉出产房。

蓝心抱着弟弟，看到妈妈出来，急忙跑过去，让妈妈看："妈妈你看，弟弟多可爱，像爸爸，以后肯定也是一个风度翩翩的绅士。"

戴小婉看了一眼儿子，虽然身体虚弱到了极致，但还是亲了一下，脸上露出了幸福的笑容。蓝文轩也亲了儿子一口，并让蓝心抱好弟弟，推着戴小婉回到了病房。

蓝心从此变成了"月嫂"，所有照顾月子的一系列程序，她都从网上下载下来了，每一天按照日程安排，悉心照顾妈妈。

戴小婉感觉蓝心一下子长大了，像一个全职妈妈，偶尔戴小婉会问："蓝心，你啥时候学会照顾产妇坐月子的啊？不会又告诉我，是从网上学的吧？"

蓝心笑了笑，弄了一下头发说："妈妈，你不会说我上大学学的是育婴专业吧？你更不会说我有经验吧？我们现在学什么都很快的，只要想学。"

蓝心说完又问了一句："妈妈，我出生的时候，是不是也这么爱哭啊？"戴小婉犹豫了半天，没有说什么。

蓝心像突然想起了什么似的，忙着转移话题：“不过，我相信弟弟不是在哭，是在和我对暗号，您听‘啊哦哦哦’，估计他想说‘曲项向天歌’，但他不会说，就把头抬起老高告诉我就是这个意思，小东西从小就这么聪明，我现在得告诉他‘白毛浮绿水，红掌拨清波’。你看，妈妈，他不哭了。原来他一直在和我对暗号，我忘了和他对下一句了，都是姐的错，都是姐的错。”

戴小婉也想和蓝心说一些什么的，蓝心这么一打岔，戴小婉都忘了，一直开心地乐着：“你这孩子，还真懂你弟弟。对了，那咱们给他起个名字，就叫蓝天歌吧，或者叫蓝清波？你们看哪个好？”

蓝文轩本来想了很多和药名有关的名字，一听她们娘俩这么说，想了想说：“我喜欢蓝清波这个名字！在蓝天白云之下，在绿水清波之上，他划一小船，与清风明月为伍，与文人雅士为伴，做一清官，造福一方百姓，了此一生，足矣！”

戴小婉不喜欢自己的孩子为官：“我还是比较喜欢蓝天歌这个名字。我希望儿子每一天背着小书包，迎着朝阳唱着歌去上学，晚上沐浴着晚霞哼着小曲回来。我希望他每时每刻对生活都充满激情，不辜负生命赋予他的每一分每一秒，做一个豁达乐观、充满正能量的快乐的人。一个每天都能从心底哼出歌的人，此生一定不会虚度！”

蓝心也比较喜欢蓝天歌这个名字，她希望这个弟弟每一天都能给这个家带来无尽的快乐：“看你俩生了个儿子，瞬间变成诗人了。这两个都好听，我更喜欢蓝天歌。”

蓝文轩仔细想了想说：“我听你们娘俩的，以后我们就叫这个小东西‘蓝天歌’！”

蓝心抱起弟弟一遍又一遍地叫着“蓝天歌”，并很认真地说：“到你会说话的时候，我首先教会你背‘鹅鹅鹅’。”小天歌似乎能听懂一样，闭着眼睛不哭也不闹，好像在享受着这个家给他带来的一切美好。

蓝心和爸爸妈妈说：“你们看，他好像在想往后余生该怎么过呢！”蓝文轩看了看戴小婉，很幸福地笑了。

夜晚，蓝心又听到爸爸妈妈在谈论她的身世了。戴小婉搂着小天歌，看着蓝文轩说：“我们现在儿女双全了，你幸福吗？”

蓝文轩隔着儿子亲了戴小婉一下，然后温和地说：“有你在，我就幸福。现在感觉自己像受了上天的恩赐一样。不过，我一直在想一个问题，蓝心……”

戴小婉突然坐了起来：“我也在想这个问题，这几天忙忘了。我们到底该不该和她说，我感觉她好像知道了什么，是不是周美琪和她说了啊？只要蓝心在家，她家有什么事，都叫蓝心过去。”

蓝文轩想了想说：“其实我一点也不想打破现在这种美好生活的宁静，也不想让任何人影响到我们，我很享受现在这样的生活状态。”

戴小婉也坚决地说：“要不咱就永远不说，蓝心就是咱的女儿。”

蓝文轩温和地笑了一下，然后若有所思地说：“这样对女儿会不会不公平？”

戴小婉也疑虑了一下说：“也许她知道了，烦恼更多，还不如现在这样，无忧无虑的，多好！”

蓝文轩看了看小天歌，又很疼爱地摸了摸戴小婉说：“你看儿子睡得多香，不早了，我们睡吧，你累一天了。”

戴小婉随意说了一句：“孩子大了，自然什么都知道了，我们现在好好享受天伦之乐就好了，睡吧，亲爱的。”

戴小婉也许太累了，倒头就睡着了。蓝文轩看着爱妻和宝贝儿子，也很满意地躺下了，但是他还在想怎么给蓝心一个很好的交代，如果周美琪不来要人，他就不想让任何人知道蓝心的秘密。如果蓝心长大了，安浩天和周美琪老了，需要蓝心的时候，蓝文轩会和蓝心说的。

蓝文轩想着想着，很舒心地睡去了。在梦里，蓝文轩看到的是很恐怖景象。他梦见一个黑衣大汉在半夜的时候，跑到蓝心的卧室，把蓝心一下子掠走了，蓝文轩怎么拦都拦不住。蓝心大声地喊“爸爸救我”，但是蓝文轩怎么努力都不能救下女儿。黑衣大汉说：“别费力了，这是我的女儿，你不要痴心妄想了，我要带她回到她出生的地方。”黑衣大汉披着黑色的披风，风一样地飘走了。蓝文轩大声喊：“蓝心！蓝心！蓝心！”

醒来时，蓝文轩吓出了一身冷汗，他慌忙看看身边的妻儿，确定自己没有打扰到他们，才舒了一口气。其实，他的声音很大，已经把戴小婉吵醒了，但是戴小婉为了不让蓝文轩知道，没有睁眼，装作熟睡的样子，她在想：蓝文轩肯定也舍不得女儿，但是又觉得不让女儿知道，对女儿不公平；如果让女儿知道了，又怕这个家原本平和的状态被打破。

其实蓝心也醒了，蓝心听到了爸爸妈妈在说自己的身世。蓝心自己也不知道该怎么面对这个问题，她不希望有太多复杂的事情发生，虽然她很想知道自己到底是怎么来的，但是她也很享受目前的这种生存状态，感觉这样的生活空间才是自己最想要的，哪怕她就是被捡来的，她也愿意生活在这种状态里，不是习惯，而是觉得自己的确有这样的福气，赢取了这样的最美的生活状态。她不知道一旦自己的秘密被公开了，自己还能不能接受改变了的生活。在所有的家庭里，她最喜欢的就是和蓝文轩夫妇在一起生活的这个氛围，这是别的家庭所没有的，也是最适合自己的，她不想打破这一切。但是她也想知道自己的亲生父母到底是谁，当初为什么狠心把自己送出去。这一晚，三个大人都在思考一个问题，只有小天歌甜蜜地睡着，嘴角还漾着幸福的笑容。

第四十一章

释然之愧

安瞳在朋友圈里发了一个大胖娃娃的图片，二姐安忆问：“弟弟，这个是谁的照片啊？”

安瞳很开心地回复：“蓝心姐姐的弟弟，蓝天歌。你看好看吗？”

安忆也很喜欢这个胖乎乎的小家伙，想想自己也要有宝宝了，安忆很甜蜜地笑了。

安忆把这个可爱宝宝照片发给了滕婉茹，滕婉茹知道是戴阿姨的宝宝，就拿给爸爸看：“爸爸，戴阿姨有自己的宝宝了。”

滕跃很奇怪地问：“自己的宝宝？什么意思？蓝心不是她女儿吗？”

滕婉茹也很疑惑地说：“听安忆说，蓝心是安忆的亲妹妹，因为戴阿姨不能生育，想要一个孩子抚养，安忆家里孩子多，生活条件又不是很好，她父母就把蓝心送给戴阿姨了。”滕跃心里特别不是滋味，半天没有说话，似乎想到了以前的很多事情。

滕婉茹看着父亲因为初恋很痛苦的样子，小心翼翼地问：“爸爸，戴阿姨那么久不能生育是不是和您有关？”

滕跃点了点头，很自责地说：“我感觉肯定和我有关。上一次你说戴阿姨有一个女儿，我很开心，我一直从心底里祝福她，我觉得我做错了什么，但是她已经有了自己美满的家庭，我只有祝福。可是，你现在这么一说，我总觉得很对不起你戴阿姨，我想如果当初她没有流产，就不会受伤，也不至于到现在才有宝宝。幸亏她有一个疼她爱她的好老公，幸亏她的老公是中医界的专家，否则，她会一辈子都不能有自己的孩子的。你知道吗？一个女人，如果没有自己的孩子，这一辈子该有多遗憾啊？如果那样的话，她肯定会痛苦一辈子，我也会愧疚一辈子。”

滕婉茹把脑袋搭在父亲肩膀上，很神秘地问：“爸爸，你们那时是不是特别爱？”

滕跃的眼神里好像都是以前的画面，他缓缓说道：“你戴阿姨那时特别漂亮……”

滕婉茹很调皮地插了一句话：“现在她也很漂亮，比我妈漂亮。但是我还是喜欢我妈妈。”

滕跃扭头看了一眼滕婉茹说：“这些事，不要让你妈妈知道，她会不开心的。”

滕婉茹很天真地说：“放心吧，老爸！我还怕我妈妈受委屈呢。你讲你的故事吧，就当我在听故事。”

滕跃摸了摸女儿的头说：“她是校花，我能追到她，我感觉我是世界上最幸福的人，感觉自己好像主宰了一切一样。那时，她就是我的生命，我可以为她奋不顾身。为了她，让我死都可以！而我则是她的全部，她为了我，几乎连一个闺密都没有，每一天都黏着我。有那么多男孩子为了她神魂颠倒，而她为了我拒绝了所有暧昧。我当时在学生会，每一天要接触很多女孩子，我也知道应该为她拒绝所有女生，但是我不能这样，因为这样会无法开展工作。但是，我的内心从来没有对任何女生动过歪心思，她一直很相信我，也很支持我，因为她有足够的魅力和自信，也有资本。所以，那时我们很少吵架，我们都很享受那时的浪漫时光。”

滕婉茹很不解地问：“那么爱，为什么不能走到一起啊？”

滕跃很愧疚地说：“我比她大一届，比她早毕业一年，我想留下来考研，陪她。可是你爷爷奶奶知道了，非要我回北京，并把家族的企业都交给了我。也怪我，我那时没考上本校的研究生，如果我考上了，也许一切都会改变了。”

滕婉茹试探地问：“那你爱妈妈吗？”

滕跃似乎从回忆回到了现实，扭头瞪了女儿一眼："爱呀！否则怎么会有你！你这孩子！"

滕婉茹劝爸爸说："老爸，你不要太纠结了，戴阿姨好像一点没有责怪过你，她觉得爱情里没有对错，爱的时候全力以赴，无怨无悔；不爱的时候，好聚好散，各自安好。这样就最好！"

滕跃眉宇间露出一些感动的表情："你戴阿姨是个识大体的好女人，但是我的确愧对她。她这么多年来一直忍受着不孕不育的痛苦，心里肯定对我有怨言，只是她不想提而已。关键是你蓝叔叔对她百般呵护，她得到的爱，容易让她忽略这些痛。"

滕婉茹不解地问："爸，真会忽略掉吗？为什么我就不能？"

滕跃莫名其妙地看着女儿，很心疼地问："女儿，你……怎么了？谁欺负你了？快告诉我！"

滕婉茹若无其事地说："谁敢欺负我？爸，您别那么紧张，我失恋了而已。现在我就觉得还是父母靠谱！"

滕跃看着眼前这个已经长成大姑娘了，但还不谙世事的女儿，心里很担心她以后会不开心："你这么小，怎么会谈恋爱？"

滕婉茹很奇怪地说："爸，我不小了，你怎么还把我当成小孩？我今年都20了！再不谈恋爱，都没有人要了！"

滕跃恍然感叹："女儿都20了，真快！你戴阿姨忍了20年，才有了自己的孩子，我真对不起她！"

滕婉茹安慰道："爸，不要太自责了，20多年过去了，很多事情都和以前不一样了。戴阿姨只是习惯性流产，才不能生育的。蓝叔叔帮她治疗了这么久，他们终于有了自己的孩子。我们祝福他们就是了。"

滕跃总觉得自己做了这辈子都无法原谅的错事："女儿，我想在你戴阿姨的城市建一个小学，就以她儿子的名字命名。"

滕婉茹很兴奋地说："好啊！这个我喜欢，她儿子的名字好像叫蓝天歌，我确定好了和你说。到时候，我就到那里当校长！"

滕跃终于感觉自己的愧疚和痛苦减轻了一些，他看着长不大的女儿说："就你啊？当校长？你觉得这个学校还能办下去吗？不过，我女儿当个幼儿园阿姨蛮合格的，主要是心理年龄适合。"

滕婉茹想了半天，感觉爸爸还是在说自己不适合在小学里从事任何职务。她不想那么多了，现在和安忆在一个办公室里搞器械销售，业务熟练，销售门路已经打开，正是事业蒸蒸日上的时候，她很满足了。她只是想换一个环境，换一种活法。

滕婉茹和安忆说了爸爸的想法，安忆和蓝心交流的时候，蓝心觉得还是征求一下妈妈的意见比较好。

蓝心看戴小婉侧躺着喂小天歌奶水，就也凑过来说："妈，我小时候吃奶水也这么贪婪吗？"

蓝心问完后悔了，因为这个问题戴小婉是没法回答的，不过戴小婉笑了笑说："这么大了还想喝奶水吗？让人家知道了会笑话你的，傻孩子！"

蓝心也笑了笑说："妈，不是的，我就是看弟弟吸奶水那贪婪样，觉得所有宝宝应该都是这样的，所以我想我当时肯定也这么贪婪。对了妈，我大学毕业想办个小学，您支持吗？"

戴小婉看了看蓝心，很心疼地说："你有野心可以，但是不要太拼，我和你爸会心疼的。"

蓝心慌忙问："假如有人支持我们呢？"

戴小婉把奶头从睡着了的小天歌嘴里拿出来，整理好衣服，仔细地看了一眼小天歌，确认儿子睡了，才小心翼翼地从床上下来，拉着蓝心轻轻地关好房门，来到了客厅。戴小婉倒了一杯热茶递给女儿，自己又倒了一杯，很端庄地端起茶，喝了一口，然后把茶杯托在左手上，让茶杯里的热气飘上来，那茶香在戴小婉的周边萦绕，戴小婉那高贵的气质在任何时间地点都能让人嗅出香味来。

她用她那清润而又富有磁性的声音问蓝心："女儿，是不是有人想资助你办学？杨帅吗？"

蓝心看了看妈妈，眼神里似乎在搜寻杨帅的影子，她多希望妈妈的眼神里藏着杨帅，只要妈妈同意，杨帅就能从妈妈的眼神里走出来，迎向她，拥抱她，永远不会再离开。

蓝心愣了一会儿，慌忙转过神说："不是杨帅，是滕叔叔，妈！"

戴小婉听到"滕叔叔"三个字，突然直了直身子，把水杯放在了桌上，语气有了一些变化，但仍很得体地问："你滕叔叔怎么想办学校了？"

蓝心也不知道怎么回答，她就把知道的都和戴小婉说了："安忆听滕婉茹说的，他知道你有儿子了，想用天歌的名字办一所学校，滕婉茹的意思是她爸爸觉得亏欠您的，想做一些慈善来补偿您。"

戴小婉站了起来，在客厅里来回走动了几趟，又从茶几上端起那杯茶，走到阳台上，看着远方的楼群和高高低低的树，戴小婉也不知道在想什么，反正女儿口里的那个"滕叔叔"一下子就从记忆深处跑了出来。二十年了，她从来没有像今天这样那么清晰地去思考这个人。曾经的那个爱她到骨子里的男人，终于想到要为她做一些什么了。他是要为自己曾经做过的错事忏悔吗？还是觉得愧对一个女人这么久，想补偿？戴小婉怎么回忆，都想不出这个男人现在要做的一切，和自己有什么关系。也许二十年前，这一切都和自己有关，但是现在好像自己的一切，都和这个男人没有一点关系。偶尔被人提起这个名字，戴小婉也只是觉得这是一个自己曾经认识的人的名字而已。她不是不想回忆，而是二十年来，她一直在坚持做的一件事就是忘掉这个人，永久性地忘记。其实，真正忘记这个人的时候，她对这个人既没有爱也没有恨了。一切都很坦然，也很淡然。

这样想着，她扭头和蓝心说："等你爸回来，我和他商量商量。"

蓝心很小心地问："妈，你不会不同意吧？"

戴小婉说："现在我对你滕叔叔，没有任何怨恨，他无论做什么，为谁而做，也都与我无关。估计你爸爸也会这么想，但是他要是用我们儿子的名字来给学校命名，我必须和你爸爸商量。"

蓝心突然感觉妈妈像修道的仙姑，她的思想总是那么与众不同，说来却那么让人舒服，又不委屈自己。为什么自己就做不到呢？她无法从自己的记忆里删除杨帅这个人，只要有人提起，她就会想很多天，甚至情绪会很激动。她关注和这个人有关的一切信息，却不想让任何人知道她所做的一切，在别人面前她还要故作“不在乎”的样子。蓝心有时很不喜欢自己的这个样子，为什么自己就不能像妈妈那样，拿得起放得下呢？拿起时“轰轰烈烈”，放下时“了无痕迹”。到底是时间治愈了这一切，还是经历让人看透了这一切？蓝心不得而知，唯一知道的就是自己还没有彻底放下。

蓝文轩回来的时候，小天歌也醒了。戴小婉跑到屋里抱起儿子，特别开心地说：“儿子是不是知道爸爸回来了呀，爸爸天天特别辛苦，你知道他想你了，是不是呀？”小天歌瞪着大眼睛看着戴小婉，不哭也不闹。

蓝文轩和儿子逗趣地说：“儿子以后也是当医生的料，一嗅到中药味，就醒了，是不是呀，小东西？”

蓝心脑子里还在想怎么和爸爸说这个话题呢，正好可以顺着这个话题说：“也许小天歌以后会是一个名校的校长哦。”

蓝文轩不解地问：“哦？你从哪儿看出来的？我怎么没看出来。过来，我抱抱，看儿子哪个地方长得像校长？”

蓝文轩从戴小婉手里接过儿子，仔仔细细地打量了一番说：“当校长也是医学院的校长。你看他，就喜欢嗅我身上的中药味。”

蓝心看小天歌又要吃奶了，和蓝文轩说：“爸，咱俩去厨房给妈妈做好吃的吧，让妈喂小弟。”

蓝文轩走进厨房说：“女儿，你今天是不是有什么事想和我说？”

蓝心看了看蓝文轩说：“我就知道我瞒不过你，是滕叔叔要来咱们这里办个小学，想用弟弟的名字，办个‘天歌小学’。爸爸你有什么看法？”

蓝文轩想问“为什么来咱们这里办小学”，但没有问，只是很平和地说：“办学校很好啊！我就喜欢让你在学校里教个书，和孩子们在一起，你会无忧无虑的，没有那么多尔虞我诈的烦心事。”

蓝心很兴奋地说：“爸爸，那你同意了？”

蓝文轩想了想问：“你妈妈知道吗？她同意吗？她要是同意，我就没意见。”

蓝心把妈妈的原话和蓝文轩讲了一遍，蓝文轩很满意地说：“你妈妈能这么想，我更没有意见了。我一切听你妈妈的。”

饭桌上，蓝心和戴小婉说：“妈，我爸同意了。”

戴小婉看了看蓝文轩说：“他用咱儿子的名字，你愿意吗？”

蓝文轩毫不犹豫地说：“无论他怎么想的，毕竟是为咱们这个地区做好事，我们应该支持才是。而且他用我们儿子的名字，说不定这个学校能改变很多孩子的命运呢！”

蓝心很幸福地笑着：“我毕业以后就到这个学校任教，我一定把‘天歌’办成这个地区最优秀的小学。让每一个孩子都有一个‘向天歌’的梦想，让每一个孩子都有一个‘唱天歌’的快乐童年。”

蓝文轩看了看女儿说：“女儿的梦想挺多啊，你不是还要办一个心理咨询室吗？我记得你还说要办一个家长学校呀？”

蓝心很坚定地说：“这三个是我的梦想，绝不矛盾，我会在‘天歌’学校里一起完成这个梦想的。”

戴小婉很温和地说：“女儿有梦想是好事，但一定不要牺牲健康啊！”

蓝心很得意地说：“没事的，妈！我有爸爸保护我呢，是不是啊，爸爸？”

蓝文轩很羡慕地看了看女儿说：“年轻真好！就这么决定了，我们都为人类更美好的生活而活着。我解决人们的病痛之苦，我女儿解决人们精神之苦。我们父女俩珠联璧合，一定能帮助这个地区的人们过上最美好的生活的。”

蓝心眼里都是对美好生活的向往。她感觉生活在这样的家庭里，是自己前世修来的最大的福分。可是，她自己的精神之苦谁来解救呢？

第四十二章

学业之外

李佳音刚刚高兴了几天，以为自己可以和安瞳一起出去集训了，心里特别开心。妈妈很奇怪地问："你们老师真的帮你免学费了吗？"

李佳音很得意地说："当然！我们老师说我最有希望考上，去一个好机构训练专业课，把握会更大一些的。"李佳音说完，心里也有很多顾虑，因为她也不想让安瞳和蓝心出这笔费用。但是她又那么希望考上，因为考上后这个家就不会像现在这样了。她特别不喜欢现在的生存状态，父母离异，爸爸带着姐姐不知道去了什么地方，妈妈带着自己举步维艰。以前姐姐在城里打工还能维持一些家用，可现在呢？李佳音不敢想象，因为生活从没给过她长久的快乐。她有时甚至不敢要片刻的幸福，因为那片刻过后她可能要面对巨大的悲痛。

安瞳在蓝心的诊所等那几个同学。马上就要分开了，每个人都有自己的方向，虽然都在挣扎着，但是他们好像都找到了出口。

谭皓明是第一个来的，他很沮丧，一进门就说："我哪儿都去不了，家族纷争，乱得不能提。父母没有办法，卖掉房子还外债，所以我只能在本地找一家价格便宜的机构集训。我就在我们专业老师这里集训，他很喜欢我，我也很相信他。其实在哪里都一样，关键还是靠自己。"

安瞳让谭皓明坐下，很认真地说："白雪菲也跟你留下来吗？"

谭皓明似乎想起了什么，拍拍脑袋说："昨天忘了问了，只顾着吵架了。不过，无所谓了，如果她能到更好的机构去集训，我只能支持她，我希望她能考个更好的学校。我现在想明白了，我目前的状态还不能爱任何人，因为我自己还什么都没有，我能给自己爱的人什么呢？我想爱啊，可是我拿什么去爱？就一颗真心还不能完全给她。家里那么多烦琐的事需要我处理，我作为家里的一员，总不能什么都不问吧？我是男人，要承担起这一切，虽然我无能为力，但是我必须把心放在家里，让父母多多少少减轻点负担。白雪菲，我最爱的人，为了她，我也曾不顾一切地疯狂过，一度把自己丢失过，也哭过，也笑过，也分过，也合过。现在是：放，放不下；爱，爱不起。”

安瞳感觉谭皓明好像一下子长大了，那个每天喜欢唱歌的男孩子也有那么多的无奈和忧伤吗？是不是音乐只是他疗伤的一种方式呢？

安瞳很担心谭皓明：“你不对她用心，她就会找对她用心的那个人。到那时，你该怎么办？”

谭皓明摇了摇头说：“我现在什么都不敢想，我想给她一个美好的未来，可是我现在什么都没有，我不配爱她。”

安瞳很疑惑地问：“那你现在放下了吗？你和她还继续吗？”

谭皓明很无奈地说：“我只能等，等她集训回来。如果她一直等我，还爱我，我这一辈子就为她拼命了。如果她觉得我不值得她等，那我就放她走，让更爱她的人好好爱她。深爱是成全！！！”

安瞳没有说什么，只是心疼这个兄弟，好像也在心疼自己。他们虽然接近成年了，但是还不懂爱情，好像对一个人用心就够了。但是，现实不允许他们把心完全放在一个人身上，他们还要把心放在学业上，放在成长上，放在父母身上，总之他们现在好像还没有足够的能力去爱一个人，他们现在的爱仅仅是爱情萌芽时的一种欣喜地碰撞。

唐亦飞来的时候，谭皓明把手搭在他的肩上，很认真地说：“兄弟问你一个事，你是不是喜欢白雪菲？”

唐亦飞先是一愣，然后很轻松地说：“女神，谁不想多看两眼啊！”

谭皓明一本正经地问：“我就问你喜不喜欢她？”

唐亦飞摸了摸脑袋说：“我也想喜欢她，可她跳完舞说一声谢谢，扭头就走。我也不敢喜欢她呀，她那么优秀，还有你这个男朋友虎视眈眈地盯着，我怎么敢打她主意啊？”

谭皓明哭笑不得地说：“我就知道你够哥们，你怎么敢打她主意？那可是你嫂子！”

唐亦飞摇了摇头说：“这么漂亮的一个大美女，我想都没想过，她能找我跳舞，我就已经很感动了，我怎么还能对人家动歪心思呢？估计她能很大方地找我跳舞，不找别人，就是因为我是你兄弟。”

谭皓明面对这么一个纯净的室友也是萌化了，不过他很开心，觉得白雪菲心里只爱自己一个人，其他人说的都是表面现象，白雪菲能找这么一个纯情大男孩当舞伴，真找对了，安全！谭皓明很欣慰地摸了摸唐亦飞的头发说：“你啥时候能长大呢？等你想谈恋爱了，我帮你找一个让你看一眼就能爱上的女孩。”

唐亦飞看了看谭皓明说：“我也有爱，但是我觉得我现在什么都给不了对方，所以我不敢爱。等以后，我有足够的能力和财富，我会找一个能够陪伴我一生的那个女孩，我相信她现在也没有谈，也在努力提升自己，让自己变成最优秀的人，然后等我娶她！”

安瞳和谭皓明看着唐亦飞一脸幸福的样子，想笑又不敢，想说什么，忍住了。其实他们都知道真正的爱情不是唐亦飞想象的那个样子，只有没有谈过恋爱的人才会有那种痴心妄想的表情。真正谈过恋爱的人都觉得恋爱就是在疼痛的心口上涂上蜂蜜，让人感觉应该是甜蜜的，事实上真的很疼。有时那种甜蜜不仅治愈不了伤口，而且还能让伤口溃烂，让心死彻底。当然也有甜蜜的爱情，两颗心彼此呵护，没有一点点伤，但是这两颗心得相融多久才会如此完美啊！

第四十三章

自我之失

张天宇来的时候，张一鹤也跟着进来了。张一鹤一进来就说："安瞳我也想找蓝心姐姐咨询一下，我不想上了。"

谭皓明很惊讶地说："你不上了？不可能吧？你那么渴望实现梦想，你那么想成功，怎么说不上就不上啊？"

唐亦飞拿着手机说："我刚刚看到你发班级群里的信息了，你怎么发到群里了啊？官宣吗？"

张一鹤很难受地说："和你们说吧，我不是不想读书，我是感觉不到被爱。"

安瞳也被弄蒙了，问："你，不会也谈恋爱了吧？"

张一鹤很尴尬地说："是的，我谈了两个月了，一直不敢和你们说，因为我怕我谈恋爱被班主任发现了，告诉我爸爸。我爸爸要是知道我谈恋爱了，不把我打个半死，也会扒我一层皮。他给我打电话只会谈学习，否则一切免谈。"

谭皓明很好奇地问："我想知道你的地下情人是谁？"

张一鹤很诡秘地说："你们猜！"

唐亦飞第一个发言说："我猜是杨欣彤！我总是看见你骑着车子带着她。"

张一鹤很愉快地否认了："那是我的铁哥们，一辈子的异性朋友。"

谭皓明在脑海里搜寻了一圈说："我怎么感觉你和班上每一个女孩

子都有暧昧呢？好像重点都集中在203宿舍，你对她们宿舍每一个女生都很好，而且你经常把一大堆鞋子拿给她们，让她们给你刷鞋子。”

张一鹤听得一愣一愣的，然后不怀好意地说：“怎么感觉你就住在203宿舍呢？难道你是女生吗？你不会也给我刷过鞋子吧？我的爱情信条就是：谁给我刷三年的鞋子，我就娶谁！”

谭皓明很委屈地说：“白雪菲也给你刷过鞋子，因为这我俩还吵了一架。我质问她：你从来都没给我刷过一双鞋子，你给别的男生刷鞋子，你就不考虑一下我的感受吗？你猜她说啥？她说：我是帮我室友刷鞋子，我都不知道她帮谁刷的，就是看她拿那么多鞋回来刷，觉得她会很累，所以我们宿舍每个人帮她刷一双。看来方璐的男朋友是个大懒虫。但是当时她也没说是谁，现在我知道了方璐刷的鞋子就是你的，对吧？你的神秘恋人就是方璐，对吧？”

张一鹤很不好意思地点点头说：“是的，就是她！为了她，我对她们宿舍的每一个女生都好。我曾教过她们老大打羽毛球；教过她们老二打游戏；教过她们老三，就是白雪菲，你女朋友跳鬼步舞。后来才知道，你女朋友跳得比我好。我经常给她们买零食买水，就是为了让她们宿舍的每一个人都觉得我只是一个中央空调，喜欢在女人堆儿里混。其实，能让我动心的女生就一个方璐，那时我感觉这个世界上只有一个女人，就是方璐。所以我对她百般呵护，不允许任何人伤害她，甚至不允许任何人提她的名字。但是，她不希望我公开我们的恋情，因为她也怕我们的感情因为被公开而受到各方面的干涉。”

安瞳不解地问：“你不喜欢她吗？”

张一鹤很坚定地说：“没有她，我活不了！你说我喜不喜欢她？”

安瞳反问道：“你那么喜欢她，你就忍心她没名没分地跟着你吗？”

张一鹤很无奈地说：“她不希望我公开，怕班主任知道了告诉家长，到时候我们想约会都很难了。”

张天宇看着窗外不紧不慢地说：“一个做单飞的凤凰，一个做单游的鸳鸯，彼此各有各的空间，累了的时候，找一个无人的地方，彼此交流着各自的想念，偷欢总有难得的快乐。”

张一鹤狠狠地锤了张天宇一拳：“没尝过爱情的滋味，却一直想做爱情导师，等你爱了再评论！”

蓝心过来了，很温和地冲大家一笑说：“因为帮妈妈照顾弟弟，我来晚了，见谅！你们都有心理方面的问题需要咨询吗？这位前几天没来过吧？”

安瞳指着张一鹤说：“姐，这位是张一鹤，他有感情方面的问题，失恋了，都不想上学了。”

蓝心看张一鹤一副颓废的样子，心想：这孩子肯定是第一次谈恋爱，为对方付出了全部，却没有得到真爱。她和安瞳说：“安瞳你带着他们几个先到后院玩一会儿，我要单独和张一鹤谈。”

蓝心看着眼前这位被爱情折磨得疲惫不堪的大男孩，感觉坐在对面的不是别人，是杨帅。当蓝心意识到自己已经走神的时候，她慌忙地说：“我们现在不做专业的心理辅导，你还没到必须要做心理治疗的地步。我们就轻松地谈谈心，好吗？”

张一鹤心里突然一暖，他好像很久没有体会到这么暖的感觉了。方璐给过他一个多月的暖，但瞬间就变冷了，在张一鹤那里，这种落差就像遇到了冰川一样，让他的心寒到有种冻裂的感觉。他每一天就像雪地上的孤狼，踩着五彩缤纷的寒雪，沿着冻裂了的心痕，倔强而又艰难地前行着。他每一天画的画，都有断层、裂痕和空白，仿佛那些地方任凭他怎么勾画，都无法涂抹出任何色彩。

蓝心很小心地问：“你是怎么动了真心的？”

张一鹤一脸茫然地看了一眼蓝心，像在搜寻很遥远的事情，然后眨了一下眼睛，仿佛从远处带回来一些珍贵的东西一样，很虔诚地用眼神递给蓝心，然后很舒畅地呼出一口气，说：“那时她刚失恋不久，心情特别不好，我问她怎么了，她和我说终于解脱了。我问她为什么是解脱了，她说她根本就不爱他，他们纠缠了那么久，终于都放下了。我很奇怪，为什么不爱还可以纠缠一年的时间。她和我说，因为他对她很好，时间久了有了一些感情，习惯了他的好，就不舍得了。一开始我以为他欺负她了，我还想着替她出口气，找人打那个男的一顿，可她这么说，我一下子蒙了，但觉得她肯定还很难受，就给她买了一瓶水。平时特别温顺的她，拿起那瓶水咕咚咕咚地一下子喝完了，说：他也不爱我，否则，不可能这头和我分，那头就又找了一个，我不甘心！看着她脸上也不知道是泪水还是喝水太猛迸上脸的矿泉水，反正我不自觉地为她擦了一下脸上的水珠，那一瞬间我感觉自己被什么东西碰了一下，突然不知所措了。那天晚上我失眠了，我脑海里都是她的样子，好像很久以前我就梦见过这样一个女孩，长长的睫毛，大大的眼睛，白皙的皮肤，静静地坐在那里，温柔得如月光里的水一样，美得浑身流溢着迷人的气息。当我触碰那颗水珠的时候，我感觉我梦里的那个女孩就是她。但是我不敢触碰她，我怕一碰梦就醒了，她就没有了。第二天她在我书桌上了放了一瓶‘安慕希’，上面写了一行字‘你为我擦掉了泪水，我就要让你变成超级英雄！’从那以后，我每一天都能在课桌上看到一瓶安慕希，我真的感觉自己就活在一个童话世界里。以前的我就是一个混世魔王，乡村的野孩子，那一段时间我感觉自己真的变成了超级英雄，只要和她有关的所有细节，我都能看到。”张一鹤说完，停了一下，眼里好像有了一些透明的东西，但是他没有掩饰，也没有眨眼，就那样硬含着泪水，让它照亮眼睛，照亮整个心房。

蓝心抽出一张湿纸巾递给张一鹤，并给他倒了一杯热茶，然后把窗台上的插花挪了过来，放在张一鹤的眼前。张一鹤看着青花瓷花瓶上静雅的图案，心里安静了很多，再看到花瓶里的那几枝迎春花一样的小黄花，柔柔地伸展过来，心里所有的波澜都平静了下来。

他缓缓地端起那杯水，喝了一小口，接着说：“蓝心姐姐，我头一次对一个女孩那么好，我就想把全世界所有的东西都给她。那一段时间我就活在她的世界里。但是我却一直不敢表白，直到有一天她停止了在我桌上放安慕希，我才知道她已经送我一百二十一瓶了。我明白121代表着‘要爱哦’，所以我向她表白了。那一天是周末，我带她去了‘神秘谷’，在穿越黑洞的小船上，她特别害怕，我抱紧了她，并在她耳边安慰她‘别怕，有我呢！’那一刻我嗅到了她头发里迷人的香气，我忍不住吻了她，她趴在我怀里也很动情地回吻了我。那时我感觉，这个神秘谷是世界上最美丽的地方，其他游客被里面吓人的道具弄得不停地惊叫，我们在他们的惊叫声里激吻着，那一刻我感觉我赢取了整个世界，整个世界都在为我欢呼！那一刻，我感觉整个神秘谷里都开满了鲜花，那些花都如怀里的她一样娇柔妩媚、温润柔情。从那以后，我知道我爱了，爱得不能自拔，爱得丢失了自我，爱得逃离了自己的世界。她喜欢什么，我都会想尽一切办法满足她。她说的每一句话，我都觉得是世间最美最真的语言。我可以为她拼命，我也可以为她去死。只要她喜欢，我什么都可以做。她喜欢吃肯德基，我旷着课去买，大冬天的，我生怕汉堡凉喽，我把它塞进大棉袄里，我的两手冻得红肿，都不敢让汉堡凉喽。看着她吃得很香的样子，我特别开心。班主任后来知道我旷课是为了给她买肯德基，气得踹了我三脚。她喜欢吃万达的烤榴莲，我跑了一二十里路给她买。姐，你知道吗？那一个星期，我每天只吃一个馍，我勒紧裤腰带也要满足她。我爸爸每周只给我三百元的生活费，有时买她喜欢的东西，一天就花完了。我有时从同学那里借钱给她买，有时从妈妈那里要钱给她买，妈妈经常问我为什么要这么多钱，我都谎称买资料。有一次实在不好意思从妈妈那儿要了，我就从爷爷那里要了五百块钱，给她买‘TF’口红，结果我爸爸知道了，问我是不是谈女朋友了，我性子也比较烈，直接说‘我谈了，敢作敢当’。结果我爸爸气得骂我：‘没见过女人啊？为了讨好女孩子，连七十多岁的爷爷都骗！’他骂完就拉黑我了。从那以后我为了她只能节衣缩食了。我也知道自己做了对不起爷爷的事情，爷爷最疼我，但是他生日的时候，我连一句问候都没有。而她的生日，我想尽一切办法满足她。”

张一鹤眼里的泪水终于流了出来，哽咽着说：“姐你知道吗？我就是对她这么好，她还是和我说：‘你没有前任好。’我头一次用很生气的语气质问她：‘你不是不喜欢前任吗？’她没有说话，但是那以后她也不怎么和我说话了。她们宿舍的女生和我说：‘她和前任关系特别好，在班里就搂搂抱抱的，他们分的时候，她哭了几天。怎么能没感情呢？你就是没有她前任好！她前任拉了一车玫瑰，999朵，来告白的，你呢？你最多也就是个替代品！’”

张一鹤说着说着哭出了声：“姐，我头一次这么爱一个女孩子，我几乎把自己的命都搭上了，为什么最后还是个替代品？”

蓝心也不知道怎么回答这个问题，反问道：“那你现在还爱她吗？”

张一鹤很坚定地说：“爱！那种感觉一直在，无论她怎么对我，我都觉得是我自己做得不够好，可是我已经尽力了，我就差为哄她而绝食了。可是有一次她生理期想吃榴莲，我没有给她买，实在没钱给她买了，就给她买了一块黑糖放在杯子里，她嫌黑糖腻嗓子，和我闹，说：‘以前我不说你都给我买，现在我就是想吃你都不给我买，你是不是省钱给别的女生买啊？’我当时气得眼泪都下来了：‘你知道我每次给你买东西，我要节省好几天吗？有时一天只吃一顿饭，你可心疼过我？’你猜她说什么，姐？她说：‘你吃不上饭关我屁事，又不是我不让你吃！你自己都不爱，你能爱谁？吃不上饭只能证明自己无能！’”

张一鹤眼泪一直在流，声音有些哽咽了。这个时候，门口的安瞳和谭皓明也都进来了，张一鹤抱着谭皓明哭了起来：“都说恋爱是很甜蜜的事情，为什么我感觉这么痛苦呢？”

谭皓明好像从张一鹤身上看到了自己的样子，跟着张一鹤一起哭了起来：“你可以爱，别爱太满。你说自己一天就吃一个馍，我都心疼。”

安瞳经历了那么多，现在好像不太懂他们的爱情了，因为他觉得自己是被爱的那一方，有那么一个人喜欢自己，自己又觉得对方不那么讨厌，就随着性子爱了。后来形成了习惯，好像没有对方就缺少点什么似的，所以即便对方也用分手的方式来考验爱情，他也觉得无所谓，不作也不闹，觉得只要没分手，一切顺其自然就最好。安瞳认为爱情不需要山盟海誓，不需要海枯石烂，更不需要死去活来，有爱的感觉就好，哪怕一点点。所以安瞳很成熟地说：“经历了那么多，我才明白，最好的爱情就是两个人顺其自然，可是要想达到这个境界，得经历多少次分分合合啊！”

蓝心看着几个还不成熟的大男孩谈论爱情头头是道，心里很好笑，感觉自己都没有他们有经验。她看了一眼张一鹤问：“你觉得这样值吗？”

张一鹤抬起空洞的双眼，很倔强地回答道：“值！”

蓝心以为他会回答“不值”，这个回答让她感觉这个男孩爱得太满了。蓝心很平静地说：“如果你觉得值，就不要计较太多，继续付出你的热情就是了。”

张一鹤很委屈地看着蓝心说：“姐，我感觉不到她的爱了。我总感觉她不爱我，她只是喜欢我爱她的那种感觉而已。或者说，她只是想从前一段感情里走出来，我不想成为谁的替代品！我也不喜欢这种躲躲藏藏的恋爱方式，以我的性格，我谈恋爱了，就要让世界上所有人都知道我爱她。可是她不喜欢我这样做，她说怕班主任知道后会拆散我们。我现在老担心她会在某一天突然离开，然后告诉所有人她是单身，从未谈过恋爱。”

谭皓明也很坚定地说：“当你有这种感觉的时候，说明你已经感觉不到对方的爱了，或者她已经不像以前那样爱你了。如果你们不好好解决这个问题，那么你们只是为最后的分手拖延时间而已。”

张一鹤很无奈地问：“那我怎么办啊？”

谭皓明说：“这个我真没办法，我也是这样过来的，之前的一段感情就是这样，也不知道从什么时候开始，我就感受不到爱了，然后我就用各种方式去验证，其实验证本身也只是自欺欺人而已。后来，我发现她经常和很多男孩子聊天，而且称呼都极度暧昧，譬如：大宝贝，亲爱的，等等。我给她回复了一条信息：我那么爱你，而你却在玩我的感情！她回复我说：我没有玩你，你也没什么好玩的，如果你自己玩不起，就别玩！从那以后，我们就形同陌路了。那是我的初恋。但是我哭过之后，就再也没有一点感觉了，因为我的脑海里几乎都是她与别人暧昧亲密的样子。那时我也是付出了全部，几乎把整个心都掏给了她。我的世界只有她，她的一点一滴都能影响我的情绪。但是她就这样成了我的前女友，我的世界也因此灰暗了很久，直到白雪菲出现后，我的世界才又亮了。”

蓝心感觉这个时代的孩子，比她们那一代的还要复杂。

小小的年纪，稚嫩的脸庞，还没经历过什么苦难呢，却在感情里弄得死去活来的。

她静静地思考了一下说：“你们知道吗？你们的感情之所以如此复杂，和你们早恋有直接关系，因为你们还不成熟，有些事还不能完全弄明白，只是觉得对对方好，就可以得到等同的爱。其实，你们应该知道的是，如果真爱对方，应该更好地修炼自己，让自己成为更优秀的人，这样才能更好地爱对方。你们的爱，都是简单地对对方好，却忘了对方想要的是一个优秀的你，否则，你有什么资格让对方更好地爱你啊？当你爱得太满，你就会丢失自己，而丢了自己，你让对方爱你什么？对方都不知道哪个是你了！”

蓝心本来想再多说一些的，这个时候张天宇慌慌张张地跑进来，和安瞳说：“李佳音好像也不想上了，她家里出了一些特殊情况，她见到我的时候，一脸的焦虑。见着我就让我找你，估计又有什么变故了。你去看看吧！”

安瞳和谭皓明他们一起冲出了心理咨询室，张一鹤在后面愣了一会儿，也跟着冲了出去。蓝心看着他们充满激情和活力的背影，心里想：如果他们没有感情上的折磨该有多好啊！可在爱情萌芽的时候，哪个孩子不想跃跃欲试啊？

第四十四章

美丽之井

李佳音的父母离婚以后，李佳音和妈妈在一起生活，李佳音的姐姐和她爸爸在一起。因为她爸爸好逸恶劳，所以李佳音的姐姐李佳美生活很艰苦，学业还没有完成就到城里打工了。李佳美很有一番姿色，虽然生活在农村，却有江南女子细腻的肌肤和婉约的面庞。最初在一家小酒馆当服务员，因为她很勤快，服务态度好，所以受到顾客的一致好评。在靠自己的劳动赚得了一些零花钱后，李佳美也学会了打扮自己。美人胚子一旦褪去农村的质朴，稍微一点缀，就能成为绝代佳人。而这样的改变并没有给她带来好运，接下来的生活都不是她自己所能预料到的。

在结束了一天的忙碌之后，李佳美接到了一个电话，是白天的一位食客，想让她到歌厅去兼职。那天夜里，李佳美从酒馆的大门上爬了出去，按照地址找到了那家歌厅，这家歌厅的名字看起来就让人毛骨悚然，“夜半狼嚎”，几个大字在深夜里格外显眼。李佳美推开门，大厅里正放着《饿狼传说》，那种带点魅惑的激情四溢的声音，让她全身的每一个细胞都活跃了起来，她跟着音乐，身体也摇晃了起来，虽然有点不合拍儿，但她腰肢一晃动起来就很妖媚。

不同包厢里传出来的各种声音充斥着她的耳朵，她没有任何焦躁的感觉，反而觉得这里更适合自己，因为她从小就喜欢音乐，她喜欢这种充满激情的生活。李佳美正沉浸在对未来美好生活的设想中呢，从服务台后面的一个小屋里走出一个中年男子。他没有想象中的大哥的那样子，嘴里叼根烟，手里拄着文明拐，而是有着偶像明星一样的气场，他很绅士地站在李佳美旁边看着李佳美把一首《饿狼传说》舞完。李佳美停下来气喘吁吁地四处看看，一扭头就认出了这个中年男子，这位正是白天在餐馆吃饭的那位食客，白天就和她说了邀请她来他的歌厅帮忙。周边人都叫这位“夏经理”，李佳美也跟着叫了一声“夏经理”，夏经理便笑容满面地请李佳美进了最里面的一个房间。

夏经理眉眼之间堆满了笑，很热情地让李佳美坐下，并倒了一杯柠檬茶，很温和地说：“这么晚了，你出来见我不怕吗？”

李佳美因为在饭店接触了社会上形形色色的人，所以也懂一些场面上的话：“夏经理，我既然敢来，肯定是相信夏经理的为人的，而且我相信夏经理会给我一个特别美好的人生。夏经理不会让我的这种期待变成一种伤害吧？”

夏经理看着李佳美说完，愣了半天，他收起了笑容，重新对李佳美审视了一番，他不明白眼前这个还有些稚嫩的女孩子为什么能说出这样一番话来。他突然感觉这个女孩子不简单，并不是他想象的那种从农村刚进城的女孩子。在她身上，他看到的是农村女孩子的坚毅和城里女孩子的妩媚，这也正是他喜欢的那种类型。

夏经理微微一笑说：“在饭店里，我见你第一眼就知道咱们很有缘，好像前世就见过一样。放心，你来我这里，没人敢对你有一点不恭敬的举动。今晚虽然有点晚，但是夜场还没开始，你可以让崔经理带你到前面熟悉一下业务。”

夏经理说完拿起手机让崔经理进来，并让崔经理带着李佳美熟悉一下业务。其实李佳美内心也是悬着的，以为夏经理会对自己有什么不轨的行为。直到崔经理进来，她才松了一口气，谢过夏经理，跟着崔经理到前面熟悉业务去了。

崔经理让她先在收银台熟悉一下电脑操作程序，并注意礼貌用语。接下来，他又领着李佳美给包间的客人送水果和茶水，这些是李佳美最擅长的，因为有酒馆的服务经历，李佳美很快就进入了状态，客人们对她的印象也很好。

李佳美忙了一阵之后，夜场的舞会开始了。随着 DJ 版的音乐响起，每个包间的客人们都跟着节奏，晃动着身躯扭了出来。李佳美以前从来没有进过歌厅，更不知道夜场舞会如此震撼。她看着舞台上方的动感女郎跳着最劲霸的舞蹈，好像自己的灵魂也被摇出窍了，在忽明忽暗的灯光下，李佳美也跟着节奏晃动起来。身边是刚才要水果那个包间的几个年轻人，他们连蹦带跳地挤了过来，并“哟哟”地欢呼着。李佳美看着他们开心的样子，也跟着一起欢呼了起来。

这个夜晚在李佳美的印象中就是梦中的仙境，她在这样的氛围里兴奋无比，却不知道自己已经滑进了危险的边缘。也许这里的每一个人都在危险的边缘狂欢着，但是李佳美不知道的是这些危险就和这些人有关。单纯的人总是想：那么多人都在这样的环境里，为什么就我有危险？其实，你如果不是营造危险环境的人，那么你进入危险之地，就会成为别人的猎物。

狂欢过后，夏经理派人把李佳美送回了她住的地方。李佳美像往常一样翻越墙门，趁着月色溜进集体宿舍，室友们都进入了梦乡，有一位模模糊糊地说了一句“怎么这么晚”，就没动静了，只剩下轻盈匀称的呼吸声在这个寂静的夜晚抚着一颗不平静的心。其实，在李佳美的世界里，这种感觉就像夏天惬意的清风撩拨着柔润的柳枝一样，让她感觉有一种痒痒的东西在灵魂深处，直达甜蜜的梦里。

第二天起来的时候，室友们还能见到她脸上残留的梦的笑影。室友们围在她床边拍着照，笑着喊：“李佳美起床了！李佳美做美梦了！”李佳美醒来的时候，还感觉嘴角弯着呢，她揉了揉眼睛，看见眼前这几位穿着工作服的室友，感觉又回到了现实，慌忙穿衣服洗漱，和室友们一起开始了一天的忙碌。

其实一上午她们只用为午餐做准备。中午，客人们陆陆续续地来了。李佳美前堂后厨地跑来跑去，一种从未有过的满足感在李佳美的脸上洋溢着。她似乎忘掉了父母离异给自己带来的伤痛，她感觉忙碌的生活会让自己看到生活的美。特别是接触了社会上形形色色的人之后，李佳美感觉自己的苦难也仅仅是万千苦难中再正常不过的一种，她现在还不知道自己的苦难会给自己带来什么，因为她感觉只要自己习惯了，这也不算什么困难。

偶尔想妈妈了，就去找。想妹妹了，就买一些零食给妹妹送过去，她没觉得有什么不正常，因为父母没有离异之前，她看到的父母给她营造的生活氛围也就是这样，现在少了父母天天吵架的情景，反而觉得生活更轻松了一些。父亲带着她离开母亲和妹妹，这对李佳美来说，就是又一次被抛弃。母亲不能像照顾妹妹那样照顾她了，父亲压根就没照顾过这个家，所以她跟着父亲走，就等于又被抛弃一次。幸好李佳美对自己要求并不高，只要活着就好。

如今有这样的机会，让自己看到外面精彩的世界，李佳美只有兴奋。她感觉自己的热情在膨胀，看到来来往往的顾客，她感觉这些是世界为她盛放的花朵，所以她的笑容比别人的更加甜蜜。

就在李佳美在梦一样的美妙世界里忙碌的时候，一群穿中山装，戴黑墨镜，留板寸头，连个头儿都相似的小青年们齐整地走进了店里。大堂的经理不知道怎么回事，忙过来点头哈腰地招呼着：“几位里面请！”

其中的一位黑衣青年走出来，摘掉墨镜，很礼貌地说：“您忙您的，我们找一位叫李佳美的女士。”

大堂经理不知道该不该叫李佳美过来，正在犹豫的时候，李佳美从后厨端出一盘菜，微笑地走出来，端给客人，说了一句“您慢用”，一扭头看到了这些人。

大堂经理也顺势说了一句：“李佳美，找你的。”

李佳美收起了脸上的笑容，很拘谨地来到了这些黑衣人旁边，怯怯地问：“你们……找我吗？”

摘掉墨镜的那位黑衣男子做出请的姿势说：“李小姐，我们夏经理有请！”

李佳美从来没见过这样的阵势，感觉自己好像从童话世界里一下子被推到地狱里一样，但是听到“夏经理”这几个字，她心里平静了一些，跟大堂经理交代了几句，就跟着黑衣青年们走了。

饭店里的顾客们也吓了一跳，半天没敢吃饭，都仰着头静静地看着，不知道下一秒会发生什么。等李佳美跟着黑衣人走了之后，他们才松一口气，有的人摇摇头说："可惜了！"

有的人带着疑虑的表情说："一个小女孩又被毁了吗？"

有的人夹一口菜放在嘴里，边嚼边说："这都啥来路啊？来，我们继续喝！"

也有的用惯性思维评价道："干这一行的，反正都有点那个。"

大堂经理的吆喝声好像比以前更高了："欢迎光临！里面请！里面请！"

随着一批客人离开，又一批客人进来，店里好像又恢复到了正常的状态，似乎这里不曾发生过任何令人情绪波动的情况。

第四十五章

娱乐之所

李佳美被带到夏经理的办公室，很狐疑地看着夏经理，和上一次见夏经理一点都不一样了，她头一次感到自己很危险，但是还是很镇定地问了一句：“您叫我有什么事吗，夏经理？”

夏经理示意周边的人退去，黑衣们都退出去了，李佳美感觉自己被一群人扔到了老虎洞里了，惊慌失措地站在那儿，刚刚端过盘子的双手都不知道该放在何处，不知道应该以什么样的姿势面对眼前这个诡秘的男人。

夏经理站起来走到李佳美身边，很温和地说：“你不要怕，先坐下！”

然后他又回到了自己的座位上，沉默了一会儿说：“我的确很欣赏你，但是你放心，我绝对不会对你有任何非分之想的。我只是想让你永远在我身边工作，这个你不会介意吧？首先我说声对不起，因为我帮你把饭店的工作辞了，没有经过你的同意，但是我会给你比饭店多三倍的工资留你在我这里，你不会拒绝吧？”

李佳美本来还处在一种担惊受怕的氛围里，听夏经理这么一说，反而什么都不怕了，因为她自己知道，就是怕也没有用，更何况现在自己已经没有退路了。

她双手十指交叉，揉搓了几下，然后十指相扣，把双手放在了桌子上，抬眼看了一眼夏经理，不卑不亢地说：“也就是我李佳美从今以后，只能听您夏总安排了，是吗？当然，您提出的薪酬对我很有诱惑，我也喜欢这份工作，但是我必须让您保证我的人身安全。无论来自您的还是这个职业本身所具有的，我只希望我能开开心心地做我喜欢的事情，而不是站在危险的边缘苟且偷生。我既然敢来，我也相信我自己能处理好今后有可能遇到的所有问题。”

夏经理被眼前这个还有些稚嫩的小姑娘惊呆了，他又一次被这样一位处在任何境遇都如此冷静的女孩子震撼住了。他觉得自己没有看错人，同时也越发喜欢李佳美了，但是他从心底里不敢轻易触碰这个女孩子。他把崔经理叫来，让崔经理安排人把李佳美安顿好。本来给李佳美一个单独的住处，最后被李佳美拒绝了。李佳美愿意和其他女员工一起住，因为这样才更有安全感。

李佳美仿佛天生就是做生意的，只要她在的地方，总能一下子生意红火起来。她的人脉也越来越广，因为她从事这个职业，需要与人交往，无论什么事，她都能处理得游刃有余。夜晚来这里的几乎都是酒过三巡的，或者来这里买醉的，醉酒的男人最容易惹事。3 号包厢的服务员被来回叫过去十几趟，客人们也不满意，理由是灯太暗了，影响他们喝酒。李佳美走过去，看见一群醉鬼在那吆五喝六地喝得正尽兴呢，李佳美走过去，很礼貌地说：“马上给你们换一个亮一点的，您稍等！”

那几个喝得满脸通红地走过来说：“这服务员漂亮，灯我们不换了，我们换服务员！”

李佳美以前在饭店做服务员的时候，也遇到过类似的事情，所以她并没有慌乱，而是很客气地说：“先生您这么说，真是我的荣幸，我这就和经理汇报一下。”

李佳美刚要离开，被其中的一个醉汉拦住了。醉汉左手拿一瓶白酒，右手拿一瓶红酒，晃晃悠悠地过来，醉醺醺地说：“你，别走！现在就陪我们喝！你是来白的，还是红的？无论白的红的，你都必须喝，你要是不喝，你就和这个灯一样，我把你给灭喽！”

醉汉说着就用酒瓶子把头顶的彩灯砸烂了一个，其他的人也都站了起来，其中一个没有喝多的过来说：“您别介意，他喝多了。”

李佳美还没有说话，那个醉汉就一把抱住李佳美说：“你不能走！你得陪我，陪我这颗心，还得赔我这瓶酒！”

李佳美推开醉汉，顺势把他另一只手里的酒瓶子夺了过来，她怕他再扔一瓶酒，砸着谁，然后很平和地对那个醉鬼说：“好，我留下来陪你，你坐好，我陪你喝！”

说着，李佳美就打开瓶盖，咕咚咕咚地喝了几大口，并把瓶子交给醉汉说：“该你了！”

醉汉看这架势，抢过酒瓶说：“喝就喝，谁怕谁啊！”

醉汉刚要拿起酒瓶往肚子里灌，停了一下，用最后残留的一点点意识说：“你的唇真香，我喝了！”

醉汉舔了一下李佳美刚刚喝过酒的瓶嘴儿，眼睛眯缝着深深地吸了一口气，想要一口气喝下去，结果瞬间晕倒在地上了。李佳美吓了一跳，但是她知道他晕倒和自己没有大关系，因为这个醉汉并没有喝自己劝的酒。她叫来了救护车，把醉汉带到医院了。

一起来喝酒的叫来了醉汉的家人。醉汉的媳妇看见旁边多一个漂亮的女子，一下子火就上来了，拽住李佳美就是一顿打：“你这个小妖精，肯定是你勾引他，把他喝成这样的，今天我一定要好好收拾你，替你父母管教你！”

李佳美很委屈，但是她很理智地用双手控制住眼前这个中年妇女，然后很礼貌地说：“阿姨，你了解了情况再说，好吗？”

醉汉的几个朋友也过来阻止中年妇女说：“嫂子，这事儿和她没关系，是我们几个陪他喝醉的，这位只是 KTV 的服务员，帮我们把哥送过来的，还替我们交了医疗费。”

中年妇女觉得自己理亏，但还不想这么尴尬，就很不屑地说：“那种地方能有几个好人，没一个正经货！”

李佳美听到这样的话，一下子生气了，因为她不允许任何人摧毁她的梦想。当初那么多人都说在饭店里当服务员就不正经，现在来到这样娱乐性很强的地方，人们说得更难听了。但她非要争口气，就要在这别人眼里最污浊的地方清白地活下去。

她很霸气地回敬给中年妇女一句“自己老公都昏死过去了，还在这里撒泼，也不是什么良家妇女”，然后扬长而去。

第四十六章

姐姐之暖

安瞳和谭皓明等人找到李佳音的时候，李佳音正陪在父亲身边，她很久没见过父亲了，但是这次见到时，父亲却是以伤者的形象出现的。因为那个醉鬼的妻子带着一批人跑到歌厅讨要住院费，说自己老公在歌厅里喝酒才住院的，所以歌厅要赔付他住院费用。

李佳美当时正好值班，醉鬼妻子抓住李佳美说："你为了多卖酒，让我老公喝成那样，你要全额赔付我们医疗费。你只给我们付了一部分，我要全额赔偿！"

李佳美特别无奈，因为好心给对方付了住院费，以为他们是来感激自己的，结果是让自己来承担全部责任，她就打电话找来了夏经理。

夏经理这回戴上了墨镜，很霸气地出现在了众人面前，周围的助理们也都戴着墨镜。人们对戴墨镜的人总有一种惧怕的感觉，总感觉墨镜后面的眼睛里会释放毒素。

夏经理来到那个女人面前说："你老公的事和她无关！"

那个女人还想说什么，夏经理旁边的一个助理上前一步重复了夏经理的话："夏经理说你老公的事和李小姐无关！记住：无关！"那个女人不敢说什么了，带着一群人出去了。

这个时候，李佳美的父亲出现了，他不是来接女儿的，而是来接刚刚散去的醉鬼妻子带的那批人里的某个女人的，那个女人说白了就是李佳美的准后妈。李佳美看到父亲后，眼泪流了下来，她父亲看到自己女儿受了委屈，虽然很长时间没有关照到自己的女儿了，也经常听到一些和女儿工作有关的闲言碎语，但现在亲眼见到女儿在这样的场合里受委屈，男人“父性”的角色一下子被激发了出来。

这个男人像一个斗士一样站在了众人中间，眼睛里充满了血腥味，他很狂妄地嘶吼到：“谁欺负了我的女儿？我要平了你们这个地方!”说着就拿起了旁边的椅子砸了起来，那股子不管不顾的劲儿像极了发疯的猛兽。

夏经理不知道这个男人是谁，只是轻轻咳了一声，周边的人都上去了。李佳美的准后妈见状，也叫上醉鬼妻子的那群人一起互殴了起来，结局很容易就能看出来，李佳美的父亲被打成了重伤，醉鬼的妻子也因为聚众闹事被请到了派出所。

李佳美扶着父亲，冷冷地看了一眼夏经理说：“他是我父亲!”

夏经理举起了右手，好像示意手下什么，只是举了一下，没有决定性的动作，然后手掌又握回了拳头状，慢慢地放下了，墨镜后面的眼神里不知道隐藏着怎样的复杂情感。好像在他转身的那一瞬间，预示了一种莫名其妙的关系的结束。

李佳音是李佳美叫过来的，她在接到姐姐的信息后，以为父亲已经伤到不省人事了，所以不顾一切地跑到了医院。她们的准后妈脸上也有一些伤，但还是忙前忙后地照顾着她们的爸爸。

李佳美看到父亲为了自己被打成那样，虽然心里很不是滋味，但还是想离开这里。那种对父亲莫名其妙的陌生感，连她自己都觉得可怕。

而李佳音对父亲好像更陌生，因为父母离婚后，她就跟了母亲，父亲几乎没怎么来看过她，现在这种状况，后妈也吓坏了，以为爸爸不行了，所以把两个孩子都叫了来。

两个孩子对这个父亲虽然一直有恨意，但是一听到爸爸快不行了，也吓得要命，毕竟是有血缘关系的爸爸。那种感觉好像就是只要父亲在这个世界上活着，他们就会计较很多；一旦想到父亲就要离开这个世界了，一切恩怨就都没有了。现在看到父亲没大事，身边还有人照顾，就都想离开了，好像某种芥蒂又在心底的某个地方生长出来了。

姐姐李佳美说了一句“我今天还有班儿”就急匆匆地走了。李佳音一声不吭地也跟了出来。安瞳说了一句“叔叔好好养病”就追上了李佳音。

李佳音病人一样无目的地走着，觉得自己命太不好，为什么这样的事情总发生在自己身上？现在身上又来了月经，肚子坠痛，坏情绪一下子又涌了上来。前几天就闹过情绪了，她感觉自己好像有经前期综合征，每个月都要发作一次，而且都是具有毁灭性创伤的“作”。

遇到安瞳之后，她好像好了很多，但是安瞳现在的这种的不冷不热的态度让她觉得自己在这个世界上就是多余的人，但她又觉得安瞳是这个世界上唯一能够给她安慰的人，所以她一直在这种肯定和否定中矛盾地活着。也许当一个人绝望到没有什么可以让她再失望的时候，反而麻木到不在乎一切了，只要有一丝温暖的感觉也是幸福的。所以当她看见安瞳出现在医院的时候，她感觉一切都不重要了，只要安瞳在就好，特别是她需要他的时候，他恰巧在就最好。

李佳音想着想着，趴在安瞳身上流着泪说：“带我离开这里！离开这个城市，好吗？”

安瞳很心疼地说：“好，我们现在就走！可是你爸爸的伤没事吧？”

李佳音看了一眼安瞳说：“刚刚医生不是说没事了吗？更何况他有后妈照顾着呢。你是不是不喜欢我这样对我父亲？我也不想，可是现在他和我没有关系了，他们离婚的时候，我被判给了妈妈。”安瞳看了看李佳音，没有说什么，拉着李佳音来到了蓝心的咨询室。

蓝心正在给一个高三迎考生做心理辅导，安瞳带着李佳音进了里面房间，倒了一杯茶，然后让李佳音坐下，他半蹲着学蓝心的语气问李佳音：“请问您需要我帮您什么吗？”

李佳音看着安瞳一本正经的样子，笑了笑说：“我就想上大学，现在就去！”

安瞳站了起来，双手交叉放在胸前说：“大小姐现在就去吗？你是不是得先买票啊，否则你飞不过去啊？”

李佳音眼前一亮，从座位上跳起来，抱住安瞳的脖子兴奋地说：

“好啊！好啊！现在就订，现在就订。”

安瞳和李佳音从网上订好了票，决定去省城集训了。安瞳订完票突然感觉自己好像要离家出走一样，没有和任何人商量就买好了票，接下来怎么办？

李佳音没有想那么多，拉着安瞳就往外跑，边跑边说：“我们回宿舍收拾收拾东西，再买一些生活用品带着。”

安瞳沉思了一会儿说：“我想说的是你能交得起那么多学费吗？难道真的要从蓝心姐姐那里借吗？”

李佳音一下子安静下来了：一万多的学费，再加上半年的生活费，怎么办？都从蓝心姐姐这里拿吗？李佳音以为有安瞳在，一切都不用自己操心了，现在看来一切都还要重新计划。

李佳音像个小孩子一样哭出了声音，那种被命运一次又一次摆弄的感觉真的令人心痛，她感觉自己已经无力和命运抗争了。她不想出去了，就在家里好好学习文化课，然后考一个普通的本科院校就可以了，哪怕去一个大专院校也可以啊。现在她特别后悔当初为什么没有好好学习，如果当初学好了，就是命运再不公，至少能让自己感觉还有一点出路。这样的想法一次又一次地在脑海中呈现，但是只要眼前有了一丝希望，这些想法都会烟消云散，这就是人性的弱点。

正在李佳音失声痛哭的时候，李佳美从远处过来了，她看着泪眼婆娑的妹妹，心里特别心疼，抱着李佳音也哭了起来。

安瞳就在旁边傻傻地看着她们哭，他不明白女人为什么遇到什么事就知道哭，却不知道想办法。他就那样不知所措地看着她们哭完，然后呼了一口气说：“我想说的是我们还没有专门找蓝心姐谈，应该先和蓝心姐谈谈，然后再去做别的事情，可你还没听我说完，就哭起来了。你姐还以为我欺负你了呢？”

安瞳拉着李佳音就要去找蓝心姐，李佳美拉回了妹妹说：“不用别人了，我来的目的就是给李佳音解决学费的，谢谢你，安瞳！你姐也不容易，她大学还没毕业呢，也需要学费，比你们更费钱。我这段时间也赚了不少，够李佳音用的，接下来我还能赚，只要你们都努力就好。”

李佳音特别感动，终于感觉到了家的温暖，她趴在姐姐的怀里，带着甜蜜的泪水，享受着姐姐给的温暖，好像姐姐的怀抱就是她人生最温暖的港湾，她不想离开。

安瞳跑到李佳美的后面，看着李佳音的眼睛，轻轻擦了一下她的泪痕说：“这回我们可以出去买东西了，准备出发！”安瞳虽然嘴上说得很轻松，内心其实也为自己的前途感到了渺茫。

李佳音一听高兴得从姐姐怀里跳脱出来，拉着安瞳就往外面走，走了几步才想起来说一句：“姐，我们去买远行的用品了，你回去路上注意安全。”

安瞳一路上走着，心里还在想着怎么和父母说，看着李佳音像个小女孩一样蹦蹦跳跳的可爱样子，安瞳感觉自己也有了希望。他的姐姐最多，她们都会帮他的。想着想着，他感觉自己也很幸福，拉着李佳音的手，和她一起跳着“闺密步”走远了。

傍晚的霞光把他们涂抹得如青梅竹马的玩伴儿，天真又浪漫。

第四十七章

梦想之城

安瞳送走李佳音后，回到了大姐安梅的小店："姐，你怎么一个人出来做生意了？我大姐夫呢？"

大姐温和的脸上瞬间爬满了刚毅的表情："安瞳你记着，这辈子都不要指望任何人，当你有依赖别人的感觉的时候，你就已经一无是处了。"

安瞳本来想和姐姐说学费的事情的，看见姐姐现在这个样子既心疼又无奈："姐，是不是姐夫家人又欺负你了？我真想揍他！"

安梅看了一眼安瞳说："就你现在这个样子，打人都没资本！"

安瞳突然感觉很郁闷："姐，我想出去一下！"

安梅也感觉自己好像把气撒错了对象，慌忙转移话题说："对了，咱爸给我打了两万块钱，让我转给你培训机构的老师，你把老师的微信联系方式给我，我来和他交流一下。"

安瞳一听这个，心花怒放，但还是紧抿着嘴儿强忍着笑容干咳了一下，装成很平静的样子说："最近咱家里需要钱，一下子给我这么多，爸妈能应付过来吗？"

安梅很奇怪地看着安瞳说："啥时候你也知道操心家里的事情了？真是有钱能使鬼推磨啊！"

安瞳还是忍不住心中的喜悦，很矫情地和姐姐说："姐（音调转了几个弯儿），你再说我就不理你了。"

安梅很奇怪地看着安瞳说："我怎么感觉不认识你了呢？你这个性

格和以前不一样啊！”

安瞳挺了挺腰板说：“怎么不一样了？是不是感觉我更帅了啊？”

安梅也感觉自己的这个弟弟比以前更像男人了，他真的长大了，也许是因为谈恋爱的原因吧，眼前这个弟弟可以贴上“暖男”的标签了。

看见有顾客来了，安梅慌忙迎了上去：“您进来看看，小店儿刚开张不久，这些都是新进的货，有合适的您随便试。”

安瞳看着姐姐和顾客交流的样子，感觉很心疼，他不知道为什么人们在生活面前总是很无奈。以前姐姐被姐夫宠着，像个可爱的小公主。姐夫领着姐姐和小外甥出去，人们还以为姐姐是他的女儿呢。可是现在姐姐一个人打理这个小店，忙前忙后的样子好像仙女被打入人间吃苦一样。

忙完一阵，姐姐深喘了一口气说：“干啥都不容易，但是我很开心，以前我什么都不做，你姐夫家人怎么看我都不顺眼，虽然你姐夫也很疼我，但是时间久了，他也会不耐烦的，我不想出现像上次那样的情况。我现在知道了，只要做好自己，他家人不仅瞧得起我，还会对咱家人好。”

安瞳眨了眨眼睛，似乎想明白些什么，但还是很懵懂的样子看着姐姐，他不想再想这方面的事情了，感觉还是长不大更好，长大的烦恼好像更多。

安梅看了看他说：“你打算什么时候走？”

安瞳很干脆地说：“我想现在就走！我不能这样混日子了，高考已经倒计时了。”

安梅看了看安瞳稚嫩的脸庞笑了笑说：“你也有着急的时候啊？”

安瞳调皮地瞪了姐姐一眼说：“当然！现在立即买票！”

安梅在给安瞳买票的时候，安瞳出去打了一个电话，给李佳音的，告诉她车次和时间。安梅很快就抢到了一张卧铺，叫回安瞳说：“就今晚的，你赶快回家收拾收拾，等我这里忙完，我送你去车站。”

安瞳慌慌张张地骑车回家了，一路上和李佳音联系着，也和张天宇他们几个联系着。张天宇也和安瞳一起出发，他们去同一家培训机构。安瞳突然感觉周边有种春暖花开的感觉，好像所有的好运都来了。

周美琪头一次感觉到儿子是最重要的了，看见儿子收拾东西，觉得自己好像一下子被夺走了什么一样："儿子，你冬天的衣服也多带几件，这天儿说凉就凉的。"

安瞳听见妈妈叫自己"儿子"了，心里特别舒服，但是就是觉得这个妈情商太低，所以就顺口说了一句："妈，你是不是觉得，我这一走不回来才好呢？"

周美琪很纳闷地说："我可下子学会关心你了，你却这么说我，你离开了我怎么就能舒服了呢？你是我亲生的！"

安瞳很调皮地说："那你让我拿这么多衣服，意思就是出去了这半年就别回来了，对吧？"

周美琪想了想也是，拿那么多东西干啥啊，下次回来再带就是了："也是啊，那就不带那么多了。"

安瞳故意说："妈，你是不是想冻死我？这天马上就凉，你不让我带厚衣服。"

周美琪把那些厚衣服往床上一扔，大声地吼叫起来："滚滚滚，滚得越远越好！你想带啥带啥！赶紧离开我的视线！"

安瞳好像习惯了这样的方式，无论周美琪怎么狂躁咆哮，他都觉得很正常了，但还是不希望妈妈这样："你看你，就装一小会儿，能不能一直装下去啊？"

周美琪看了一眼儿子，觉得儿子真的长成大男人了，笑了笑说："儿子，你自己好好收拾吧，想带啥自己看着办，我去院子里干活了。"

安瞳收拾完，和家人客气了一下："我走了啊？"

周美琪弄着手里的药材，扭头看了一下儿子说："让你大姐送你吧？"

安瞳说："不用了，我姐也在忙，我自己可以，我们有很多人呢。"

安瞳想过来摸摸妈妈的肩膀，手在空中晃了一下，又落下了，然后头也不回地说了一句："我走了，妈！"

也许这样的时刻才是母子俩心最近的时候，无论彼此曾经有多么陌生。

周美琪想站起来送送儿子，屁股刚一抬起，又坐下了，手里的“活儿”显得更活泛了，但眼角却有了晶莹的东西，眼前的药材被映照得仿佛就堆在眼角。

安瞳在扭头的那一瞬，就已经转移了注意力。他微信联系好了李佳音，之后又和张一鹤、谭皓明他们说了自己的行程。姐姐的钱也打进了自己的账号里，他给李佳音留言：我是“富婆”了。

李佳音也把自己的“零钱”截图给他留言：我才是真正的“富婆”！

他们到了车站之后，感觉这里才是人生的起点，人们挤在一列火车里，为着不同目的去往不同方向，似乎又有着共同的目的，那就是活着。

安瞳看着手里的车票，感觉自己将会在一段时间里被定格在“艺考生”的生活里，虽然一直在这样的生活里，但是今天感觉艺考生就是一群竭尽全力钻进“文化圈子”里的人，也许他们没有进入这个圈子里的时候，那种最自然的状态才是艺术的最大魅力。可是总有那么多人自愿被困在同一列火车里，挤进同一座城市里，在全封闭的空间里做自己最喜欢的事情。时间久了，这些人几乎忘了自己曾经喜欢什么了，只知道曾经的梦想没有了翅膀，自己被固化为所谓的“文化人”。

张天宇看着窗外的远方发信息给安瞳：我的梦想在一列火车里，它想飞向远方，却被无数人牵扯着，无奈地彷徨。

安瞳看着信息和李佳音说：“张大仙又发神经了！”他们两个看着同一条信息，先是觉得张天宇神神叨叨的，后来又觉得他好像说的是他们这一群人。

李佳音说：“安瞳，我们的远方到底在哪里啊？”

安瞳也学着张天宇的腔调说：“我们的梦想在一座城市里，我们用画笔同这座城市一起飞翔。”安瞳说完，编辑了一下，发给了张天宇。

李佳音捂着嘴笑了笑说："感觉你们男生比女生更'妖'！"

安瞳索性妖媚十足地推了李佳音一下说："你说谁呢？讨厌！"

李佳音也被安瞳的这个举动吓了一跳：眼前这个大男孩子怎么突然变得更具戏剧性了呢？曾经的那个不爱吭声很神秘又有点忧郁的男孩子哪去了呢？我到底见证了他的什么？李佳音用狐疑的表情看着安瞳，感觉这个大男孩子更有魅力了，突然想吻他一下，但是看看周边有那么多人用陌生而又莫名其妙的眼神看着自己，转而又没了兴趣。

安瞳不知道李佳音在想什么，一直玩着手机，偶尔冒出一句："唐亦飞比我妩媚，你看他这拉丁跳的，这段时间都没他的消息了，他好像去南京比赛去了。"

李佳音补了一句："你是不是和他学的呀？你也喜欢拉丁舞吗？"

安瞳抬眼看了李佳音一眼问："'也'，言外之意你喜欢，对吗？"

李佳音捶了他一下说："你语文学得不咋样，倒挺会咬文嚼字的！我喜欢拉丁舞，但我不喜欢男人跳拉丁！"

安瞳莫名其妙，追问道："为什么啊？"

李佳音也说不出来什么，就回答："不知道！反正就是不喜欢。"

安瞳每到这个时候，就想刨根问底："我就让你说！告诉我！为什么？为什么？为什么？为什么？"

李佳音捂住耳朵也学着安瞳的样子说："不知道，不知道，不知道！"

"你们两个别闹了，换票了，快到站了！"列车员过来提醒他们要下车了，他们才慌慌张张地把铁牌儿拿出来，换成纸票。

李佳音快速地整理着行李。安瞳则象征性地把包从底座拽了拽，又推回去说："不急！还有一段时间呢！"

安瞳出过远门，所以没有那么慌乱。他还很平静地拿着手机和张天宇说："快下车了，准备出发！"

不一会儿，安瞳的手机里就出现了张天宇的语音："蓄势待发！"

他们来到一个和自己梦想有关的陌生城市，感到新奇又茫然。接站的老师帅气十足，有着大城市文化男人独有的干净和清爽。李佳音头一次出这么远的门，在这样的大城市里，有一种不敢走路的感觉，生怕弄脏了人家的地面。

张天宇看着楼群，拍了一张楼群密集的照片，发到了朋友圈里，并配上了一段文字：我的目光翻越楼群，搜寻到了远方的乡村，那里有我童年吹过的柳笛，挂在记忆的门楣上，如风铃一样，一遍遍响起。

安瞳看了朋友圈，扭头看了一眼张天宇，想说什么，但是看见张天宇的目光还在窗外的楼群之上，也就慢慢地扭了过来，和车里的其他人一样，望着窗外，而他仅仅望着窗外。安瞳感觉自己的世界此时仅剩下一辆流动的车，和车内车外的风景。如果此时拿起画笔，他只想画一辆车，车窗打开着，他伸出头看着窗外的风光，无欲无求。

第四十八章

拼命之哀

张一鹤和谭皓明还没有确定去哪里培训，虽然现在的机构想着各种方式留下他们，但是看着同学们都跑到大城市里“见世面”去了，他们也不是滋味。他们两个带着“褚僵尸”跑到大排档喝上了。

他们学着大人样吆五喝六地喝着，旁边那桌的几个小青年看着他们乳臭未干的样子觉得很好笑，时不时地朝着他们喊：“兄弟们，干！”

他们三个更有激情了，一个个脸喝得红扑扑的，谭皓明说：“兄弟，你听我说，她不在乎你了，说明她又有新欢了，不信明天我帮你看看去。”

张一鹤干了一杯说：“兄弟，你别瞎说！她说她等我的，她只是想学习了，她要给我一个最好的她。”

“褚僵尸”说：“你们说的是谁呀？”

谭皓明看了一眼张一鹤说：“方璐！”

“褚僵尸”随口说道：“方璐啊？我知道，她男朋友长得又高又帅气，好像还是个海归。我们训练室的人都知道啊，你们谈论她干什么啊？”

张一鹤听完立即站了起来：“你再说一遍，她跟谁？海归？什么意思？你不说明白，我把你打成僵尸样！”

“褚僵尸”被弄得莫名其妙：“我也没说什么啊？你们不是说的方璐吗？她有男朋友，好像最近才谈的，是一个刚刚从国外留学回来的海归，好像比方璐大四岁。那个男孩子最近几乎每一天都到训练室去找方璐，他们特别亲密。要说从海外回来的就不一样，那个男的一见到方璐就又搂又抱的，感觉我们都不存在一样，好像西方的礼仪都是这样的吧？我也不懂！”

张一鹤拿起一瓶“雪花”，咕咚咕咚一口气干完了，然后把酒瓶子往地上狠狠地一摔，就冲出去了。谭皓明急忙跟了出去，在张一鹤拧开电动车锁的瞬间，谭皓明就坐到了后位上。张一鹤像疯了一样，沿着一条阴森森的小路，飞奔着。

谭皓明拼命地喊：“张一鹤，你停车！你这样，不要命了？”张一鹤像没听见一样，比之前更疯狂了。

“褚僵尸”一个人坐在座位上，不知道发生了什么。邻座的那几个小青年也被弄蒙了，都停下了酒杯，看着“褚僵尸”僵尸一样地发愣。其中的一个小青年，好像想起了什么似的喊：“喂！先把账结喽，没有钱，算我们的，你去找你朋友去吧！”

“褚僵尸”身上还真没带那么多钱，他们出来吃饭都是 AA 制，这一下子走了两个，他一个人的也不够啊，他木呆呆地走到老板那里，把身上所有的零钱都掏了出来，微信里的零钱也都加上，还差 100 多呢。他慌忙地在朋友圈里求救，但朋友圈里没有一个当真的，都没有及时回复信息。

邻桌的那位大哥过来了，和老板说了一句：“这个小兄弟的账算在我身上，让他走吧！”

老板应了一声“好嘞”就去忙了。“褚僵尸”向陌生哥哥鞠了一躬，木木地离开了。谭皓明和他共享了位置，他也骑着电动车追了上来。

张一鹤带着谭皓明骑到了郊区的一个小镇上，在要拐弯儿的地方，张一鹤停了下来，让谭皓明下车。

谭皓明急切地问：“张一鹤！你到底想干什么啊，这里黑灯瞎火的，怪吓人的！”

张一鹤冲着几棵桑树后面亮着灯的地方喊：“方璐！你出来！”

谭皓明忙下车捂住张一鹤的嘴说：“不要喊！这荒山野岭的哪有什

么人家啊？你不会中邪了吧？"

张一鹤把谭皓明的手硬拽下来说："我没有疯，我很理性，这里就是她家。我一定要问清楚，问她还爱不爱我？她和我说的不是这样的，她说她爱我。我们还有一个伟大的梦想，她要和我一起完成的，我相信她！"

谭皓明问："什么伟大梦想啊？"

张一鹤说："我要买一辆最豪华的房车，带她去云南大理丽江，带她去世界上最美的地方。她答应等我的，等我。"

谭皓明说："你觉得你现在这个样子，能实现吗？我都不相信，她能相信吗？我和你说过，不要在爱情里失去自我，否则，你会失去一切的。"

张一鹤根本听不进去，他大声地喊叫，村子里的猫和狗都被他惊扰到了。"褚僵尸"也寻着声音赶了过来，他搞不懂，自己没说什么啊，为什么会让张一鹤疯到这个程度。"褚僵尸"僵尸一样地站在那，不知道是因为冷还是害怕，身上抖抖的。

谭皓明看了一眼"褚僵尸"说："你就不能不抖吗？大半夜的穿一身白色的衣服就够吓人的了，还站在那发抖，你诈尸呢？"

说完，谭皓明扭头和张一鹤说："你就别作了，你看褚僵尸吓的，马上真成僵尸了。你再作，我可不管你了！"

张一鹤也下意识地看了一眼"褚僵尸"，愣了一下，然后轻轻地喊了一声"方璐！你快出来！"就不喊了，估计也被"褚僵尸"给吓住了吧。

谭皓明和"褚僵尸"把张一鹤架到车后座，张一鹤也不知道是喊累了，还是酒劲儿上来了，晕乎乎地无力地趴在谭皓明的后背上睡着了一样，一声不吭了。他们把张一鹤带到了"褚僵尸"租住的房间，谭皓明就回家了。"褚僵尸"看着脸色通红、浑身疲惫的张一鹤，搞不懂为什么他会变成这样。

谭皓明回到家给"褚僵尸"发信息说明了情况：张一鹤喜欢方璐，他们一直谈着呢，但是出现一个"海归"，所以他很崩溃。

“猪僵尸”看了看张一鹤，突然感觉爱情比酒更容易让人疯！酒有醒的时候，可爱情什么时候能让人醒呢？他帮张一鹤擦了擦嘴角上残留的东西，张一鹤迷迷糊糊地还在嘟哝着：“方璐！你快出来啊！”

其实方璐也听到了张一鹤的声音，但是她不敢出来。幸亏家里只有爷爷奶奶，如果爸爸妈妈都在家，她就完了。她在家里就是乖乖女，没有人知道她恋爱，她也不想让任何人知道她谈恋爱，但是她感觉自己已经陷入爱情的世界里不能自拔，她不能没有爱情，没有爱情她觉得世界比黑夜还黑。

她看电视剧或者读书的时候，看到类似于“没有男人不能活”的句子，她都觉得是说自己呢，因为她身边必须有人陪着，也许从小和爷爷奶奶在一起，缺少父母的关爱吧，她总想被关爱，如果有一点被冷落，她就觉得自己已经失去了爱情，她就想把自己的百般妩媚给一个欣赏自己的人。她为了爱情可以牺牲一切，只要有人给她安稳的幸福和不顾一切的偏爱，她就可以把自己的一切都给他，她不在乎失去，为爱她可以奋不顾身。

可是，一旦让她感受不到爱了，她也决绝得彻底，好像转身就能遇到一个比前一任更好的人，所以她好像从来没在爱情里悲痛过，好像所有优秀的男人都是她的备胎。她可以瞒过所有身边人，在两个人的世界里爱得忘乎所以，所以爱她的人都放不下她，她想爱的人瞬间就可以捕获到。她有时也觉得自己很矛盾，她渴望的爱情是轰轰烈烈的，肆无忌惮的，但是她在学校里、家里，又希望所有人都不知道，因为这样能让她爱得疲惫的时候，或者没有感觉的时候，随时可以抽身，而且不需要和任何人解释。当然这样也会更好地保护好自己的恋情，毕竟是早恋，毕竟是学生，有一些回避，得到的应该会更多，更长久。

所以，她在爱情里总是那么游刃有余，没有人知道她谈过多少次，也没有人知道她到底喜欢谁。而这一次，看来她是真的想得到什么了，也许只是想放下什么吧？反正，她知道放下张一鹤就是最明智的选择，因为和张一鹤在一起好像从来没有被爱的感觉，就觉得自己是个大姐姐，天天陪着一个不懂事的只会作的小弟弟费心费神，偶尔有一些亲密的举动，还生怕被别人看到，然后一切都变得很糟糕，关键和一个不成熟的男孩子谈恋爱，好像甜蜜只是蜜蜂蜇过之后残留的痕迹而已。

方璐听到张一鹤的声音之后，并没有给张一鹤发信息，而是给谭皓明发了信息：你告诉张一鹤，一切都结束了，坚持只会让自己更卑微，那么自以为是的人怎么会因为爱情而变得“怂”了呢？他不懂爱情，我也没有义务教他一辈子！其实他不是不懂，是不够爱而已。谭皓明没有和张一鹤说这一切，也没有给方璐任何回复，他洗洗就睡了。

“褚僵尸”也困得不行，处理好一切之后，闭上眼睛就跟僵尸一样一动不动地睡着了。半夜上厕所的时候，“褚僵尸”又像诈尸了一样大叫：“张一鹤！张一鹤！你又跑哪里去了？”

张一鹤半夜酒醒了，想想自己付出那么多，几乎把所有人都得罪完了，现在他的世界里只有方璐了，可是她却是最留不住的人。想想自己以前的所作所为，突然感觉自己欠爱自己的人太多了，自己最爱的人是最虚无的，爱自己的人才是最真实的，可是人们都习惯于追逐虚无的，而逃避真实的。得到了，以为就属于自己的了；失去的时候，他才知道得到和失去也许本来就不存在，是我们太专注于得到，所以失去会很痛苦。如果有一天我们开始专注于失去，也许失去就不会那么痛苦了。

可是，方璐的离开，让张一鹤感觉这个世界空了，他什么都没有了。他曾经以全世界为敌，就是为了方璐，而现在失去方璐，他感觉全世界都在与他为敌。他不甘心，又没有出路，所以他想着用自残的方式来赢取别人的在乎。

半夜的时候，他又一次跑到了方璐家附近，他那么怕黑，但是他就要走一次夜路，然后在一棵桑树上刻下了一个“吞”字，并用树枝划破自己的手，用自己的血又把那个字涂抹了一下。一个血淋淋的“吞”字，在方璐家的那棵桑树上冷清清地挂着，血液流淌的痕迹顺着“吞”字下面的“口”字往下流着。半夜里看到这样的字，肯定容易让人想到凶杀案，可是张一鹤并没有怕，他反而笑了笑，半夜里他的笑成熟得让人觉得恐怖。爱情可以甜蜜到让青春精彩纷呈，也可以悲催到让人毛骨悚然。

“褚僵尸”半夜三更地给谭皓明发信息，告诉他：张一鹤半夜跑了，找不到人了，万一想不开了怎么办啊？谭皓明睡得都不知道东南西北了，哪能看到信息啊！“褚僵尸”打了无数个电话给张一鹤，张一鹤就是不接。此时的张一鹤已经走到了一条小河边，凌晨的河边总有一种阴湿的冷。他手里提着一箱“安慕希”，在城市与乡村的交汇处，沿着小溪流冷冷地走着，仿佛这个世界与他无关，这里的一切都与他无关。孤星和残月，一个凄楚地望着他，一个半睁着眼看他，而他谁都不看，也谁都看不见。

他想到了没有爱情的时候，和同学们在这样的小溪流里玩水嬉戏，虽然自己不会游泳，但是依然玩得很开心，无忧无虑的。可是现在呢，在爱情的世界里，自己就像一个傻子，被玩弄了感情，也失去了青春，失去了自我，失去了真正爱自己的人。他想着，感觉自己回到了从前，眼前好像有很多同学在向他招手，他奔了过去。河水很凉，让他瞬间清醒了。眼前什么都没有了，连幻影都没有了，他在空中抓了半天，也没抓到任何东西，连风都没有。他撩了一下溪水，苦笑着往小溪对面走。他的脸已经青紫，他感觉自己就要死了，他想到了妈妈，一年没见到妈妈了，他特别想现在就见到妈妈，他微弱地叫了一声“妈妈”，就倒在小溪边的草丛里了。

“褚僵尸”煎熬了两个小时后，才和谭皓明联系上，他们一起四处寻找，也想到了他会再来找方璐。当他们看到那棵桑树上的“吞”字时，谭皓明说：“方璐是他的天，现在他的天被方璐吞掉了，他的心在流血。”

“褚僵尸”推了推眼镜，瞪大眼睛看那个“吞”字，很恐惧地说：“他不会真想不开，上吊了吧？”

谭皓明一听也吓一跳：“别瞎说！这树上也没人啊，我们顺着血迹找。”

他们沿着路上的血迹走了几步，就看不到任何迹象了。估计张一鹤用什么包扎好了。谭皓明松了一口气，说明张一鹤还不想死。可是找了半天，他们也不知道张一鹤能往哪里走。

这个时候，远处的小溪边有几个人围在一起说话，他们两个跑到了那边，村民们正围着一个小男孩说："看看他手机里有没有他家人的信息。"

村民们正拿着张一鹤的手机想着怎么打开呢，谭皓明过来说："让一下，这是我朋友，我带他回去，他喝多了。"

村民们看有人过来认人，急忙让开。此时张一鹤身上的湿衣服已经被村民们脱掉了，他身上披着村民的厚衣服。谭皓明抱起张一鹤大声地喊叫："张一鹤！醒醒！"

"褚僵尸"在一边愣愣地站着，感觉谭皓明什么都会，好像自己就是一个傻子，呆呆地站在那，一动不动，想让张一鹤一下子醒来，但就是喊不出来。

有个村民说："给他搓搓，身体暖和了，就好了，不要怕，他没事的。"

"褚僵尸"推了推眼镜，跑过来和村民一起揉搓着张一鹤的腿和胳膊。谭皓明紧紧地抱着张一鹤，右手一会儿掐人中，一会儿揉搓胸口，在大家的努力下，张一鹤终于醒了，他咳了几声，看了看周边的人，感觉眼前的人都是倒着旋转的，他又闭上了眼睛。

"褚僵尸"看他醒了，惊叫一声"醒了"；看他瞬间又闭上了，不知道说什么，慌乱中说："张一鹤，你别死啊！"

张一鹤强睁开眼睛很痛苦地说："褚僵尸，你咒我！等我好喽，你等着挨吧！""褚僵尸"把嘴唇使劲儿地抿紧，不让自己秃噜出任何一个字，瞪着眼睛看着张一鹤。

谭皓明说："你还愣着干啥呀，快点扶他起来，咱们回去吧！"

"褚僵尸"帮着抱起张一鹤，他们两个架着张一鹤坐上了村民的车。

在方璐家附近有一家小诊所，他们到里面让医生检查了一下，医生说："有点受凉，无大碍。"

但是医生还说："你好像精神状态不好，有什么事想开一些。如果郁结久了，就会生病的。"

谭皓明在医生给张一鹤检查身体的时候，回复了昨晚方璐的信息：好的，我会和他交流的。昨晚，确切地说今早凌晨三四点的时候，张一鹤又来找你了，而且晕倒在你家旁边的小溪边，被村民发现了。正好我们赶到，把他送到了你家附近的这个诊所，你来看看他吧，你们好聚好散。

方璐回复了谭皓明：好！

谭皓明和张一鹤说："你最想见的方璐马上就到。"

张一鹤推开谭皓明和"褚僵尸"就往外面走："我不想见她了！"

谭皓明拉住张一鹤说："你是不是有病啊，折腾一晚上就想要见到她，现在人家马上来了，你却要走，真不明白你怎么想的！"

张一鹤说："我心死了，昨晚！哦，不，是今早！反正死了！"

"褚僵尸"也想拽住张一鹤，但是听他们两个的对话，他又愣住了，他真的搞不懂，爱情为什么那么魔性，可以让人疯到"死"。其实张一鹤自己都不知道该不该见方璐，他想知道方璐到底怎么想的，但是又觉得没有意义。

方璐回复完谭皓明也犹豫了，她走出家门，看到桑树上的"吞"字，心里很不是滋味。她对张一鹤早就没感觉了，但是她一直不敢和张一鹤坦白，因为张一鹤的脾气一上来，什么蠢事都能做出来。她以为就这样一点点淡化了，时间久了，张一鹤没有感觉了，再去解决这个问题，可能会更好。所以，她看到桑树上的"一个字的血书"，就什么都明白了。

方璐知道张一鹤对自己好，可是张一鹤的幼稚根本就无法让人感觉到温暖。而且张一鹤的爱是爆发式的，感觉来了爱得跟暴风雨一样，让人无法招架；没有感觉的时候，或者班主任管得严了，张一鹤就装得好像从来就不认识方璐一样。方璐一旦感觉到了被冷落，就会在训练室里疯狂地训练，也用张一鹤的方式来冷落他，而张一鹤一旦被冷落就觉得方璐不爱了，初恋时那种极度自卑的感觉，在张一鹤这里体现得淋漓尽致，他即便什么都比方璐强，也还是怕失去她。可是，他又那么希望周边的老师和学生都看不出来，因为他觉得有人参与的爱情一点都不幸福。他喜欢沉浸在两个人的世界里，彼此分享这个世界里的一切，但又不被这个世界的任何事物影响到。

张一鹤和谭皓明他们三个等了很久，方璐也没有来，张一鹤说："你们都骗我！她不会来找我的，她不爱了，但我就想知道为什么。"

谭皓明说："女孩子感受不到爱，就不爱了，我们还是从我们自己身上找原因吧。"张一鹤还是不死心，他就是不甘心。

谭皓明说："我们会给你一个解释的，咱们先回去可以吗？马上专业课老师要点名的。"

张一鹤怕耽误谭皓明他们，就不那么固执了，跟在"褚僵尸"后面木呆呆地走了。

谭皓明一进琴房，白雪菲就想问他"你去哪了，那么疲惫"，可是没有问，但心里都是疑问。老师检查昨天留的作业，让他们练熟《天空之城》，可谭皓明没练习，没弹好，老师说了谭皓明一顿："这都要高考了，你这种状态怎么能行啊？"

谭皓明也想静下来好好弹一曲，可是刚刚经历的那些画面就在眼前晃动，他无法安静。白雪菲也被弄得魂不守舍。老师一来气，和他们说："等你们练好了，我再讲！"

谭皓明和老师说："老师我的心态有点爆炸，我想到外面静静。"

老师也不明白"心态爆炸"什么意思，头一次听到这个词，但是他知道肯定和心情不好有关，所以就让他出去了。白雪菲也想出去，但是没有合适的理由，所以也心不在焉地弹着。

一上午，谭皓明一会儿出去，一会儿进来的。老师也似乎想起了什么，把他叫住："和你爸爸说了学费的事情，到现在你家人还没有交上来，你家里遇到什么事了吗？"

谭皓明也没有办法，学专业课家人本来就不支持，因为老师们对他特别好，觉得他有天赋，和家长交流了很久，他父母才同意。可是，这一集训，又要交几万，家里人一直不交，谭皓明也想出去集训，到省城最好的培训机构学习，可现在的家庭状况让他很无奈。

每一次从家里要钱，他都要想很久。和白雪菲在一起，他也觉得对不起她，他好像没有给她买过什么有价值的东西。现在的女孩子，你什么都不给她，她还能死心塌地地陪在身边已经很不容易了，没必要再强求什么了，只有珍惜。他也想把全世界最好的东西都给这个女孩子，可是自己无能为力，家里又有那么多自己无法分担的问题需要解决。他只想好好学习，但也放不下白雪菲。

是不是十八岁就是人生最痛苦的时候？以前所有的自由，因为爱情，因为梦想，瞬间都没有了。以前那种无忧无虑的生活方式，转眼就没有了。以前不用自己想的问题，现在都成了自己必须想甚至必须参与的问题。十八岁的烦恼好像排着队接踵而来，连续不断，而又无法解决彻底，就像灰尘一样，一层一层落在青春的底片上，无法擦拭，也没人帮你擦拭。

张一鹤和“褚僵尸”跟画室老师请了假，老师看了一眼张一鹤那张丢了魂的脸，立即给了假，并让“褚僵尸”好好照顾张一鹤。张一鹤并没有去医院，而是带着“褚僵尸”来到了河边，电动车座位下面都是“安慕希”。他把“安慕希”一瓶一瓶摆放在河边的石台上。

“褚僵尸”傻傻地说：“你拿这么多酸奶干啥啊？咱俩喝不完！”

张一鹤看了一眼“褚僵尸”，笑了笑说：“不是给你喝的！”

“褚僵尸”伸出去的手又缩了回来，推了推眼镜问：“那你给谁喝的呀？方璐吗？”

张一鹤又看了一眼“褚僵尸”，不笑了，冷冷地说：“不要和我提她，我的世界里从此再也没有方璐这个人。”

说着，张一鹤拿出了一堆卡片，上面写满了情话，“褚僵尸”想拿一张看看写的什么，张一鹤一把抓过来，拿着打火机就点着了。借着河边的小风，那一堆写满情话的卡片瞬间就变黑了，字迹模糊得什么都看不清了。

不一会儿，一阵小风就把那些灰烬也都吹走了，张一鹤站起来，看着远方说了一句：“爱情如死灰！散去，不想复燃！”

接下来，他又把那些“安慕希”一一咬开，一点点倒进河里，扭头和“褚僵尸”说：“从此以后你不要再和我提‘安慕希’三个字！我的世界里不会再有‘安慕希’和‘方璐’！”

“褚僵尸”小心翼翼地问：“那我说‘安瞳’应该没事吧？”

张一鹤哼了一下说：“你这个呆子！”

“褚僵尸”摸不着头脑，这是让提还是不让提啊？

他又怯怯地问了一句：“酸奶，这个词能提吗？”

张一鹤忍不住笑出了声：“你故意气我，是吗？走！我们学习去！”

第四十九章

吸毒之父

蓝心在爸爸的诊室忙了一暑假，也学到了不少东西。暑期的社会实践活动达到了自己的预期效果。她想结合自己的亲身经历写一篇论文，但是又不知道从何处入题。她想研究考前学生的心理问题，但是又觉得积累的素材不够，所以她想研究家庭教育对子女的影响。可是，她每一次想到这个话题，就有一种莫名的伤感，感觉自己什么都没有，又觉得自己很幸福，似乎不需要有什么。

她经常自问：你到底需要什么啊？难道非要知道自己的亲生父母是谁吗？也许就是现在的蓝文轩和戴小婉呢？她从小到大在父母一栏里填的都是他们两个，怎么就会出现安浩天和周美琪呢？是不是一切都是梦？

蓝心每一次想起这些，都感觉现实就是梦境，只有梦才会如此奇葩。人有时候很奇怪，什么都不知道的时候，傻乎乎的，很快乐；一旦知道了一些什么，就会生出很多莫名的烦恼。有时她也不想想什么，可是一静下来，好像一切就自动跑到脑子里了，由不得她不想。她还是喜欢小时候，在大人面前瞪着眼睛听他们谈论她的身世，她好像在听别人的故事，偶尔一些大人们还会摸摸她的头给她一些糖果，似乎在同情什么，又似乎在庆幸什么，她搞不懂周边人到底想说什么，她也不想知道他们想说什么，因为她只觉得自己很幸福，只想着好好学习，然后上一个好的大学，去看更广阔的世界。现在她实现了，但是并没有想象中的那么快乐，好像长大了反而麻烦多了，烦恼更多。

她翻看手机，看到了杨帅发的朋友圈：阿尔卑斯山的雪比云南玉龙山的雪更美！蓝心不想看，但还是忍不住看了，而且看到图片里的那个法国美女，蓝心就懂了。男人只要离开一个女孩子，无论当初有多爱，一旦另外那个更好的出现，以前的一切就会被淡化得似乎从来就没有发生过一样。她没有任何痛的感觉，反而很轻松，觉得最初自己的抉择是正确的。只要离开一段时间，一些情感就会发生微妙的变化，虽然她知道这一切都和自己有关，但是她认为自己就是因为最初已经预感到了什么，所以才那么决定的。学习心理学久了，她好像没有什么阅历，也能先知先觉了。

其实她想哭的，可她感觉泪水离她也很远了。有时觉得很奇怪，生活在这么优越的环境里，为什么还会有泪水呢？她很想像张一鹤他们那样，有什么说出来，发泄一通，然后继续生活，像什么都没发生一样。

蓝文轩的病号总是很多，蓝心把注意力转移到了爸爸那里，每次看着爸爸给每一个患者专注地号脉，她都有一种幸福感，她喜欢爸爸那慈眉善目、温和淡然的感觉，好像人世间所有的不愉快都和爸爸无关一样，她也想和爸爸一样做一个修行到“无我”境界的人。

蓝文轩的处方总是很神奇，就几种中草药，最常见的几种，病人们喝过之后很快就好了。

蓝心曾问过爸爸：“那些草药，别人也开，为什么治不好他们。到您这儿他们的病就好了呢？”

蓝文轩只是笑笑，蓝心追问次数多了，蓝文轩才答一句：“我是用‘心’配的药。有些病就如一只小鸟儿落在了泥潭里，它想飞出来却飞不出来，身体就出现不舒服的感觉了，我用的药不是把这只‘小鸟儿’毒死，而是用药把‘小鸟儿’的腿垫高，让它飞起来。病有时就是某种东西陷得深了，如果某些东西在身体里游刃有余、畅通无阻，人就没病了。治病，没必要非要治个‘你死我活’的，其实病菌和有益菌能够和谐相处，‘和谐共生’才是最好的。”蓝心喜欢听爸爸讲中医知识，特别是用这样的方式讲。

不过最近蓝心感觉爸爸脸上有一些难色。她观察几天了，都没敢多问。在排队的人群里，有一个个头儿瘦高的男子，这几天经常来，爸爸每一次都用很长时间给他号脉，给他开的药方种类也很多，好像爸爸还专门找朋友送来一些“延胡索”“钩藤”和“黄蔑”一类的中草药，蓝心不知道这些药到底是治疗什么的，但她知道都是开给那个瘦高个儿男人的。

自从安瞳他们走了以后，蓝心就有些清闲了，所以每一天她都帮爸爸接待那些病号。每一次，这个瘦高个儿男人来的时候，她总觉得在哪里见过，那个男人也总是看着她，蓝心总觉得不自在，所以那个男人一来，她就想走。

“你能不能给我倒杯水？”蓝心刚要走，那个瘦高个儿在后面拽住她说。蓝心回头近距离看清楚了那个男人的样子，黑土色的脸庞上有斑斑点点的东西，疲倦的面容上只有那双眼睛还算有点活着的气息，但除了血丝之外，就只剩下乞求的目光了。

蓝心看到那目光不忍心逃离了，她倒了一杯温水递了过去。旁边有个胖女人小声地说：“他身上都是毒斑，估计没救了。蓝医生已经尽力了。”

另一个卷发女人斜看了一眼瘦高男说：“听说以前他贩毒，现在好像自己吸毒了。”

胖女人撇了一下嘴说：“贩毒的有几个不吸毒的？没逮住他就不错了。”

卷发女人压低声音，并用手挡住半边嘴儿说：“听说他好像和周美琪还有一段风流史呢。”

蓝心本不想听这些中年妇女谈论别人家是非，但听到“周美琪”三个字，她突然有了兴趣，但是那种说不出来的感觉让她既想听又不想听。

她想找到什么理由靠近她们一些，但是一直不知道用什么方式，所以她就那样一知半解地听两个女人嘀咕身边的这个男人。瘦高男人好像也听到了什么，但是他好像对这些已经没有任何兴趣了，他的表情里只剩下“活着就什么都好”的感觉，偶尔也有死了算了的绝望。

蓝心从心底里有种对生命的敬畏之情，所以她对瘦高男人有了怜悯之心，可是又不知道怎么表达，只好说：“我再给你倒一杯，如果不舒服，你先坐一会儿，马上就到你了。”

瘦高男抬眼仔细打量了蓝心一会儿，然后低头似乎想起了什么，然后又抬起头，眼里多了一些泪水，但只是含着泪水，好像追忆到了什么，转瞬那些泪水又回到了他心里，变成苦水浸染了他土黑色的脸。他感觉自己要离开了，飘飘的样子，晃了几晃坐到了椅子上。蓝心慌忙叫爸爸过来。蓝文轩看了看瘦高男的眼睛，又号了脉，然后叫人把他抬到了病床上。他拿出针，先在瘦高男的中指上扎了一针，瘦高男一下子就醒了，但是好像精神恍惚的样子，他想起来，但是没有一点力气。蓝文轩从病房里拿出了一些救急的药，让瘦高男服下，然后让他休息一会儿。蓝文轩对蓝心说，你关注他的情绪。蓝心想问“他什么病”，但是还没开口，蓝文轩已经坐下给另外一个人号脉了。

当所有病号都走了的时候，蓝文轩来到病床前，又给瘦高男看了看，感觉一切都稳定了，他说：“最近没再吸吧？”

瘦高男有气无力地说：“再吸，我就死了。我不能死，我死了连个送终的都没有，我必须活下去。蓝医生，你只要能戒了我的毒，要我做什么都可以。”

蓝文轩看了看瘦高男说：“你只要按时吃药就好，记住一定要坚持！”瘦高男看着蓝文轩，眼神里有了生的渴望。

瘦高男拿着药一晃一晃地走了，蓝心对爸爸说：“爸爸，他吸毒吗？”蓝文轩点了点头。

蓝心很担心爸爸说：“那些毒贩子会不会因为他在你这里戒毒而找你麻烦？”

蓝文轩看了看蓝心，半天没说话，然后又点了点头说：“那我也要给他看病，因为我是医生！”

其实蓝文轩眼神里最深奥的东西，蓝心还没有读出来，即使蓝心学了心理学，也感觉到了爸爸有什么事瞒着自己，但是她还是想不到这个吸毒的瘦高男会和自己有关。

第五十章

出格之罪

安瞳因为没有完成绘画任务，被省城的专业老师打了一鞭子，腿部有点感染。老师们好像监狱里的狱警，只要不服从管教的，作业没有完成的，老师们都毫不犹豫地拿起棍子或戒尺就打。这在中学校园里是很少见的，但出去集训的都想考上大学，即便老师用棍子打，这些学生们也没有怨言，因为是他们自己愿意来的，更何况在这里只要完成老师的任务就不会挨打。

要是以前，安瞳肯定又逃离了，但这里你想逃都不知道去哪里，荒山野岭的，几公里地都见不到车辆，这样的学校就适合在郊区，最好连手机信号都没有。特别是对这些艺术生来说，他们之所以选择学艺术，并不都是真正地喜欢，绝大多数的学生都是因为文化课分太低，基础太弱了，如果走纯文化课，可能连个最低的本科都考不上，如果学一门艺术，文化课的分值就会降低，所以只要觉得通过文化课考学无望的，他们都会选择一门艺术来学。而选学美术的学生特别多，也许美术没有体育和音乐那样特别强调天赋吧，只要努力一些，就可能取得好成绩，至少有希望考上一个自己比较满意的大学。

安瞳他们在学校里松散惯了，一下子到一个比较严厉的地方，一开始一点都不适应。但是看到所有的学生都在努力，他也就习惯了。这里的每一个人来了都只是画画，没有太多烦心事干扰他们，所以他们觉得这样的生活方式最适合他们，否则在家里学了，没必要跑这么远。人有时很奇怪，只有出去了才真正知道想要什么，可是为了得到想要的，即便有人送到嘴边，他也觉得那不是真的，只有通过受虐的方式得到的才是真的，所以他们喜欢被虐，无论有多离谱，他们都能接受。

专业老师要求学到半夜 12 点放学，他们就习惯了学到 12 点；要求他们一天必须 50 幅画，他们就是不睡也能完成；专业老师说一周内不准带手机，只有周日下午才可以发手机，他们就可以忍到周末，拿到手机看到信息的时候，觉得自己特别幸福。

可是，在文化课老师那里，作业多一点，他们都要反抗说违背教学规律，没有给学生“减负”。如果作息时间调到了半夜 12 点才放学，他们就会立即打市长热线，说学校对学生身心健康进行了摧残。为什么会这样呢？

有人也问过这些集训生：“你们这不是花钱买罪受吗？”

他们都回答说：“都这样啊，集训嘛，就是高强度训练，这样才有成就感嘛！”

他们宁可花三四万集训两个月，也不想在校内花 8000 培训一年。所以，集训生和专业集训教练都习惯了这样的生活方式，集训生们只有一个目标，就是通过高强度训练，短时间内就出成效，然后考上理想的大学。有个临考生在微信里给家长留言：等我考上大学，我要让咱村儿所有瞧不起我的人都看看，我要拿着大学录取通知书绕着村子跑它三圈，我要告诉所有人，以前的小混混也能考上大学！看来小混混也有大学梦啊！

其实这些孩子也挺可怜的。小的时候，父母外出打工，身边只有爷爷奶奶，能做到吃饱不饿就已经可以了，哪还有什么教育资源？送到村里只有几十个人的学校里接受义务教育，就已经算是受教育了。放学后，他们几乎就在村头爬树爬墙头地疯玩，哪有按时完成作业的啊？有些父母赚了一些钱回来，觉得应该给孩子一些好的教育了，就又把孩子送到城里了。

城里的教育让这些孩子也学了一些东西，但是因为基础太差，所以他们学起来很费劲，但是有的孩子不服气，觉得可以超过别人，所以费了很大劲儿学，偶尔也可以超越一些人，于是他们就有了自信。但是毕竟没有基础，所以即便很努力，最后还是赶不上基础好的同学。学艺术就不一样了，相当于大家都是在新学一门艺术，都在一个起跑线上，所以彼此都很努力，那些从小缺少家庭教育的孩子为自己找到了一个平等竞争的好机会。

安瞳也知道这一切对他来说是一次超越，可是有李佳音在，他有时会分心，枯燥的生活总要有一个可以喘气的出口啊，李佳音就是他的出口。他们半夜 12 点放学，都已经很累了，但是他们放松的方式，就是等所有的老师和学生都走完之后，他们躲在门后面用拥抱亲吻的方式放松。安瞳从来没有像现在这样，那么希望和李佳音天天缠在一起，因为这里的学生，几乎没有时间彼此交流，他们几乎每一天都在画画，那一幅幅作品，应该是三年内完成的，他们可以在一周内超额完成，还不算画得不好被惩罚的。

安瞳最喜欢出去写生，因为可以背着画夹子和李佳音选一处风景一起画画。安瞳从未思考过自己是否真心喜欢李佳音，反正时间久了，习惯了有她在身边，好像没有她，生命里就缺少点什么似的。也许是因为忙于画画，全身心投入到自己的学业里，会忘记些什么的，而这种“忘我”容易让女生有被冷落的感觉，而女生被冷落了也不想直接说出来，所以就用“找事儿”的方式试探。

李佳音被困在一个狭隘的空间里，总有种窒息的感觉，所以她不能长时间坐在教室里，但是画画如果不长时间坐在画室里，怎么能画出好作品呢？李佳音一旦没了灵感，就想找安瞳诉苦，可是安瞳每一次都在全身心地投入到作品里，如果李佳音插一句话，他就觉得李佳音“不务正业”，总是很不耐烦地说一句“别烦我”，然后就继续画他的画了。安瞳没觉得这有什么，但李佳音受了冷落，心情肯定不好。所以安瞳画完了，很兴奋地找李佳音分享快乐，李佳音也冷冷地说：“别烦我！”然后两个人就开始冷战了，都不开心。

安瞳觉得女生这个时候最不可理喻：一起好好画画不好吗？非要在我正画着的时候去打扰吗？花那么多钱来这里不就是为了考学的吗？

当初不是说好了吗，学习的时候谁也不打扰谁？他准备好的这些话，早就想说了，今天终于爆发了。

李佳音也不示弱："你知道我成绩不好，你也知道我坐不住，可是我没有灵感的时候，你就不能停下来陪我一会儿吗？你就知道画你的画，你心里根本就没有我！"

也许女孩子生理期前都有经前综合征吧，只要这个时候，就莫名其妙地发火，毫无征兆，毫无理由，等来了就好了。可是男生却气得不行，因为总被无缘无故地骂一顿，冤枉一顿，对方还不承认自己的错误，在女生的世界里，我就是错了，也得男生来道歉，没什么原因，就因为我是女生！女生的信条就是：我就是错了，你的态度也要超级好。安瞳受够了，就不道歉，等李佳音过来道歉。

他们僵持了很久都没有说话。李佳音的成绩越来越差，安瞳的成绩却越来越好，也许这就是男生和女生的差别吧。男生遇到什么事，到宿舍里用拳头砸砸墙，和舍友们发发牢骚，就下狠心让自己优秀起来，泡在画室里可以一天不出来，把自己的时间塞满。而女生不一样，女生几乎就闷在屋子里生闷气，实在被别人看出什么了，才和闺密们发发牢骚，觉得世上的男生没有一个好的，都是自私自利的伪君子，当初花言巧语，时间久了，就没有新鲜感了，就觉得女生影响他们男生发展了。这些话一出，所有女生都能补充出来很多类似的论调。

女生们聊起这个话题，应该很八卦的，但是在这样的地方没有几个人认真听，她们都在赶自己的作业，生怕被老师罚一百幅，据说这是有史以来惩罚最厉害的，三天之内罚画一百幅作品，就是不吃不喝也很难完成，除非随意乱画。

可是，李佳音就“命中”了。她自己也知道，就她现在这个状态，罚一百幅都是轻的，她自己都觉得该罚，也许被狠狠地罚一次，自己就有灵感了，也许还能忘掉一切烦恼。

其实，她最想让安瞳趁这个机会，帮她完成被罚的任务，好好心疼心疼她，这样好缓和一下以前尴尬的局面。可是，安瞳却觉得，李佳音被罚了，成绩才会上去，就应该让她吃点苦头，要不她不知道好好学！李佳音的以为也仅仅是李佳音的以为而已。李佳音几乎是蘸着苦水和泪水画完的，画完之后，她感觉虽然自己身体有点飘，但是骨子里有一种东西在渐渐变硬，她懂了，无论什么时候都不能依靠男人，任何男人，无论当初他有多好，也不要抱任何幻想。幻想永远都只是幻想！她画完的作品被老师夸了一通，李佳音感觉自己什么都没听到，因为她觉得这都不重要了。

安瞳也跑来，沉默了半天说："我想帮你的，但是如果我帮你，你就不会有现在的成绩！"

李佳音轻蔑地笑了笑说："你倒挺会说风凉话的，也就是你不帮我，我的成绩就会突飞猛进呗？"在安瞳的世界里，男人不应该沉浸在爱情里，就是什么都不做，也不能整天腻在女人堆儿里。

而李佳音就喜欢这样的男人，她其实也不喜欢成天围着女人转的男生，但是她希望安瞳天天围着自己转，而且只围着自己转，这样的要求好像所有女生都有，但是男生一般不喜欢被女生这样约束。所以，安瞳不会因为李佳音而限制自己的自由，也就不会主动和李佳音和好。两个人长时间的僵持，似乎淡忘了什么，又似乎想起了什么，偶尔会因为需要什么，两个人经过又会莫名其妙地好了。

因为培训机构要进行一次分班模拟考试，而且要到一个风景特别优美的有山有水的古镇写生，所以学生们特别兴奋，可算能见到阳光了。他们把所有能带的东西都塞进行李箱，背着画夹子出发了，一路上，孩子们有说有笑的，好像回到了童年，一点也没有临考生的感觉，毕竟还都是孩子，虽然他们有的已经满十八岁了，但是在青春期里，他们对任何事物还都充满着好奇，对未来还充满着期待，特别是从一个闭塞的地方突然被放出来，你不知道他们有多兴奋，他们感觉自己重见天日了。

他们写生的地方的确很美，小镇古色古香的，有着江南小桥流水人家的温润姿色。模考加写生，虽然有种高考的感觉，但这样的考试模式让他们有种游山玩水的惬意。

安瞳和一中的一个男生分在一个房间，李佳音和一中的一个女生分在一个房间。一路上，他们也没怎么看对方。因为人比较多，整个宾馆上下五层几乎都满了。走廊里几乎都是走来走去的学生，每一个房间的门都是开着的。门对门穿来穿去的样子，就像有一双大手，在洗一把牌一样，牌洗好了，一切都安静下来了，每个房间都像有了秘密一样，门纷纷被关上了。楼道也安静了，偶尔有敲门声，都要敲上半天才有人开门。

一旦安静下来，人的思维就会活跃起来。安瞳收拾好一切之后，正要躺床上睡一会儿，一中的那个男生很诡秘地趴过来，小声地说："兄弟，和你商量一个事儿，我想让我女朋友住过来，可以……吗？"

安瞳一下子从床上跳了起来，吼道："那怎么能行？我睡哪啊？"

那个男生看了看安瞳说："你傻啊？你找你的李佳音啊！"

安瞳摸了摸头，感觉一中的学生就是不一样，还可以这样操作："那……万一被老师发现怎么办啊？"

那个男生很老练地说："这么多人，只要点完名，人不少，老师们就不会多问了。学生们知道了也很正常，你看隔壁的都换成功了。"

安瞳还是倒吸了一口冷气，毕竟从小到大，自己虽然没怎么用功学习吧，但至少还是很守本分的，太出格的事没做过。这一回，他该怎么抉择啊？安瞳还是没这个勇气，也不知道怎么和李佳音说，万一说了，李佳音会不会更讨厌他？

那个男生估计都等不及了，催着安瞳说："你一个大男人，怎么这么磨叽呢？这样的事情早晚要发生的。"

安瞳好像并没有那个男生那么大的欲望，所以有些抗拒地说："我觉得还是算了吧，我们两个正闹别扭呢。"

那个男生觉得很失望，出去找他女朋友去了。他女朋友就和李佳音一个房间，他们早都商量好了，就等着安瞳和李佳音同意呢。

那个女生不好意思直接说自己的想法，绕着弯儿地和李佳音说："刚刚我男朋友过来和我说，我们两个房间交叉互换一下，安瞳同意了，你愿意吗？"

李佳音一开始没弄明白什么意思，那个女生详细说了一下情况，李佳音突然脸红了起来，小心翼翼地问："安瞳同意了？不可能吧？"

那个女生使劲地点头说："我男朋友说的，他同意了，我们互换。安瞳一会儿过来找你，你等着吧。"

李佳音一听说安瞳要过来找她，心里美滋滋的，但是一想到要两个人住一个房间里，她也有些害怕。虽然她特别想和安瞳在一起，但还是担心着什么。

安瞳被那个男生忽悠了半天，半信半疑地说："李佳音希望我过去？"

那个男生很爽快地说："当然了！女生吵架之后，只要男朋友过来哄一下就好了。"

安瞳倒是希望李佳音别再冷落他了，因为这样冷战都不开心，明明可以好好珍惜这份感情的，非要这么不开心地生活干啥呀？这么艰苦的日子，那么难熬的岁月，她都在身边陪着，怎么就因为画个画儿闹成这样呢？

安瞳觉得李佳音没有他也会很难受，有点心疼了，就点了点头说："如果我半道儿反悔了，我会回来的。"

那个男生很爽快地说："随时欢迎！"但那溢满眼角的不怀好意的笑，好像在嘲笑安瞳：你去了，还能回来吗？撵都撵不走吧？

安瞳很小心地走进了李佳音的房间，那个女生早就没影了。李佳音突然感觉心跳加速了。安瞳也有些紧张，但是他反而喜欢这种感觉，他好像很少对什么有这样的感觉，这一次，在这样的氛围里，他好像找到了一种特别的感觉。他站了很长时间，两个人都没有说话。隔壁的门被敲响了，他们以为是自己房间的门响，吓了一跳，安瞳突然说："对不起！"

李佳音以为他要走，过来拦住他说："过道有人，这个时候你不能出去！"

安瞳被李佳音拽过来，他们挨在一起了，两个人就像同时有了那种感觉一样，平时的那种矜持和顾忌都没有了。青春期的爱情，只要有土壤，就会滋长，肆无忌惮。他们偷尝了禁果，也生发出了一系列的不安。安瞳从来都没有想过自己会在这样的地方，以这样的方式触碰爱情禁果。

第五十一章

未来之幻

蓝心做了一个梦：一列火车正驶向一个黑洞，车上跳下一个人，浑身都是血，那个人好像是杨帅。杨帅跳下火车的瞬间，火车就被黑洞吸了进去，没了影儿。杨帅踉踉跄跄地来到一处废弃的工厂旁边，他想靠着墙根儿休息一下。这个时候，废弃的工厂灯全亮了，杨帅睁开眼睛看了看，四周只有一个值班室，里面有一个女子，好像是蓝心。杨帅敲门，蓝心没有开门。

杨帅说："我不是坏人，我坐了一列无轨的死亡列车，我是从车上逃离出来的，一会儿火车就会爆炸了。"

这个时候，远处传来一声巨响，值班室的门也被震开了。杨帅跑进来，立即关上了门。

蓝心说："不用关门，我是你灵魂的摆渡人。"

杨帅说："我是来救你的，你必须离开这里！"

蓝心很温和地说："这里最安全，因为我能开启未来世纪的灯。"

蓝心把杨帅身上的衣服脱掉，清洗了一下伤口，就带着杨帅飞离了废弃的工厂。他们飞了一阵儿，就来到了写着"未来世纪"四个大字的门前。蓝心用右手在自己的胸口按了一下，一颗闪着亮光的蓝色的心就出现在了手上，未来世纪的大门一下子就开了，两边都是列队欢迎他们的人。这些人好像都是贵族，比现在的人类更高级。

蓝心和杨帅站在未来世纪的城墙上看下面的那辆火车和废弃的工厂，此时它们只是一个标志性的东西而已，好像是人类的图腾。蓝心和杨帅好像两道纠缠在一起的蓝光，晃动着身躯融入到了未来世纪的生活里。蓝心醒来，好像还在梦里，她蒙蒙的，想醒来，又想睡去。

蓝心希望自己一直在梦里，和杨帅在一起，从这个世纪到另一个世纪。她又不希望自己在梦里，因为梦里的杨帅浑身是血，她不希望他有任何伤害，哪怕是在梦里，也一样。可是，杨帅已经离她很远了，恍若隔世。为什么偏要做这样的梦？她还是强迫自己起来，然后安慰自己："也许最近看《摆渡人》看入迷了吧，连做梦都是'摆渡人'。可是，梦里出现了杨帅，又是因为什么呢？难道脑海里还在牵挂这个在大洋彼岸的大男孩吗？这样真的值吗？"

蓝心知道越是觉得不值，有些东西就越容易跳入脑海，所以她只想祝福。曾经爱到骨子里的那种感觉，就是用刮骨疗法估计也难彻底把那些念想清除干净，有时甚至越想抹掉，那种念想就越浓烈。她想回学校了，也该回学校了。

蓝心回到学校的时候，已是黄昏。整个校园在橘黄色的晚霞里显得厚重而又温暖，散落在校园每一条小径上的学生们，几乎都拉着拉杆箱，耳朵上戴着耳机，手里拿着手机，和家人、朋友或者恋人甜蜜地交流着。看着那些新生，蓝心想到了两年前自己刚进校时的样子，又想到自己拉杆箱忽然变沉了，她想着想着，停了下来，不自觉地向后看了一眼，希望拉杆箱上有自己喜欢的那个人，很调皮地坐在上面，天真地看着自己。可是她四下里看了半天也没有，然后狐疑地拉着拉杆箱慢慢地向前走了几步，最后快速地走向了自己的宿舍。

"蓝心，想我了吗？"薛菲看见蓝心很兴奋地跳过来，"你又是最后一个报到的，我还是第一个来的。"

"蓝妹妹怎么一假期变得朴素了啊？身边没有男生就不打扮了吗？"钱姝妍描着眉，瞥了一眼蓝心说，"你不会还和杨帅僵着呢吧？和你说啊，这可不怪我啊，我已经有男朋友了，马上就去约会了。"

"那你的飞哥怎么办啊？"赵晓娴看着手机，边回复信息边问。

"我有蓝心呢，我得替杨帅保护好我们蓝妹妹。"薛菲接过蓝心手里的行李箱，帮她放好，又拿来一把椅子，让蓝心坐下歇着，并拿来一杯酸奶，双手递给蓝心说，“蓝格格请您品尝今年刚出品的百香果酸奶。”

蓝心被薛菲的热情弄蒙了，看了一眼薛菲，给了她一个温和的微笑。薛菲不知道蓝心心里到底在想什么，因为她有自己的活儿，她也不去想别人想什么。

薛菲刚刚和一家清洗空调和抽油烟机的小公司联系好了，周末可以接单给周边需要清洗空调和抽油烟机的用户上门服务。蓝心把自己的床铺和室内的卫生从头到尾彻底打扫了一遍，然后就坐在薛菲身边看她研究空调和抽油烟机的结构图。

她很奇怪，薛菲为什么喜欢研究这些东西：“文科生为什么喜欢研究这些啊？”

薛菲看了一眼蓝心，很成熟地说：“各行各业都需要人才，我看这个很有市场，但是人才少，所以我就想研究这个。这个暑假我给人家擦洗了五六十台机子，我学费都快赚回来了，不过我还是给自己先买了一身好看的衣服，嘿嘿！”薛菲轻松自如地谈论着自己的想法。

看着薛菲，蓝心觉得自己也没什么不开心的，经过一假期的社会实践，接触那么多咨询者，蓝心觉得每一个人活着都有这个那个问题，时不时地出现一些麻烦，有时猝不及防，有时让人苦不堪言，但是挺过去之后，好像一切都没有什么改变，似乎一切都没有发生过。上帝给每一个人无数次机会，我们得到的也许就是别人错过的，而我们错过的也许正是别人应该得到的。

我们好像都生活在宇宙最大的磁场里，一会儿被吸进去，一会儿又被抛出来，似乎掌控了一切，又似乎被一切掌控着。在我们不知道的地方，很多莫名其妙的事情正在发生着，也许这一切恰恰是别人刚刚躲过的惊险。蓝心总感觉世界就是一个大罗盘，在高速旋转的时空里，每个人都在自己的轨道里用思维把控着方向，一旦脑电波短路，思维失控，就会迷失自己，找不到自己最初的轨迹了。

第五十二章

侥幸之外

安瞳和李佳音住了一晚上，安瞳就回到自己房间了，那个一中的学生很奇怪："怎么回来了？"

安瞳没有回答他。那个女生很大方地坐在那个男生的腿上，嘴里吃着零食说："我感觉你俩不合适，一点儿亲密的感觉都没有。"她说完还在自己男朋友脸上亲了一下，然后很甜蜜地笑了起来。

那个男生捂住她的嘴说："别那么大声，被别人听到会告诉老师的。"

安瞳嗤鼻一笑说："你还是回去吧，要不我搬出去住。"

"好啊，好啊！"那个女孩子求之不得地从男朋友腿上跳下来，开心地说。

安瞳看到她那不知廉耻的样子，突然觉得自己老了，后来又一想，自己好像和他们性质一样，只不过没张扬，"五十步笑百步"而已。可是看到眼前的情景，他开始讨厌自己的那种行为。他带了一些牙具跑到张天宇的房间了。

身后那个怪异的女孩说了一句："看嘛，你还是想回去的，我们只是给你提供一个好机会，别忘了谢我们啊？"说完又怪笑了两声。

她男朋友也放肆地笑了两声说："这哥们上瘾了，还是忍不住啊！哈哈！"

张天宇看了看安瞳很不解地问："你怎么了？怎么不开心了？确定今晚要和我一起住吗？"安瞳点了点头。

“我以为谈恋爱是一件很浪漫很有诗意的一件事呢，怎么看你们总是吵架闹别扭啊？”张天宇像是在自言自语，“你们老是这样，还让我们这些没有接触爱情的人怎么涉足感情？”

安瞳拍了拍张天宇的肩膀说：“张天师也有失算的时候啊？我和李佳音很好，我是不喜欢我们房间那一对儿。他们根本就不像学生，更不配当一中学生。看来好学校里的差生被现实压抑得有点破罐子破摔了，所谓的好学校的学生的素质也就那样。”

“你们房间那一对儿？”张天宇头一次对人间的事情这么关注过，“你们房间还有两个人吗？”

安瞳看张天宇惊讶的样子，感觉特别好笑：“你还是回到你以前神经兮兮的样子吧。”

“你不告诉我，我回不去！”张天宇带着一种攫取的目光，想从安瞳那里得到答案。

“我可以告诉你，但是你不能告诉任何人啊？”安瞳很小心地和张天宇说，“我们房间那个一中的和李佳音房间那个一中的，住在一起了。”

张天宇瞪大眼睛，张大嘴巴，右手想捂住嘴巴，又缩了回来，五个指头岔开，一会儿又弯曲，在眼前晃动了半天，也没说出一句话。

安瞳趴在张天宇肩膀上，小声地说：“你要问我昨晚住哪了，对不对？我告诉你，我和李佳音住一起了。”

安瞳也不知道为啥这么轻松地就告诉张天宇了，他也犯了不该犯的错，昨晚的事儿太让他害怕了，人生的第一次尝试那么慌乱地结束了。他只有说出来，才能好好睡一觉，否则他像丢了魂一样。

“那你今晚为什么不去她那了？”张天宇躲开安瞳搭肩的胳膊，很狐疑地看着安瞳。

安瞳推了他一把，故意用这样的方式掩饰自己内心的恐惧。

张天宇还是半信半疑，他觉得现在学生的所作所为超出了他的所有法则和想象。他觉得人再聪明再会算，也不能算出看似正常实则波澜起伏的内心想法。

“以前我看你们表面衣冠楚楚，好像单纯得只有学习，偶尔会因为早恋而不开心，也觉得很正常，也就拉拉手拥抱一下，再出格一点无非就是亲吻了。”张天宇说着都觉得不好意思，“可是，你们现在超出了我的想象，我感觉我是一个超级大叔了。”

安瞳又推了一下张天宇说：“怎么感觉你这话这么别扭呢？我现在就禽兽不如了吗？不！我现在还是正人君子！”

他们睡一个床上，同一房间的另外那个男生也很奇怪：“安瞳，你有房间怎么不回去啊？”

安瞳也很机灵：“明天就要考试了，我想和张天师在一起，沾点福气！嘿嘿！”

不知道谁告诉了专业老师，还是专业老师通过监控发现了什么，那一晚专业老师敲开了安瞳原来住的房间的门，看到眼前令人气喷血的场景，专业老师把一中的那两个学生直接带到了值班室，让一个保安看着他们，又敲开李佳音的房间，李佳音一个人在房间，专业老师还四处找了找，发现真没有人，问：“安瞳在哪？”

李佳音说：“在张天宇的房间。”

专业老师敲开张天宇的房间直接就问：“安瞳！你怎么不回自己房间，在这里干吗？”

安瞳迷迷瞪瞪地说：“昨天在这儿和张天宇画画，画完太晚了，就睡着了。”

专业老师也没说太多：“你们先睡吧，明天回自己房间睡。”

这一晚，好像所有人都知道了“换房间”事件。安瞳在为自己庆幸的同时，也很担心，怕那两个学生把自己昨晚的事情供出来。

那两个一中的学生，被训了一晚上，专业老师本来想开除他们的，但是觉得他们文化课成绩很好，只要专业成绩再提升一下就好了，所以给了他们一次机会，说是如果再有第二次，就直接遣送回家，并报告给原学校的领导。估计原学校的领导知道了，肯定开除他们。但是他们还是没有逃掉惩罚，除了被罚 150 张画，还被从最好的班级调到了基础最差的班级，这对他们两个来说，比被打一顿都难受。那个女生一下子变成了灰姑娘，整个写生期间没有人见她笑过。

其实他们不怕这里的专业老师，最怕的就是被原学校的师生知道，因为在这里训练的学生好像彼此都知道什么，艺术生本来就不容易，文化课比不过非艺术生，为了考学，他们也要找适合自己的出路啊。人活着总要有一技之长吧，不会手艺活儿，也得会一门艺术吧，总得活下去啊！

可是，他们脱离了学校的管制，到另外一个地方，有时就有恃无恐了，总觉得自己已经有活路了，就要更精彩地活着。越是在强压下，他们越想找到出口，虽然专业老师给他们的24小时几乎都填满了，但是只要有一点点的空隙，他们都会为自己的辛苦犒劳一下，一个是吃喝上的放纵，一个就是感情上的放纵。

专业老师虽然严控谈恋爱的，但是也知道感情不好控制，因为感情就是一种感觉，感觉来了，画画的时候都可以走神想对方，但很难被老师发现。所以时间久了，专业老师也就睁一只眼闭一只眼了，他们每一天都熬到半夜，也没有时间和精力去关注这些了，只有出现问题的时候才会采取一些十分严厉的方式，譬如：打手板、罚画画等。毕竟，他们觉得集训完之后，这些学生还要回到原来的学校学习文化课，只有原来的老师和班主任才能改变他们。

安瞳和李佳音很庆幸，没有被专业老师发现，也没有被那两个一中的学生举报，他和张天宇说：“一中学生的素质就是高，自己被逮住了，愿打愿罚，但却不想拉别人垫背来求得心里安慰。”

张天宇说：“你昨天不还说好学校的学生素质也就那样，今天怎么又夸人家了？”

安瞳笑笑说：“昨天那个女生当时那样，你看了，你也会那样说。”

张天宇摇了摇头没有再问什么。

安瞳回到自己的房间，那个男生很大气地说：“老师那么问我们，我们什么都没说。我们够意思吧？”

安瞳很感动，但心里不是滋味，总感觉有谁告了密，生怕眼前这个大男孩怪罪自己：“我对你表示同情，但是我声明，这个和我没有关系。”

那个男生很开明地说：“不可能是你，你也做了，你告密的目的是啥啊？你不可能告自己的。不过，无所谓了，是谁不重要了，因为毕竟自己做的也不是什么光彩的事情，这样也好，也许正好帮了我，万一我把人家弄得考不了学了，我会觉得自己是罪人的。这让我一夜之间就成熟了，也是好事！别想了，兄弟！咱们都好好学！”

第五十三章

家人之扰

“张一鹤好像也来省城了，不过不在咱们培训机构。”李佳音对安瞳说。

安瞳翻看了一下手机说：“我怎么不知道？他啥时候来的呀？他来了怎么不和我们打个招呼呢？”

“平时咱们拿不到手机，他也就没给咱们联系。我听杨欣彤说的，他们一起来的。”李佳音吃着饭对安瞳说，“张一鹤好像又改学编导和表演了，以前他学过美术，练过体育，学过舞蹈，他都没有确定，没一样有天赋的，现在想安定下来了。其实他以前因为方璐还学过音乐呢，方璐也是跟着他，今天学这个，明天学那个的，最后确定学了舞蹈。不过到了钢琴老师那一试，钢琴老师说张一鹤五音不全，学起来会很困难，他就又换了编导和表演，估计这两个要求不太高。”

安瞳先吃完了，看了一眼李佳音说：“你感觉他今年能考上吗？”

李佳音很肯定地说：“就他这么折腾，肯定考不上！”

安瞳也很无奈：“我也希望他好好的，可是他总是那么倒霉，好像做什么都不顺。”

“我觉得是他自己太能作了，想和命运抗争，又没有资本。谈个恋爱，还让他给作没了。”李佳音没吃完，剩下了一点不想吃了，“我们去看看他吧，正好今天周末，我们可以出去。”安瞳也是这个意思。

他们找到了张一鹤所在的机构，这已经是他来这里找的第四家机构了，他爸爸帮他背着包裹，拉着拉杆箱，很气愤地说：“如果这一家还不确定的话，我立马回家，不在这里陪你瞎转悠了。为什么人家都能确定下来，就你这么多事呢?”

张一鹤也像疯子一样，很无礼地说：“前面两个是你说不合适的，第三个我进去之后，看到几个学生坐在沙发上，翘个二郎腿在那玩手机，你说我去那干啥啊?”

他爸爸看到安瞳他们稳定下来了，还找了一家最好的机构，和张一鹤说：“要不你和安瞳去他们机构看看。”

“爸，你能不能别掺和了?他们机构主要培训美术，编导和表演就几个学生，能好到哪?”张一鹤好像要崩溃了，“我知道我没有天赋，但是我不想被人瞧不起，我一定要去一个最好的机构。”

“北京的机构都很好，你去北京啊?关键是人家可要你！你这几天折腾的，啥课都没听就给人家送了几千块钱，你再折腾，我马上得犯病。”张一鹤的爸爸也有将近五十岁了，跟在张一鹤的身后，浑身是汗。

安瞳看着眼前的情景，心里很不是滋味，见张一鹤也没有心疼他爸爸的意思，就主动帮张一鹤爸爸拿下包裹，背在自己身上，李佳音接过了拉杆箱。

安瞳说：“张一鹤，你先让你爸爸回宾馆休息，我们去找培训机构，我们从网上把这个地方所有的培训机构都找出来，看看哪个更好，就去哪一个。你和杨欣彤一起来的吗?她也改学编导了吗?”

“是的，她最喜欢表演了，平时她就喜欢搞怪。正好我们有个伴儿，我马上叫她过来，我们一起找一家好一点的机构。我俩都商量好了，如果今年考不上，我们明年再来一年。反正今年已经荒废很多时间了，我也不想太急于求成了，人生的路还长着呢。主要是我爸爸，一路上总瞎操心，总想让我今年就考出去，老给我提周边邻居家的孩子，我是啥人，他不知道吗?连他儿子几斤几两都不知道，还当什么父亲啊?”张一鹤估计一路上也受够了，把苦水一股脑地吐了出来。

“你们家人还挺关心你的，我们家都没人问我。只有我姐知道我出来上学，给我拿了学费。有人关心你，你应该知足才是。”李佳音和张一鹤说着，也叹了一口气。

“你也知足吧，还有我陪着你呢！”安瞳把手搭在了李佳音的肩上，“别老叹气，这不是你的性格。”

杨欣彤这个时候也赶到了，张一鹤把他爸送到了宾馆，他们几个就打车去省城最好的培训机构了：“还是这样舒服！你们是不知道，我爸那臭脾气，他到哪，就吵到哪。不管我去哪家机构，他都嫌人家收费太贵。你说好的机构收费能不贵吗？反正他陪我去，啥都办不成。我一来气就想回家的，可他又说家里的机构能学到啥。其实咱家里的那些机构每年也没少考啊！他什么都不懂，自以为是惯了，再这么折腾下去，省统考都开始了，他不急我还急呢！”

“他爸那脾气我是见识过了，吵了一路，好像什么都懂似的，只要是张一鹤看中的他都相不中，他看中的张一鹤又都看不上。他们爷俩这一路闹腾的，我一个旁观者都快看不下去了。后来我都不敢和他们在一起去找了。”杨欣彤也很委屈的样子。

“我爸还以为你是我女朋友呢，之前我从家里要那么多钱，他就曾怀疑过我，问我是不是谈女朋友了，我说没有。有一次我妈趁我睡着了，还用我手指点开过我的手机，幸好我睡觉轻，一下子就醒了，还把我妈吓够呛！”张一鹤说着看了一眼杨欣彤。

“你们不会真谈了吧？看你们眼神不一样啊！”安瞳很诡秘地问，“不过你们两个也挺合适的，都够滑稽的。”

“安瞳！你语文没学好，我不是滑稽，我是幽默！我郑重地告诉你，我不可能和他谈的，这人脾气太怪了，平常看着挺正常的，对人也挺好的，脾气一上来，就跟疯狗一样，见谁咬谁！”杨欣彤很抓狂地说完安瞳，又接着说张一鹤。

“我咬你了吗？说话注意用词，还说安瞳用词不当呢，你这话里有话啊？哈哈哈哈……”张一鹤故意气杨欣彤，但看杨欣彤有点脸红便转移话题说，“不过，你是个好女孩，我不可能伤害你的，我那边刚刚失恋，这边就找你，对你不公平，而且我这个脾气，谁和我在一起时间久了，都会烦我的。”

“兄弟，你这个脾气的确得改改，要不以后你会吃大亏的。”安瞳拍了拍张一鹤的肩劝诫道。

“他改不了的，安瞳！他那脾气就是遗传，和他爸爸一样一样的。”杨欣彤没有想那么多，一张嘴儿就说出来了，“不过有人会喜欢有脾气的男人的，方璐就喜欢这样的。”杨欣彤说完“方璐”就后悔了，生怕张一鹤又寻死觅活的。

“没事的，这个名字已经和我无关了，那天和褚僵尸一起，我已经把初恋的一切都烧成了灰烬，在咱家乡的那个小湖里，也许那些过往都已开成了彼岸花。”张一鹤似乎又想起了什么，眼角还是有一些透明的东西一闪而过。

“我藏不住秘密，也藏不住忧伤，正如我藏不住爱你的喜悦，藏不住分离时的彷徨。我就是这样坦然，你舍得伤，就伤。”杨欣彤很神秘地背诵着余秋雨的《我在等你》，“他最喜欢的就是这首诗，他之所以喜欢就是因为他到现在还没有忘记方璐，虽然他已经把和她有关的一切都删除了，但那些记忆就像病毒一样，会恢复他的一切，也会摧毁他的一切。”

张一鹤很奇怪地看着杨欣彤：“怎么感觉你就是我肚子里的虫子呢？”

杨欣彤很调皮地说：“你失恋的时候哭得稀里哗啦的，还在背着这首诗，这是不是你们的情书啊？”

张一鹤瞥了一眼杨欣彤说：“你有偷窥的毛病啊？”

说笑着，他们就来到了一家很气派的培训机构，一看外观就知道是培养“大腕儿”的地方，安瞳对张一鹤和杨欣彤说：“你们进去吧，我们两个得回学校了，六点老师会点名的。如果合适，你们就给我们发信息。等我们拿到手机之后，会和你们联系的。”

第五十四章

自由之度

天气突然转凉了，蓝心推开门，一阵凉意扑面而来，因为穿得多，所以并不觉得冷，反而觉得这种寒意让人有种清爽的感觉，仿佛一年的浊气都被这第一口呼吸到的清新空气稀释干净了。

蓝心在校园外面的公园里转了转，看见那些晨练的人们朝气蓬勃的样子，心里也特别舒服，一直以来觉得自己活在波澜不惊的迷茫状态，没有特别能让自己悲或者喜的事情，有时觉得自己好像没有活着。

她看着那些裹着大衣，笑容藏在帽子里的人们就很羡慕，他们总是很随意地站在街角，几个人凑到一起，谈谈天，说说地，好像没有什么是他们解决不了的事情，所谓的难事，能解决解决，不能解决的挺一挺就过去了，那笑还留在嘴角，随着嘴角一圈一圈的弧纹荡开去，如涟漪爽朗了生活的湖面。偶尔他们没有了笑谈，就收起一切表情，如雕塑一样，立在城市的某个角落，不惊不扰，自顾自暇，如此时的她。

想到这里，蓝心笑了笑，摸了摸木桩旁边的小和尚雕塑心想：就是雕塑也要站成这样的，带着童真的快乐和憧憬美好生活的幸福表情。可是生活有时不是刻板的，一地鸡毛的日子和一潭死水的日子总是交替出现，时有发生，有时可能让人猝不及防。她突然想起了法国作家尚福尔的名言："拉塞伊先生天性温柔，却对现实社会有着深刻的认识。他说，要想活在这个世上，每天大清早最好先吞下一只青蛙，好让自己在一天剩下的时光里不再觉得有什么是好恶心人的。"可是这个季节哪还有什么青蛙，一夜之间，所有的树叶好像被腌制过的一样，枯萎而又带着冷霜，不过，那种咸咸冷冷的感觉，好像正是很多人活下去的味道。蓝心想着又走回了宿舍。

薛菲和赵晓娴正在拌嘴。“对不起，别生气，口误口误！”赵晓娴道歉道。其实薛菲也习惯了，并没有真生气。

“赵晓娴，你男朋友叫你呢！”蓝心担心薛菲和赵晓娴有什么不愉快，就催着赵晓娴下去。

赵晓娴轻飘飘地说：“你是撵我走吧？我男朋友今天有事不来找我了。今天我要和飞哥一起去看电影。飞哥怎么样啊？”

薛菲也是个大气的人，很爽快地答应了：“我当然求之不得，我正好想出去散散心呢。”薛菲和赵晓娴一起出去了。

钱姝妍看了看蓝心说：“要不今天我陪你吧，不能每一天都把你一个人留在宿舍里啊。”

蓝心很柔弱地说：“没事的，你去找她们玩吧。”

钱姝妍靠近蓝心说：“我感觉赵晓娴的男朋友有问题。”

蓝心不解地问：“你什么意思？有问题指什么？”

钱姝妍推了一下蓝心说：“你傻啊，有问题能哪方面有问题啊？我看见她男朋友和另外一个女孩在一起了。”

蓝心很惊讶地说：“你不要乱说，万一人家是正常关系呢？这样会影响他们感情的。”

钱姝妍很不屑地说：“不信拉倒！我也不希望她男朋友喜欢别人。毕竟我们都是好姐妹，我希望她好好的。可是我知道了真相，又不知道怎么跟她说。赵晓娴为她男朋友付出太多了，据说她为了她男朋友，用了校园裸贷。”

“那怎么办啊？如果她男朋友真跟别的女孩好了，她不得疯啊？”蓝心相信了钱姝妍的话，却为赵晓娴担心了。

“你呀就别操人家的心了，你的杨帅怎么样了？”钱姝妍突然转移了话题，“说实话杨帅是个好男孩，那天他背过我之后，再也没有和我联系过。我曾经找过他，想告诉他怎么把你追回来，可是他一直不见我，估计他恨我吧，因为失去你。他什么也没有做，你就那么在意他和女孩子接触吗？”

“其实我并不是在意他背你，因为是我让他背你的，可是那几天我就想借助这个不理他，然后让他好好地哄哄我，他好像并不懂我的意思，一直觉得是因为背你的事。我也想就此看看，冷落他一段时间，他会怎么样？结果他听了他爸爸的，出国了。我知道他早晚会出国的，一旦出去他就有可能不回来了，即便回来也不会找我的。爱情在距离面前就是一个逃兵，而且还是被逮住的那一个，问他为什么逃，他会振振有词地说：是你让我逃的。”蓝心似乎明白了很多，但也失去了很多。

“你就是想得太多，顾虑太多。青春就那么几年，我们还可以任性，还可以犯错，一旦失去，我们做什么都会小心翼翼的，一点都不自由。现在我喜欢跟谁谈，就可以跟谁谈，他们得看我的心情，我心情不好了，就可以随时换，换了就有下一个等着。但是如果我没有了青春，我可能就不会像现在这样潇洒了。”钱姝妍像过去大上海某个戏班子里的名角，说话的语气也是那么惊艳，似乎经历了很多，腔调里藏着她过去放纵的痕迹。

第五十五章

误杀之杀

薛菲和赵晓娴有说有笑地来到了影院。今天放映的影片很多，薛菲拉着赵晓娴的手看着屏幕上的名字说："亲爱的，你是看《叶问》还是《误杀》？"

赵晓娴看了看说："我喜欢悬疑片，《误杀》估计是悬疑的。"

薛菲拿出手机扫了一下二维码和服务员说："《误杀》两张，六排六号、七号。"

服务员说："六排六号、七号没有了，要不八号、九号？七排六号、七号有，要不您选择七排？"

薛菲没等赵晓娴说话就干脆地决定了说："那就七排六号、七号。"

赵晓娴嘟哝了一句说："咋都是七啊？今天不会有气生吧？"

薛菲拉着赵晓娴的手，挎着赵晓娴的包，拿着票朝着10号厅跑着说："别那么迷信了，马上开始了。"

她们进去的时候，影片刚开始，里面的灯光有些暗，薛菲让赵晓娴走前面，她推着赵晓娴走，她们上了几个台阶找到了自己的位子，坐下了。

薛菲气儿还没喘匀就开始解说了："这男主人公特别厉害，小学都没毕业，只看了800多部电影，就有反侦察能力了。"

赵晓娴小声地说："你怎么知道的？你看过吗？"

薛菲很调皮地说："别忘了我是看过1000部影片的人！我一张口

都能给你编出一个故事。”

赵晓娴对薛菲瘪了一下嘴说：“别吹牛了，好好看！”

薛菲哪能控制自己的嘴啊：“这个就是蒙太奇手法，用时空错位的方式，他把3号发生的看拳击的事，说成是2号发生的，而那个命案就是2号发生的，这样他们一家人就不会被怀疑了，还有那么多人为他们一家人做证，关键是那些人却不知道自己做了假证。”

薛菲越说越起劲儿，好像她就是编剧一样，旁边的观众很不开心地说：“我们能看明白，别说话了！”

薛菲吐了吐舌头说：“对不起，对不起！”

赵晓娴小声地说：“你已经引起众怒了！”

薛菲很无奈地躺在赵晓娴的肩上说：“本公子躺肩思过！”

薛菲在赵晓娴的肩上眯了一会儿眼睛，四下里瞧了瞧，突然像猎人发现了猎物一样：“赵晓娴！你猜我看见了什么？”

赵晓娴没有理她，全身心地投入到影片的情节里。电影里的雨下得很大，薛菲感觉电影院里也下了雨。她看见赵晓娴的男朋友和一个女孩子很亲密地挨在一起看电影，六排九号、十号，薛菲想：为什么不选六排八号、九号？不过还是不要选的好。薛菲很矛盾，不知道该不该告诉赵晓娴。

这个时候赵晓娴主动凑过来和薛菲说：“问你一个常识，为什么教堂附近有烟雾？”

薛菲呆呆地回答：“迷茫，纠结。”

赵晓娴拍了拍薛菲的肩膀说：“小伙子，学得不错呀！”

薛菲看赵晓娴十分投入的样子，还是忍住了没有说。可是她已经无心看电影了，她想现在就冲过去，打那个男的一顿，然后告诉那个女孩，这个男的有女朋友。薛菲摇了摇头，苦笑了一下，心想：这真是蒙太奇啊！

电影院里的灯光突然亮了，赵晓娴推了推薛菲说：“怎么了，你？影片结束了，你的剧情还没结束啊？”

薛菲拽着赵晓娴就往外面跑，赵晓娴说：“我的包！让你拿包真不行！你总忘！”

赵晓娴回来取包的时候，突然僵在那里了，她看到了不该看到的一幕，薛菲感觉到了赵晓娴的世界在下雨，而且越下越大，几乎淹没了人的意志，一切都是崩溃的。那个男的也愣住了，一切谎言就这样轻而易举地被揭穿了。赵晓娴也来了一句“真是蒙太奇啊！”就冲了出去，薛菲当着那个女孩的面，给了那个男的一拳，就去追赵晓娴了。

“怎么回事？那个人是谁？”那个女孩不解地问那个男的。

那个男的说：“女友！”

“打你的那个？”女孩很好奇地问。

“没打我的那个是我女朋友，她这样比打我更疼！”那个男的无奈地说。

“那另一个人是谁？”女孩很不屑地说。

“她室友！”男的不想解释太多了，说了一句“我们分手吧”就快步走了出去。

第五十六章

执迷之悟

艺考生最艰苦的日子就是考前的一个星期，美术生一天几乎就睡两三个小时的觉，有时因为没有达到老师的要求，有的学生因为被罚，可能24小时都睡不上。张一鹤经过几番折腾之后，最后选择了表演。表演很轻松，每天都可以拿手机，而且必须拿手机练声，练台词。虽然在临近考试的时候有点紧张，但是他还是很喜欢折腾，也许是为了缓解紧张带来的压力吧。

方璐在他心中由最初的爱到恨，再到现在的释然，或者说是求而不得后的一种无奈的应激反应吧，他开始觉得一切错误都是因为自己太能作了。他听到的所有和她有关的信息，他都能在脑海里筛选很久，他好像学会了将凡是让自己崩溃的都屏蔽掉，无论别人怎么谈论这个话题，他都只相信方璐一直在等他，也许有这样的信念才能让他支撑这么久吧。

但是他的很多坏毛病并没有让他很静心地修自己的学业，或者说他的性格和坏毛病，并不能让他很好地完成“表演”这个专业的最灵魂的内容。也许能够帮助他的就是他的心气儿，他属于典型的“心气儿高，能力低”的人，甚至连“表演”的最基本的天赋都没有，但他喜欢，而且迷恋，不是他骨子里的那种倔强，而是他天生喜欢用谎言去装饰这个世界，只有这样他才感觉到兴奋。有人也觉得这就是天赋，其实如果把这样的“演”称为天赋，就亵渎了表演这个专业。德艺双馨的老戏骨的“演”，让我们看到了“真”；而虚假之人的“演”，无论怎么表达，都让人觉得“假”。

不过，张一鹤有一点是真的，就是对方璐的爱，也许是因为初恋吧，或者她给他带来了生命里最不一样的感觉，他甚至觉得他生命里最真实的一面就是为了留给自己最爱的人的，也是因为这个，方璐才喜欢他那么多天的。可是他的真并不是最美的，他骨子里的自私和霸道，在被爱迷惑的那么多天里，都隐藏了而已。他几乎把自己生命里最真的爱都给了方璐，接下来自己好像什么都没有了，但在爱的人面前，还要装出自己什么都有的样子。其实，这个时候他就又转到“假”了，在自己爱的人面前装是最累的，也是最不明智的。当一切都崩溃的时候，他只会看到自己像雪花一样魂飞魄散的无奈和迷茫。

人生最大的悲哀就是在自己最无能为力的时候爱上一个自己认为可以陪伴一生的那个人，关键还自以为是地认为自己已经爱得搭上了半条命。他曾经问过褚僵尸：“我是不是世界上稀缺的好男人？我为了一个方璐，搭上了半条命。”

褚僵尸看着张一鹤不解地问：“你为我搭半条命，我肯定觉得你是稀缺的好朋友。可是你为了一个方璐搭半条命，那也只能方璐认为你是稀缺的好男人。你又没为别人搭半条命，别人怎么认定你是稀缺的好男人呢？只会认为你是缺心眼儿！”

张一鹤本来还得意的脸上突然阴云密布，他很沮丧，茫然地问：“那你觉得方璐会这么认为吗？”

褚僵尸看了看张一鹤笑了笑说：“你那么聪明的人，怎么这个弯儿都绕不过来呢？如果她认为你是稀缺的好男人，她会离开你跟别人谈吗？”

“那你觉得我是什么样的男人？”张一鹤很无奈地说，“我总不会一无是处吧？”

“你呀，就是个‘作精’‘倔种’。你不作不倔，很温和地与人相处，谁都会喜欢你的，可是你由着自己的性子，想发脾气就发，想逃就逃，说白了，你就是自私霸道，根本不考虑别人的感受，你这样久了，谁还敢和你交往啊？人家不说嘛，少和烂人烂事纠缠，你一直这样下去，人家会把你划入‘烂人’堆儿里的。现在大家都很忙，自己的事情还处理不完呢，怎么能天天处理你这些无事生非的烂事啊！”

褚僵尸一下子像复活了一样，说了这么多“起死回生”的明白话。可是张一鹤还是不甘心，觉得方璐是不会这么评价自己的：“褚僵尸，你记着，我把你当朋友，你却把我和烂人画等号，你们都是小气鬼，都不值得交往。如果你觉得对我有愧，你可以把你的微信给我用用。”

“看看，你又来了，如果我不够朋友，我会陪你这么久吗？失恋到现在，你看你还有几个朋友？就我一个人在你身边了，醒醒吧，朋友！以前我看你难受，就觉得心疼，请你吃饭喝酒，你把自己的零花钱都花在了女朋友身上，而我却都花在了你这个朋友身上。你哭我跟着你哭，你发脾气我就是你的出气筒，你还想让我怎么对你啊？张一鹤！”褚僵尸也觉得委屈，虽然他觉得张一鹤没有一个朋友了，很可怜，但是现在觉得“可怜之人必有可恨之处”，可是他骨子里就有一种柔弱的善良，不是特别冲破他底线的，他都能忍受，也不会轻易主动离开。这一次他真想离开这个自私霸道的男人，可转念又担心张一鹤因为他这个最后的朋友的离开而想不开。褚僵尸真不知道怎么办了，所以索性把自己最真实的想法说了出来。张一鹤发了几句牢骚之后，再也不提这个事了。也许他也知道自己错了，但他错了的时候，总是跳过去，不与人争辩，因为他也没有一点理可以争辩的了，与其让自己难堪死，还不如跳过去，就当什么事都没发生一样。

褚僵尸莫名其妙地看着张一鹤：“你到底是什么物种啊？”

“把你微信借我用一下！”张一鹤又开始理直气壮地要求人了，“你不借我，我们俩就完了。”

他说完就抢走了褚僵尸的手机。褚僵尸很无奈，不过幸亏自己也没什么秘密。他看着张一鹤在离他不远的地方很诡秘地拿着自己的手机发着什么，他想走过去看看，但是觉得这样的隐私还是不要看好，但是想想又觉得不对。最后褚僵尸又回归了僵尸的思维，他在想：就是他拿着自己的手机，也是给别人发隐秘的话，所以还是不看的好，尊重别人嘛！僵尸思维有时很可爱，他是在尊重别人，可是他从来就没考虑到，别人是否尊重他了。

张一鹤发完之后很满意地走过来说："还是好朋友！你猜我给谁发的？方璐！我就想知道她现在集训得怎么样了，累不累。"

褚僵尸很无奈地看了看张一鹤说："你是不是谈恋爱把脑子谈崩浆了啊？方璐现在是有男朋友的人了，你还给人家发信息，不属于骚扰吗？"

"我就是问问她现在怎么样，我感觉她过得不好，看她朋友圈里的图像感觉她很不开心。"张一鹤还感觉自己是方璐的男朋友一样，"对了，你怎么经常和谭皓明联系啊？你们关系那么好吗？他和白雪菲好像也分了，白雪菲认为他太假了，你别老和他玩，到时候被人玩了都不知道。"

"我怎么感觉，我现在是被你玩着呢？"褚僵尸又复活了，很理性地说，"人家谭皓明很真实，他学音乐的要懂一些礼节，对人很有礼貌，基本的礼仪都要到位，否则，唱完歌扔下话筒就下台，歌唱得再好也没有机会上台了。关键是他对人热情有礼貌，这是中学生最基本的礼仪，不能都像你一样，往那一坐要不翘个二郎腿，要不把两只脚放到桌面上，你以为你是爷啊？你这就叫真实了？"

"褚僵尸！你又帮外人说话，我是你朋友，我最讨厌别人利用你的善良来让你做这做那了！"张一鹤说完感觉自己底气不足了。

"张一鹤，你不觉得你也在利用我的善良吗？"褚僵尸冷不丁地冒出这样的话，张一鹤也吓一跳，因为他内心深处的确觉得褚僵尸就是善良的人，和他在一起很舒服。有麻烦，他都来找他；有好处，不叫他，他也不计较。仔细想想，张一鹤也觉得自己才是在利用善良人为自己做这做那，特别是自己"作"的时候，总希望有人能陪在身边，每一次总是褚僵尸。也是因为有这样一个人一直陪着，所以有时张一鹤会更加肆无忌惮，因为总会有人帮着收拾残局啊。

第二天，褚僵尸的微信被方璐给拉黑了，最后的留言是："是不是张一鹤用你的手机给我发信息了？他用你手机发的信息，正好被我现男友看到了，他很生气，我没有办法，只好当着他的面把你拉黑了。我很爱他，有了他之后，这个世界上我再也看不到别的男人，对不起！”

褚僵尸呆呆地看着方璐的微信头像，突然感觉自己做错了什么，虽然不是自己所为，但是影响了方璐，他就觉得自己心里不舒服。

褚僵尸拿着手机，趁着休息的时候，跑过来问张一鹤："你到底拿我手机给方璐发了什么？他男朋友看到了，还把我微信删了。"

张一鹤满不在乎地说："删就删了呗，你又没有和她谈，删了正好。"

"可是，她男朋友知道我给方璐发那样的信息了！你发的那些肉麻的话，我是发不出来的，我被人冤枉了，还被人删了，你说我有多委屈！"褚僵尸很想讨回个公道。

"她男朋友又不是咱们同学，你怕啥啊？如果他找你事，我揍他！"张一鹤说完，脸上有一种莫名其妙的笑，好像他内心想要的结果出现了一样。

"张一鹤，你是不是特别希望他们分啊？"褚僵尸感觉到了那种笑的背后隐藏着什么，说，"可是如果你用这样的方式让他们分，方璐就是真分了也不会再回到你身边的。"

张一鹤脸上那层飘动的笑一下子就没有了，很不解地问："为什么？如果没有那个海归，方璐不可能离开我的！"

"张一鹤！你能清醒一下吗？方璐离开你不是因为别人的出现，而是你的作让她没有感觉了，如果你继续作，就是作死了！"褚僵尸像诈尸一样，这句话的的确确震撼到了张一鹤。

"我知道我不如人，我也知道我作，就是因为自卑，想用作的方式让她来心疼我，这样我就觉得自己还有被爱的理由，否则我自己都找不到我有什么地方值得被她爱！"张一鹤几乎哭着说出这些话的，这才是褚僵尸唯一听到的从张一鹤嘴里说出来的最真实的话语。

"对不起，我看透不应该说透，但是我不想让你一直沉迷在这样的幻想中，她已经不属于你，你爱过，就成全她吧，只要她好，就一切都好，不好吗？”褚僵尸又有点心疼张一鹤了。

“成全？我做不到！”张一鹤带着泪水，又带着无奈的笑狠狠地说，“你还小，没谈过恋爱，等你谈了，再来劝我！”

“都停下来！我们开始表演小品！”专业老师过来了，看了一眼张一鹤说，“入戏挺快啊，眼泪都出来了！”

第五十七章

考场之变

安瞳和李佳音艺考被安排到了一个考场里，题里有一个“慈禧”一样的老妇人。安瞳比较擅长人物画，画得简直就和题里给的一个样。李佳音不太擅长人物画，她喜欢山水花鸟画，所以平时练素描的时候在人物画上很少下功夫。李佳音看到那老妇人的头像就有点晕，看到满考场的考生全神贯注地画着，李佳音心里有一个奇怪的想法，想把安瞳的画作拿过来，把自己没画的传过去，让安瞳替自己画完。因为她想过，如果考的是自己擅长的，她绝对把自己的画作写上“安瞳”的名字，因为她爱他，所以她愿意自己牺牲一切，但同时她也想让安瞳这样牺牲自己，为她。也许这是女人最值得炫耀的地方了。想着，李佳音看了一眼安瞳，但是安瞳根本就没有看李佳音，他只专注于自己的画作。这不是普通的考试，这是专业课的高考，虽然在一个考场里，有那么多人，但是没有人愿意把自己的作品换给别人的。

李佳音想着，画着，最后画得连自己都不满意，她感觉所有好运都没有了，她有点坐立不安的感觉，最后她做了一个出奇的举动，直接把安瞳的试卷拽了过来，安瞳很愤怒地看着李佳音说：“你在干什么？”

监考老师过来了：“你们俩怎么回事？”

安瞳强压住怒火说：“没事的，我画入迷了。”

李佳音彻底绝望了，这也是她头一次这么强烈地想考上，因为她知道，只要安瞳考上大学，自己没考上，他们两个的恋情也就结束了。

越是这么想，她画得越糟。交卷的时候，别人的眼里都是满足的笑意，她的眼里都是泪水。

安瞳跑过来安慰她："李佳音，你不要那么不自信，好不好？无论你考得怎么样，我都会和你在一起的，只要你自己不放弃自己，如果你自己都没有信心，那我也没有办法了。"

李佳音冷笑了一下说："我陪你那么久，如果你真的爱我，你不会那么在乎自己考得怎么样的，其实我并不是要你为了我作弊，我也知道作不成，那么多摄像头，我就想看看你会是什么反应，你的反应让我感觉特别陌生！"

"李佳音！你的举动也让我特别陌生！那是高考！不是玩游戏！你这样会让咱俩都毁了的，我们努力了那么久为了啥？难道你还想一天只睡三四个小时的觉吗？你还想花几万块钱把自己关在监狱一样的培训机构里吗？你想，我不想！"安瞳也像疯了一样，冲着李佳音咆哮道。

"我也不想！我一在那样的小黑屋里我就压抑，如果不是因为你我都不会来这里受罪的！可是为了你，我这么久一直忍着，就希望给你一个好的学习环境，我天天想着怎么让你更开心更轻松地完成一天的学业。可是我得到了什么？我得到的就是你优秀到嫌弃我！"李佳音哭诉道。

"如果你这么想我也没办法！"安瞳很气愤地离开了。

李佳音的世界彻底崩溃了，女人的预感总是那么准！

他们考完都要离开培训机构了，曾经两个人一起来的，现在却要以这样的方式回去。在车上，李佳音一直哭着，蓬头垢面的，也不顾自己的形象了。安瞳一直侧坐着，看着外面的风景。

张天宇还是来时的那个位置，他还是那样平和地看着这个世界，好像任何人的异样表情都和他无关。他也知道李佳音在哭，但是他没有任何理由和资格去劝，索性就看风景。

安瞳心里也一直生着气，觉得谈恋爱谈了个累赘。但是看李佳音一直哭着，又很心疼，想去劝吧，周围那么多人，关键是自己也没心情劝了。肚子里的火一点点地平息了，他推了一下李佳音，李佳音哭得更厉害了。

安瞳小声地说：“马上到地方了，你都哭丑了，我妈和我姐都来接我，看到你蓬头垢面地跟在我身后，肯定怀疑你就是我女朋友，你这样哭，都哭丑了，她们看见会说我眼光不好的，会质问我为啥找一个这么丑的女孩。”

李佳音好像更委屈了，她在想，谈一次恋爱，让自己成了自己最不喜欢的样子，对方还在说风凉话，觉得都是她自己的错，想想就大声哭了起来。

周边的人看了看李佳音，又看了看安瞳说：“你女朋友吗？你怎么不劝她？”

安瞳很不好意思地说：“我劝了，她不听我的。越劝哭得越厉害。”

一车人后来也都不说话了，好像都在静静地听这哭声，有不喜欢听的，就戴着耳机听音乐或者睡了。李佳音哭累了，声音也逐渐地小了，好像哭明白了什么，她站起来去了洗手间，用清水洗了一把脸，看了看镜子里的自己，真想一拳砸过去，把自己现在的这个样子全部毁掉，包括周边的一切，特别是和安瞳有关的一切。她回来之后，不哭了，眼里充满了仇恨。车厢里的人好像都很困，都闭着眼睛，沉浸在自己的世界里。只有一个孩子，在妈妈的怀里吃完奶水，很满足地扭过头来，用清澈的眼睛望着她。李佳音眼里又有了温和的目光，好像整个世界都温润了起来。

第五十八章

轰趴之约

赵晓娴失恋了之后，精神有些恍惚，因为她就像一个母亲一样爱着那个小男友，为了那个小男友，几乎把自己所有的钱财都花在了他身上。可是最后换来的还是被抛弃。爱情到底是什么？男人到底是什么物种？赵晓娴的失去好像比任何人都多一些，因为她还要为这份爱情还一份高额的借贷。

薛菲过来说："我们这周末去'轰趴'！地点我联系！你们多准备一些吃的喝的，还有录像机什么的，我们拍一个短片，专门研究大学生的恋爱观。钱姝妍，你可以多带一些男士。我们录制完也可以玩'狼人杀'！赵晓娴，从今天开始你忘记你前男友，专心把这个短片给我拍好，然后在学校的影院，我们专门放映，并邀请全国知名的情感专家为我们做讲座。"

钱姝妍很不屑地说："不用请别人，邀请我就好了，我嘛，免费给你们讲恋爱观。我以前就和你们说过，谈恋爱不要爱到失去自我，不要把自己的小命都搭上，你连自己都不珍惜，谁还在乎你？晓娴，从今天开始，你就和我一起，化化妆，描描眉，用不了多久，你的那个他就得后悔！"

"我已经不想让他回来了，我只是觉得自己很委屈，为什么付出那么多真心，到头来换来的是背叛？他可以告诉我，他不喜欢我了，但是不能背着我找别人，让我一直在被骗的情感中傻傻地爱着。我爱的其实就是自己营造的一个美好的世界，其实我知道，我付出得越多，他越不好意思离开我，其实他不是不想和我说，是怕我知道后，会崩溃，他也知道我付出得多，可是我所有的付出，只代表着我爱，并不代表着他也爱，当他感觉到承受不了我的爱的时候，他就想逃离，可是又没有理由。所以，他只能找个替代品。”

赵晓娴像在说自己，又像在说别人的故事，无论怎么样，她都不希望用最坏的想法来推测自己最爱的这个男孩。

“赵晓娴！你怎么还执迷不悟呢？是他背叛了你，你没有做错！你怎么还替他说话啊？你简直就是受虐狂！”薛菲实在是不理解她们这些爱到疯狂的女孩子们，“你们简直无可救药，我就不明白了，你们为什么非要在一棵树上吊死呢？”

“你不明白，是因为你没有遇到真爱，薛菲！”蓝心看着薛菲很无奈的样子觉得很好笑，“我那时为了杨帅也是这样，控制不住感情，没有办法，我们也不想这样。但是现实的残缺，并没有影响记忆，其实真正的失去是记忆的缺失，现实越残缺，记忆就越深刻，如果没有现实的残缺，我们还真不知道记忆里的这个人我们曾爱得那么深。”

钱姝妍一听到杨帅，突然想起了什么：“对了，听说杨帅回国了。蓝心，如果杨帅回来找你，你还会答应他吗？”

蓝心很淡然地说：“其实，我早就放下了，人间万事万物都给我留下过最美好的印象，我记住就好了，只要记住就没有失去。说实话，我爸已经给我介绍了一个，他叫肖剑雄，也留过学，是医学博士，现在是我爸的徒弟，他想跟我爸把中医的精华传承下去。”

“你们见过面吗？”薛菲很急切地说，“你隐藏得很深啊！怎么不早一点和我们说啊？你们现在是不是柏拉图式的精神恋爱？”

“我们还没见过面，怎么和你们说啊？”蓝心很得意地说，“他经常给我写诗，他一个理科生，却特别喜欢文学。”

“怪不得你最近容光焕发的，原来是有新恋情了啊？”钱姝妍很妩媚地走过来，“那你的杨帅怎么办啊？如果你不要，我可要下手喽？”

“钱姝妍！你怎么见谁爱谁啊？是不是你们一直在联系着啊？”薛

菲很不客气地说。

“你不会也喜欢杨帅吧?”钱姝妍回敬道。

“你们两个到一起就知道怼!杨帅为啥回国了?他不是爱上那个洋妞了吗?法国女郎!”赵晓娴不解地问。

“我也不知道，好像这次回来他就不回去了，他爸给他找了一份好工作，还是在国内舒服，至少他爸的人脉可以让他在国内大展宏图的。”钱姝妍好像觉得自己说多了，“对了，他好像没和那个法国女孩谈过，只是朋友关系，在国外很寂寞，能有一个女孩陪着，很好的，但是他不喜欢找法国的女孩，太浪漫了。他喜欢稳重的，像蓝心一样的。可是蓝心……不过，如果他喜欢这样的，我也可以为他变得稳重，只要蓝心彻底放下了。”

“我彻底放下了，我现在心里只有肖剑雄!”蓝心很干脆地说，“我和杨帅一直没有联系过，所以对于他，我只有记忆。”

赵晓娴准备好一切素材，她们在一个有阳光的周末，来到了一栋别墅里。别墅外面给人一种很温馨的感觉，一块古木牌子上面写着“轰趴馆”，院里种满了各种花草，正溢着香的是蜡梅，魔性十足的枝干上冒出细嫩的黄色小花，总感觉这里有种诱人的魔幻色彩。三层别墅，有吃住玩，简直就是大学生的人间天堂。薛菲第一个想到的是玩“狼人杀”:“正好今天人多，我们先玩狼人杀，然后拍摄短片，最后我们一项一项地玩够。”

赵晓娴有点放不开，薛菲看了一眼赵晓娴说:“今天我来买单，你们尽情享受就好，我在外面揽活儿的工资已经到账了，放心玩吧!”

赵晓娴很激动，她早就想好好放松放松了，这么久都在小心翼翼地爱着，结果却给自己一个大雷子，把自己炸蒙了，所以她想放纵!

赵晓娴抽到了“狼人”，她真想当一回坏人，人生有时太为对方考虑，往往会适得其反，她有时觉得省吃俭用地为男友，欠了一屁股外债，只为对方对自己好一些，可是换来的却是什么啊?她在想着，也在思考自己，也许变换一下角色，就能更懂得对方了。她写的素材就是自己的经历。

玩够了，她们开始拍摄，她把自己最想说的都真实地表达出来了：其实付出最多的一方，有时也是想用这样的方式赢取对方的爱，所以从某种角度讲，最想付出的人，也是自私的，因为她想通过付出换取对方更多的情感，其实这样本身就是一种不公平。如果没有换来，我们还可以大骂对方“渣”！好像我们是最无辜的，好像我们都是最纯净的真爱，其实有时我们就是不会爱，没有给对方足够的自我空间，而是希望用付出的方式牢牢地困住对方。其实爱是自由的，两个人在一起和不在一起，心都紧紧地捆在一起，才是真爱。

赵晓娴的认识依然没有任何指责对方的意思，薛菲虽然很生气，但还是觉得赵晓娴说的话有一定道理，毕竟与众不同，这样才能有新颖的看点。赵晓娴又举了一个自己朋友的例子：他付出了一切，女孩还是离开了。最后女孩说“你太无能了”，其实他已经付出了所有。最后男孩也醒悟了，这个世界上唯一对自己无条件爱的只有父母，其他人的爱都是因为想从对方身上得到更多的爱，所以才那么拼命。

也许我们这样想，就能快速走出失恋的痛苦。无论我们付出了多少都不用去计较了，当初愿意付出，是因为值得，否则哪一个傻子会愿意为一个曾经陌生的人付出全部啊，除非有所图。图什么呢？无非是信任和真爱。因为信任，所以才觉得付出值得；因为爱，所以才觉得付出多少都值得。

“我们今天有这样的认识，说明我们都长大了。经历一些事以后，就觉得很多曾经看不明白的都明白了，曾经那么执迷的东西，终于让我们知道不属于自己的即便搭上一条命也不属于自己，甚至失去更多。”蓝心也深有感触地说，“当我的生命里出现了肖剑雄之后，我就知道了我会为爱继续拼命的，无论之前我遇到了什么。因为经历过之后，我觉得真正属于自己的是彼此相处舒服。”

“蓝心，把你男友的诗，与我们分享一些吧？”薛菲很好奇，一个男人怎么会喜欢那么柔情的诗歌。

“《想去南方》：我想你/于是我穿过风/穿过雨/穿过雪/最后抵达

柔弱的你/你眼里有江南/有微风/有细柳/有温暖的湿/和穿越一切的想/想你的凝视/越过山丘/扑向羞涩的脸颊/想你的沉默/注满深情/流向椰风摇曳的海边/想你……”蓝心很甜蜜地给她们读着肖剑雄的诗句，满脸都是甜蜜的表情。

“恋爱的女人就是不一样啊，眼神里都是幸福的样子，我什么时候才能找到这么优秀的男生啊？”赵晓娴听着蓝心读的优美的爱情诗句，特别羡慕，同时也觉得离开那个负心的男友也是好事。也许将来的某一天她也能找到一个这么优秀的男孩子，给自己诗和远方。

“北方下雪了！肖剑雄又给我发来一首诗：雪，默默地落在你面前看着你，化成泪流进心房，暖暖地从心底，卷着淡紫色的心疼，重新飘起，零零乱乱，清清淡淡。”蓝心读着诗句想着北方，真想飞到肖剑雄的身边给他最温暖的拥抱。

“别虐狗了！我们下去吃饭。”薛菲搞不懂女孩子的心思，在她的世界里，女孩子都是需要保护的，她就是为保护女孩子而来到这个世界的，“姐妹们！你们想吃啥，今天的自助餐种类很多，都是你们超级喜欢的，谁的厨艺好，也可以自己做几个拿手好菜！”

“我给你们清蒸鲍鱼吧！”钱姝妍很喜欢鲍鱼，“我就会清蒸，没有鲍鱼，清蒸鸡蛋也可以的。”

“我就想吃点素菜，特别是农家小菜。”蓝心喜欢清淡的，“我在家就喜欢吃爸爸妈妈炒的素菜，吃起来比肉香。”

“你们的要求我都能达到，这里什么都有，就怕你们不敢吃，谁吃过鳄鱼肉，我们这里有！”薛菲像个老板娘一样地介绍着。

“野味我们还是不要吃了，我爸不让我吃野味的，说那里的寄生虫特别多，有很多病菌。”蓝心一点都不喜欢看到小动物被残害，特别是在餐桌上被吃掉，她不忍心。

“没事的，现在的山珍海味都是家养的多，平时都注意打防疫针的，没有病毒，你看这个是田鸡，其实就是青蛙，很好吃的。”薛菲属于吃货，好像什么都敢吃，就差吃人肉了。

“我们还是吃点自己做的素餐吧，上次我和几个朋友来这里吃，回去都拉肚子了，折腾了好几周才好。”钱姝妍都想吃素了。薛菲也没法子了，只好少数服从多数，大家开始把自己带的一些素菜都拿出来了。洗菜的，切菜的，炒菜的，都开始忙活起来了。

第五十九章

被弃之冷

安瞳感觉自己考得很不错，但是并没有特别高兴，因为李佳音。在车上两个人就都不开心了，谁都没有理谁。下了车之后，安瞳的大姐去接他，李佳音跟在安瞳的后面。虽然安瞳一直没有和李佳音说话，但是下了车还是帮李佳音拿了行李包裹。

安瞳大姐看到后，心里很不开心，拿过安瞳手里的行李箱，刚要放进车里，安瞳说："大姐，那不是我的，是李佳音的。"

安瞳大姐又拿出来，看了看李佳音，什么都没说，直接把行李箱放在地上就关上车门，带着安瞳走了。安瞳往后看了一眼李佳音，也没有其他举动，跟着大姐就上车走了。

"你没见过女人啊？都什么时候了，还谈恋爱！你不是说断了吗？"大姐安梅很气愤地说。

"我又没耽误学习！在那个机构，跟蹲监狱似的，不谈恋爱得憋疯！"安瞳也不想和大姐争吵，但是心里很复杂，既心疼李佳音，又有种莫名的不知所措。

"我辛苦供你上大学，可不是让你谈恋爱的，你看你这个月花了多少钱，三千块，人家大学生也没花这么多啊！"安梅边开车边发着牢骚。

"大姐，这个月我们模拟考试，各种考前辅导，我这花得还算少的呢！"安瞳好像也知道自己花得太多了，他没有和大姐说给李佳音垫上一千块钱学费的事。

“你敢说你没给李佳音花一分钱吗？”大姐还是不依不饶地责问。

“大姐！我给她花过，我承认！可是她现在已经很可怜了，就是一般的同学关系，我知道了是不是也得帮她一把？你看你，把人家行李箱扔在地上，扭头开车就跑，她是瘟神啊？要不是考虑你是我大姐，我肯定不跟你回来，直接拽着她去宾馆开房！”安瞳说着，感觉自己很心疼李佳音，眼泪都出来了。

“看把你能的！我不是心疼你吗？你把钱花在别人身上，自己吃得少，看你面黄肌瘦的，我这个做姐姐的不心疼吗？”安梅看弟弟哭了，心里也不好受。想想自己做得也很过分，能把李佳音送回家，或者顺路送到某个站台也好啊，可是她一看到李佳音那个样子，就打心底里不喜欢，不知道为啥，“你要是找，可以，找一个看着舒服一些的呀，你看她撅个老嘴，好像我们都欠了她一样。”

“她以前不是这样的，这一次是因为和我生气了，因为我们考试的时候，我没有帮她！”安瞳还是心疼李佳音，一直替她说话，都忘了是非曲直了。

“你气了她，我没气她，她应该有最起码的礼节吧，哪怕向我告你状，说‘大姐，你家安瞳欺负我’，我也好受一些啊！你看她那样，好像我们家族的人都得罪了她。另外，你说考试的时候她让你帮她，那不是作弊吗？她脑子不好使啊，还是谈恋爱谈疯了啊，这么简单的是非观都没有，你还觉得她对？你脑子被驴踢了吧？”大姐安梅做生意练就了好口才，说得安瞳哑口无言。

到了家门口，安瞳也没说什么，就进院里了。院里还是那一堆堆的药材，爸爸妈妈手里的活儿也没有停下来，只是异口同声地说：“儿子回来了？”

安浩天抬眼问了一句：“考得怎么样啊？”安瞳半天也没说话。

周美琪看了一眼儿子也很心疼，但还是不忘说一句：“考不好回家弄药材，饿不着就行！”

“他考得应该不错，他女朋友没考好！”安梅和妈妈说。

安瞳满脑子都是李佳音，谁说啥问啥，都不吭声，似乎压根就没听见。

“你自己打个车回家，我也没有办法，我大姐就那样，性子急。”安瞳拿着手机和李佳音说话呢，“别想太多了，大不了你考不上，我陪你一起复习！”

“说什么混账话呢？我们这么辛苦为你，你说不上就不上了，就为了一个女人，值吗？”大姐一听心里特别不舒服，还是没压住心中的怒火，“我正告你，安瞳！如果你女朋友是这样的人，我坚决反对，绝不支持！你们谈可以，这辈子她别想进我们老安家的门！”

安瞳气呼呼地跑了出去。他想去找李佳音，不是因为爱不爱，而是觉得自己是个男人，就这样把一个女孩子扔在车站，总觉得不是人做的事儿。

可是当他跑到车站的时候，李佳音已经不知道去了哪里，打电话也没人接。安瞳气急败坏地在车站附近的街头疯狂地跑，就像秋天落败的野花，被清冷的北风吹得无力地贴着地皮随风四处飘散，无法掌控自己的情绪，肆意地在风中挥舞着自己的残枝败叶，等待着命运留给他最后的清静。

也许一切在静下来的时候，就有了出路。班主任发来信息：所有艺考结束的考生回来上文化课！！！安瞳知道李佳音肯定会回去上课的，所以他心里有了一些安慰，终能见到李佳音的。人的情感也很奇怪，在一起的时候，肆无忌惮地伤害对方；不在一起的时候，又有一种销魂蚀骨的不安。

李佳音也很心痛，觉得一切都不可能了，但是又觉得这样失去，自己太亏了。她希望一切都好，也希望安瞳考上，更希望他过得好，可是他不要自己了，她就觉得不甘心。她想回来好好学习文化课，无论当初自己的文化课有多么不好，现在她必须加倍努力学。她一晚上没有睡觉，安瞳也没有睡。他们在夜深人静的时候，彼此视频了一次，安瞳给她唱了一首歌《喜欢你》，李佳音已经没有感觉了，她只有一个感觉就是好好学习！李佳音在视频里只说了一句：“我爱你，但请让我们好好学习吧！”

安瞳哭了一晚上，他头一次感觉到失恋的痛苦，这一次是真的分开了。以前好像都是吵架，用分开的方式来验证对方是不是舍不得自己，而这一次不是验证，而是真正的分开。从此以后，这个叫李佳音的女孩子就有可能从自己的世界里永远地消失了，有她在的日子那般美好，分开的时候，却如此悲戚。

也许这样的结局早就预定了的，只是自己不愿意接受这样的现实而已，安瞳只是觉得这样对一个女孩子于心不忍。大姐决绝的表情，李佳音绝望的表情，专业老师严厉的表情，在安瞳的脑海里，时不时地闪过。他感觉这一路走来，在自己的青春叛逆期里，辜负了很多人，他想用最优异的成绩来谢天下被他辜负的所有人。

可是李佳音好像并不希望他成绩太好，因为他的成绩太好了，就意味着自己将会失去他。这是安瞳最不愿意接受的现实。他最爱的人不希望他学业最好，反而希望他和她一样，就像最初他希望她和他一样，专业课名列前茅。可是，现在的事实是，她觉得自己的专业课肯定过不了了，而且她认定了安瞳肯定能考上，考得可能比任何一次都好，这样的认识也让她坚定地认为他肯定不会再要她了，无论他下什么保证，结局都一样，只是早晚的问题。可是，就这样失去吗？这种失去那么痛苦，就像从身体里抽去一块肋骨一样疼。安瞳也很奇怪，为什么平时大大咧咧的，以为什么都不在乎，现在真正失去了，又如此脆弱无力呢？

安瞳又是在半夜给蓝心发了一条信息：蓝心姐，我感觉这一次我们真要分了，我特别痛苦，一想到她绝望的眼神我就想哭，我该怎么办啊，姐？大姐不支持我，父母只支持大姐，李佳音自己都失去了自信，现在我也茫然了。

蓝心想着这个弟弟马上就要高考了，还在纠结这个问题，真的有点担心他了。虽然还不知道他是不是自己的亲弟弟，但是总感觉他就是自己在这个世界上最亲近的人，她一直相信自己的感觉。所以她每一次都能感受到弟弟面临的问题是轻还是重。这一次，蓝心也觉得弟弟面临着人生中最让他难以抉择的感情问题，但是毕竟蓝心是懂心理学的，所以她并没有太紧张。蓝心只是简单地回复了一句：这几天你先不要想太多，也不要盲目做决定，等我回去。

第六十章

完美之憾

艺考学生一回来，班主任感觉像重新接了一个班一样，艺考生的行为举止和他们在不同机构里习惯了的作息规律，都不符合学校里整齐划一的规则。所以班主任在他们返校的第一天就开了班会，主题就是“负重前行，决胜高考”。

班主任看到谭皓明染个黄头发，就在门口拦住他训斥了一顿：“你看看你，这几个月不见，头发也染黄了，还扎了耳朵眼儿，描了眉，涂了粉，你这是学生样吗？”

谭皓明看着班主任数落自己的样子觉得很可爱，笑嘻嘻地说：“老班，您别生气，我们这是上台亮相的打扮，不这么整，邋邋遢遢就上台，人家不得把我轰下台呀？您看您也染个黄头发，不是很精神吗？爱美之心，人皆有之，换位思考一下，您就不会生气了，气坏了身子划不来。”

班主任又气又想笑说：“你说你出去这么久到底学了什么？我染头发是因为我是大人，你一个学生得有学生样！”

“您看，我染的发型都和您一样，喜欢您才敢这么见您的！”谭皓明真的是能说会道啊，硬生生地把班主任给说通了。

“好好好，先进去吧，下次来让我看到你的学生样！”对这样的孩子，班主任也很无奈。

谭皓明回来后，满面红光的，看着就像考得很不错的样子，不过平时他就是没考好也能找到自己的优点自得其乐一番，想得开也是因为没有办法。因为异地，也是因为性格不合，他和白雪菲分了。

前一天回来的时候，谭皓明就照着镜子问舍友们：“你们觉得我很假吗？我现在都不知道自己是谁了，白雪菲说我假，然后我们就分了。也许是因为异地吧。”

张天宇还是很仙的样子，眯缝着小眼说：“我怎么感觉你不像是失恋的，倒像是热恋的呢？”

“还是张天师厉害，一眼就能看穿一切，佩服！佩服！”谭皓明也不掩藏什么了，直接和舍友们坦白，“白雪菲不喜欢我！我为她做什么她都觉得假，之前不是这样的，也许在一起久了，她不能接纳我这种性格吧。不过，我现在又有新恋情了。”谭皓明说完，欣喜的脸庞上突然出现了一丝无奈。

张天宇看到了谭皓明内心深处的某种最真实的东西，好像得到了最想得到的，却有某种遗憾的那种表情：“你还有什么遗憾吗？”

“我瞒不了你什么，我和你说吧，反正不说，压在我心里也难受。”谭皓明很坦率地说，“我现在的这个小女友，特别乖巧，我们在一起从来就没有任何不愉快和争吵，好像我们天生就应该在一起一样，我也没有任何的不适应或者不自信。在她面前我就觉得，一切都是最好的状态。我之所以专业课学得那么好，就是因为和她在一起，我总觉得我要更优秀，她让我看到了最好的自己。”

“那你还有什么遗憾吗？为什么会有无奈的表情？”唐亦飞很天真地问。

“人间没有完美，之前我们一直在网上聊，在我们见面前，她和我说了一个天大的秘密。”谭皓明说出一半就不想说了。

“啥秘密啊？你告诉我们啊，怎么说一半不说了啊，急死人了！”唐亦飞正想听下文呢，谭皓明不说了，可把他急坏了，嚷着让谭皓明告诉他。

谭皓明看了看唐亦飞说：“你有机会了！”

“我有什么机会啊？你怎么说话暗藏玄机啊？不能直白一些吗？”唐亦飞越听越糊涂，“你不会是说我和白雪菲吧？”

“你说呢？”谭皓明笑了笑说，“不过没事的，她现在和谁在一起都不重要了，当你不在乎一个人的时候，真的就无所谓了，什么都不会触动你的心灵了，如果和她有关的一丝丝都能触动你，说明你在乎，而我已经忘了我们之前发生了什么，也许这是最好的状态。我现在只对我的玉儿有感觉。”

“你们发展得挺快的，还‘玉儿’！”安瞳一直没有说话，他现在很讨厌这个话题，“我的爱情也没‘音’了，画个画儿，画没了！爱情就这么脆弱！还不如一张画纸！”

“你们都希望早熟，所以先尝到了长大的滋味，也许每一个人都要经历，只不过早晚的问题。除非对爱情没有任何奢望，甚至欲望。”张天宇总能看透什么，学点玄学也不错。

“让谭皓明给我们讲讲他的玉儿吧，我们想听听，正好让我们开开心。明天又要上文化课了，没有时间这样放松了。”唐亦飞就想听谭皓明说，谭皓明想想也是，说了也许心里会好受一些的。

“玉儿有天生的缺陷！”谭皓明不知道从何处谈起，因为玉儿在他的心里是完美无缺的，但现实是玉儿并不完美，在他见到玉儿的那一时刻，他才相信，“她在娘胎里就得了眼癌，出生后不久就做了一个大型的手术，把左眼的眼球挖掉了，现在她的左眼是个假的，随时能拿掉。”

“谭皓明，你别拿这个开玩笑，怎么感觉是电视剧里的台词？”唐亦飞听完心里特别不是滋味，感觉谭皓明就是为了从白雪菲的影子里走出来，才这样的。

“只要是真爱，无论对方什么样都是值得的！”安瞳看得很开，“你做好接纳她的准备了吗？”

“我们见面了，当我们见了面之后，我看到她那个样子感觉更爱她了。她现在并不在乎自己的眼睛了，也许是因为先天就这样，她已经接受这个现实了吧。”谭皓明虽然很心疼玉儿，但还是有些遗憾，“我在她面前不敢提眼睛，她在我面前也不敢直接摘下眼球冲洗，总是背对着我。”

“你现在能接受她，可是你能保证以后也能接受她吗？”张天宇听完谭皓明的诉说，感觉谭皓明就是为了弥补感情缺失。

“只要有爱，就珍惜，哪怕一瞬，不问将来，谁知道将来会是怎样的不堪一击？”安瞳好像在说自己一样，“既然不可能，既然不相信，那就放下！如果信任，如果爱，那就坚持，无论遇到什么，都不可怕，可怕的是彼此不信任！”

“就算你接受了，那你父母能接受吗？”张天宇还是觉得这样的爱情不可靠，“我为你觉得可惜，也为你的玉儿可惜！”

“什么意思啊？怎么都是可惜啊，说明白点，别总那么高深！”谭皓明不明白张天宇要说什么，但是他知道他说得有道理。

“如果有一天，你的玉儿眼疾又犯了，而且严重了，但是对你的爱已经深到为你牺牲一切都愿意的地步了，她可能会主动提出分手，因为她不想连累你，你怎么办？”张天宇总能看到别人看不到的地方，“另外，你的爸爸妈妈要是知道这个事实，他们会接受吗？肯定不会接受的！虽然刚才你没有回答我，但我已经知道答案了。而你们又那么相爱，你们爱得越深，这样的问题一旦真出现了就越不好解决，而且会带来一系列的不良反应，对彼此的伤害都会更大。我不懂爱情，没有经历过，但是我读的书多，我能分析出来，你自己考虑一下，是不是这个理儿？”

“你说的正是我一直考虑的问题，就因为这个，所以我才觉得不完美，但是我真不想放下这段感情，这是我遇到的最完美的恋情。”谭皓明特别坚决地说。

“那你就继续下去，反正爱情和婚姻又不一样，有一段最美的恋情比什么都重要。”安瞳都不知道自己该怎么评价这样的感情，因为自己的爱情已经是一地鸡毛了，都不知道怎么收场，他知道如果李佳音足够信任自己，就不会出现这样的结局。可是又不能让女孩子来承担这一切，他宁愿让李佳音骂自己渣男。

“我会继续下去，不管出现什么情况，我们两个一起扛。”看来谭皓明是遇到真爱了，“在她那里，我才知道我有多重要。被需要也是一种幸福，更何况我们彼此都喜欢对方。”

“别聊这个话题了，明天就要上课了，要是被班主任知道，你们俩还是得分！”张天宇开始犯困了，他到点儿就睡。

他们几个带着各自的想法上床了。安瞳没有睡，他看着谭皓明甜蜜睡去的表情有些嫉妒；他看着张天宇一脸玄机的样子睡去，好想追寻到他的梦里，看看他到底在梦里做什么呢；最后他看着唐亦飞天真纯净的表情，才逐渐地睡去。处在这个年龄段，能有一个婴儿般的睡眠真的很难。

第六十一章

艺考之忧

其实班主任早知道这些学生在外面无人管控，谈恋爱都谈疯了，但是她无法想象的是这些刚满十八岁的孩子能演绎出比电视剧还疯狂的爱情故事。也许正是他们的无知和无所畏惧，再加上一下子到一个不怕别人知道的环境里，所有的天性就都暴露出来了。

虽然培训机构的老师也想管控，但是觉得也控制不住，有的可能觉得他们早就谈了，所以孩子们更加肆无忌惮。再加上培训机构里的学生来自不同的地方，他们最初都不认识，有几个认识的，就觉得不寂寞了，时间久了就谈到一起了。

本来专业学习就是紧张而又枯燥的，有种拔苗助长临阵磨枪的感觉。有的专业集训一两个星期就可以参加专业高考考试了，有的学生在这几天里就能提升很多，也的确很有效果。因为很多专业都在于天赋。有一个学生，表演一天都没集训，在家自己看书琢磨，按照考试要求自己训练，结果考得还很好呢。因为自身条件也很不错，再加上有天赋，天生就是表演的料，就像有的学生天生就会唱歌一样。而有些学生即便集训了三年，还是那个水平。

班主任先是找安曈谈了："这还有 100 多天了，你的专业分值很高，排名在前，文化课只要过就能走一个好的学校，可是，你现在文化课已经落下那么多了，还不着急吗？我知道你和李佳音关系好，我也不想说你太多，但是我知道你懂哪头轻哪头重。更何况李佳音专业课都没过，她文化课又不好，你们考不到一个大学，即便感情再好，异地恋也不可能长久喽。我这样和你交流这个问题，已经是很仁慈了，你知道我的脾气的，只要让我知道谁谈恋爱，不可能成的。”

班主任也不知道是想劝安瞳好好学习啊，还是不要谈恋爱，反正安瞳也知道班主任是为自己好，但是他一看到李佳音痛苦的样子就心疼，总想和她和好。但是一想到大姐的表情，安瞳就觉得他们没有未来，他想再叛逆一次，可是好像骨子里已经过了叛逆期，或许骨子里已经没有了对李佳音的迷恋了吧。安瞳很迷茫，所以班主任说啥他都听着，没有一句怨言，似乎班主任说的就是箴言。

安瞳现在唯一要做的就是学习了，他知道自己吃了多少苦，曾经熬夜三天，不吃不喝，只画画，李佳音因此也责备过他，但还是心疼他，给他买了肯德基补补。想想李佳音心疼自己时的那种爱恋的表情，安瞳很舍不得，他想：如果爱情只有爱情多好啊！可是人世间有多少东西是单独存在着的啊？如果都是单独存在着的，估计爱情也不复存在了，因为爱情本身就是两个人的事情。情感在纠结的时候最熬人，一旦放下或者坚定地走下去，就很平常。但也正是纠结了，才会衡量出这份感情在彼此心中有多重。安瞳不想知道这一切了，他只想好好学习，无论结果怎么样，他都要努力提升自己，因为只有自己越来越好了，他才知道自己到底想要什么。

安瞳在想着自己接下来要做什么的时候，班主任又叫了几个同学，单独解决他们的感情问题，也许这是班主任面对临考生最难解决的问题。

张一鹤过来的时候，班主任几乎就是崩溃的，因为班主任从专业老师那里知道了很多关于他的所有糗事：“张一鹤，你知道你从学校走出去之后，做了什么吗？看把你能的，你到哪个机构，哪个机构的老师都说你是奇葩，这个世界上就没有你能待的地方了，是吧？你说你到底作给谁看的呢？哪都留不住你，你倒是自己开一个机构啊？没多大本事，脾气却不小，这作够了回来了？我把话撂这，你要是在我这里作，你现在都别想进这个教室门！”

张一鹤都不知道自己为啥那么出名，他自己也知道自己太能作了，可是他就想找一个更好的学校有错吗？没有人告诉他，哪一个机构最好，也没有人告诉他，他该去哪一个机构，他只好一个一个试。他感觉自己好像看透了什么，但是又不能摆脱什么，最后只能相信命运。也许自己选择累了吧，最后择一处最适合自己的安稳下来，接下来就拼命了。其实张一鹤最后真的是拼了命了，他虽然也想方璐，但为了争一口气，他花了大工夫去练习自己的专业，如果一开始就这样拼命，也许他也不会像现在这样为了一个离开自己的女孩而疯那么久。

在爱情里，最不自信的那个人，才是受伤最重的，因为不自信，他可能会用尽自己所有的力气去爱，而一旦失去，就失去了所有。因为他在这段爱情里，已经倾尽了自己的一切。接下来的一切不甘心，都是想夺回自己曾经有的那些，就算回归原样都可以。可是爱情没有回归，所谓的复合，也只是换了一种方式去爱而已。

谭浩明的新恋情，班主任不知道，所以班主任让谭浩明直接进教室了，并鼓励他说："专业课考得很好，但是你的文化课太差了，你最好报几个校考，否则你的文化课分可能会影响你最后的录取。"

唐亦飞和张天宇就等着班主任和谭浩明谈他女朋友的事呢，结果没有说，他俩很失望，彼此看了一眼，一脸茫然。

第六十二章

初恋之美

蓝心放假回来了，戴小婉抱着蓝天歌在门诊前的花坛里正晒太阳呢，看见蓝心回来了，很开心地和天歌说：“天歌，姐姐回来了。”天歌还不会说话呢，虽然不知道妈妈说什么，但是看到蓝心，天歌还是笑了。

蓝心见了妈妈和天歌，看着远处门诊前的病号问：“我爸今天一定很忙，现在怎么这么多病号啊，妈？您和天歌别到那边去。”

“我们就今天来这了，为了接你。没事儿的，我们不往那边去，就在这晒太阳。最近甲流比较厉害，你也不要到门诊里去了，那里病人太多，咱们回家去，我给你做了很多好吃的，就等你回来呢。”戴小婉抱着天歌跟着蓝心回到了家里。

走着走着，戴小婉突然想起了什么，应该让蓝心去诊所，因为她不仅能见到蓝文轩，还能看到肖剑雄：“你戴个口罩去和你爸打个招呼，对了，他旁边的那个助理就是肖剑雄。”

蓝心一听有肖剑雄，特别想去，但还是很矜持地说：“妈妈，我们先回家吧，我得洗漱一番，要不然这样见人家也不礼貌。”

蓝心洗漱完，整理了一下衣物，蓝文轩才回来。蓝心过来给爸爸一个拥抱：“爸你太累了，我刚想去看你，看病号那么多，你肯定很忙，怕影响你，就没有进去。明天我去帮您！”

“没事儿的，你也帮不上什么忙，没有行医资格证，你也只能做做杂务。不过，有肖剑雄在，我就轻松多了。那个孩子真能干，有那么高的学历，还愿意来这里给我当学徒，精神可嘉，我一定要把咱家祖传的医学精华都传承给他。对了，你们经常联系吧？网上交流，不一定能交流出什么来，正好你回来了，你们有时间交流了。今晚我们忙完，就把时间留给你们。”蓝文轩看着女儿出落得大方，想想肖剑雄英俊潇洒，博学多才，心里就特别舒服，觉得今生如此圆满就足够了。

他抱过小天歌，举得高高的，开心地说：“姐姐要给你带回来一个大哥哥喽！”

“爸！还没见面呢，我们不知道能不能成呢。不过，小天歌还听不懂，是不是啊，弟弟？”蓝心特别喜欢这个家，她就是有了男朋友，也不想离开这个家，“妈，我以后娶个男人回来，让他住咱家，可以吗？”

“我当然愿意了！肖剑雄这个孩子不错，我特别喜欢，你爸看重的绝非等闲之辈！”戴小婉比以前更温婉了，每一个当过母亲的女人，都有迷人的魅力，有时我们甚至忽略了她身上其他的优点。

肖剑雄忙了一天，蓝文轩发信息和他说：“蓝心回来了，今晚你们见一面吧？”

肖剑雄回复说：“蓝心发信息和我说了，谢谢师傅！”

肖剑雄选了一家咖啡厅，舒缓的音乐，浪漫的环境，最适合初次约会的人谈情说爱。肖剑雄提前了几分钟到，点了两杯咖啡和一壶柠檬茶。

他看着前边几个很高雅的女子谈论着养生和美颜，觉得女人很有趣，这是他以前从来没有感觉到的，因为一直读书学习，专研医学，他已经忘了自己已经是大龄青年，关键是也没有遇到过让自己心动的女孩。蓝心的出现让他的生命有了柔性，一想到她，他就能想出最优美的句子来赞美这个女孩，以及和这个女孩有关的美好的一切，连他自己都想知道，什么时候有了那么多的诗情，他好想赞美这个城市里的每一个人。

肖剑雄选的是一个带帘子的单间，里面灯光都带着浪漫的气息，他拿着手机给蓝心发了个定位，然后就傻傻地看着蓝心的照片，脸上溢满了幸福的笑容。

蓝心化了个淡妆，和大学里的打扮一样：披肩发，小白袄，牛仔裤，运动鞋，和在大学里相比只多了一条橘黄色的围巾。

蓝心的身材和长相像极了周美琪，高贵的气质又像极了戴小婉。这样一个妙美的女子走进咖啡厅，真的是惊艳了咖啡厅里的所有人。她身上的香味像深谷幽兰，你就是看不到她，也能感受到她的存在。那种若有若无的幽香，总能让人想停下一切去寻找什么。

那几个喝着茶谈着生意的成功男士，在端起茶的一瞬间，瞥见蓝心从眼前飘过，都端着茶杯，看直了眼，有的还眯着眼睛，深呼一口气，没端茶的手掌也随着翘起："啊！真香！"

另几个哥们随即小声地问："是这茶香啊，还是……"

旁边的那几个高贵的女士也都不自觉地瞧向蓝心，她们很羡慕蓝心仙气十足的脱俗样子："还是小女生讨人喜欢啊，你看那几个男的，嘿嘿嘿！"

蓝心没有注意到周围人的眼神，她看着定位直接找到了肖剑雄的单间，在帘外，她犹豫了一下，肖剑雄已经嗅到了她的气息，虽然他们从来没有见过面，但是他能感受到帘外就是她。他紧张得不知所措了，也停了几秒，转瞬站起身来，掀开了帘子，那一刻，他感觉掀开的是她的红盖头，那种惊喜不亚于新郎入洞房。

"蓝心！"肖剑雄平时在网上和蓝心聊天时，一口一个"蓝心"地叫着，没感觉到什么，可是现在刚一开口，肖剑雄就有了一种浑身酥软的感觉了，他想给她一个拥抱，但是又不知道合适不合适，伸出去的双手又收了回来，调整了一下自己，很礼貌地说，"蓝心，你请坐，我给你要了咖啡，这杯加了糖，你先喝一点，外面有点冷。"

"好的，谢谢你！"蓝心接过咖啡喝了一小口，然后看了看周边的环境说，"这里很温馨。"

蓝心想好好看看肖剑雄，但是她只看一眼，就不敢看了，因为肖剑雄正深情地看着她，眼里像有一道白色的光，带着波痕向着蓝心的眼睛直射过去。蓝心瞬间化了一样，一脸红晕地低下了头。有那么一段时光是静止的，肖剑雄就那样傻傻地看着，蓝心就那样娇羞地低着头。咖啡的浓香一阵一阵袅袅地飘着，乱了两个人的世界。

不知过了多久，肖剑雄递过一杯热茶，轻轻地推到蓝心的面前，温柔地说：“蓝心，喝点茶吧。”

蓝心接过热茶，又轻轻地喝了一口，嘴角有淡淡的柠檬香，她感觉有一股清新的气息让自己舒缓了过来，重新调整了一下自己后，很温柔地看向肖剑雄说：“你们最近很累吧？”

“有一点，冬天呼吸道疾病多一些，最近甲流患者比较多，不过，有师傅在，再累我也不觉得。”肖剑雄一说起和诊所有关的事情，就有了很多话题，“我和师傅在研究茶饮中药，治疗甲流的，每到流行病季节，都让老百姓提前喝一些，预防着。”

“我爸和我妈都特别喜欢你。”蓝心不知道说什么了，就弄出这一句。

“那你喜欢我吗？”肖剑雄突然问这一句，蓝心不知道怎么回答了。

肖剑雄看着蓝心，就等她说喜欢。蓝心半天才点了点头说：“喜欢。”蓝心的脸上露出了甜蜜的笑容，肖剑雄深呼了一口气，感觉中了大奖一样，两个拳头紧紧地攥了一下，似乎在说“耶”，但并没有发出声音来。其实他们在网上能说出很多温情的话语，而一见面就不知道怎么开口了。

他们喝完咖啡，夜已经很深了，但是彼此还是不愿离去。他们走在广场的小路上，两边是高大的树木，偶尔也有四季常青的小矮丛，这里的空气很好，特别是夜深无人的时候，远处的灯光打在树梢上，透过枝条，朦朦胧胧地萦绕着他们。肖剑雄好想拉住蓝心的手，可是夜色里的蓝心美得无与伦比，他不敢触碰，怕一碰什么都没有了。蓝心眼里的肖剑雄就像夜晚的一束光，那爱意浓浓的眼睛，让这个夜晚如此温柔而又多情。

他们就那样无声地走着，在广场的每一条小路上。有一丝风吹过，肖剑雄问：“你冷吗？”

蓝心说：“有一点。”

肖剑雄想了半天都不知道该怎么接下一句，他想拉过蓝心的手，用嘴哈一口气好好地给她捂捂，可是他一这样想，就紧张。他纠结了半天还是没有伸出手。为了缓解尴尬，他突然说：“蓝心，我给你唱首歌吧？”

蓝心绷紧的心弦也松弛了下来：“好啊！”

“今夜还吹着风，想起你好温柔，有你的日子分外的轻松！”肖剑雄经常在网上给蓝心唱这首歌，蓝心也最喜欢肖剑雄唱这首歌，有一段时间，她几乎天天循环播放。

“我更喜欢你写给我的诗歌《我想去江南》，你今天能应景写出一首诗给我吗？”蓝心听着肖剑雄唱的《亲密爱人》，为了让彼此都有话题，她让肖剑雄即兴创作一首诗给她。

肖剑雄在国外读书的时候，平时闲暇时光，经常看外国诗歌，所以他很喜欢用诗的语言来表达情感。此时此景，他写可以，让他说出来，有点难为情。但是为了蓝心，他还是用诗的形式即兴说出了一些心里话：“我看着你，总感觉你也在看我。你看我时，眼神里多了星光，多了明亮。你一看我，我的世界就亮了。于是你便从世界的每一个角落里，走出来，在我睁眼闭眼的瞬间，闪现出来，我的目光所及之处，便只留下了你。蓝心，我爱你！”

蓝心一下子不知道该怎么办了，像逃离一样朝着诊所的方向奔去。肖剑雄也不知道蓝心怎么了，跟着蓝心的身后，慌张地说：“蓝心，你怎么了？我的诗不好吗？我说错什么了吗？蓝心，对不起啊！”

蓝心被肖剑雄拉住了手，蓝心感觉手像被电了一下一样，浑身酥麻的感觉，她扭头正好和肖剑雄那张俊俏的脸打个照面，她呆呆地看了半天，心疼地说了一句：“我也爱你！”肖剑雄一把抱住蓝心，他们紧紧地贴在一起，蓝心听着肖剑雄强有力的心跳声，像月光一样融化在了肖剑雄的怀里。

第六十三章

灵魂之安

安瞳他们也放假了，他没有参加文化课的期末考试，因为他觉得自己文化课落下的太多了，即使考，也考不出啥水平来，除了蒙就是空儿了。

安瞳回到家，看到一地的药材，突然想帮爸爸妈妈做点什么了。他很熟练地把分拣好的桔梗放进旁边的大袋子里，好像这些活儿，都是他的一样。这样的举动，让安浩天格外高兴。这么久了，一直忙于生意，安浩天觉得和子女们在一起的时间太少了，他想享受天伦之乐了，特别是在自己生了一场大病之后。

安瞳知道爸爸是这个世界上最爱自己的男人，但是经历了那么多之后，他想改变自己，让自己变得随和一些，让这个家更温暖一些。可是习惯了以前的相处模式，突然改变自己，安瞳有些难为情，转念一想觉得自己已经长大了，父母那么不容易，自己也该懂事了，非要失去之后才要彻底改变自己吗？

周美琪看着儿子像个大人一样在自己的眼前很乖巧地干活，心底生发出莫名的喜欢，习惯了不合适的相处方式，也想改变一些，但还是有些迟疑，仿佛一改变，一切都变了一样。她把药材很熟练地放在机子里，切成片状，安瞳就那样递过来、递过去，娘俩都没有说什么，但感觉一切又都刚刚好，他们彼此好像陌生太久了，终于可以静下来，好好地去感受对方了。安瞳头一次那么强烈地感受到有妈妈在那么温暖。安浩天看着他们娘俩很和谐的样子，也开心地笑了。也许不说话，他们就总是很温馨。

“妈妈，你们天天弄这些东西，不烦躁吗？”安瞳终于打破了宁静，“从我记事儿起，就感觉你们在这里弄这个，这么多年过去了，感觉你们还在这里，就一直这样忙碌着，没停下来过。”

“也停下来过，没货了，我们会停下来。不过，一停下来我们反而急躁了，生意人，没了生意，就像没了生命一样。”安浩天怕周美琪又和儿子说一些不着边际的话，所以抢先和儿子说，“就像你们学生如果不学习，其实是很无聊的。”

安浩天说完前半句，本不想说后半句的，但还是习惯性地说了出来，说完看了看儿子，又看了看周美琪，一切还是那么和谐，没有任何不良的迹象。

周美琪想了想说：“其实，儿子在身边的感觉是最好的，哪怕你什么都不做，就这样看着妈妈干活，妈妈都喜欢。”

安瞳看了看妈妈，又看了看爸爸说：“你们现在特别可爱！和以前不一样了。”

周美琪听到这样的话，像个孩子一样开心地笑了，她捂着嘴笑得流出了眼泪，她慌忙抹了一把脸故作镇静地说：“儿子，你比以前更懂事了，我们看着就舒服，干活也更有劲儿了。”

“你哪天干活不起劲儿啊？”安浩天看看周美琪，又看看儿子笑着说，“只要能赚到钱，你妈就是再累也会把这一天的活儿做完，否则她睡不着觉。”

安瞳心突然一疼，手里的活儿停了一下，缓了半天说了一句：“妈，你以后别这么累了。”

安瞳说出这句话的时候，眼泪就在眼圈里转悠，感觉自己以前太不懂事了。周美琪听儿子说出这么心疼自己的话，也停下了手里的活儿，激动得眼泪都止不住了。

“儿子，妈给你做好吃的去！”周美琪多想说出“儿子，妈妈爱你”这些电视剧里的台词，可是那一瞬间，她只想让儿子吃好喝好，只要儿子好，怎么都好。这就是当妈妈的最简单的心理，只要儿女们在身边就好。

安瞳帮妈妈洗好菜切好肉，看着妈妈很熟练地炒着他最爱吃的爆炒牛柳，嘴里时不时地说一句“真香啊”。这一口菜好像等了十几年，其实哪怕就是葱蘸酱，只要是爸爸妈妈做的，安瞳就觉得是人间的美味佳肴了。也许因为谈过女朋友吧，安瞳很习惯地把妈妈的头发往后面拢了拢，从侧面拍了一张妈妈炒菜时认真的样子，然后发到朋友圈里，附了一些文字：爆炒牛柳，妈妈的味道！安瞳觉得任何人很投入地去爱的样子都是最美的。为什么人们总是忘不掉妈妈的爱？因为妈妈爱得最投入。

李佳音看到安瞳的朋友圈，觉得安瞳很幸福，好像彻底忘了自己。李佳音真想回复一条信息，质问安瞳：你不是说你家里没有一个人爱你吗？现在怎么跑到家里找爱去了啊？李佳音生着闷气，输入几个字，又删掉几个字，反反复复地重复了几遍，也没发出去。她甚至想，如果这样发，是不是自己太不懂事了？可是谁知道自己经历了什么，也许任何一个人经历了她经历的一切，都会崩溃到失去理智的。她想把一切都删除掉，和安瞳有关的一切，她不想知道，因为知道了，只有不开心和委屈。但是，删掉一切之后，又觉得心有不甘，不想就这样结束一切。想想自己现在的样子，李佳音觉得自己太失败了，她恨自己不该开始这一切，也恨自己放不下这一切。

安瞳的大姐安梅也回复了信息：你啥时候对妈这么肉麻了啊？

安瞳又回复了一句：大姐，你嫉妒了！

安瞳虽然在渐渐地融入这个家庭，但骨子里还是舍不得李佳音。他尽量地用家务活儿来填满自己的日常，只要和李佳音有关的任何一个念想生发出来，他都要去院子里疯狂地找活儿干。人在最无助的时候，总喜欢躲在自家的院落里，贴着妈妈的暖，看一院花开，然后所有不愉快，就都烟消云散了，好像根本就没发生过一样。

周美琪不知道儿子的世界到底有着怎样的秘密，但毕竟是自己亲生的，无论儿子有着怎样的想法，她都为儿子的改变而心花怒放。这么多年来，她在药材堆儿里只嗅到了药材混杂着金钱的味道，在这样的味道里，她就像精神错乱一样，任何影响她生意的人事物，都会变成她咒骂的对象。她失去生活的乐趣很久了，跟着安浩天走南闯北地闯荡，就为了这个家能有个家样。她即使独守庭院，等着丈夫进货回来，也在想着这批货会是什么行情，会不会赔，能赚多少。偶尔看着孩子们回来，她也只是想，孩子们都大了，只要看到他们健健康康地活着就好！

第六十四章

初吻之味

蓝文轩和肖剑雄从早晨六点起来就忙着接诊了，最近流行感冒特别多，好像控制不住了。蓝文轩根据病人舌象的特点，让肖剑雄作统计分析，分析结果是舌苔黄厚腻居多，这种严重的病例，不能简单地用中医调理了，必须中西医结合，因为中医里的“瘟病”，发病都比较急，而且具有很强的传染性。

对于早期症状比较轻的，蓝文轩给病人开了一些“宣肺散毒汤”：连翘15克，菊花10克，前胡10克，荆芥10克，白僵蚕10克，杏仁10克，薄荷6克，桔梗10克，芦根15克，牛蒡子10克，紫苏梗10克。病人们觉得蓝医生医术高，所以都愿意来这个诊所领这一汤方。说来也奇怪，只要蓝文轩觉得可以看好的病人，在这里只要吃上几服药就能好，而且还不用花太多钱，受太大罪。

蓝文轩属于儒雅之士，不仅是中医世家的第九代传人，还博学多才，精通书画、音律，喜欢研究药膳，还是孙式太极和杨式太极的传人，身边有很多弟子和追随者。因为德艺双馨，所以很多好学者都慕名而来。肖剑雄作为一个留洋归国的高才生，不去国内顶尖医院工作，而来到蓝文轩的诊所当学徒，从这我们就能看出蓝文轩在中医领域的知名度了。当然，肖剑雄也不是一般人物，他把从国外学来的先进技术和传统的中医文化结合在一起，想从一个全新的角度，破解人类的基因密码，从而彻底解决人类的病痛之苦。也许这是一个世界难题，也是医学史上的难题，但是他有这个梦想，着实很令人敬佩。蓝文轩和肖剑雄互相欣赏，彼此促进，他们要把中医文化发展到极致。

目前，他们有一个最想治好，又最难治好的病号——瘾君子丁世昌。他身上的毒斑越来越严重，病号们经常见他瘦骨嶙峋地来这里，身上带着一些尿骚味，偶尔还见他身上湿一片，更严重的时候，他走后，身后会留下一些水一样的东西，淅淅沥沥地跟着他消失在人们的视线里。

蓝文轩一直建议他去大医院，但丁世昌说："我就是从大医院里出来的，他们也治不好我，我就在你这里治疗了，我知道我没有多少时日了。"

也许没有蓝文轩，丁世昌早就离开人世了。戒毒所的人，也经常把他带走，但是出来之后，他就会犯病，然后就来这里。蓝文轩为了治好丁世昌的病，又多研究了很多书，肖剑雄也跟着一起研究。他们想从中医的角度帮他解除痛苦，可是，他们刚看到一些希望的时候，丁世昌就会被带走，或者又重新染上毒瘾。

都说丁世昌和周美琪有过不正常的关系，但是很少见周美琪出来看望丁世昌。也许，丁世昌根本就不想让周美琪知道吧，或者，周美琪即便知道了，因为一大家子人，也不方便关照这个曾经爱过的男人。一切也都只是猜测。

蓝文轩很少关注那些病号的闲言碎语，偶尔戴小婉会说一些和丁世昌有关的事情，但也很少做过多评论。偶尔也会开一些玩笑："文轩，咱们蓝心不会和丁世昌有关吧？"

"哪可能啊？别瞎说！"蓝文轩虽然嘴上这样说，但是内心还是多想了一些，万一蓝心和这个"瘾君子"有关怎么办啊？

"我很奇怪的是，他们家里那么多孩子，为什么偏偏把蓝心给咱们，如果周美琪和丁世昌真有什么，你说蓝心会不会是丁世昌的？"戴小婉本不想说太多的，但是这么一推理，总感觉蓝心是周美琪和丁世昌的孩子。

"你看悬疑片看多了吧？推理很缜密啊！蓝心从小身体不好，老找我们看病，家里孩子又多，我们又没孩子，想领养一个，所以他们就答应让蓝心跟我们一起生活了，而且蓝心在我们家生活，很开心，他们还时常能看到她，所以他们就让蓝心一直生活在我们家了，这一切很正常啊。”蓝文轩真的不想让蓝心有过多的烦恼，所以他竭尽全力地把所有有利于蓝心的言辞都理出来，可是说这些话的时候，他自己也在担心着什么，因为这些道理好像不用推，一般人都容易往这方面想。

蓝心这几天本来也不舒服，估计也染上了风寒，所以蓝文轩不想让蓝心知道太多，但是丁世昌这个人一出现，蓝文轩的内心世界多多少少都会把他和蓝心联系起来。其实无论从哪个方面来讲，蓝文轩最想做的事情，就是把丁世昌的病治好。可是他的毒，真的难以治好了，因为毒可以解，瘾难戒啊。

蓝心虽然是个大学生，但是毕竟还是一个连社会都没有踏入的学生，所以她很少思考太多复杂的问题，蓝文轩夫妇也几乎不会和她谈这些，所以蓝心一直很快乐。这几天因为流感，她也没怎么出门，把自己关在诊所后院的一间小书房里。因为怕影响弟弟天歌，所以连吃饭都是肖剑雄给她送的。蓝文轩给她配了一些中药，让她喝下去，她嫌苦，总是喝一半留一半。年轻人普遍有一个不好的思维习惯，觉得感冒不算病，挺一挺就会好的，只要不发热就没什么大碍，况且自己身边都是最好的医生，所以蓝心更不在乎了。她每一天除了看书，就是等肖剑雄过来给她送好吃的，感觉这是她每一天的“盛宴”。

一天，肖剑雄忙完后来到蓝心的书房，感觉蓝心的脸有点发热，虽然她还是那么认真地低头看着书，但是肖剑雄明显地感觉，这种红是病态的红。肖剑雄把师傅煎好的药端过来，让蓝心先喝掉。

蓝心说：“我不喝，我好了，你看我多精神，今天我还记了这么多笔记呢！”

肖剑雄说：“听话，你已经发热了！”蓝心不相信，接过肖剑雄递过的体温表量了量，还真发热了，38度了，但自己还不知道。

“可是我嫌药苦，能不喝吗？给我打针都行！”蓝心带着哀求的口吻对肖剑雄说。

“打针副作用大，中药几乎没有副作用，听话！”肖剑雄哄着蓝心，让蓝心把中药喝掉。

“中药也有副作用，就是苦!”蓝心故意和肖剑雄撒娇，说完看着肖剑雄无奈的样子，觉得特别可爱。

“那我喂你，你就不觉得苦了。”肖剑雄说完，脸一下子红了，比蓝心的脸还红。

“你也发热了，你的脸红了。”蓝心看肖剑雄一下子红了脸，突然感觉心跳加快了。蓝心看着肖剑雄喝了一大口中药汤，想过来送到她嘴里，但含了半天，没敢过来，咕噜一声咽到自己肚里了。肖剑雄又喝一大口，看了一眼蓝心，瞬间低下头，咕噜一声，又咽下去了。蓝心很心疼地接过药碗，想自己一下子喝完，可是肖剑雄没有给她，很痴情地看了一眼蓝心。

“你再喝两口就没有了。”蓝心把手缩回来，声音也很微弱了。

她看着肖剑雄很窘迫的样子，特别心疼：“有你在，我就不怕苦了。”

她刚要再去接药碗，肖剑雄握住她的手说：“男人说话要算数，我说过喂你的。”

然后他又喝了一大口，把杯子顺手放在桌上，从椅背上快速拎起蓝心的那件水红袄，瞬间盖在他和蓝心的头上，轻轻地捧起蓝心的脸。他的嘴唇碰到了最柔软的地方，他用舌头轻轻地开启那两瓣儿柔软的香唇，他听到了舌头吮吸的声音，于是他嘴里的药便流向了一处芬芳的地方，他感觉自己酥软得像一块柔软的糖，甜甜地滑进了芳香四溢的世界里。他软软地从那件水红袄里钻出来，把最后一大口中药含在了嘴里，当他再次钻进去的时候，捧起的脸比刚才更烫了，那温热的嘴唇跳动着诱惑，把他所有的激情都迸发出来了，在蓝心的嘴里还残留着最后一缕药香的时候，他就已经无比兴奋地闯了进来。灯光照在那件水红袄上，无比透明，他们的眼里缀满了星光，这是他人生的第一个吻，在这水晶般的水红世界里，只有诱惑人的气息。

第六十五章

真相之毒

安瞳早就想找蓝心玩，但蓝心一直说感冒不想传染给别人，所以安瞳放假这么多天都没有见到蓝心。他想一个人到诊所看看，看看蓝心在不在那里。

诊所还是那么多人，每个人都感觉很疲惫的样子，他看了一圈子，都没有看到蓝心，看到了蓝医生旁边的肖剑雄，安瞳虽然不认识肖剑雄，但是他总感觉肖剑雄不是一般人物，那种从里到外散发出来的光芒，让安瞳有一种从未有过的崇拜感。他想过去，和他们打个招呼，但是他们认真的样子，安瞳真的不便打扰。

安瞳穿过这些被疾病折磨着的人群，来到了后院，那里有蜡梅绽放，时不时地散发着幽香，让他有了一种从夹缝里挤出来的感觉，他深深地呼了一口气，不自觉地说了一句："真香!"

梅花的影子打在蓝心的窗前，她听到了熟悉的声音，透过玻璃窗，看到了安瞳，她想叫他，可是她真的怕传染给这个弟弟。但她特别想这个弟弟，所以不顾一切地拉开门喊了一声"安瞳"，便出来了。

安瞳看到蓝心，慌忙跑过来："姐，你在这呢!"

安瞳给蓝心一个大大的拥抱，蓝心戴着口罩说："我还没彻底好呢，别传染给你，这一次感冒很厉害的，你马上要考学了，可别有什么闪失，多注意一些好!"

"姐，我们还有半年呢！我没事的，别的不好，就是身体好，我在外面那么久，连个喷嚏都没打过，刚刚我从诊所那穿过来的，那都是病号，你看我不好好的吗？”安瞳看着蓝心，很心疼地说，“早都想来看你了，你一直说感冒，你这次感冒时间也太长了啊。”

“没事的，我很快就会好的。”蓝心拍了拍安瞳的肩，感觉特别温暖，觉得安瞳变化很大，不仅个儿又长了，而且变得比以前温和了，好像突然和这个社会和解了一样。安瞳让蓝心在院子里等一下，说要拿一些东西过来，就在诊所外面的电动车里。

安瞳又一次穿过病恹恹的人群，突然感觉眼里出现了一个熟悉的身影，他不知道哪一个身影是他曾经见过的，但是总感觉有一个影子，在他眼里飘过去的瞬间，他就有了一种莫名其妙的熟悉感，总想搜寻一番。当他的目光落到丁世昌的身上时，他觉得上一次来蓝心这里就见过，而且在上一次以前好像也见过，好像是在自己的家里。

安瞳很狐疑地看着丁世昌，虽然眼前这个男人比印象中的那个人瘦了很多，但是他还是能辨认出那双眼，安瞳一看到这双眼，脑海里就会出现鸟的飞影。

“怎么了，安瞳？”蓝心看着安瞳像有心事儿似的从门诊外面回来，不知道发生了什么，“外面发生什么事儿了吗？”

“姐，我有一个秘密想和你说。”安瞳看着蓝心，就想把自己的想法和蓝心说喽。

“你说吧，到底怎么回事？”蓝心也想知道，就这么一瞬间，安瞳能遇到什么，让他如此心神不定。

“姐，你见过那个瘦瘦高高的男人吗？就是一个病号，好像得了什么怪病一样，我见过一次，刚刚又见过了，我感觉这个人很特别。”安瞳想着说着。

“是的，这个人是很特别，他是一个‘瘾君子’，我也只见过他一次。据说他经常来。听肖剑雄说，最近他的病情又严重了。肖剑雄和我爸好像在研究专门治他病的奇方。”蓝心想到了安瞳说的这个人，就是丁世昌。

“姐，肖剑雄是谁？是不是在蓝叔叔身边帮忙的那个帅哥，我一进来就看到他了，感觉特别舒服。”安瞳突然又转到了肖剑雄的话题上来，他看蓝心一提到肖剑雄，脸上和眼里就有了光，感觉蓝心心里肯定对肖剑雄的感觉不一般，毕竟安瞳也是谈过恋爱的人，比蓝心的经验更丰富，因为他和李佳音谈了那么久，总感觉很了解女人，其实他也只是个孩子。

“安瞳！别转移话题，你在说那个瘦高男人！”蓝心很不好意思地提醒安瞳，“到底发生了什么？你为什么感觉他很特别？”

“我感觉，我小的时候就见过他，他好像经常去我家，等我长大了，我就没见过他了，还是上一次在诊所里，我见过他一次，这一次又见到了，我看过他的眼睛，我感觉我没认错。”安瞳很肯定地说。

“要不，我们今天弄明白这件事，你回家试探一下你爸妈，问他们认识不认识丁世昌，然后我问我爸妈，看他们有什么反应，然后我们在微信里交流，好不好？”蓝心和安瞳商量好之后，突然感觉自己成了密探了，感觉特别新奇。

安瞳回到家，看到门厅的爸妈还在摆弄药材，弯下腰，象征性地捡起几根桔梗，放在一排，摆齐；又拿起几根，放在一起，摆齐。周美琪不知道儿子在想什么，手里的活儿没有停，也没抬头就问：“儿子，你这是受什么刺激了，心不在焉的，在想啥呢？”

“妈，我能向你打听一个人吗？”安瞳抬起头，看了看妈妈，还是小声地问了妈妈，“丁世昌，您认识吗？”

周美琪听到“丁世昌”三个字，手像被什么扎了一下似的，猛地一缩，所有的活儿在她那里都停滞了，好像这三个字，把世界都扎疼了一样，周围的一切都停了下来。安浩天看着周美琪像个犯错的孩子一样看着他，问：“丁世昌又回来了吗？他在哪？”

“爸爸，你们认识他吗？他在诊所，好像是个吸毒的人，你们怎么会认识他？”安瞳感觉有些事情就要发生了，他声音有点慌乱地追问，“他和咱们家到底有什么关系？你们告诉我不好吗？我是大人了！”

周美琪看看儿子，站起来，晃了晃，嘴里嘀咕着：“到底还是找回来了，他答应我这辈子不再回来的！”

“妈！你在说什么？到底发生了什么？”安瞳有点迫不及待了，以前那种事事不用心的安瞳好像瞬间变成了一个躁狂的疯子，他想用脚踢飞眼前的所有药材，最后强忍住情绪，踢飞了他刚刚摆齐的那两排桔梗。

“说起来很丢人的，儿子，呜呜呜……”周美琪像个孩子一样趴在安瞳的怀里哭了起来。

安浩天坐在药材堆上，点起一根烟，看着夕阳，眼里是无尽的哀伤，他很用力地吸着烟，快速急促，好像在竭尽全力把快灭的夕阳，重新点燃。世界静止了一样，只剩下夕阳一点点地沉下去，沉下去，由满天红到暗红，到暗灰，到灰冷，一切就这样沉寂下去了。

安浩天吸完了那根烟，把烟蒂儿扔到了地上，站起来踩了踩，想离开，回过头，又狠狠地踩了踩，看了看周美琪，扭头说了一句：“天又黑了！”然后回到了屋里，关上门没了动静。

安瞳抱着妈妈，妈妈一直哭，他又不知道怎么哄，觉得自己不该问这些：“妈！别哭了，是不是我问了不该问的？你说出来就好了，有什么事，我们一起面对！”

女人喜欢把心中的不快说出来，也许周美琪隐藏了多年，已经感觉该说出来了，但是不知道会在这样一个没有准备好的时刻，她想在儿子考上大学之后再说，不想在这样的一个节骨眼儿上。多年来，她答应安浩天，不再和这个丁世昌有任何来往。事实上，她做得很好，她之所以每一天把自己扎在药材堆儿里，就是为了忘掉和丁世昌有关的一切，也不想让孩子们知道这一切，哪怕一点点都不要知道。所以她在儿女面前显得那么不近人情，因为她不想装。在丈夫和孩子面前，她要摆出两副面孔，她做不到，太累，所以她只有一种表情，就是在药材堆里埋头干活儿，要不就是和安浩天吵架，因为只有和他吵架，她才觉得有一些安全感。她有时甚至想让安浩天打她一顿，这样就像赎罪了一样，可是安浩天真的很爱她，当然，安浩天更爱他的这些孩子们，特别是安瞳。

安瞳本来知道一些，现在感觉一切都来了。这“坐实”了的事实，确确实实给了他重重一击。还是半真半假的时候好，在猜来猜去中，带着神秘的味道。关键是还能给自己留下一点自我安慰的空隙，而现在呢，现实就是现实，这个事实让他感觉“求真”是痛苦的。

安瞳把妈妈扶到了自己的小屋，周美琪讲述了自己和丁世昌的感情纠葛：“我们订婚了，他莫名其妙地失踪了，等他回来的时候，我已经嫁给了你爸爸。可是那个年代，订婚了就相当于嫁了，所以他一回来就找了我，非要带我走。我已经嫁人了，怎么能跟他走啊！你姥姥不喜欢你爸，喜欢他，因为他家里条件好一些。说实话，我也喜欢他，毕竟是初恋，他失踪前对我特别好，失踪之后，我有很长时间想他想得都快疯了，你姥怕我病喽，才让我嫁给你爸的。他看我已经嫁人了，又不跟他走，特别沮丧。有一段时间，你爸出去进货，他好像对我们家了如指掌，总是在你爸不在家的时候来，纠缠了一段时间后，我还是依了他。可是一旦顺着他一次，就有第二次和无数次。那一段时间，我几乎处在崩溃状态。我不知道我该怎么办。我知道这是很羞耻的事儿，但是我们的确爱过。他说他离开是因为被人迷倒了，被带到了一个荒无人烟的地方，受了不少苦，最后在一个雨夜，拿着事先准备好的工具，挖一个洞逃出来的，而他之所以求生欲望这么强烈，就因为我。如果再失去我，他就不活了。我不知道是真是假，但他失踪了很久以后，我再见到他的时候，他瘦了很多。后来，很多人说他和毒品有关，但是我知道无论他和什么有关，都是被逼无奈的，因为我知道他有多爱我，那时我们还都年轻，都相信真爱。后来，后来……”

安瞳听着妈妈说着很遥远的事情，感觉特别陌生，也很神奇，感觉像在说他们年轻人的爱情，不顾一切，可以为对方背叛全世界：“后来怎么了，妈？您要是不方便说，就不要说了，您喝口水吧。”

安瞳递过来一杯水，周美琪喝了下去，又叹了一口气说：“都知道了也好，这么多年我隐瞒你爸，后来又隐瞒你们，我已经很累了，我不想这样活下去了，反正你们都大了，应该知道这些了。你爸很爱你们，为了我，更为了你们，他作为男人受这么大委屈还那么卖力地为这个家拼命，我已经很满足了，我也觉得对不起他，所以我一直拼命地干活，但我一直这样折磨自己，对周围的亲人并没有什么好处。你姥姥知道一切，所以她能从我的拼命里看出我的愧疚，但是我不能不说出来，不仅仅因为他出现了，更因为蓝心。”

周美琪说完“蓝心”两个字，突然停顿了。安瞳不知道周美琪要说什么，但是妈妈在这样的情境中，突然停下来，安瞳感觉到了，蓝心姐姐可能和丁世昌有关。但是他屏住呼吸，只想让自己静一静，他不想再这样去想蓝心姐姐了，蓝心姐姐已经离开了自己的第一个家了，不能再出现别的家了。虽然蓝心姐姐很幸福，但是安瞳就是不想让蓝心姐姐再有什么变故了。

“你蓝心姐不姓安，也不姓蓝，她应该姓丁，她是我和丁世昌的女儿。”周美琪说出这些的时候，安瞳的眼睛不自觉地睁大了几倍，他最不想要的结果，就这样出现了。他最担心的总会发生，像魔咒一样。

“妈！您再说一遍，确认一下，蓝心姐姐真的是丁世昌的女儿吗？”安瞳说完按下了录音。

周美琪恍恍惚惚地说着：“是的，你蓝心姐是我和丁世昌的女儿，为了不让你爸知道，我一个人做主把蓝心送给你戴阿姨的，因为那时蓝心老生病，你蓝叔会看病，正好他们家一直没有孩子，所以我就找各种理由，把蓝心送出去了。那段时间，你不知道我心里有多轻松，虽然我也舍不得蓝心，毕竟是自己身上掉下来的肉，但是因为她和丁世昌有关，所以为了让这个家安稳，我就狠心把蓝心送出去了。你爸哭了几天，还好，我们经常能看到她，她现在过得比你们还好，我就心安了。那时计划生育，只能生一个，所以你爸也没多想，因为他想要儿子，虽然生了三个了，但都是闺女。他想要儿子，所以我们后来又生了你，借着买药材，全国各地地躲，你出生在了火车上，我们带着你躲到了内蒙古，最后又到了新疆。你回来之后，我们都说你是你大姐的孩子，别人也没多想。后来因为你蓝心姐生了一场大病，月经老是不走，经常流血，蓝叔叔怕她血液有什么毛病去做检查，找到我们，让我们提前做好准备，万一有什么特殊情况，不至于太慌。结果血型都不一样，你爸爸就知道了一切。我当时想死的心理都有了，但是知道蓝心没事儿，我多少有了一些安慰。”

周美琪说完一切，好像轻松了很多。也许每个人活得累，都是因为心里装得太满吧。如果找一个合适的出口，估计一切都会释然的。

安瞳听完也轻松了一些，觉得这些都不是自己的事了，好像在听别人的故事。之前担心的事情，一旦有了确定的结果，无论这个结果怎么样，好像这件事都已经过去了。其实上辈人的恩恩怨怨，自己就是知道了，又能解决多少呢，又不能跑到时空的那边，帮他们解决了一切再回来，所以，在周美琪讲完的时候，安瞳内心深处的一些东西，也逐渐地消解了。现在他只想和蓝心姐姐讲清楚这些。

蓝心回到她的书屋，并没有立即给戴小婉发信息，因为这样的事情还是找合适的时机当面问比较好，但是她现在感冒还没好，不想传染给小天歌，所以还不能回家当面问戴小婉。蓝叔叔和肖剑雄还是那么忙，所以，蓝心没有发任何信息，只是在研究心理学。偶尔会想想丁世昌到底是个怎样的人物，这么神秘，又这么悲催，她甚至想从心理学上帮他戒毒，不知道什么原因，反正她就是一想到他，就有这样的冲动了。所以，肖剑雄一过来，她就和肖剑雄说："今天那个瘾君子又来了吗？我想从心理学上帮他戒毒，你觉得怎么样？"

肖剑雄很吃惊地问："你怎么知道他今天来了啊？"

蓝心很诡秘地说："你做什么我都知道。"

肖剑雄也温和地一笑："那你知道我现在想做什么吗？"蓝心突然感觉不好意思了。

肖剑雄抱过蓝心，用手轻轻地触碰了一下蓝心的唇，心疼地说："不知道了吧，我要喂你药！"蓝心感觉这样喝药，像喝蜂蜜一样。

肖剑雄说："再喝这一次就会好了。"

蓝心心里却在嘀咕：我宁愿一辈子不好，就这样让他喂一辈子。

肖剑雄看蓝心没有说话，就知道蓝心在想什么，过来抱着蓝心说："我让你的病立即好，然后继续喂你！"

蓝心也担心肖剑雄，和自己这么近距离接触，还要接触那么多病号，她很心疼地说："等我好喽，一定要好好爱你！"

肖剑雄很感动，又抱紧了蓝心说："我现在就要你的爱！"

安瞳发的信息，蓝心一句没回。她一直沉浸在肖剑雄的爱里。

安瞳不知道蓝心发生了什么事，特别担心，胡思乱想起来。他担心蓝心会因为知道了这一切，想不开，一个人跑出去，所以他一晚上没有睡，就等蓝心的信息。

蓝心很晚才回了一条信息给安瞳：晚安，好梦！蓝心没有看具体内容，只是觉得安瞳发了很多信息，打算明天早一点起来，看明白了再认真回复。她一直被甜蜜包围着，就是世界瞬间倒塌，她都不怕。有肖剑雄在，蓝心感觉整个世界都是自己的了。她的梦都是甜的。

第六十六章

向善之举

蓝心醒来后，第一时间看了安瞳的信息，她反反复复看了无数遍，看一遍，眼泪就流一次，也不知道因为什么。如果是因为自己的命运坎坷，仔细想想又觉得自己比任何人都幸福；如果是因为自己是丁世昌的女儿，那么这个爸爸到底让她心疼呢，还是悲催呢，她都不知道。

她虽然觉得自己身世如此复杂，和丁世昌这个男人有关，但是想想丁世昌被病魔折磨得痛苦不堪的样子，又有些怜悯，再和“父亲”这个称呼连在一起，她就想哭。这个男人对自己来说那么陌生，但他又在自己的现实世界里活生生地存在着。

如果是因为周美琪，蓝心感觉这个妈妈无论犯多大的错，好像都是很久以前的事情了，更何况，这样的错误对自己并没有造成实质性的伤害，她还感觉周美琪也令人心疼；如果是因为戴小婉，那么蓝心一想到这个妈妈养了自己这么久，在他们最幸福的时候，给他们添乱，总觉得于心不忍；如果是因为自己，那么泪水可以肆意地流，不管什么原因，她多想此时肖剑雄在，但是又怕他在。

蓝心哭够了，才想起翻肖剑雄的信息，肖剑雄在昨晚离开的时候，就给蓝心发了很长的信息，蓝心看着又感动哭了。

肖剑雄在半夜起来的时候，还发了一条：我现在睁眼闭眼都是你，睡到半夜感觉你来了。睁开眼，感觉你就在我左侧躺着，穿着那件淡紫色的家居服，可是我知道你不会来，所以我感觉这只是一个梦，但是我掐了一下自己，感觉很疼。又看我的左侧，你还在那里，含情脉脉地看着我，只是看着我，于是我把身体转向左侧，就那样搂着你，甜甜的感觉。

宝贝，我睡了。

蓝心看着肖剑雄的信息，哭着哭着笑了，回复了一条信息，只有两个字：傻子。然后，蓝心起床，收拾好一切，按照安瞳的信息，来到了一家早餐店。

安瞳看见蓝心过来，知道蓝心肯定哭过，忙问："姐，你没事吧？"

他们坐下点了豆浆油条，蓝心不想吃，只是想知道事情的经过："我真的是丁世昌的女儿吗？以前我只觉得我是安浩天的女儿，现在怎么变得这么复杂？"

安瞳又把昨天的经过讲了一遍，并把录音放了出来，说："这是我妈亲口说的，现在应该说是咱妈了。她也哭了很久，觉得对不起你。"

"那我们接下来怎么办啊？"蓝心突然像个无助的孩子，头一次在安瞳面前这么窘迫，"如果丁世昌真的是我爸，他现在这样，我不能不问的啊！"

安瞳感觉自己是个大孩子了，在姐姐遇到难事儿的时候，可以挺身而出了："姐，你别怕，有我呢！我们现在应该和大人们说清楚，帮丁世昌渡过这个难关，这样你也会好受一些。"

"我就想每一个人都好好的，无论我怎么样都好。可是现在我感觉面对这些，我真的无能为力。我还没有和爸妈说呢，先跑到你这里来，我们商量好了，再和爸妈说。"蓝心也没怎么吃饭，就想好好地解决好这一切。

他们商量好了，先去找安浩天和周美琪，商量着用最合适的方式把这件事处理好。蓝心刚一进院子，周美琪就跑过来，抱住蓝心说："孩子，这么多年，真的委屈你了！"然后又哭了起来。

安瞳劝好了之后，也让爸爸过来了，因为这件事安浩天也是一晚上没睡，精神很疲倦。

蓝心看了看安浩天，先说了话："安叔叔，我知道你很委屈，我也知道你很爱安瞳，爱妈妈和这个家。您知道一切，依旧没有放弃这个家，还那么爱这个家，我觉得你很伟大，但我也知道您和我一样，好像有很多委屈，觉得为什么这一切偏偏发生在我身上，我们没有做错什么啊，可是我们之所以一直很积极地生活，就因为我们接纳了这一切，虽然这对我来说，刚刚发生，有点突然，但是毕竟我是大学生了，我想好好解决这件事。"

"我也想好好解决这件事的，可是他丁世昌又回来了，他答应我的，永远不回来，可是他还是回来了。"安浩天还是拼命地吸着烟，在安瞳眼里，好像昨天的那根烟就一直没有吸完。安浩天就一直这样拼命地吸，希望一切美好重来，在烟雾缭绕中享受已经拥有的那点快乐时光，可是现实就这样又把他逼到了崩溃的边缘。

"安叔叔，我知道你们都恨这个人，但是他现在已经病入膏肓了，也许会不久于人世了，虽然我和他几乎没有一点接触，但是当我知道他就是我亲生父亲的时候，我也不知道该怎么做了。我爸的诊所是救人的地方，即便他丁世昌就是一个街头乞丐，只要来到我爸这里，我爸蓝文轩就会救他，并且竭尽全力。我相信我也会，虽然我不懂医学，但我会尽我所能，所以当我哭过之后，冷静下来我思考过，丁世昌之所以回来，肯定是走投无路了，他中毒太深了。听肖剑雄说，他身上全是毒斑，因为吸毒引起的尿失禁，让他人不人鬼不鬼地活着。据说就这样，他还要给人家干苦力，否则，他就真的无法生存下去了。他现在已经在戒毒了，为了戒毒，他几乎在用刀割自己的肉。扫黑除恶，已经把那些贩毒的人都关起来了，他也被关进戒毒所多次，现在他只想治好病。我爸爸和肖剑雄无条件帮他，所以他经常来，因为他没有钱到大医院里去看病，他现在已经落魄到对任何人都没有危害的地步了，他只想活着而已。"蓝心不愧是大学生，读的书多就是不一样，她能把握住对方的心理，并适时地用合适的语言来说服对方。

"那你觉得我该怎么做？我难道还要把他请到家里来伺候他吗？"安浩天虽然一直点头，觉得安心说的对，但还是觉得有点窝囊。

"安叔叔，您什么都不要做，他的事，我来处理，我只想让您和我这个妈妈好好生活，不要因为这件事而影响你们就好。安瞳马上就要高考了，不要因为这个而影响到安瞳，我想这个是您最想要的结果。我也是这个家的一分子，不管您认不认，周美琪都是我的妈妈，安瞳都是我的弟弟，所以我会帮助他考上大学的。”蓝心扭头和安瞳说，“安瞳，你答应我好吗？”

“我答应你，姐！我一定会考上大学的，我现在和女朋友都分手了，一心只为高考，我相信我们老安家从我辈起必出大学生的！”安瞳很有信心地说，“爸，妈，既然这件事已经是很久以前的一件旧事了，对你们来说，可能有过心理准备，但对我们来说，还是人生第一次遇到，可能有天塌下来的感觉，特别是对蓝心姐姐来说，可能是致命的打击，但是她一个女孩子都能想明白，我们还纠结啥呢？过好眼前的生活，只要我们一家人平平安安，没病没灾的就好。”

其实安瞳平时是说不出这些的，来的路上，蓝心也教了他一些，男孩子心理素质就是好，临场发挥能力强。安瞳看了看蓝心，蓝心看了看安瞳，他们又一起看了看安浩天和周美琪。安浩天也想明白了，这么多年了，而且都这个岁数了，他又踩掉烟蒂儿说：“好，就这么说，今后我不参与丁世昌的事，你们无论做什么，我都相信你们，包括你妈。”安浩天说完又去干活儿去了。

本来一直流泪的周美琪，此时一听到这些，也觉得一切顺其自然吧，把眼前的日子过好，比什么都强，而且自己的儿女都成长起来了，都很好，她也没什么了。至于丁世昌，她相信蓝心和安瞳会处理好的，因为她更相信蓝文轩会处理好这一切的。

蓝心回家和蓝文轩说的时候，蓝文轩没有说什么，只说了一句：“他的病很厉害，不过，我和肖剑雄已经找到了最合适的治疗方案。”

戴小婉抱着天歌说：“我们早就听人家说过了，但是一直不敢相信，现在终于水落石出了。不过，蓝心你不要想太多，我们还是一家人，既然丁世昌和你有血缘关系，那我们就一起帮他渡过这个难关。”

蓝心一回到这个家，就有种说不出的舒服感，因为这个家给她的永远是幸福和快乐。不需要她多说什么，父母总是能处理得恰到好处。

蓝文轩又补充了一句：“你和肖剑雄好好研究一下，看看加上你的心理学知识，该怎么干预，把治疗流程列出来，我们找最佳方案，一定能成功的。”

蓝心激动得流出了幸福的泪水，她抱着爸爸很久，都没说出一句话，但心里是那么的踏实。

第六十七章

百毒之解

肖剑雄在师傅的指导下，研究出了治疗丁世昌的药，为了不让他再染上毒瘾，蓝文轩决定和丁世昌说出这个秘密。

丁世昌听完并没有太大的反应，只是看透一切地说："我能活着就好了，我追问了她很多年，她都没告诉我，也许她为了她现在的这个家吧，我懂。现在我知道她们都好就好，我现在这个样子，还有什么脸去见她们呢，不过，我知道我有个女儿，就是死也值了。"

丁世昌虽然嘴上说不在乎，但是说完之后笑了笑，然后眼角还是流出了泪水。

蓝心和肖剑雄也列出了一整套心理治疗流程，蓝心在见到丁世昌之前，和肖剑雄在街上买了很多新衣服，都是拿给丁世昌的，而且还把丁世昌的床位挪到了诊所后面蓝心的小书房，这样更方便蓝心来照顾。

蓝心过来之前，丁世昌身上还有一些怪味，肖剑雄就先领着丁世昌洗了一个澡，换上了蓝心买的衣服。丁世昌本来也是个美男子，这样一打扮，一下子精神了很多，虽然太瘦，但是那些衣服遮了一下之后，还是很有一些风度的，和之前比，简直就是判若两人，不过，打扮得再怎么有风度，也就是换一身行头，看上去也不过就是由吸毒品的变成了卖毒品的而已，反正他骨子里和毒品有关的那种东西，是怎么洗也洗不掉的，更遮不住。但肖剑雄不想让蓝心见到一个脏兮兮的陌生爸爸，虽然这样的打扮也掩饰不住丁世昌病态的倦容，但至少身上的那些毒斑遮住了一些，否则，这可能会让蓝心不舒服。肖剑雄真的太爱蓝心了，只要蓝心开心就好，什么都想得周全得很，都弄得板板整整的。

其实蓝心已经做好了面对一切的准备，肖剑雄带着丁世昌来的时候，蓝心就已经在脑海里勾画出了丁世昌最悲苦的样子，但是肖剑雄身边的丁世昌和之前她见到的那个乞丐一样的老头一点都不一样了。蓝心知道肖剑雄为她做了什么，她很感动，也很激动，无论接下来会遇到什么，有肖剑雄在，蓝心都会悦纳。

丁世昌看到蓝心就想到了周美琪，她们娘俩真的太像了。其实丁世昌第一次看到蓝心的时候就觉得这个孩子肯定和周美琪有关，但是那时他不敢看蓝心，或者说他不敢看任何人，因为自己身上的毒斑和小便失禁的烦恼，让他感觉自己就像一个鬼，其实就是鬼——吸毒鬼。所以他总是躲着人群，但是在诊所他无法躲避这里的病号，特别是当这些病号用异样的眼光看他的时候，他感觉自己就是被这个世界嫌弃的人，所以他很少看别人，偶尔才会不得已地看一眼对自己表达善意的人。

虽然蓝心对这个爸爸还是那么陌生，但是在她的世界里，所有不幸的人，或者正在经历苦痛的人，都是应该被关爱的，更何况这个还是给予她生命的爸爸，虽然让她一下子像亲生女儿一样去疼爱这个爸爸，有点不太符合常情，但是像蓝心这样心中有爱的人，任何遇见她的人，都感觉遇到了天使。

在蓝心的精心照顾和心理辅导下，丁世昌在精神上有了强大的求生欲望，感觉只要活着就是上帝赐予他的惊喜。蓝文轩和肖剑雄也针对他的病情给出了科学合理的治疗方案，所以丁世昌比以前精神了很多，有很多病号看到他在诊所的院子里走来走去的样子，都没认出来。丁世昌的奇迹，也给诊所带来了生机，蓝文轩和肖剑雄的社会声誉也猛地提升到了神奇的高度。谁要是有个疑难杂症，街坊邻居都说："找蓝医生啊，他和他徒弟治好了很多高危病人，他徒弟从国外回来的，两个人中西医结合，效果特别好！"

其实蓝文轩并不在乎这些，他只是觉得“医者仁心”，只要来这里的，他都要竭尽全力，能解除一个人的痛苦，就解除一个，这是他每一天最快意的事情。肖剑雄更是投入了全部的热情，因为他可以通过这个诊所，搜集到大量的数据，对他的呼吸道系统疾病的专业研究有很大的帮助。

在他们接诊的人数剧增的时候，全国出现了新冠肺炎疫情，肖剑雄第一时间获得了最可靠的信息。这个信息对诊所来说并不是好消息，因为蓝文轩根据以往出现疫情时的应对方案，最好的解决办法就是关闭，不接诊。因为他们这个毕竟是一个小诊所，不具备治疗“瘟病”的必备条件，“瘟病”处理不好，具有大面积爆发的可能性。因为它们的传染速度特别快，再加上冬季的流行性感冒特别严重，如果没有特殊的检测设备，只用中医的望闻问切，很难辨识清楚。所以，蓝文轩第一时间果断地决定：关门隔离！虽然很多病号，每一天都来敲门，但是蓝文轩还是在门口贴了一个告示：疫情期间，不接诊！如果身体有不适，请您速到定点医院接受“隔离观察”。

这个时候，全国各地很多城市都陆续“封城”了。年关已到，铺天盖地的疫情信息似乎并没有给某些乡镇的村民带来任何影响，他们好像在聊着别的城市、别国的事情一样，买年货，拜大年，走亲访友，不亦乐乎。还有的三五成群，嗑着瓜子，唠着闲嗑，到了饭点吃大桌。吃完饭，女的打麻将，男的掼蛋，好像疫情和这个年无关一样。

当疫情实实在在地发生在自己身边的时候，村里强制性的命令来了，他们才意识到问题的严重性。世界瞬间就没了动静，人们开始躲在屋里不出来了，偶尔会有耐不住寂寞的孩子，小心翼翼地推开门，向空荡荡的街上左右看几眼，然后若无其事地在街道上走几步。当街道的安静让孩子开始胡思乱想的时候，他突然迅疾地闪进自家院里，狠狠地关上大门，故意弄出让全世界都能听到的“咣当”声，好像身后有什么在追赶他一样。

在全国各大医院医疗物资纷纷告急的时候，蓝文轩和肖剑雄商量把诊所存的所有医疗物资都捐赠出去，肖剑雄还联系了国外的朋友，购买了大量的医用口罩，邮递给全国各地需要这些物资的医院。

肖剑雄很想全身心地投入到医疗诊治之中，但是这种病只能是指定的医院才能救治。他现在还只能当一名志愿者。蓝心虽然不舍得，但是知道肖剑雄一旦决定了，就会义无反顾。她给肖剑雄理了发，那些乌黑的发丝纷纷落地的时候，蓝心的泪珠一颗一颗地落在肖剑雄的光头上，肖剑雄紧紧地抱住蓝心：“宝贝，放心，我会好好地回来见你的。”

蓝心哭着哭着说：“我也和你一起去，我给那些病人做心理疏导。”

“你不可以！”肖剑雄很坚决地说，“我不希望你有一点点伤害，你可以给那些恐慌的人群做心理辅导，但不需要正面接触他们，只要开通一个热线就好了。”

当肖剑雄穿上黄色的冲锋衣，背上行囊，跟着团队要出发的时候，蓝心突然有了一种生离死别的感觉，这种感觉好像从来都没有过。她抱着肖剑雄，吻了他的额头，然后拿出一个五彩绳戴在了肖剑雄的左手腕上。她还想说什么，团队的成员都已经上车了。肖剑雄也吻了一下蓝心，深情地说了一句“我爱你”，就匆匆地上车了。

蓝心在肖剑雄快要上车的那一瞬间，跑过去大声地喊：“肖剑雄，你回来我就嫁给你！”

肖剑雄瞬间泪流满面，但是他没有回头。

第六十八章

罂粟之花

钱姝妍给蓝心发信息说，杨帅从国外弄了很多“抗疫”物资，给疫情严重的地方发，每一天都很忙碌，想问问蓝心是否需要。蓝心想问钱姝妍“你们在一起了吗”，可是打出的文字，瞬间就删除了，因为蓝心觉得这样问一点意义都没有，所以她发了一句：他这样关心我，你不吃醋吗？

钱姝妍很大气地回复：咱俩谁跟谁啊，你的就是我的，我的就是你的。

蓝心笑了笑，感觉这一切很好，当她有了肖剑雄以后，蓝心只希望周边所有人都好，当然，她也希望杨帅好，以前她没这样想过。想想以前，蓝心觉得自己就是个疯子，她希望杨帅遇到的每一个女孩都没有她爱他，都只是玩玩而已，然后让他时刻想到自己的好，再然后让他自责，再然后就是想找她，最后她很得意地拒绝。也许每一个在爱情里受伤的人都会这样想吧，不过，蓝心也很感激这段恋情，杨帅对她的确很好，但是她很相信自己的第六感，现在她更相信了。她最大的收获就是因为失恋而选修了心理学。现在每一天有很多人来咨询，她经常在网上搞直播，上网课，很有成就感。

和肖剑雄在一起的每一天都很快乐，虽然最近她见不到他，但是他们就像每一天都见面一样，肖剑雄用美妙的文字，温暖着蓝心，蓝心用最温柔的语言关爱着肖剑雄，然后他们一起做着拯救人类灵魂的大事，也许这就是蓝心梦想中的爱情最美好的样子吧。

钱姝妍又回了一条信息：我已经按照你以前经常用的地址给你发货了，注意查收！

蓝心看到信息心里特别暖，感觉真爱只有在最危难的时候才会出现。钱姝妍，平时像一个只爱自己的人，现在也如此大气，这么有爱心。也许，平时看到的只是假象吧，况且谁能天天对每一个人都那么暖呢？哪一个人能事事顺心呢？谁的生活都有惨乱到一地鸡毛的时候。可是，那时谁又能真正地去关心这样悲催的人呢，还不是一个人扛，只不过把眼泪吞到肚子里，看着坚强，无所谓，只不过是不想在外形上也输掉罢了。蓝心想象着钱姝妍平时的样子，再想想现在她和杨帅一起做公益事业的样子，心里感觉有爱的世界真美。她很甜蜜地打出几个字：爱你哦，姐姐！你们一定要保护好自己！

蓝心每一天除了直播，就是照顾丁世昌，丁世昌现在的精神状态特别好，但还是觉得老这样待在一个自己从来没有养育过的女儿身边，有种愧疚感，他想出去做点什么，但是全城封闭，不能出去，他也只能在院子里来回走动。偶尔，蓝心会出来陪他，聊一聊他以前的事情，丁世昌一开始不想说太多，但是现在知道自己有一个这么优秀的女儿，心里特别舒坦，想把自己的一切都说给女儿听，也许以后在这个世界上唯一能记起自己的只有这个女儿了。

丁世昌最初被一个贩毒集团的人带到了一个荒无人烟的地方，主要种植罂粟。因为被人下了迷药，一路上也不知道自己到底离家有多远，反正感觉路很长。到了那个地方，还有很多强壮的劳动力，有的是以招工的名义招来的，有的是街头乞丐或者是流浪汉，只要能干活就好。他们吃住都很好，因为如果身体不好，干不了活，对他们来说损失更大，所以到那里吃穿住都能满足。特别是对那些吃不上穿不上的乞丐和流浪汉们来说，这是一个很好的工作，来这里能赚到钱。但他们不知道的是赚到的钱，还没花呢，有一些人就莫名其妙地失踪了。有的染上毒瘾，花光了所有还不够，就拼命地干活，或者帮他们贩毒。

“天哪，那是什么年代啊？怎么还有种大烟贩毒的啊？”蓝心感觉像演电视剧一样，觉得这样的事情是不可能有的，因为她从来没有遇见过。

“就是现在也有，只是你不知道而已。”丁世昌看着院子里的梅花，像是背台词一样，说了一些莫名其妙的话，“春暖花开的时候，不知道世界的哪些角落里还有罂粟花在绽放啊！”

丁世昌似乎又想起了什么。蓝心看着有点担心，就说：“您现在一想起以前的事情，还那么清晰吗？这么多年了。”

“我现在一看到花，眼里就会出现一大片漫无边际的罂粟花，它们在我眼前晃动，你说那么娇柔的花瓣，为什么毒性那么大呢？我有时半夜做梦醒来，都感觉有一个像罂粟花一样妖媚的女子在我眼前晃动，带着邪恶的眼神，想要吸干我的血液，咬碎我的骨头，然后用她的毒瓶吸走我的灵魂，泡在她的毒瓶里浸染着。再然后我就任由她摆布，像风玩弄雪花一样。她飘来飘去，然后狠狠地把我卷进泥土里，冰封起来，她才觉得快意十足。”丁世昌像着了魔一样，狠狠地抓着梅花，手指狠劲儿地揉捻，眼神里有一种要与人决斗的仇光，整个脸像被捏了一下，又被拧了几下的样子，很恐怖。

“爸，爸，你怎么了？”蓝心很少这样叫丁世昌的，总觉得别扭，现在她感觉丁世昌的精神受到了什么刺激，“爸，你冷了吧，我们回屋里。”

蓝心把丁世昌扶到屋里，用心理疗法让丁世昌平静了下来。丁世昌像一下子魂儿又回来一样，很急切地问蓝心：“你刚才叫我什么？”

“爸，你刚才怎么了？”蓝心很担心地问丁世昌。

“不想以前的事情了，现在这样最好。我帮着他们破了案，我也没有遗憾了。”丁世昌舒了一口气，心里美滋滋的。

“爸，你爱周美琪吗？”蓝心小心翼翼地问。

“不爱的话，我会一辈子不娶，就等她吗？”丁世昌叹了一口气，狠狠地咬着嘴唇，“你妈是个好人，我这样等值得！”

“你失踪了那么久，就没有人找你吗？”蓝心很疑惑地问。

“就周美琪找过我，其他人，包括家里人，虽然都着急，但是都不敢报案，一个是有人威胁，一个是怕周家知道悔婚。”丁世昌很沮丧地说，“周美琪以为我不要她了，一个人离家出走了呢，连续几天找我，我们订过婚的，就相当于确定下来了，可是偏偏出现了这样的情况。我和周美琪就是没缘分，但是她很爱我。”

丁世昌想想和周美琪在一起的日子，眼角还是露出了很得意的笑容：“我回来以后，她已经嫁了。她妈妈觉得订了婚，出现这样的事情不吉利，所以等了很久，周美琪也觉得我不要她了，就听了她妈妈的话，嫁了，嫁给了安浩天。安浩天家里条件不好，愿意倒插门，周家肯定愿意了，虽然周美琪很不情愿，但是怕被别人骂‘扫帚星’，所以就急着嫁了。那个时候，只要订过婚，自己的男人有了什么不好的情况发生，都怪罪到女人身上，觉得是因为有了这个女人才会出现这样的情况。周美琪也没办法，还好，安浩天对她很好。后来，我回来找她几次，周美琪已经习惯了安浩天，她为安浩天生了一个女儿，安浩天不太满意，因为他一直想要儿子。那一次，我找到周美琪，他们刚刚吵过架，我劝她说，你和他这辈子不会有儿子的，和我在一起才会生儿子，然后我们就在一起了，还被她妈妈看到了，后来就有了你。估计她妈妈和她说了什么，所以才保住了你。后来，我也经常去，有时被安浩天碰到，我们曾经打过一架，但是当他知道我和周美琪订过婚的时候，他也觉得我很不幸，就让周美琪出来，选择，如果她选择我，他愿意放弃。周美琪选了安浩天。我曾经离开过她很长时间，这期间，听说她又有了两个女儿。后来知道她又有了儿子，我心里虽然有很多不快，但是我还是想看看她对我是不是彻底死心了。她见到我的时候，还是那么温柔。后来，我病严重了，活着都很艰难，也不想打扰她幸福的生活了，因为无论我怎么样，我去了，她都没有嫌弃我。她脾气本来很不好的，可是对我还是和以前一样，所以我只要她好就好。我现在唯一对她有不满的地方就是她对我隐瞒了你。后来，因为你生了一场病，她找了我，我才知道。但是我谁都不想认，因为我觉得那时我没有资格。我之所以找到这里，也是因为我知道你在这里。第一次见到你的时候，我就已经知道你是我的女儿了，但是我不想让你知道，因为我只要知道你很好，就是病死也无憾了。”

丁世昌自己都不知道自己到底说了什么，反正想起什么就都说了出来。蓝心感觉他在讲一个故事，故事很长，好像没有自己。

蓝心拍了拍丁世昌的肩膀说：“您放心，我们都在！”

第六十九章

网课之妄

安瞳最近特别忙。虽然感觉家里气氛有点尬，但只要没人提起什么，好像一切照旧。家人都比以前更忙了。好像没有人愿意谈及其他，也没有时间谈及。因为疫情，中药市场又出现了一个巅峰，很多药材都缺货。他家的桔梗也由之前的 45 元一公斤，一下子涨到了 65 元一公斤，所以一家人都忙得不亦乐乎。只要有好生意，周美琪就觉得天塌下来都不是事儿，安浩天只要看到周美琪为这个家一直在劳累，就觉得她是爱他的，因为毕竟当初周美琪选择了安浩天，选择了这个家庭和这些儿女们。

安瞳每一天看着他们在一起谈着药价，谈着该不该进下一批货，心里就很安心。即便偶尔因为货物放哪也会吵架，但是安瞳觉得这是很正常的事情。觉得只有这样才是和谐的，这和他以前的感觉一点都不一样了。以前安瞳就怕回家，怕他们吵架。现在安瞳就怕他们沉默，他们一沉默，安瞳就觉得他们又想起和丁世昌有关的事情了。也许只是自己想多了，安瞳看他们很正常地做着自己应该做的事情，好像这个家庭本来就这样，什么都没有发生过，只是自己做了一个梦而已。当然他也希望这一切都只是梦。又或许，他们一辈子纠缠的这件事已经不是事儿了，只是对于刚知道这件事情的孩子们来说，还是一个新鲜的事情而已。安瞳特别想知道大姐她们是否知道得更详细些，她们知道了这些会不会有异常的反应。

不知道什么原因，周美琪好像比以前更精神了，好像一些压抑在心头的东西一下子被挪开了，心里亮堂了很多。脸上那种从未有过的满足感，在阳光下显得越发迷人，安瞳头一次感觉到妈妈那么美。

有时，周美琪怕孩子们胡思乱想，还会和安浩天开一些玩笑，特别是看到一些黑乎乎的药材的时候，她会和一起帮忙干活的孩子们开玩笑地说："嫁给你爸，我就是一朵鲜花插在牛粪上了。"

"没有我这牛粪滋养着，你那朵鲜花能活得那么壮实，开得那么鲜艳吗？"安浩天也能顺着接上一句。然后，孩子们就开心地笑起来。

安瞳看看安浩天，心里都笑抽了，感觉从哪个角度看安浩天都像一坨牛粪，那扁扁的脸型，那被晒黑了的古铜色脸，还有几根特别长的眉毛在阳光下张扬着，总让人感觉牛吃完草没有消化好，被人挤完奶，就拉出牛粪来了。想到这，安瞳觉得自己太不敬了，差点笑出声，又狠狠地咽了回去，还被笑呛了一下，干咳了几声。

大姐安梅吓得忙说："快捂嘴，别传染给我们！"大家又是一顿笑。安瞳虽然没有笑出来，但很喜欢这样的氛围。

"明天你不用来这里干活了，网课开始了，你该学习了。"二姐看了一下安瞳，突然想起来什么似的说，"今年特殊年份，估计题目会简单很多，这对你们来说是好事，关键就看你们这个假期怎么学了。"

"对，这些活儿我们做，你做正事儿去吧，咱们老安家就靠你了，还没有一个大学生呢，从你这开个先例。"大姐安梅也发话了，"实在不行，你到蓝心姐姐那里，让她帮你补补。"

安瞳放下手里的活儿，带着一身的灰土站了起来，他拍了拍身上的灰尘，说了一句"那我学习了"，然后就回屋里了。安瞳也觉得该学习了，文化课落下的太多了。他洗好之后，把手机打开，感觉自己又被关起来了似的，但是没有办法，还有100多天了，人生的命运就掌握在自己的手里，他好像一下子懂了很多。

安瞳看到李佳音发来了一长串儿的信息，感觉很奇怪，但想想之前经常在抖音上看到人们发的短视频，问疫情过去最想见谁，这个时候李佳音发这些信息，是不是也是因为这个呢。"趁着还爱，要好好爱"，为什么爱的时候又那么艰难呢？有时安瞳感觉，爱情的毒比病毒还厉害。在一起的时候，不知道什么时候就突然变异了一样，彼此一下子就“隔离”了，彼此会冷落很久，都不知道什么原因；不在一起的时候，一旦有个天灾人祸，就会想还是好好爱吧，人生不易，能在一起的时候就好好地陪伴彼此，能找个相爱的人在一起也很不容易的。可是，李佳音啊，你不争气啊！在爱情里，怎么样才算争气呢？

李佳音的确很想安瞳，也想过很多种忘掉安瞳的办法，但是做不到。特别是病毒的出现，让她看到了之前看不到的变化，一夜之间，世界静得怕人。她想发信息给安瞳，告诉他自己很害怕，然后安瞳会说“没事儿，有我呢”，可是，她不敢发，怕安瞳的冷漠会比病毒更伤人。于是，她天天看着那些数据急剧上升，看到铺天盖地的和疫情有关的报道，看到那些从四面八方逆行而上的白衣天使，看到那些被病毒弄得支离破碎的无数个家庭，她就泪流满面，她就会想安瞳，想和安瞳在一起时的无数个美好的日子，她感觉那时“日子”是令人着迷的字眼，总能把自己的幸福塞满。

她想他，也是十二分的，就好像这一个夜晚过完，没有见到安瞳，那么这个日子就是没过完的。从回来到现在，李佳音没有睡过一个安稳觉，她把每一个日子里的每一分秒都看住，慢慢地熬。她只要一躺下，脑海里几乎都是安瞳。为什么平时在一起的时候，脑海里都是日子，而此时都是安瞳？为什么平时那么多开心日子，却经不住这一刻的疏离？为什么一扭头就把幸福的日子，过成了阴郁的“熬日子”？为什么那么爱，还能被日子里的“鸡毛”给抹掉一切？假如人与人之间永远这样隔离，是不是就没有爱情了？假如人类没有爱情，世界会变成什么样？

李佳音每一天就这样胡思乱想着，妈妈看到李佳音不吃不喝的痛苦样子，又心疼又生气：“你没见过男人吗？这马上都要高考了，人家都在学习，你看你，跟个疯子一样！”

姐姐李佳美看着妹妹痛苦的样子，也没有特殊的方式劝她，因为李佳美也是过来人，这样的事情，劝是没有用的，只能自己一点点地走出来。李佳美感觉此时自己就像带着抗体病愈了，能从爱情的疫区里走出来了一样。她轻描淡写地讲着自己的初恋，李佳音觉得姐姐肯定爱得不深。

李佳美说着把袖子挽了起来，让妹妹看她胳膊上的伤：“你看这个，为了他，我可以去死，这爱得还不够深吗？”

李佳音不知道姐姐吃了那么多苦：“姐姐，爱情到底是啥啊？怎么能让人寻死觅活的呀？之前我想过，我可以为他死，可是现在我不知道是什么感觉，我感觉我是被他厌弃的一个人，感觉特别难受。”

“你怎么知道他厌弃你？你如果还喜欢他，就放下一切，主动问他，男人有时是很容易哄好的。”李佳美好像很有经验地说，“但是我还是希望你彻底放下，因为你马上就要高考了，正好努力学习，超过他，争口气！”

“可是姐姐，这已经临近高考了，我真的没有机会超过他了，我觉得他对我这样就因为我们可能考不到一个学校，以后也不可能在一起，所以不如趁早结束。我一直担心这个，所以经常去验证，也怪我太能作了，我以为，我能验证出来什么，后来我真的验证出来了，就是他累了，厌倦了。也许，就因为我的不自信，我真的没有机会追上他了。如果是高一，我可能什么都不想，痛快地放下，然后拼命地学习，超过他，然后很得意地看着他，让他回来找我。然后我很高傲地说：‘你是谁，我不认识你啊！’”李佳音说着自己都笑了，这是她回来之后头一次露出的笑模样。

“既然这样，你为了让自己死心，可以把自己想说的一切都和他说喽，然后看他怎么回复，无论结果怎么样，你都悦纳，可以吗？”李佳美看到妹妹笑了，心里也轻松了许多。

李佳音带着很美好的愿望给安瞳发了很长的信息，好像要把所有的想法都说完了一样：

安瞳，我想你！你知道吗？我回来之后，好像一直没睡觉一样，天天想你，我以为我会很轻松地放下，事实上，放下你就等于放下了全世界一样。我一想你就流泪，有时半夜迷迷糊糊地想睡一会儿，可是一躺下就能想到和你有关的一切，然后知道你不在我身边，我就很委屈，泪水湿透了枕巾。白天的时候，我怕妈妈和姐姐看到，经常跑到阳台上，事实上，她们都知道我哭，因为我伤心到极点，会哭出声来的。安瞳，我们那么多美好的日子，就这样交给这个变异的时代了吗？我有时在想，如果病毒侵袭了我，你会不会来找我？你会不会心疼？你会不会不顾一切地来看我，告诉我你还爱我？因为我想过，如果病毒侵袭了你，我会不顾一切地找到你，哪怕被你传染上，我也要见到你，然后大声地和你说“宝贝，挺住，我一直在”。曾经塞满你的日子，那么美好！如果没有了你，你觉得这个世界对我来说还重要吗？安瞳，我爱你！回来，好吗？

安瞳看完也哭了，他不知道该怎么办。事实上，他也一直跟没了魂一样，天天想着李佳音，在这样一个被隔离的日子里，尤其地想她。他先回了两个字“猪宝”，就一个人关在屋里，哭了起来，好像憋了很久的泪水，终于找到了出口一样。这么多天发生的一切，哪一件都可以让他大哭一场的，可是他一直坚忍地面对着，一次次地积聚，终于可以释放一次了，如此痛快淋漓！

第七十章

隔离之离

张一鹤吃过药像昏迷了很久一样。醒来之后，已经是第二天的早晨了，阳光很好，空气透明，他感觉舒服了很多。但看到方璐的信息，他感觉自己彻底凉了。头不热了，心也凉了。

他洗漱好，没有吃早餐，只是喝了一点热水，就拿着球出门了。奶奶问他："你去哪？"他只说了一句"打球"就没影了。

奶奶在后面还是嘀咕了几句："这孩子，刚好一点就出去玩，现在不让出门的。"可是，找了半天也没见张一鹤的影子。

张一鹤在球场打了一上午球，因为只有打球才能让他忘掉一切。这个时候，家里陆陆续续地多了很多人，爸爸妈妈也打工回来了，因为爷爷奶奶在家里，所以姑姑们都来了。虽然疫情期间不让走亲访友，但是这几个姑姑说："我得看我爸爸妈妈啊！"在乡下，不到最后关口，很少有人在意这些，好像就这个时候，才能见孝心一样。

他们前脚一进门，后面就来了两个戴口罩的。其中的一个是村支书，进来就喊："村里大喇叭天天喊，不让你们出门，不让你们出门，还出来！不要命了？给他们登记，量体温！"

旁边的办事员拿着一个电子测温计，在每个人的额头上照了一下，然后记录下来，并让刚刚返程的张一鹤的爸爸妈妈登录详细信息，包括车次。

张一鹤的爸爸说："有这么紧张吗？我们一路上都在量体温，绝对没问题。"

村支书毫不客气地说："就你们这些人才最危险！别盲目乐观，我们这里已经有很多例了，家里有老人更应该注意！你们回来是看老人的，别带回来病毒，害了老人家。"

这时候，张一鹤回来了。他打了一上午球，实在打不动了才回来，因为身体比较虚，再加上刚出过汗，所以一路上披着衣服，慢悠悠地走回来。路上一个人影都没有，他反而觉得很安全。一进家门，村支书正在给家人宣讲防疫知识呢，看张一鹤红着脸进来，就让身边的办事员给张一鹤量体温。一测，38 度。村支书一听吓坏了，赶忙让办事员联系救护车，非要让张一鹤去医院检查一下。

张一鹤扭身要跑，被爸爸拽了回来："家里这么多人呢，你回来不能打个招呼吗？"

村支书也拽住了张一鹤："你跑是要受惩罚的，万一你成了超级传播者怎么办？"

"我没有病！我只是小感冒，否则我爷爷奶奶都得被传染。"张一鹤几乎是大声吼叫。

妈妈看着张一鹤，想过去好好看看儿子，因为一年没有见到儿子了，可是，看着自己的儿子那么难受的样子，心疼得眼泪噼里啪啦地往下掉。张一鹤在两个大男人的控制下，抬眼看了一眼妈妈，好像也没什么特殊感觉，因为从小就习惯了没有爸爸妈妈的生活，虽然有时很想，但是他们回来了又觉得很陌生。不过，看到妈妈流泪了，张一鹤还是软了下来："我跟你们走，别拽我！"

不一会儿，救护车来了，张一鹤被几个穿着白色隔离服的医生快速地弄到了车里，并给他戴上了医用口罩，还进行了一些衣物消毒处理。张一鹤感觉自己就是一个被突然抓住的劳改犯，怎么看都感觉这是警车，好像比警车更恐怖，因为他总感觉有一个巨大的看不见的魔爪在抓向他，无论他怎么抗争都无济于事。

下了车以后，他被带到了一个隔离房，父母不知道啥时候出现的，好像一直在身边一样。这里更恐怖，都是全身穿防护服的医护人员，他感觉自己马上被这里的细菌吃掉了，想快速离开。医护人员把他带到一个抽血化验的地方，然后就是吊水消炎。结果得明天才能出来。

张一鹤感觉自己特别倒霉，什么不好的事情都会找上门来。就不能给自己一个喘息的机会吗？他想去寺庙里上个香，于是刚吊完水，就跑出去了。他把自己裹得严严实实的，戴个大口罩。寺庙离这里不是很远，他怕自己携带病毒，不敢与人接近。其实周围也没有几个人，都是一些清冷的树木和空空荡荡的街道，偶尔出现个人影，估计也是防疫小组的成员，胳膊上都有红色袖章的。他一个人走在无人的街上，感觉像别理科夫走在俄罗斯的街头。他现在特别怕见到人，因为只要见到人，他就会遇上莫名其妙的糟心事儿来，让他猝不及防。他要好好地上炷香，给自己求个平安符。说实话，他最怕死，疫情来的时候，他就感觉浑身哪都不舒服。一量体温就是37.2度，虽然没有任何胸闷咳嗽的症状，但是他就觉得自己有病。他自己都觉得自己应该能得上这个病，因为这个世界上最倒霉的事情，如果缺席了他，那都不叫事儿。虽然他一直避开这一切，但是他还是觉得自己得了怪病。

寺庙的大门总是为善男善女们敞开着，虽然里面空无一人，但他还是走向了中间上香的那个大鼎。他没有香，这里也没有卖的，他从大鼎旁边没有香灰的地方捡了几根香。找了半天火柴，都没找到，幸好衣服兜里，开线的地方，漏下去一盒火柴，虽然只剩几根了，但是他很兴奋。看着火柴盒，他好像想到了很开心的事情。虽然春节期间全城都禁止燃放烟花爆竹，但是他寂寞的时候，会跑到小河边，点两个小炮儿，往河里一扔，然后扭头就往家里跑，他对自己的速度很得意，很高兴自己没有一次被逮到。盒里就剩几根火柴了，估计他的烟花也都放完了。他想着一定要点着，否则自己的美好愿望就不能实现了。

他划了一根火柴，想到了卖火柴的小女孩，他替那个小女孩哈了一口气，火柴灭了。他心里想，我想帮你暖手的。他又划了第二根火柴，很小心地点燃了五根香，他学着奶奶上香的样子，双手把香举过头顶，拜了三拜，然后把香插在了巨大的香炉里。接着，他就双手合十，嘴里默念着什么。其实他也不知道自己要说什么，反正奶奶经常这样，不过嘟哝了半天，好像自己的心里静了很多。他开始想自己到底求什么，首先想到的是不要得病，其次希望家人也都健康，还有希望爸爸妈妈不要出去打工了，今年高考考上自己最想去的南方。还有一个，他想到了方璐，可是他不想给她任何美好的祝福，但也不希望她不好，他不知道该怎么办了，只说了一句："这个和她有关，观音菩萨您看着办吧。"他的声音好像惊动了什么，在他默念这些之后，有了一些轻松的感觉的时候，他突然听到了一声"阿弥陀佛"，睁开眼睛，侧身一看，吓一跳，原来寺庙里还有人，一个披着袈裟的很面善的老者双手合一地站在了他旁边。

"您住在这里吗？"张一鹤本来很紧张的，但看着这位大师慈眉善目的，心里一下子平静了许多，"对不起，我打扰到您了吗？"

张一鹤感觉说出这句话的不是自己，他很少说这样肉麻的话的，但是在这样的情境之中，好像只有说这样的话最适合。

"小施主，您来这里有什么愿望吗？"大师很慈善地看着张一鹤。

"我来许个愿，我还想求个平安符。"张一鹤一时不知道要什么了，好像佛祖出现了一样，他想把所有的心中不快都说出来。

"你跟我来！"大师说着就转身到对面的大一点的有观音像的地方去了。

"大师，您等一下好吗？"张一鹤不敢追大师，"我身上可能有病毒，不敢传染给你，所以我们就在外面可以吗？"

"阿弥陀佛，善哉善哉！"大师止步了，就在大殿的台阶上看着张一鹤，张一鹤在香鼎旁边。

"大师，我不想得病，我不想让爸爸妈妈出去打工，我只想一家人都平平安安的，然后我好好学习，考上大学，好好养他们，只要他们在我身边就好。"张一鹤好像把心里的所有郁结都说出来了。这些是他很少说出来的，平时都是假装自己坚强，可是现在所有的盔甲落了一地，他就想向大师说出一切。

"小施主，其实人的想法是有频率的，就像你上了五根香，你就种下了五个美好的愿望，这些愿望就像种子一样，在接下来的季节里发芽、成长、开花、结果，而你种什么，最后就收成什么。”大师看着张一鹤疑惑的眼神，又补充了一句，“不想要杂草，就种上庄稼！回去好好学习吧，菩萨保佑你一切顺利！”

大师说完离开了。张一鹤拜了几拜，突然感觉心里明亮了很多。他离开寺庙，走在街上，像一个战无不胜的侠士，他已经不怕什么了。他回到医院，爸爸妈妈们都已经找疯了。村支书又来了，见到张一鹤就劈头盖脸地训斥了一番：“你们学校怎么教你的？要遵守规则，疫情期间不要出门！你听不见吗？你是一个被隔离的人，如果你感染上了，你出去的时候接触过的人，都要过来检查。你不知道吗？”

“对不起！我错了，我没有接触任何人，街上就我一个人。我去了寺庙，那里就一个人，我们离得很远。”张一鹤很诚恳地道歉着，感觉没什么委屈了。他只希望明天的结果出来，自己好，家人好，和自己接触的人都好。

他在想，忘了问大师了，他失恋了，该怎么解决，可是他感觉不用问了，大师的眼神告诉自己：一切随缘。

事实上，张一鹤觉得自己内心深处是很善良的，他之所以一而再再而三地在方璐面前作，不仅因为她是初恋，爱得投入，更多的是因为自己太爱了，希望对方更好，可是自己什么都没有，怕对方跟着自己受苦，所以想放下，让方璐找到自己想要的幸福。这个真的是他最真实的想法。也许有一天，自己真的什么都有了，还会去找她的，可是她已经找到了自己的幸福，那就让她一直幸福好了。

有时张一鹤也不明白，为啥那么爱，希望把全世界最好的东西都给方璐，但还是想和她说“分手吧”，太矛盾了。也许这就是早恋的悲剧。太爱，但是没有任何东西支撑这份爱，爱情也会变得不堪一击的。看来爱情也不是一无所有的。如果仅仅是一种生理需求，估计和动物没什么区别，发情期一过，就都各走各的道儿了。

张一鹤想明白了很多，迷迷糊糊地又睡了一晚上，很久没这么舒服地睡一觉了，没有梦，只有醒来后清醒和理性的头脑。他很小心地问医生：“我的结果出来了吗？”

“回去等，会有人给你送去。”医护人员都很忙，但很有秩序。张一鹤乖乖地回到自己的房间。他躺在床上想方璐也要一切安好，也许这个未许完的心愿，只有许完了才能让他的思想有一个更好的频率，这样就真的会一切安好。

“张一鹤，你的结果是阴性！”医护人员过来了，和他说了结果。

他一时没反应过来，不知道这个阴性是中招了还是没中招，但看看那位美女护士很温和的脸感觉没事了，就兴奋地说：“我没事了，对吗？谢谢您，您真漂亮！”

张一鹤看着美女护士点头的瞬间，感觉世界一下子亮了，世界真的春暖花开了。

“你这是普通的流感，也需要治疗，你拿点药就可以回家了，注意好好休息，不要出门！”护士说了几句就又去忙了。

张一鹤把自己捂得更严实了，他想一定要珍惜来之不易的幸福，不能躲过这一劫，一放松又中招喽。爸爸妈妈一直陪在自己身边，虽然没有共同语言，但是他的一举一动，都牵动着他们的心，他感受到了做父母的不容易。也许爸爸妈妈对自己就像自己对方璐一样，那么爱，但是因为要给对方更好的幸福，自己必须离开，希望对方越来越好。可是张一鹤等到了吗？张一鹤唯一等到的就是爸爸妈妈不会再在亲朋好友面前那么卑微了，家里盖起了两层小楼，老人和孩子想要什么都能买得起了，可是张一鹤就想让爸爸妈妈妈陪自己。也许方璐想要的就是张一鹤陪着自己呢？而张一鹤自己认为没有能力给方璐最好的，结果什么都没有了。张一鹤想想都觉得很复杂，突然觉得很对不起方璐。

他把父母从上海带回来的口罩拿出来20个，给方璐寄过去了，也许这样就是最好的结局吧。在生命面前，我们每一个人都没有权利质疑什么。也许爱情就是为了让人们质疑的吧，要不人间多寂寞啊！

第七十一章

半缕之香

蓝心每天想着肖剑雄，不知道自己能做些什么，她真想到每一个封闭的城门外，拿着上帝的圣水，把城里的人一个一个地救出来。可是，她毕竟只是一个柔弱的女子，不是神仙，只能干着急，只能等。

她看到爸爸蓝文轩默默地拿起笔静静地描摹着书法里的那些灵动的汉字，想问爸爸“中药里就没有能抑制这种病毒的灵丹妙药吗”，又觉得爸爸如果知道，肯定会不惜一切代价将其用到临床救治中的，他那些预防的方子，一些流感患者用了很有作用，同时也消除了他们恐惧的心理。看到爸爸仙风道骨的样子，蓝心也安静了许多，也许她能做的也只有等。她把爸爸的样子拍了下来，传给肖剑雄，因为肖剑雄好长时间没有见到师傅了。蓝心也只是在晚上的时候，给肖剑雄送去一些好吃的和急用的衣物。

肖剑雄忙了几天，被替换下来的时候，才有时间给蓝心发信息。看到蓝心发过来的师傅的照片，肖剑雄感觉师傅虽然表面很镇定，但内心对这个病毒的传染性也是很忧虑的。肖剑雄反反复复地看着师傅的照片，因为一直以来他脑海里每天都是那些病人咳嗽、呼吸困难的样子，现在终于可以静下来不去想太多。他在师傅的图片里配了一些文字，发给了蓝心：

薄荷的清凉，
解不了疫毒的伤，

缓缓拿起笔，
描摹人世苍茫。
《素问》解不透变异的心理，
《灵枢》刺不穿麻痹的灵魂。
静默地等，
等神图里的密码，
跃然纸上。

蓝心接到之后问：没有和我有关的诗句吗？

肖剑雄故意回复：没有你的。

蓝心回复：这几天你就把我忘了吗？

肖剑雄回复：是的，我心里只有病人。

蓝心看到这几句话感觉心里特别难受，因为这些话是真的，是事实，但是这样直白地说出来，好像又不是真的，蓝心不知道怎么回复了，索性不回复了。

肖剑雄看蓝心半天没有回复，知道她可能当真了，慌忙回复说：宝贝，逗你玩的，真生气了？蓝心也故意不理他，就是不回信息了。蓝心也不知道是委屈的还是幸福的，反正眼泪莫名其妙地流了出来。

肖剑雄看蓝心不回信息，就一个劲儿地发信息：我错了，宝贝！你不知道我每一天都在想你，有时想到心慌，我甚至怀疑自己是不是也感染上了病毒，但我是医生，我知道我这个不是病毒，是中了爱情的毒。我每一天都坚持给你写东西，哪怕再累，也要给你写，这已经成了我的习惯了，但我没有发给你，我保存在了一个特定的邮箱里，等疫情结束之后，我就让你打开，那个是我们两个的私人领地，我一直在等你来。宝贝，别哭，我爱你！

蓝心看到这些信息，有点心疼肖剑雄了，回复了一句：你又没看到我，怎么知道我在哭？

肖剑雄回复道：你就在我心里，你的一举一动，我都能感应到。要不你打开视频，我们验证一下？但是别擦眼泪哦。

肖剑雄发完信息，打开了视频对话邀请，蓝心故意不让肖剑雄看到，肖剑雄故意很大声地说：蓝心，我爱你！我看到你了，别哭啊，你一哭我就想哭，我一哭就容易被感染的，你不心疼吗？

“别别别，我不哭了，你一定要照顾好自己，我没事儿，就是太想你了。”蓝心眼泪汪汪地看着肖剑雄，想抱抱他。看他额头上，脸上，都是穿防护服时留下的印痕，看着肖剑雄剪短了的头发，蓝心觉得他好小，就像个弟弟，但却像个大男人一样扛起了救死扶伤的大旗。虽然不能冲在最前方，但在后方的他们依然有很大的风险，所以蓝心心疼得又流了泪。

“宝贝，怎么又哭了？”肖剑雄也想抱抱蓝心，就在屏幕上亲了一下，“别哭了，好吗？”

“我心疼！”蓝心看着屏幕里的肖剑雄特别地心疼，但是却不知道怎么办，“我想去找你！”

“我更想你，但我不能见你，我怕身上有病毒传染给你，宝贝，听话！”肖剑雄多希望病毒早一点散去啊，这样就可以和心爱的人在一起了，“蓝心，我爱你！只要疫情结束，我就娶你！”

“我等你，亲爱的！你好好休息吧！”蓝心知道这个时候让肖剑雄多休息就是最真的爱。

蓝心突然有个想法，带一批慰问品给定点医院送过去。她决定的事情，就会去做的。她把这个想法和爸爸蓝文轩说了，爸爸也想出去做点什么。丁世昌也想跟着去，蓝文轩没让，让他在家里好好养病，别出去就好。

蓝文轩和蓝心买了口罩、酒精和消毒液一类的医用品，还买了一些吃的喝的，给定点医院送去了。

定点医院特别严格，需要各种手续。蓝文轩和蓝心没有进去，把东西放在门外，上面有一个红色条幅，写着“爱心赠送”。门口有一个穿着白色防护服的人，走过来，向蓝文轩他们鞠了一躬，做了一个拿进去的手势，他们就交接完了。蓝心还在等，希望能看到肖剑雄，但是里面好像一片白，什么都看不到，这里听不到咳嗽声，一切都很静。蓝文轩说了一句“我们走吧”，开着车离开了。

蓝心满脑子都是肖剑雄，她感觉肖剑雄就坐在身边，她趴在他的肩上喃喃地说：你不知道我多想见到你，然后天天粘着你，永远长不大，就在你身边快乐着，幸福着。我不需要你给我什么，只要你每天开开心心地回家就好了。我们一起过“闲云野鹤”的生活。

回到家，他们在身上喷洒了酒精。蓝文轩没有直接进儿子的房间，而是在外听了听，听到里面没有动静，感觉妻子和儿子在屋里还一直睡着呢，就进了书房。蓝心还在肖剑雄的世界里，跟着父亲坐在书房的椅子上发愣。

蓝文轩看着蓝心，拿起笔画了一张简笔画，画里有一个妙龄女子，在一个小院落里，望着天上的明月，若有所思的样子，女子旁边还有花在绽放。

蓝文轩勾画完，想了一下，写了一个画题《半缕香》，然后给蓝心看：“蓝心，你给爸想几句词儿，题画诗句。我写了一个题目了，《半缕香》。”

“爸，我写不好格律诗，肖剑雄会写，可是他太忙了。”蓝心从肖剑雄的世界里走出来，看了看爸爸的简笔画，觉得还真有那种神韵。仿佛自己就在一个开满鲜花的夜晚，对着月亮想着远方，想那个朝思暮想的人。

“不一定非要写格律诗，只要有意境就好，或者表达你现在心情的美好词句，都可以的。”蓝文轩知道蓝心太想肖剑雄了，所以他觉得蓝心肯定有想说的话，只要能说出来，思念的情感有寄托了，蓝心就会轻松一些。蓝心想了想，又看了看蓝文轩的画，她在一个本子上写下了这样的句子：

一窗月，
装满的都是你。
伸手触摸，
触摸一手空寂。

有谁愿与
兰香浓拼醉意？
夜露最任性，
亮着迷离的眼睛。
想你的影子，
疏香飘逸。
别离去，
只想再听一次，
你心跳的旋律。
怕只怕久别离，
你只想修一身禅意。

蓝文轩看着这些诗句，会心地一笑，没有说什么，只是照着本子，把蓝心写的每一个字都写进了画里。蓝心看着爸爸仙风道骨的样子，又看看她对面的那幅画：秋光打在银杏树上，一半光，一半影；叶子一半在树上，一半在地上。那个画题“秋光禅影”几个字格外亮丽，让蓝心感觉这个世界上的每一个人好像都在影子的边缘行走，借着“光”修行着。

第七十二章

沉寂之欢

谭皓明和安瞳不一样，总是想到啥就是啥。他现在的小女友隔空喊话“谭皓明，我想见你”，谭皓明就出去了。因为他知道现在她特别需要他，在这样一个不知道什么时候就有可能被上帝带走的日子里，谭皓明特别珍惜这份让他感觉无比舒服的感情。本来这个假期他要陪他的小女友一起去上海看眼睛的，因为她越来越自卑，怕谭皓明一考上学就不要她了，但是谭皓明却觉得这个女孩是他这辈子要陪伴的那个人。所以，只要这个小女友不开心了，他就会不顾一切地跑去见她。

谭皓明戴着口罩，围个大围脖，出门了。街上也有一些行人，只不过不能超过三个，只要在一条街道上出现三个以上的人，空中的无人机拍下来，就会有人高空喊话，让人群散去。谭皓明想一定要去一个很少有人走的小路，他的小女友也是这么想的。在街角的一个小亭子旁边，他看到了玉儿。玉儿看到谭皓明，欣喜地飞奔过来，一下子跳起来抱住谭皓明就哭了。

“你不怕被传染吗？”谭皓明很心疼地抱住他的玉儿，“我天天都在想你。”

“不怕，只要和你在一起，我什么都不怕。”玉儿娇滴滴地抽泣着说，“我要是见不到你，比感染病毒都难受。”

“傻子！”谭皓明很温柔地在玉儿的头发上亲了一下，感觉这么多天憋闷的情绪一下子都没有了，“我在，一直在。你不能哭的，一哭你的眼睛该不舒服了。乖，别哭了！”

谭皓明吻着玉儿的眼睛，玉儿不哭了。在玉儿的世界里，除了爸爸，唯一愿意吻她眼睛的男人，就是谭皓明了，所以玉儿觉得谭皓明就是她的“命”。她最喜欢谭皓明给她唱《你是我的眼》这首歌了。

不知道什么时候，他们身后又多了几个人，有人在高空喊道：“路拐角的行人太多了，请自行散去，回家隔离！戴好口罩，不要近距离接触！”

“估计他们在说我们，我们去河边吧。”谭皓明看了看天上的无人机说，“这玩意儿挺高级的，什么都能看到。”

“疫情啥时候过去啊？我天天想你咋办啊？”玉儿想拉谭皓明的手，抬头看了看无人机，感觉那个东西一直跟着他们，死死地盯着他们看，像一只变异了的蝙蝠，“亲爱的，我有点害怕。”

“你怕去上海手术不成功吗？”谭皓明不知道玉儿怕什么，“没事儿的，你有我呢，我会陪着你的。”

玉儿想了想，没有回答。他们沿着河边一直走，没有碰到人。春天的柳枝已经有一些嫩芽了，只不过，那些嫩芽好像也怕被病毒感染一样，偷偷地冒出个小尖儿，好像静静地观望着什么。河水依旧那么沉稳地横在这个城市的中心，仿佛没有人能撼动它在这个城市的地位。河水的不动声色，让他们两个觉得好像什么都没发生过，又好像一切都过去了一样。他们也惊疑这里的人们，这么久了，还和这河水一样，如此安静。

“我给你唱首歌吧？”谭皓明看着河水想着远方的武汉，“我们每一次上语文网课之前，老师都给我们放这首歌。”

“什么歌啊？我听过吗？”玉儿很好奇地问，“只要你唱的我都喜欢听，快唱给我听！”

谭皓明扶着河边的栏杆，冲着河水的那边高声地唱道：

你好，武汉！
武汉，你好！
平安否？

曾经热闹繁华，
如今只剩春衫薄袖。

烟锁的黄鹤楼，
犹如一支长戈，
凌苍绝地气如虹，
撑起千万人的愁。

关起那城门，来把自己反锁，
等待一场没有硝烟的战火。
双眼泪浸润，白衣总湿透，
只为生命拼夺！
生命拼夺！
生命拼夺！

你好，武汉！
武汉，你好！
沉默久？
看不见的对手，
猝不及防锁住咽喉。

悠悠的千载云，
卷起浩浩烟波。
总悲戚星离雨散，
只等春风满城落。

打开那城门，传来那捷报。
又有多少英勇志士千里归来！
绝地生还的战旗无数人扛起，

只为生命拼夺！

生命拼夺！

生命拼夺！

“唱得太感人了！”玉儿听得泪流满面，“我特别心疼武汉！一开始我特别害怕这个病毒，觉得人类太脆弱了，万一我们挺不过去，我们就这样离开了吗？我还没爱够这个世界，特别是你。现在我不怕了，因为有你！”

“玉儿，别哭，我一直在！”谭皓明唱完也流泪了，“我也很感动，总想为武汉做点什么。老师说，我们能做的就是在家好好学习，有了能力才能救民于危难，否则，现在也只是想想，什么也做不成。”

“如果我们隔离久了，你会把我忘掉吗？”玉儿很小心地问。

“玉儿，你在想什么啊？别胡思乱想了，我们都好好的，好吗？”谭皓明特别心疼玉儿，“你出现在我的世界之后，我的世界就满了，如果你离开，那么我的世界就会少一半，再也装不进任何东西。”

“白雪菲那么好，你们为什么分开？”玉儿好像在家里待久了，每一天都想这方面的事情，她怕失去谭皓明，但又不想如此卑微，因为一旦卑微就会用各种方式去试探，就会让对方感到莫名其妙。玉儿不想这样，但是她就是会不自觉地去想，好像这些想法是自己冒出来的一样，“她漂亮，多才多艺，大家都说你们是金童玉女。她那么好，你们为什么还会分开啊？”

“我们不是一个世界的人，一直以来都是我的一厢情愿，我曾经把她装进我的世界，但是我发现，她进来之后，我的世界不是被占满，而是被侵略。她就像女王，进了我的世界，我就什么都没有了。我只能在她的边境，像个求和的使者，一次一次卑微地讨人欢喜。”谭皓明说着说着感觉说多了，看着玉儿说，“我们是平等的，你来我的世界，我给你一半，然后我们和平共处；我去你的世界，你给我一半，然后我们相濡以沫。不要再提过去，她去过的我的那个世界，已被我点燃，她的膨胀让我的世界爆炸了，我们都被炸得体无完肤。你来到的这个世界，是我重建的。你过来，我就给你一半天，你给我一半地；我过去，你给我一半天，我给你一半地。然后，我们的世界融为一体，就是一个最完美的新世界，这个世界只有我和你。”

玉儿很安心地躺在谭皓明的肩上，这个时候，无人机好像又拍到了什么，高空又喊话了：“行人不要近距离接触!”

玉儿慌忙抬起头，笑着向空中摇了摇手喊道：“遵命！你们辛苦了!”

他们一前一后地走在街上，街上都是消毒水味，玉儿扭头和谭皓明说：“被消了毒的世界真干净!”

“等所有毒都没有的时候，我陪你去上海看眼睛!”谭皓明在后面故意大声地喊着说，“我要让你把这个世界看得更清亮!”

“你要好好学习，考上大学，我才让你陪我去!”玉儿也用双手捂着嘴，弄成喇叭样大声地笑着说，“接下来，我先陪你学习，一起加油!”

空寂的街头就剩他们两个了，他们的声音在城市上空盘旋着，无人机也觉得自己多余了，在他们头顶嗡嗡了几声，就迅速离开了。也许这的确就是他俩的世界。

第七十三章

高考之变

本市已经连续几天没有新增病例了，当最后一例病人出院后，肖剑雄给蓝心发信息：我马上可以见到你了，不过我们还要隔离十四天。蓝心兴奋得眼泪都出来了，回复到：想你。

那一天，天气特别好，好像初春的所有暖都打在了这个城市的一角，几乎全市所有的警车都出来了，齐整整地排在路两旁，柳枝吐着新绿，抚弄着人们的脸庞。蓝心就站在柳树下面，穿着淡黄色的长裙，外搭一件长开衫儿，显得特别迷人，仿佛春风里最美的枝条，妩媚多姿。她手里捧着一束鲜花，等着肖剑雄下来，当她看到他下车的时候，想一下子冲上去，可是站了半天，眼泪先流了下来。肖剑雄飞奔过来，一把抱住她，眼里都是宠溺的爱。

“傻丫头，别哭！我这不回来了吗？”肖剑雄擦去蓝心眼里的泪水说，“你说过，我回来你就嫁给我的，还算数吗？”

“我还没毕业呢！”蓝心突然笑了，“那时我怕你回不来，所以我那样说，想让你保护好自己。”

“那就是你一毕业就嫁给我了？”肖剑雄看着蓝心的眼睛问，“你一毕业我就娶你！”

“我这辈子非你不嫁！”蓝心温情地看着肖剑雄，感觉这个世界只有他们两个人，她忘了周边还有那么多人看着。

“我们回家吧，你师母给你做了最好吃的饭菜。”蓝文轩开着车过来了，让他们上了车。

肖剑雄因为表现出色，直接被市人民医院录用了。他在蓝文轩这里的实习期也满了，感觉这半年来，收获了一生中最宝贵的知识和爱情，还有特殊时期最难忘的经历。最初，因为考虑肖剑雄刚刚回国，可能经验不足，这家医院一直在等机会考核，这一次就是最好的时机。肖剑雄把在国外学到的，加上在蓝文轩这里学习到的，中西医结合，摸索出了最佳治疗方案，得到了广泛采用，所以市里也很重视。肖剑雄这一次修整好之后，就要正式上班了。

蓝心还不能开学，每一天都要上网课。这几天肖剑雄陪着蓝心学习外语，因为蓝心还要考研。他们在一起学习的样子，很像高中生，偶尔还会因为某一个问题争论起来。蓝心平时在其他场合就是典型的淑女，可是在肖剑雄面前，她就像一个孩子，而且是很任性的那种。只有真正相信爱情的女孩子，才会在自己的爱人面前表现得率性自如吧。

丁世昌看到蓝心幸福的样子，决定出去打工，因为工厂都复工了，他身体恢复得很好了，可以出去自己养活自己了。蓝心不想让他出去，怕他一出去，又染上毒品。

丁世昌说："经历过这一次之后，我终于明白了，真正的自由就是健康，我不会再折腾自己了，累了。"

蓝心和肖剑雄商量了一下，帮他找了一份不是很累的活，只要自己能养活自己就好了，如果不出去做点什么，在家里就这样下去，谁都会憋疯的。其实人活在世上，如果每一天都不出门，就等着日子一天天过去，和僵尸没什么区别，只不过会行走而已。

安瞳也紧张了起来，他天天学到十二点，因为的确没有几天了，只有两个多月了，可好像还有很多东西没有学到，还有很多知识点没有整理，还有很多题一做就错。他总是胡思乱想，担心考不上，这种感觉很少有的，可是现在他特别想考上。所以，一旦有不会的，他就来问蓝心，蓝心和肖剑雄一起给他补习。有时，他们就在群里讲。安瞳感觉每一天都排得满满的，眼睛都不舒服了。

每一次网课，每一学科的老师都在用不同的方式告诉同学们，没有多少时间了，一定抓住每一分每一秒。也许这就是高考吧，而今年的高考对考生来说，是双重考验。好像一夜之间，他们一下子都成熟了，再也不是那个懵懂的少年了。

“啥时候开学啊，我好想回班上课！”张一鹤经常在他们自己组建的群里发牢骚，“我自控能力太差，在家啥都不想学。”

“我也学不下去，但是没有几天了，不学不行啊！”谭皓明也很焦虑，也希望早点开学。

“你们希望高考延期吗？”唐亦飞突然想到这个问题，“我感觉高考应该延期，如果延期就好了，我还有很多不会的呢，延期了正好可以好好补补。”

“我为你们祈祷！”张天宇好像自己不是高考生一样，“我觉得高考会延期一个月的，因为以前高考就是 7 月份。”

“你不参加考试啊？张大仙！还‘你们’，应该为我们祈祷！”安曈也接了一句，“我也希望延期，延期对我们很有好处。”

“我不为自己祈祷，只为你们祈祷，因为我顺其自然，无论啥时候考试我都会欣然面对。”张天宇的心态就是好。在这样的大灾大难面前，难得有他这样的心态。

其他同学也开始议论起来了，好像憋了很久以后，终于可以开口说话了，不吐不快。其实每一个考生这个时候都很紧张，以前以为自己反正不会，就算不学习，也还有时间可以荒废，现在没有时间了，好像疫情初期一样，有种世界末日的感觉。

有同学也不说自己紧张，他们说自己的父母紧张，天天像照顾病人一样照顾自己，小心呵护，无微不至。也有的父母本来在外面打工，因为疫情很久没出去了，又赶上自己孩子要高考，索性这半年都不出去了。

同学们在群里七嘴八舌地说着，好像高考真的推迟了一样。一些平时不爱学习的也突然感觉紧张了，发信息说：我愿意用我的一切换一个不紧张的心态。

“你们应该庆幸才是，我在家里简直要疯掉了，我不仅要自己学，还要帮助我弟弟学习。”班长也发话了。

“你们父母还能催促你们学习，说明还在乎你们高考，我爸妈天天让我跟他们一起去拉货，我说我得上网课，我妈说：回来看回放就是了，就你那样的，估计也考不上，多挣点钱，找个媳妇过日子就行了。”体育委员也开始诉苦了。

“你们还好吧，我一个人在家，上完网课，都没人给做饭，自己做好，还要给奶奶送过去，给姥姥送过去，我家里就我和两个老人了，爸妈都出去打工了。不过，我是大人了，能扛过去！”褚建辉也发话了。

“现在才知道你们那么苦，我们生活在城里的孩子，天天被照顾得跟个爷似的，还嫌父母唠叨呢，你们受苦了！”学习委员也发话了。

学习委员是城里的孩子，他除了学习就是看书，好像很少出去玩，疫情之前也是很少见他玩，据说家里人管得很严。原来每个人的青春里都有父母的影子，深深浅浅地影响着他们，从他们的家庭里我们看到了一个社会的缩影。

“我们艺术生更苦，好不容易集训回来了，原以为可以选一些自己喜欢的学校考考，可是耽误了这么久，学舞蹈的都抬不起腿，劈不开叉了；学画画的都拿不动笔了；学音乐的开不了嗓了；学播音主持的别说声音了，就这个体型都难以出镜了。”音乐委员也感觉到了危机。

“你们还好吧，最起码你们统考结束了，我们体育生专业课统考还没开始呢，刚刚有一个大进步，这一下子憋家里这么久，怎么能练好体能啊，想跑个步都没地方，哪都不让去！在家里还不敢死劲儿蹦，生怕楼下告我扰民。一个人训练了一段时间，感觉没有在操场上比拼的劲儿，效果一点都不好。”体育生委屈最多，疫情前他们还在强化训练，现在隔离在家这么久，八块腹肌有的只剩一块白白的肥肉了。

这就是特殊时期的艺考生，真正自律的人也有，他们不吭声，只是克制一切在超越。

班主任每天还在督促学生们打卡，虽然知道学生们不会因为打卡而多学很多，但是看到那么多同学还在坚持着，心里也有一些安慰。

因为没办法一个一个地去认证，也只能用各种方式去监督提醒了。一些任课教师也时不时地给学生们鼓劲儿，好像每一个老师说的话都在理，但是一旦落实到行动上，很多学生都想偷懒，也许这就是人性的弱点吧。

安瞳上完语文网课，感觉眼睛有些不舒服，就到院子里帮爸爸装货了。今年的药材生意特别好，虽然价格居高不下，但是安浩天也不想弄太多了，怕高价买进，政策一调整，药价一下子再掉下来。

也有一些药商因为哄抬物价而被重罚了，安浩天和周美琪虽然平时很看重钱财，但是关键时刻并不会投机取巧。他们只相信自己靠劳动换来的钱财就应该珍惜，因为都是血汗钱。他们没有抬高物价，可是也换来了不少骂名，有很多同行觉得挡了他们的生意，所以想方设法地搞不当竞争，非说安浩天的货有假。

安瞳刚帮着装好货，一些穿着制服的人又进来了，后面还跟进来一些村民，专门看热闹的。一些没戴口罩的村民被几个穿制服的人给撵走了，那几个被撵走的村民就爬到墙上，站在墙上看热闹，好像这个村子一下子热闹了起来。这么久了，村子静得吓人。本来就没有几户人家，几乎都是做药材生意的，平时弄货的时候，村子里才有几个人，这次因为疫情，很多村民从外地都回来了，在家也没什么活儿，正闲得无聊呢。现在也没以前那么紧张了，所以村民经常站在自家门口，哪里出现了新奇的现象都要凑到一起看看。但因为人多，不一会儿，村里就来人，把人群哄散了，就剩下几个穿制服的，和几个在墙头上窜来窜去的好事者。安瞳看见检查的人来，并没有慌，因为他知道家里人是不会做假货生意的，所以他什么都没说，就进屋里了。

安瞳躺在床上看着天花板，感觉人活在世上，每一天都要面对很多问题，也许这就是自己将来的生活。他又下意识地拿出手机，想转移注意力，不想现在就进入大人们的世界里。刚一打开手机，安瞳从床上跳起来了，高考延迟一个月，太好了！

安瞳突然感觉又轻松了，跑到院子里喊道：“高考延期了，又多30天！”

院子里的人都看向了安瞳。

“又延长一个月?”穿制服的其中一个人也很惊讶地问，“我儿子今年也参加高考，正紧张着呢，天天和我说害怕，啥都不会呢，现在延期了，估计他也会很高兴的。”

“不过，我可不想延期，早考早结束，我都快被逼疯了。天天小心伺候着，还找事儿呢，我家那闺女太难养。”邻居家的大婶儿看着安瞳和那几个穿制服的，也把憋了很久的委屈说了出来。

第七十四章

生命之吻

艺考成绩出来了。安曈过了四所院校的校考，他兴奋得想找李佳音分享，可是李佳音好像并不开心，她一个都没过。安曈想过去安慰她，可是好久没有和她联系了，现在以什么身份与她分享呢？

班上的每一个学生都戴着口罩，露出的那双眼睛在与世界沟通着。李佳音的眼神里都是绝望，她听着别人在口罩里喊着“我过了”，心就像被针扎了一样疼。

她流着泪跑了出去。安曈想追出去，但是没有。全班过得最多的就是安曈，只有他同时拿到了四所院校的录取通知书，只要文化课一过，他就可以从中任选一个理想的学校上大学了。校考比统考容易上大学，因为统考的文化课分值要求太高，对于这个学校的艺术生来说，文化课是个硬伤。

谭皓明和唐亦飞也过了两个，张天宇和褚建辉过了三个。张一鹤校考一个也没过，他只能走统考了。也就意味着，他的文化课必须超级好才能考上。

张一鹤也崩溃得想出去，但是怕别人笑话他“跟女人一样”，所以他很男人地用拳头使劲地砸了一下桌子，然后就抱着英语书使劲地读了起来。他就英语不太好，如果英语不给他拉分，他文化课也不成问题的。

安曈虽然心里很开心，全班就自己胜算最大，但是一想到李佳音，他就开心不起来。他走到褚建辉的身边说：“你替我去看看李佳音怎么了？”

褚建辉先是一愣，瘪了一下嘴表示不想去，安瞳努了努嘴示意他去，褚建辉没办法跑了出去。

李佳音在楼道里坐着哭呢，褚建辉走过去的时候，她已经哭累了。褚建辉不知道说什么，想了半天说：“张一鹤也一个都没过。你别伤心了。”

李佳音抬眼看了一下褚建辉说：“安瞳过了四个，你咋不说？”

褚建辉愣了半天也不知道怎么接下一句，他傻呆呆地看着李佳音，慢慢地说：“安瞳……安瞳让我来看你的，我知道，你会说，他自己咋不来，可是……”

李佳音看着褚建辉傻乎乎的样子，竟然笑了：“不难为你了，我回去，大不了明年再来一年！要不我就专升本，我一定要超过安瞳！”

多出来的这一个月，对于艺术生来说，简直就是上帝的恩赐。他们为了艺考，线上线下地折腾了很久，所以文化课都需要努力，虽然拼了命地学，但是越学越觉得啥都不会。多一个月，让他们感觉平缓了一些，过了校考的学起来更起劲了。

张一鹤让杨欣彤从家里带来了台灯，杨欣彤不知道张一鹤想干啥，就问：“你不会要挑灯夜战吧？学校不让的！”

张一鹤说：“别问太多，我会保住你的台灯的。”

杨欣彤也过了两个校考，但是她文化课没有把握，所以虽然也在努力，但是同时也做好了复读的准备。

安瞳和张天宇为了学习，搬出了学校宿舍，在外面租了一间小房子，就剩一个多月了，他们要最后拼一把。

张一鹤没有找到合适的房子，就在教室里一直学到熄灯。所有人都走了，连看门的老大爷都锁上门走了，他才从门后走出来。为了不让别人发现，他先睡了一觉，等所有人都睡了的时候，他醒来，打开杨欣彤给他带来的台灯，真的挑灯夜战了。

唐亦飞每一天都在夜深人静的时候起来，在厕所旁边的走廊里借着微弱的灯光学。就这一个月了，每一个学生都觉得该努力了，他们好像之前从来就没有学过一样，现在才觉得学习是最让人兴奋的一件事，虽然他们还有很多东西不会，但是比起以前，他们已经知道很多了。

安瞳和张天宇搬出宿舍以后，张一鹤和褚建辉搬了进来。

谭皓明看他们来就开始埋怨了："早知道这样，我从幼儿园开始就应该好好学习，可是那时我啥都不懂啊！现在啥都明白了，晚了。你俩从小父母管得严，学习成绩虽然不高吧，但是学习行为养成了，自学能力很强，特别有利于你们迎考。我到现在还管不住自己呢！"

张一鹤很冷静地说："以前怪你父母，现在就只能怪你自己了，改变一种行为习惯是很痛苦的一件事，你没听说过脱胎换骨吗？什么都换一遍，你说得多痛苦啊？但是一旦换成了，你就觉得自己特别快乐了。因为你找到了最好的自己！"

谭皓明很不解地问："你父母也不管你学习吗？"

张一鹤摇摇头说："我两岁他们就出去打工了，一年才回来一次，他们怎么监督我啊？我奶奶天天想监督我，但是她腿脚不灵便，她一来，我就跑没影了。我不喜欢别人监视我学习，越监视我，我就越不想学。我可以拿着书本，站到篮球架下、房顶上背书，但就不喜欢在大人的监视下学习，那样我会想尽各种办法逃离的，也许从小一个人习惯了吧。既然他们从小都没管过我，大了，我也不想让他们管了。不过，我会管理好自己的，因为我要赢，我一定要考上，我要超过方璐！"

谭皓明笑了笑说："还是女人管用！能改变你的只有女人！我能来到这个学校上学，也是我初中班主任给了我很大的影响。那是一个中年女教师，性格特别好，好像从来没有发过脾气，每一天都特别开心，她把最阳光的一面都给了我们，我们全班同学都受她的影响很深。她用三年的时光，教会了我们用积极的心态面对生活。她也不让我老埋怨父母，父母也都是初为人父人母，他们也不都是教育专家，他们也有很多生活上的不如意，所以很容易忽视孩子的教育。关键是我们很多父母，都觉得我把钱交给学校了，学校就应该把孩子培养成人。所以他们理所当然地觉得教育是学校的事情，和父母没有关系。我父母就这样和我说的，我和他们辩驳了很久，也没有一个好的结果。”

唐亦飞笑眯眯地说：“那时我爸妈看我每一天都很开心的样子，他们就知足了。没想过非要让我考个第一什么的，所以我只顾着开心快乐了，我的童年真的是童年，无忧无虑，自由自在。可是，我还是希望我爸妈从小让我好好学习，让我养成自觉学习的好习惯，如果那样的话，估计我清华北大都能考上了。不过，我不怪他们，我现在意识到了要好好学，我努力就是了。”

虽然褚建辉的父母也不在身边，但是他的爷爷奶奶和姥姥都很照顾他，所以他从小也很受宠，就是不太会打理生活，因为老年人都替他安排好了一切。他每一天就是背着书包上学，回来就是吃、玩。他除了看课外书，好像其他的什么都不会。他连自己的被子都不会叠，军训的时候，教官教他叠被子足足教了两个小时，他还是不会。教官都崩溃了，他还劝教官别急呢，后来他自己慢慢琢磨着，才叠好。他在哪一个宿舍，哪一个宿舍的卫生评比就会倒数第一，所以唐亦飞和谭皓明不喜欢他进来。不过他性格很好，谁说啥他都不会介意的，也许以前说他的人太多了吧。

他从来不会怪父母，因为他觉得他们也很辛苦：“我爸妈能把这个家从一穷二白变成丰衣足食，就已经很伟大了，不能再要求他们把我培养成伟大的人了。我觉得我能活成人样就够了。”

他们几个说着说着，睡着了。唐亦飞没有睡，在三个舍友入睡后，他悄悄地起来，跑到走廊里学习去了。

第二天闹铃响的时候，张一鹤第一个从床上坐了起来，揉了揉眼睛说：“你们宿舍的闹铃真给力，吓我一跳。我正做美梦呢，梦见我考上了，我拿着大学录取通知书绕着村子疯狂地跑，以前所有瞧不起我的人，都用羡慕的眼光看着我，心里嘀咕着，他怎么能考上学呢？”

褚建辉和唐亦飞还没有醒。张一鹤上来先把褚建辉从被窝里拽了出来：“这个大神天天得让我拽醒，太能睡了。”

谭皓明也起来穿上了衣服，迷迷糊糊的，感觉唐亦飞还没有起来，就叠着被子嘟哝着："这唐亦飞每一天都是睡得最晚，起得最早的，今天怎么了？"

张一鹤爬下床，想去捞唐亦飞。但是手刚想伸过去，看见唐亦飞嘴角有不明液体，好像从嘴里出来的，张一鹤有种不祥的感觉。他没有使劲拽他，只是轻轻地碰碰他，但是没有反应。前一天那个阳光快乐的大男孩此时的脸跟死人脸一样。

张一鹤吓坏了，忙叫谭皓明和褚建辉："你俩，快来，快来！我感觉不对劲，他好像……没气了！"

张一鹤说着小心翼翼地把食指挪到唐亦飞的鼻孔那，又感受了一下鼻息，感觉什么都没有，他瞬间浑身发抖，紧紧地拽着褚建辉的衣角，另一只手拉过谭皓明："怎么办啊？昨天还好好的，今天怎么就这样了啊？"

谭皓明也探了探唐亦飞的鼻息，感觉什么都没有，晃动一下他的身体，感觉也僵硬了。他也吓得故意大声地说话："快给班主任打电话，褚建辉你给 120 打电话，快，快，快啊！"

谭皓明大声地说完，在地上来回走动了几趟，突然拿起一个毛巾，把唐亦飞嘴角的液体擦干净之后，深呼一口气，嘴直接贴了过去。他不知道怎么做人工呼吸，但他还是竭尽全力地想把自己所有的氧气都给唐亦飞，可是他呼了半天，唐亦飞也没有任何反应。

班主任来了，安瞳和张天宇也来了；120 来了，110 也来了。在所有人都上着早读的时候，这个宿舍却蒙上了一层恐怖的阴影。安瞳和谭皓明在前面抬着担架，张一鹤和褚建辉还有一名医护人员在后面抬着担架，张天宇在中间扶着唐亦飞，生怕他从旁边掉下来，中间有一名医生一直跪在担架上，极力地抢救着。120 依旧"哎哟哎哟"地叫着，似乎从来就没有停止过。"哎哟哎哟"的声音越来越大，远去的是校园里的读书声。

第七十五章

只要你在

“天歌小学”已经建成了。滕婉茹陪着腾跃来到了戴小婉的城市。腾跃不敢直接找戴小婉，只是觉得对戴小婉有亏欠，所以想为她做点什么。这么多年过去了，再去谈论感情问题估计一点意义都没有了。可能彼此就是见了面，也未必能一下子认出对方。以前的事就是以前的事，谁都无法改变发生过的事实。

滕婉茹用微信和蓝心说了，蓝心觉得戴小婉不会拒绝见腾跃的，但是她不会单独见的，她会让蓝文轩陪着的。腾跃想在“天歌小学”落成典礼上邀请蓝文轩夫妇。

蓝文轩接到邀请之后，没有拒绝，他和戴小婉说：“我知道你不想见他，但是这么多年了，他还能想到你，已经很难得了。他不是放不下你，而是放不下他自己。你给他一个机会，让他彻底放下吧，包括愧疚。”

戴小婉也很温和地说：“半辈子都快过去了，有什么放不下的，我无所谓，他如果能为这里的孩子做一些好事，我们当然要大力支持了，无论他以什么名义。”

“天歌小学”落成典礼上，腾跃作为“天歌教育集团”董事长发了言，他在感谢社会各界人士之后，专门感谢了蓝文轩先生和戴小婉女士，感谢他们的大力支持和全力配合。同时，他想在本地多建几所高标准的小学，让这里的孩子们都有学可上，都能得到最优质的教育。除了教学楼和宿舍楼，他还专门投资400多万元，建成一栋综合教学楼，拥有高标准的生物标本实验室、理化实验室、各种仪器室、体育器材室、图书阅览室、计算机教室、多媒体教室、音乐美术教室、舞蹈室和教师备课室等多功能的教学楼，并从全国各地招聘了近50名具有大学本科学历、三年以上教学工作经验的优秀教师。

戴小婉看着腾跃春风得意的样子，和当年在大学的时候一样，好像岁月对他并没有那么残忍，他还和当年一样风流倜傥。腾跃发完言走到了后台，他想直接走到戴小婉的身边打个招呼，犹豫了一下，没有过来。接下来，新任校长和教师代表依次发言。戴小婉也没有心情听下去了，和蓝文轩说了几句，就走了出来。她想回家看看天歌，因为蓝心刚刚从大学回来，本来回来想复习考研的，年底就要考试了，因为疫情，整个上学期学校都没有开学，在家里也没怎么学专业课，所以蓝心今年想留在学校复习迎考。趁着学校搞活动，她先跑回来拿一些生活用品什么的。

戴小婉一进家门，天歌就哭着找妈妈了。蓝心把天歌抱给戴小婉问："您见着滕叔叔了吗？"

戴小婉很疑惑地问："你怎么知道的啊？你又没去现场？"

蓝心拿出手机让戴小婉看："你看这么多人都给我发图片呢，说滕叔叔好帅啊，还那么年轻。妈妈，你见到他什么感觉啊？"

戴小婉也想问自己什么感觉，可是好像没什么感觉，她好像在和自己说一样："都过去那么多年了，只要他在就好。"

蓝心也不知道啥滋味，好像懂了什么似的，和戴小婉说："妈，我出去找肖剑雄了？"

戴小婉说："去吧，趁着还能爱的时候，好好爱！"

肖剑雄知道蓝心回来了，但还没到下班时间，最近病号特别多，所以他依然坚守岗位，忙着接诊。

蓝心想到医院里找他，但怕影响到他，所以一直在门外等着。她看到远处一个穿黄色制服的人，一直看着自己，她知道这条街上的清洁工都是这个装扮，所以也没太关注。

一辆救护车"哎哟哎哟"地又出去了。蓝心在医院门口站的时间久了，感觉这个世界一直都病着一样，好像从来就没好过。在她听习惯了救护车“哎哟哎哟”的声音的时候，这种声音突然停止了，她反而有一种不祥的预感。

远处，救护车撞飞了一个人。而蓝心感觉飞起的那个人，就是刚刚那个黄色的影子。她不顾一切地跑过去，总感觉那个影子特别熟悉，她似乎想起了什么，想起了肖剑雄和她说过的。肖剑雄把那个父亲丁世昌安排到了保洁公司，离肖剑雄工作的地方特别近，这样便于肖剑雄照顾。有了肖剑雄，蓝心觉得自己什么都不用操心了，她想着见到肖剑雄之后，一起去找这个父亲，看看他现在的情况。可是，现在就让她以这样的方式见到他吗？

救护车掉转车头，那个穿黄制服的男人被抬到了车上，在蓝心赶到的时候，她似乎已经确定那就是自己的父亲丁世昌。因为她看见了他身上残留的毒斑。虽然他已经戒掉了毒瘾，但是那些斑痕还没有让他彻底摆脱“毒”。那些像刻在身体上的印记一样的毒斑，也刻进了蓝心的心里，她突然眼前一黑，差点晕倒。

她慌忙打肖剑雄的手机：“丁世昌，我爸，刚刚，被救护车……撞了，就在刚才，我亲眼看到的，呜呜呜……”

肖剑雄不知道怎么安慰蓝心，因为他听到这个，脑子也嗡一下，他把剩下的几个病号交给了主任，就慌忙地跑出来了。蓝心见到肖剑雄，就像见到了救星一样，眼泪瞬间倾泻而下。她最美好的期待，瞬间变成了恐怖的车祸现场，那些复杂的情绪一下子全都涌了上来。之前她想，见到肖剑雄之后，飞奔过来，跳到他的怀里和他说“想死你了”，然后他们一起去找丁世昌，看到他好好的就好。可是，现在她只有害怕，虽然她的身世扑朔迷离，但是她还没有经历过这样恐怖的场面。她甚至不敢想象丁世昌现在的样子，车祸现场那鲜红的东西，好像一直在她的脑海里肆意流动着。

肖剑雄紧紧地抱着蓝心，给她最温暖的呵护，然后很理性地说：“现在我们要到医院里看看，这时候需要家属到场，我们必须过去，也只能你过去。”

蓝心在肖剑雄的搀扶下，来到了急救室。她看着医生护士们在自己眼前不停地穿梭，却不知道自己该做什么。她好像等了很久，才看见肖剑雄出来，一些医护人员也跟着出来了，好像拿了很多表格一样的东西，让她签字。她在肖剑雄的指点下，一一地写着自己的名字，然后抬眼看了一下肖剑雄，肖剑雄知道什么意思，拍了拍蓝心的肩膀说：“能活下来就好了，没事的，有我呢，我们一起扛。”

蓝心有些后悔，她一直在想，如果刚才直接走过去，也许一切就不会发生了。可是，一切都不能重演了。

蓝文轩夫妇和周美琪也都过来了，安浩天因为在外地进货，没有来。周美琪看着病床上的丁世昌，脑海里像放电影一样，所有的陈年旧事都浮现了出来。戴小婉想过来说点什么，但是看周美琪看着丁世昌没有特别的表情，不知道怎么劝了。

周美琪来到蓝心的身边，倒是有点情绪不能自控了：“你爸，他，只要有一口气就好。来的时候，我以为他不行了，慌乱得感觉心脏病犯了一样，浑身发抖。现在看到他还有一口气，就是植物人也好，只要他在就好。”

蓝心突然又泪流满面，这泪水好像是因为感动而流。她以为全世界的人都希望他早早离开，这样他自己也解脱了。可是，还有两个人希望他活着，只要他在这个世界上就好。现在她明白了，有时拼命在乎一个人，就希望他不要离开。

第七十六章

怪事之怪

唐亦飞莫名其妙地离开了，这对全班同学来说，简直就是震惊，这比新冠疫情还让人害怕。对于十几岁的孩子们来说，他们大多数还没有经历过身边人的死亡，而唐亦飞天天生活在他们的身边，是全班最开朗、最阳光的一个大男孩，还没谈过恋爱呢，就这样离开了。前一天还好好的，怎么睡一觉就没气了呢。

张一鹤和褚建辉更悲催，警察第一时间先把他俩带走了，因为他俩刚刚被调到这个宿舍，这个宿舍就出了人命。他俩被安排在两个房间单独问话。这也是他们人生第一次被带到这样的地方问话，但是因为前一天他们相处的确很融洽，没有任何争执，连打闹都没有。只知道他们都睡了的时候，唐亦飞半夜出去背书了，至于什么时候回来的，他们都不知道。唐亦飞这样疯狂学几天了，按理说，他学舞蹈的，经常训练，身体素质一定很好的。

谭皓明也被叫过去了，他没有他俩那么紧张，可能因为和唐亦飞一直在一个宿舍，没有成为最大的怀疑对象吧，但是谭皓明好像更悲伤，眼里一直含着泪水。

谭皓明对唐亦飞的突然离开有种天塌下来的感觉，毕竟在一起那么久，他很伤感地说："我们关系特别好，他离开，我都有些崩溃。每一天他跳着舞回来，我哼着歌回来。现在一提起这个，我就想哭，今后再也不能看他跳舞了。"

警察本来想打断他，问他昨天晚上的事，但是看他那么伤心，就让他说完了才问：“昨晚上，他有什么异常吗？”

谭皓明想了半天说：“似乎没有，如果有什么异常，就是他天天都和我们不一样，他先睡觉，睡到半夜起床背书。可是这个也不是什么异常了，艺考成绩出来后，他几乎天天如此。”

警察也觉得他和那两个孩子说的一样，本来想结束问话的，谭皓明好像突然想起了什么说：“昨晚大半夜的时候，我好像听见有人喊疼，我以为是做梦，扭了一个身儿，就听不到声音了。”

警察好像对这个问题很感兴趣，接着问：“他以前和你们提过他有什么病史吗？”

谭皓明在脑海里搜索了半天，突然想起来什么似的说：“他以前和我们说过，他父母从来不要求他考多好，只要他开心快乐就好，我们都羡慕他父母。可他说，他父母之所以这样，是因为他有先天性心脏病，父母觉得他能好好活着就好了。”

谭皓明被问完话，还不忘问警察：“警察叔叔，唐亦飞真的回不来了吗？”

问完，谭皓明眼泪流了出来，他都不知道警察叔叔说了什么，迷迷糊糊地走了出来。一路上脑海里都是唐亦飞的影子，有时他还不自觉地往后看看，觉得唐亦飞就在身后，冲他笑呢。可是，他回头看不到什么的时候，想想刚才的幻觉，又觉得毛骨悚然。

唐亦飞的父母也从外地赶回来了，他们一路哭着，喊着唐亦飞的小名：“飞儿啊，跟娘回家吧！”

他们把宿舍里唐亦飞的遗物都拿走了，并没有找学校讨个说法。也许他们还没缓过来，或者他们早就知道这个儿子有一天会突然离开。可是白发人送黑发人，这个痛是最让人泪目的。

谭皓明和张一鹤扶着唐亦飞的父母，并安慰他们说：“今后，我们就是您儿子，唐亦飞没有走，他一直在呢，他不希望您伤心。”

除了这几个学生之外，没有人知道到底发生了什么。学校要求对外封锁一切消息，让学生们安心迎考。这个宿舍的所有学生也都搬离了，说这个房间需要整修，任何人不得进入。

谭皓明和褚建辉搬到了安瞳和张天宇租住的房子里。张一鹤的父亲说回来陪儿子高考，张一鹤一个人搬出去，和父亲一起住了。

班主任也紧张了很多天，本来想在最后一个月让所有学生们都有一个冲刺呢，结果出现了这样的情况，她觉得生命大于一切，天天叮嘱学生们："每天除了学习，一定要注意锻炼，注意劳逸结合，不能熬夜，特别是搬到外面住的学生，一定要让父母陪着，不能一个人在外面。"

试卷越来越多，几乎每天每一学科都有试卷要做，有的学科不止一套试卷。在疯狂刷题的时候，他们似乎忘了曾经发生的事情，只是晚上睡觉的时候，想到这样的事情，还有些后怕，总感觉唐亦飞就在身边，冲着每一个人笑着，可是他已经不在了。这种笑，让人一想起就害怕。褚建辉胆子最小，他本来就怕黑，现在他都不敢熄灯睡，总觉得一熄灯，唐亦飞就会从柜子里、从门后走出来，冲他笑。他每一天都跑到安瞳的被窝里睡，虽然天气很热，但是他们把空调开低，盖着被子，甚至蒙着被子睡。

在班上偶尔开玩笑的时候，谭皓明就会说："褚建辉胆子太小，你们别吓他。他晚上睡觉都不敢一个人，都跑到安瞳的被窝里。"

周围的学生哈哈大笑之后，又都埋头刷题了。李佳音最近情绪一直不好，统考分不高，校考还一个都没过，要想考上本科，真的很难。但是她为了争口气，也在疯狂地学着呢。有人说她已经学神经了，每一天嘴里都嘟哝着什么。也许因为她的基础本来就不好，而且只有一个月的时间了，一下子提高肯定不现实，但是她好像没想过那么多，她只想超过安瞳。她今天听到谭皓明说褚建辉和安瞳睡一个被窝，心情又低落了。她在想自己太掉价了，安瞳认可和一个男生在一起，都不愿意多看自己一眼，她有点崩溃，但是不想表现出来，就疯狂地背书。

政治老师没有讲试卷，让学生们把一些名词解释和一些规律整理一下，记住。他看每一个学生都很认真地写着画着，有的用一张大纸，把所有的知识点用思维导图的形式画了出来，心里特别满意。他绕着教室走了几圈，看李佳音一直没有动笔，只是出声地背着什么，就善意地提醒她一句“好记性不如烂笔头，还是动动笔好”。

李佳音本来在用这样的方式克制自己什么呢，不知道政治老师的哪一句触怒了她，她一拍桌子站了起来，失眠了几夜的眼睛怒火中烧，尖锐得刺耳的声音从她的喉咙里像一把匕首一样窜了出来：“我就这样！我就这样！我就这样！”

政治老师像被什么刺伤了一样，向后倒退了几步，捂着心脏，指着李佳音，半天也没说出什么来，只是“你，你，你”的。

安瞳见状一下子跑了过来，抱住李佳音大声地问：“你怎么了？”

李佳音好像没有什么意识了，谁都认不清了，只是狂笑，并吐每一个过来安慰她的人，吐完之后还不忘说几句：“你知道你身上的唾液为什么那么干吗？我烤的，我是太阳，光芒万丈！”

班长叫来了班主任，班主任本来这段时间就很憔悴了，现在又出了这么一档子事，她感觉她也要崩溃了，也想歇斯底里地叫几声。班主任叫来了校医和心理咨询师，拥抱着李佳音走出了教室。安瞳也被吓着了，他从来没见李佳音这样过，他最害怕的是李佳音曾经和自己谈过，现在变成这样很可能和自己也有关。谭皓明和褚建辉也吓得不行。

谭皓明说：“唐亦飞没气了，我都没现在这么害怕，这也太吓人了！”

褚建辉跑到安瞳身边说：“今晚我们四个睡一个被窝吧？”

张天宇依旧那么平静，仿佛唐亦飞和李佳音都跟自己无关一样，只是闭着眼睛，似乎念着什么，然后睁开眼睛，在谭皓明的追问下才说出一句：“压抑久了，早晚要爆发的。”

张天宇以前就说过，这个班的学生，大多数是从农村来的，几乎都是留守儿童，父母生下他们就南下打工了，把他们留给爷爷奶奶看管。平时，有什么事都是自己扛，有时受了委屈也不知道和谁说，想和爷爷奶奶说，爷爷奶奶年龄大了，说什么都听不清了。而且有些事情他们也听不明白，更别提从思想上去解决了。他们也只是给孩子们一些饭菜，让他们别饿着就好。

安瞳感觉李佳音变成这样，就是他害的，他想找班主任说说这事。可是，谈恋爱就要永远在一起吗？他不喜欢了，也不能分开吗？只要谈了，就应该一辈子在一起吗？他没有对不起她，他也没有找任何人，就是不喜欢她了。因为爱就得什么规则都可以违背，连考试都可以换试卷吗？他觉得这个道理谁都懂，这是典型的作弊，为啥她李佳音就不懂呢？而且，马上高考了，就不能好好学习吗？为了高考，为了梦想，先放下感情，一起拼搏，就不可以吗？非要天天黏在一起才是爱吗？安瞳本不想这样想李佳音的，毕竟她已经变成这样了，可是他也觉得自己有愧于她，所以他想找到出口，让自己不至于那么自责。

安瞳后悔当初接受李佳音的爱了，可是一切不能重来，现在只能解决这个问题。万一李佳音因为精神问题不能参加高考，他得多自责啊？他虽然不喜欢了，但是不代表她和他无关了，她变成这样，他比谁都痛苦。他甚至希望现在疯掉的是自己。安瞳现在就想找到她，然后和她说“我一直在”，可是他找了很久都没有找到。班主任说，她被她姐姐领走了。

跟她关系很好的杨欣彤说：“李佳音可能中邪了，她前天晚上跑到咱们学校后面的田地里了，而且好像用手疯狂地刨人家的坟。她和我说的时候，她一直在笑，我以为她在说一个梦。现在想来估计她说的是真的，那天我就觉得她不对劲，但是不知道哪不对劲，如果早发现就好了。”

安瞳不相信，对杨欣彤说：“她不可能那么做的，这是梦！”

政治老师也吓得住进了医院，他教了半辈子书了，头一次遇见这样的情况，他不知道怎么去面对学生，虽然自己没说什么，可是这样的事情发生在谁身上，谁都会多想。特别是一些人，听风就是影，以为他说了什么刺激人的话。他最不愿看到的就是这个孩子不能参加高考了，怎么办，这一辈子就这样了吗？他不想任何孩子掉队的。

其他班的学生也四处打听，问安瞳他们，到底发生了什么：“你们班是不是中邪了啊？怎么什么怪事都发生在你们班啊？”

安瞳很无奈地说：“没有什么怪事，都是梦！如果有怪事，那就是高考结束之后，录取通知书一出来，我们班全被录取！”

第七十七章

变态之辱

高考好像在课代表发的无数张试卷里隐藏着，时不时地露出个头，让那些还有很多知识点没复习到的同学异常紧张。以前紧张的时候，找个人诉诉苦，或者找几个酒友喝一晚上酒就好了。现在找谁啊，都在忙，没有一个人觉得自己闲的，好像每一个学生对自己的高考都胜券在握。

一些家长也紧张了起来，时不时的就有家长从封闭的大门外旁边的铁栅栏里塞进来一些肯德基一类的好吃的，也有的家长干脆直接进来，把食物藏在带拉链的兜子里，以各种借口来给孩子送饭。

安瞳一直满怀信心，虽然几个姐姐轮番地来送饭，他并没有什么新奇，好像已经习惯了做题，除了做题，其他的任何东西都引不起他的兴趣了。虽然数学还是让他很尴尬，但是就算一张试卷一题都不会，他也不会慌乱，而是很认真地找课本，看例题，直到弄会一道为止。他知道慌乱只会让自己更糟。也许是长时间形成的这种习惯吧，让他在任何大的事件面前都很沉稳。

张一鹤的性格有点急躁，他的文化课成绩要比安瞳他们多出将近一百分，才有希望被录取。他熬了几个通宵之后，身体实在受不了了，他怕他也像唐亦飞一样，哪一天早晨，别人都醒来的时候，自己却永远地睡去了。但是他太想赢了，他的基础也比别人好很多，就因为看到了希望，所以更不想放弃。偶尔考砸了一次，他就像疯牛一样，下了课冲着褚建辉他们就顶了过去。虽然褚建辉也知道他心情不好，不和他计较太多，但是张一鹤每一次都下狠手，经常把褚建辉和谭皓明摔倒在地，也不知道他哪来的那股子劲儿，经常趁人不备就撂倒一个。时间久了，没有几个人愿意和他接近了，都躲得远远的。一下课，看他过来，同学们都慌忙地跑到外面去。

有一次，张一鹤实在太崩溃了，就找了几个女生，想撂倒人家。七八个女生一起上，把他给撂倒了，并拿出口红和眉笔，给他画了一个女妆，还有的拿出几个皮筋，给他扎了六个辫子。等男生们跑进来的时候，张一鹤刚刚从女生堆儿里逃出来，他冲出教室，跑到洗手间。一路上，遇到很多其他班的学生，他们都捂着嘴笑。也有其他年级的小师弟和小师妹碰见了，很惊奇地说："哇！高三的小哥哥真会玩！"

张一鹤好像被羞辱了一样，打开水龙头，疯狂地搓自己的嘴和眉毛，使劲儿地拽自己的头发。他几乎用凉水洗了一个头，感觉已经弄干净了，才回教室，冲着那些捉弄他的女孩子们咬牙切齿地说："等高考结束喽！"

因为又有考试，班里瞬间没了声音。任课教师很晚才进来，根本不知道刚刚发生了什么，看同学们很认真地做题，笑眯眯地前后看了看，然后又出去了。屋里一直很安静，好像什么都没发生过一样。每个学生好像都已经练出来了，一旦发试卷，一切都停止了，只有一个目标，做题。

他们狂躁的心被六月的风吹着，如一张张被揉皱了的试卷，在七月的边缘焦急地等待着。在所有任课教师把自己手里的试卷全都发下去的时候，老师们好像看到了九月的金黄，但还是有很多忧虑。

数学老师点着一支烟，眯缝着眼睛看着这几次模拟考成绩，预测着："这一届，你们班能考上十个就不错了。这几个孩子本来有希望的，网课期间没认真学，再加上你们班最近出了那么多事。我感觉这一届有点悬，超过上一届很难了。"

班主任没有说太多，只是很沉重地说一句："只要他们都好好的，就好！"

几乎每一个老师在最后一节课上都在黑板上写下了类似于"只要你在就好"的字样。

语文老师一笔一画地写完“只要你在就好”几个字后说：“我们这一届很不容易，生于非典，考于新冠。也许你们还小，遇到和人类命运有关的大事，你们还不知道怎么应对，只是学着大人样，很乖巧地听从一切安排。你们都是我的孩子，遇到了这么多事之后，我只想说，活着不容易，只要你们健健康康、平平安安的就好。我不求你们今后多有成就，对于我来说，只要让我知道，你在就好。”

有的孩子不知道因为什么，这里没有一句煽情的话，但却感动得哭了：“老师，没有几个人只希望我们好好活着就好，我身边的每一个人都希望我取得优异的成绩，报效祖国，给家族增光，给父母长面子。我们一直想成为别人家的孩子，因为我父母经常说，你看人家的孩子怎么怎么样。今天以后，我就做我自己！”

数学老师也说：“你们在的时候，不会做数学题，我就想惩罚你们，罚你们把所有公式都倒背如流，因为有些题，只要公式会了，你们很轻松就能做出来。现在马上就要分开了，突然觉得你们不在，心里空落落的。”

班主任最舍不得这些孩子，她好像有很多话要说：“我只希望你们一个都不要少，都好好的，答应我，都好好的！”

全班同学几乎都哭了，但还是很乖巧地齐声回答道：“我们都要好好的，一定好好的！老师放心！”

班主任也控制不住自己的情绪了，好像这么多天来，一直坚强地挺着，现在终于可以不用撑了，她在黑板上颤巍巍地写道：别再少了，都好好的！

班主任情绪有点失控，跑到外面哭去了。班长跟着出去了。其他同学都跑到讲台上，写下了自己最想说的话。“我们都在，一直在”“爱你们千千万万遍”“我们都没离开”“有你们陪着真好”，孩子们在黑板上写着最真实的情感。有一些平时关系不错的，都抱在一起痛哭了起来。这一届学生见证了太多的生离死别，他们的高考不仅仅是能力的比拼，也是生命的拼夺，在这样的危机面前，能活下来的就是胜利者。

第七十八章

偷欢之父

张一鹤觉得自己这一次不出意外稳走，因为他最后两次都考了全年级第一名。他爸爸也特别高兴，觉得这段时间没白陪儿子。

张一鹤和谭皓明约好了，去街里剪个头发，走之前和爸爸说："爸，你做好饭，剪完头回来，我给你带两瓶啤酒，估计时间得长一些，我和谭皓明要去街上印一些考前要背的公式。别急啊，如果你饿了，先吃！"

张一鹤先去理发店了，谭皓明还没有来。他一个人在理发店等了一会儿，排上队就剪上了："师傅，给我弄一个高考能考中的发型！"

理发师看了看张一鹤说："好嘞，那我就给你剪一个中字。"

张一鹤捂着头发说："也别太张扬！一个'Z'字就好！"

理发师说了一声"好嘞"，很快就进入了发型处理当中。不一会儿，左耳上边就出现了一个字母"Z"。

谭皓明发信息说：家里有事，先不陪你印资料了。

张一鹤剪完头，从超市里买了两罐啤酒，打算带回去让爸爸也放松一下，毕竟还有几天就高考了，家长可能比孩子们更紧张。

他很开心地拿出钥匙，想象着爸爸看到啤酒，很兴奋地端上菜，打开啤酒说："儿子，加油！还有几天了，我们一定要坚持住！"

门被反锁了。张一鹤有些纳闷，走的时候，门是虚掩着的，怎么会反锁了呢？他使劲儿地用钥匙拧锁，钥匙都拧断了，门也没打开。他还在想：爸爸这是去哪了呢？说好了，自己剪完头会带啤酒回来的呀，难道爸爸出去自己买去了？他想等一会儿，但感觉里面有动静，他想是不是屋里进贼了，贼把门反锁了啊？他一想到有贼，就不顾一切地踹开了门。

屋里的一幕让张一鹤特别绝望。爸爸就在屋里，在他的床上，床上还有一个女人，他不认识。他们衣衫不整地躲在床上，看见张一鹤愤怒的眼神，他爸爸也吓得不行，想说什么，但不知道说什么，只是轻轻地说了一个“儿子”，就想拿衣服给身边的女人穿上。

张一鹤大声地吼道：“我没有你这样的父亲，让她滚，滚！”

张一鹤从床上抓起那个女人就往外拽，使劲儿推出门外之后，把门砰一声关上，指着床上的父亲气急败坏地说：“你说来陪我高考的，你这是陪我高考吗？你是来这里胡搞的！我妈……我妈要是……”

张一鹤想说，我妈要是知道了，不得疯，可是一直说不出来，一提到妈妈，他就说不下去了，眼泪一直流，声音也嘶哑了：“你也走！我没有你这个父亲！”

张一鹤爸爸穿好衣服，下了床，走到张一鹤身边，扑通跪下了：“儿子！爸爸错了，你就当什么都没看见，好吗？你还要高考呢！”

张一鹤推开父亲，嘶哑着声音说：“你也知道我要高考吗？你对得起我妈妈吗？”

张一鹤爸爸抱着头也哭了起来：“我对不起你，对不起你妈妈！可是，这么多年，你妈妈一直生病，我几乎就没碰过女人，我是男人啊！”

张一鹤不想听任何解释，他把他爸爸从地上拽起来，也推出了家门：“从今以后，我们断绝父子关系，你永远别进这个家门！我没有你这个爸爸！”说完，张一鹤号啕大哭！

张一鹤收拾好一切，推着拉杆箱，在街上毫无目的地走着，哭着。

杨欣彤在街上看到了张一鹤，看到他那“Z”字发型，觉得好笑，就走到他身边摆摆手，可是张一鹤冷冷地，一点反应都没有。

杨欣彤只顾着看他头上的字母了，没太留意他的表情，跳起来拍了一下他头上的字母说：“装什么酷啊，和你打招呼都不吭声，那么高冷干吗？”

张一鹤像一具僵尸一样在街上缓慢地行走，杨欣彤仔细看了一下张一鹤的脸，吓了一跳：“张一鹤，你中什么邪了，怎么面如土灰啊？”

杨欣彤摇着张一鹤的胳膊，张一鹤还是那副表情，杨欣彤真害怕了，她拿出手机给班主任发了一条信息：班主任，您快来，张一鹤好像生大病了！

班主任本来刚舒缓一些，一看到这样的短信，内心又有了不祥的预感，但是一切都要面对，都要解决。

她慌慌张张地赶到杨欣彤发的那个位置，看到张一鹤的样子，很心疼地问：“你怎么了？哪不舒服吗？有什么事和老师说，好吗？”

张一鹤眼神动了一下，看了看班主任，嘴角又出现了委屈的表情，他控制不住自己，抱着班主任哭了起来：“老师，我爸……我爸……”

班主任紧紧地抱着张一鹤，用手抚慰他的后背说：“你慢慢说，别怕！老师一直在呢！你爸生病了吗？还是出什么事了？你说出来，我们都能解决的。”

张一鹤不知道说什么，他只是哭，班主任的左肩都被他哭湿了。杨欣彤过来安慰道：“班主任都来了，你有什么事儿，说出来，我们都会帮你解决的。”

张一鹤看着班主任说：“我只想让你一个人知道。”

杨欣彤看了一眼班主任说：“班主任，那我先走了！”

张一鹤把刚刚发生的事和班主任说了一遍，班主任也目瞪口呆，觉得张一鹤说的是梦。

张一鹤缓了缓说：“我也希望这是个梦，只是个梦。可是，我亲眼所见，老师我该怎么办啊？我现在想想我开门的那一幕，我就想吐。”

班主任头一次遇到这样的事情，她只是开导他：“已经发生了，我们只能面对了。你马上就高考了，先考完再说，好吗？”

张一鹤很沮丧地说：“我这种状态怎么参加高考？我不考了，我要找那个女人，打她一顿！”

班主任拽着张一鹤，想转移他的注意力：“你看，天上飞的是什么？那家餐厅的饭菜特别好吃，我们过去尝尝去。”

张一鹤也想转移注意力，向天上看了看，什么都没有，只是麻木地跟着班主任进了餐厅。

班主任选了几样平时吃不到的菜，让服务员早一点送上来，然后看着张一鹤说：“每个人一生都要经历很多事情的，也许这件事对你来说，是你这个年龄段的孩子无法承受的，但是已经发生了，我们应该学会好好解决。否则，我们就这样绝望下去，什么也解决不了不说，可能事情会变得越来越糟。你答应我，先放一放，等高考结束之后，你再来解决。现在你把一切都交给我，我帮你解决，可以吗？”

张一鹤看了老师一眼，点了点头。服务员把饭菜都端上来了，班主任让张一鹤先吃饭，吃饱喝足好解决问题，可是张一鹤一口都吃不下。班主任没有办法，就拿着筷子夹了一口，递到了张一鹤的嘴里，哄他开心。

张一鹤看班主任也很为难，平时那么严肃的班主任，此时为了让自己好好吃一顿饭，放下面子，放下威严，不顾一切地帮自己解脱，心里也很心疼：“我吃！您也吃吧！”

张一鹤夹了一口菜和班主任说：“老师，您放心，我肯定要好好备考的，我一定要考出去！就是为了您，我也要好好考的，您放心！”

班主任看着张一鹤瞬间的转变，激动得眼泪都出来了。班主任也夹了几口菜，放进嘴里，嚼得特别香。

第七十九章

不归之宿

蓝心在校内租了一套房子备考。房子很舒适，两室一厅，窗外还有花坛，花坛那边是操场，学累了可以出去跑跑步。她还专门把自己喜欢的沙盘一类的心理学方面的用具都拿来，放在主卧旁边的次卧里。偶尔她自己学累了，也会来这里放松一下。

赵晓娴也在准备考研，想和蓝心一起住，蓝心拒绝了，因为蓝心喜欢一个人，多一个人，好像会影响到自己的备考。蓝心心里只有考研，不想再去参与无聊的琐事了。当她心中有了肖剑雄之后，她感觉自己有了无穷的力量，她想让自己更优秀。家里的一切，肖剑雄都可以帮她打理好，包括丁世昌这个父亲。想想，蓝心就觉得特别幸福，她看着手机里肖剑雄的照片狠狠地亲了一下。

因为大学要求所有学生必须住校，没有走读生的说法，就是在本市居住，也要住校。所以蓝心每天没课的时候，就在自己租住的小屋里学到很晚才回宿舍。

薛菲看蓝心很疲惫的样子，慌忙过来递一杯温水："研究生把自己研究成这样了啊？别太拼了，毕业找个好工作，嫁喽就行了，你都名花有主了，还怕啥啊？怕肖剑雄不要你吗？是你的就是你的，无论你有多差劲；不是你的，就不是你的，无论你有多优秀。"

蓝心喝了一口茶说："我不为任何人努力，我只是自己喜欢，我在为自己努力，我想看到我自己最好的样子。在肖剑雄面前，我总能找到自己想要的最美的样子，也许这就是真爱吧，嘿嘿。"蓝心说着说着自己笑了。

薛菲看蓝心的傻样，莫名其妙地说："你看，都学傻了！"

钱姝妍一边涂着口红一边说："她是想到了肖剑雄，你看她一脸的花痴样！"

薛菲走到钱姝妍旁边奇怪地问："大半夜的，你涂什么口红啊？你不会又夜不归宿吧？告诉你，我可不给你打马虎眼了，累了。这三年，我都快吓死了，天天想着你要是不回来，查寝的来了怎么应对。上一次，差一点演穿帮，我们说你洗澡呢，她们查完旁边宿舍的，又回来看看，我说去叫你，结果用你的假发套在头上，浑身湿漉漉地回来的，幸亏我用毛巾半遮掩着，像还在擦头发的样子问：谁在找我啊？她们也没怎么仔细看，就走了。你不知道我难受多久，我不喜欢你这种妖媚的打扮，我就喜欢我现在这种阳光帅气的样子。"

钱姝妍推开薛菲说："以后补偿你啊！你不喜欢自己妖媚，但是你喜欢妖媚的我啊！"

说完，她走到蓝心的旁边说："妹子，知道今晚我和谁在一起吗？这方面我不隐瞒，杨帅！你曾经的杨帅！你不介意吧？"

蓝心一愣，本来很疲惫的身躯，好像突然精神了："他怎么……现在学……"

钱姝妍很自然地接过蓝心的话说："学坏了，是吗？他早晚会这样的，男人就这样！你不懂男人，我看透了男人，所以我无所谓，谁喜欢给老娘砸钱，我就跟谁！我以前也相信爱情，也曾爱得死去活来，当我把一切都给了对方的时候，他就觉得我不值钱了，没有价值了。你学心理学的，应该知道，甜蜜期就那么短，过几个月，他们就腻了，没有新鲜感了，然后就开始冷落你，最后逼着你放手了。可能，他们还会冠冕堂皇地说，是你太能作了，不是不爱了，是累了。放他娘的臭屁！爱着的，有几个离开的？"

赵晓娴似乎听出了什么，眼里都是泪水："你说得太对了，可是你明明知道他们那样，你还陪他们玩吗？这样对你不好！"

钱姝妍穿上外套说："他们玩我？我玩死他们！你只看到一个女人

不再看重感情，而是看重金钱了，你知道她曾经有多爱吗？你又知道她现在有多绝望吗？”

蓝心听到杨帅这个名字，心里还是有一些反应的。钱姝妍拎着一个小包，走到门口，扭头看了一眼蓝心说：“你的杨帅，今晚我用了！”

然后她就推门出去了，身后都是从她身上散发出来的香粉味道。

薛菲深呼一口气说：“蓝心，你有肖剑雄了，就别想着杨帅了！”

蓝心摇了摇头说：“我没想他，他已经和我无关了。可是……可是，他现在变成这样，是不是和我有关？或者说，他的品位就这样？那我呢？我和钱姝妍没什么区别吧？人家不是说了嘛，一个人的品位，藏着他读过的书，爱过的人。我是他爱过的人，那他现在的品位里，也有我的因素啊！”

薛菲打断了蓝心的胡思乱想：“和你有啥关系？他现在有什么品位？如果有，那都是洋味儿，出趟国就不知道自己是谁了，幸亏你早早离开他了。所以任何离开，都是救赎，渡你找到更好的。你现在有肖剑雄，应该感谢杨帅的离开。”

蓝心感觉是自己主动离开杨帅的，杨帅争取过，她一直觉得他们不能走到一起，所以才放下的。所以杨帅现在这样，多多少少还是和自己有关系的。

赵晓娴半天没有说话，可能沉浸在自己的感情世界里吧，当她听到周围没有动静了的时候，才回过神来：“爱就爱了，没有什么对错，有时我们放不下的是自己在这段美好感情里最美的样子。现在我仔细想那个人的样子，好像已经捕捉不到清晰的样子了，能让我泪流满面的是我们在一起时我拼命爱的样子。我有点心疼我自己，我从来没有这么爱过，我对父母都没有这么强烈的爱，所以有时我也会自责，我现在只珍惜对我好的人。不想把爱给廉价的人，哪怕一丝。他不珍惜，那他就不应该得到，哪怕一点都别想！爱没有对错，当我们有了新恋情的时候，我们就可以理直气壮地祝福对方一切安好！现在我还做不到，我还停留在心疼自己的阶段。蓝心现在可以了，因为你有了比杨帅更好的肖剑雄，你现在对杨帅只有祝福，希望他一切安好！”

蓝心仔细想想，也是啊，她心里没有任何埋怨和不自在了，只希望他好好的就好。以前还希望他过得越不幸福越好，现在感觉他好像不幸福，但是却不希望他这样。但也没有了强烈的想法，想要去改变什么。也许这就是他自己想要的生活呢，尊重他的一切选择，不打扰，只有祝福他一切安好！

薛菲想说什么，但好像已经困得只有哈欠了。她不懂爱情是什么，她只知道自己喜欢做什么就去做。

第八十章

虐恋之悲

张一鹤虽然每一天都精神恍惚，但还是拼命地学着。班主任为了照顾他的情绪，把学校宿舍旁边宿管阿姨的杂物间整理出来，让张一鹤学习，偶尔还会给他送一些饭菜。平时没什么事儿，班主任就安慰他几句，给他买一些零食哄着他，让他不要太激动。

张一鹤也竭尽全力地想要忘掉那件事，但是越努力忘掉，那些不堪的画面就会跳出来，像在挑逗他一样，让他瞬间又狂躁起来。班主任在墙上给他贴了一句话，让他情绪不稳的时候看看，“天下本无事，忧人自扰之”。张一鹤一拳砸在墙上，看到这一句话，情绪逐渐地缓和了一些。可是一旦情绪缓和了，他又开始自责，觉得自己太失败了，把自己的亲生父亲赶了出去，他好像又不希望父亲出什么事。他把头撞在了墙上，嘴里不停地念叨着“庸人”。然后，他又开始疯狂地读外语，背语文情境默写题。

安瞳虽然觉得自己胜券在握，但还是有点害怕，毕竟这是决定自己一生命运的考试，他不想复习。考虑再三，他给蓝心发了信息：姐，我想让你来陪我高考！

蓝心看到信息之后，笑了笑，觉得这个弟弟很可爱，中考让自己陪，高考还让自己陪。她也想回去陪他高考的，可是大学期末考试还没结束，这个不能耽误，所以她很耐心地回复：我也想回去陪你高考！可是现在我们期末考试还没结束，我回不去啊。

安瞳回复：你大一该多好啊！我同学的姐姐大一的，这一学期都没开学。

蓝心回复：我马上大学毕业了，真快！你好好努力吧，考完你来我这里，我带你先玩玩，放松一下。

安瞳回复了一句“好嘞”，感觉轻松了很多，好像已经考完了一样。

安瞳在北方的城市疯狂地学着，蓝心在南方的城市拼命地学着。学累的时候，她喜欢在窗外的花坛边转转。虽然夜晚的花没有白天那么娇艳了，但依然很清新，特别是夜晚清爽的微风吹过来的时候，花坛边散发出来迷人的香气，不知道是什么花还是什么草的香味，反正很清新。蓝心很享受这样的夜晚，她想肖剑雄的时候，就往远处看看。

远处是操场，那里还有一些大学生三三两两地散着步，偶尔的嬉笑声还能让人感受到这个世界是安康的，以前一提到“山河无恙”，总感觉这个词特别大，现在蓝心想从心底里大声喊出这个词——“山河无恙”。

蓝心正要大声喊出“山河无恙，国泰民安”的时候，很远处的操场上有一种奇怪的声音，刚刚的笑声好像突然变成了救命声。她想冲下去，但不知道声音从哪里出来的。她以为是幻听，但是这种声音越来越大，好像还有“你快跑”的声音。总感觉这些声音里有自己最熟悉的声音，但是她不敢相信这最熟悉的声音和“救命”有关。她不想辨析了，她不顾一切地跑到了操场上，顺着声音的方向，她看到很多影子向一个点聚集，她知道那里出事了。她有些慌乱，跑的步子都有些歪扭，但她还是很快地跑了过去。她明显地看着一个影子，很慌乱地从人群里逃出来，向着夜色奔去，不一会儿就没影了。她没有追，急速地来到人群里，地上有个人捂着肚子想从地上爬起来。

旁边的一个卷发的女生试图拉她起来：“别吓我！你起来！”

虽然那个女生带着哭腔，但是蓝心还是第一时间认出了钱姝妍，慌忙过来拦住钱姝妍说：“别乱动，快打120，让医生来处理。”

蓝心低头的瞬间，看到地上躺着的是薛菲，薛菲看见蓝心笑了笑说：“别怕！你们都有我保护着呢！”

蓝心拿出纸巾帮着捂伤口。120很快就到了，把薛菲和钱姝妍抬到了救护车上，蓝心跟着上了车。110也到了，警察先询问了周边的一些人，在地上画了一些什么，拿个本子记了一些什么，就走了。

等到大半夜，她俩的伤口才被处理完，幸好没有生命危险。蓝心陪着她俩先睡了一觉。也许她俩都打了麻药了，很快就睡着了。蓝心问了一下医生，医生说都没大碍，但是薛菲的伤要严重一些，需要一段时间的恢复，钱姝妍的伤口很小，过几天就能好了。蓝心想知道到底发生了什么，可是医生什么也不知道，知道情况的睡得那么沉。

她一直睡不着，胡思乱想起来。因为前一天晚上，钱姝妍和杨帅在一起，难道是杨帅伤了他们，杨帅到底怎么了？蓝心越想越害怕，她甚至感觉杨帅拿着刀子冲着自己过来了。

她给肖剑雄发了信息：亲爱的，我怕。

肖剑雄不知道蓝心怎么了，打开视频想看看蓝心，蓝心怕肖剑雄担心，拒接之后回复：没事了，刚刚做了一个梦。周边有舍友，不方便，你睡吧，现在不怕了。

肖剑雄回复：好好睡吧，宝贝！爱你！

蓝心心里舒服了很多，躺在那也睡着了。第二天，病房来了很多人，外科主任带了一批人来查房。警察局的人来调查案情。蓝心就在旁边听着。

警察问钱姝妍："你认识凶手吗？"

钱姝妍回答："认识，我前男友。"

蓝心心里咯噔一下，前男友不会是杨帅吧？

警察接着问："他叫什么名字？"

钱姝妍回答："张敬伟！"

警察好像没有听清楚，又问了一遍："哪两个字？"

钱姝妍回答："尊敬的敬，伟大的伟。"

警察问："你们分过手了吗？"

钱姝妍答："刚刚分。"

警察问："为什么分手？"

钱姝妍答："我不喜欢他了，他说他是富二代，家里是搞房地产的，结果两个月不到，他就成了穷光蛋了，说家里做生意失败了，要从我这儿借钱。我怎么会倒搭？所以就分了。可他死活赖着，说非我不娶。为了让他死心，昨天晚上我找一个朋友充当我新男友，他看见了。今天我俩就这样了。对了，警察叔叔，你们现在得快点找到他，估计他疯了，还得找我朋友的事儿。对了，他租的房子在蓝调餐厅后面的小区，2 栋 3 单元 501。"

队长安排了几个人去那个小区，然后扭头问薛菲："你怎么受伤的？"

薛菲捂着肚子，想坐起来，但是有点吃力。警察就没有让她起来，摇了摇病床，就让她那样躺着："你不要动，就这样说吧。"

薛菲看了看钱姝妍说："本来我俩出来遛遛，她说这几天太闹心了，觉得男人没一个好东西，都是骗子。我觉得她又遇到渣男了，所以想劝她，就陪她在操场上遛，还没走几圈呢，一个男的就冲了过来，我不认识他。钱姝妍认识，就问他'你来干啥'。那个男的就说'我就想来问问你还爱我吗'。钱姝妍很干脆地回答不爱了。那个男的就跟疯子一样，从口袋里拿出一把刀，刺向了钱姝妍。钱姝妍大声地喊救命，我拽着她想跑，他举起刀又扎过来了。我怕钱姝妍受不了，就推开她，迎了过去。我以为我能抓住他的刀，结果他用另一只手把我的手抓住了，刀直接刺了过来。我想抓他的刀，但是已经没力气了。钱姝妍一直喊救命，他想拔出刀追钱姝妍，我就让她快点跑。这个时候，很多人围了过来，他就拿着刀跑了。"

警察还想问什么，队长接了一个电话，就吩咐身边的警察一起都出去了。后来听说那个男的自首了。

警察走了以后，钱姝妍让薛菲好好休息，不要说话了，因为她的伤比较重。

钱姝妍拉过蓝心的手说："我和杨帅从来就没有谈过，我们只是好朋友。我有事儿的时候，只要和他说，他就帮我，因为他说一切都因为你，我是你朋友，所以他会毫无条件地帮我。我也知道我没有资格和他谈，即便我喜欢他，他也不会喜欢我的。因为他心里只有你。为了你，他专门开了一家酒吧，名字就叫‘蓝心酒吧’。他很痴情，为了你，他到现在都没有找新女朋友。昨天我找他，让他当我临时男友，他拒绝了，但是我跑到他的酒吧找他，故意在我前男友的面前和杨帅套近乎，并告诉我前男友，这就是我新男友，你死心吧。我前男友就在那喝多了，估计醒了之后，就想报复我了。男人，哼，我玩死他们！”

蓝心想劝她，但是不知道说什么。

薛菲看着天花板说：“我和你说了，以后你飞哥我罩着你，你不听。非要弄出这么大动静，你才觉得自己有人爱，是吗？”

钱姝妍似乎忘了自己有伤了，抬起胳膊拢了拢头发说：“我缺爱吗？我不缺爱！他们为了我可以去死，你说他们有多爱我啊！可我不稀罕，我就让他们爱上我之后，我华丽转身，让他们痛苦去吧！一群臭男人！”

蓝心过来把钱姝妍的手放回被子里，安慰道：“我们都爱你呢，我们一直都在！只要你好好的，就好！好好休息吧，以后一定要对自己好一点。不能因为恨男人，而毁了自己，不值得！”

钱姝妍哭着说：“我也不想这样啊，可是我遇到的都是渣男，男人只图你的肉体，玩够了就想换一个玩玩。我看透了他们！我也想要一份纯净的感情，可是我试了那么多，没有一个是真心的。这个也不是真心的，他只是觉得自己付出的金钱太多了，自己都维持不了自己了，所以才绝望到这个程度的。如果真有钱，他还会找下一个的。男人，只要有一口气，就不会专情于你一个的，无论你付出多少。我也曾经是一个痴情的少女！当我只在乎钱的时候，我就知道我没救了。”

蓝心不知道说什么能帮她缓解一下，病房里白色的光，惨白的脸和绝望的神情，让蓝心很压抑，她想出去走走。班主任和她俩的家长也都来了，她觉得自己也该离开了。

病房外的空气很好，花坛里的花开得特别旺盛，仿佛没有一朵是病着的，它们带着新奇的姿色，向世界张望，似乎看到了自己最美的样子。虽然空气中还有一些消毒水的味道，但是蓝心特别喜欢，因为她希望这个病着的世界一下子好转过来，一切都清亮亮的，没有一点污染和病菌。

第八十一章

誓言之释

蓝心想找杨帅谈谈，无论杨帅变成什么样，蓝心都不希望他因为自己而改变什么。她希望曾经的那个爱笑的帅气学霸风采依旧。可是，见了面，和他谈什么呢？告诉他：你不能这样一事无成了，你应该找回你以前的样子。蓝心也不知道他以前什么样，现在又是什么样。那么久没见面了，现在她还能认出他吗？而且他现在有自己的工作，开了一家酒吧，这不是正经工作吗？

也许当初他爸爸让他出国，就是为了回来给他创业的机会呢，现在，我们大学还没毕业，他就已经有了自己的事业，不好吗？难道只有考研才是正经出路吗？蓝心也有点迷惑，不知道该怎么办了。但是有一点她很放心的就是，杨帅无论怎么样，都不会太差的，因为他爸爸杨子祥给他安排好了一切。

他在国外没有修完最高学历就回来了，可能杨子祥希望他早一点接家族的企业。蓝心琢磨着，猜测着，最后决定不去找他了，只要他没事儿就好。她想着走出了医院的大门，打算扫一个电动车回去。

这时，一辆保时捷停在了医院门口，车里下来几个西装革履的年轻人，其中有一个戴着墨镜的帅男，从车里下来，喊了一声“蓝心”。蓝心吓一跳，以为又碰见打劫的或者不怀好意的坏人了呢。

蓝心仔细一看，是杨帅。杨帅见到蓝心，摘掉了墨镜，很绅士地请蓝心到车里坐。蓝心本来想逃的，但是转念一想，反正想找他好好谈谈的，这下不用找了，他自己来了。

杨帅和几个助理说：“你们几个先去看钱小姐，我和蓝心女士谈谈。”

杨帅很绅士地请蓝心进了自己的车内，然后把车开到了一个安静的地方。那个地方正是他和蓝心经常约会的地方。蓝心看到前面的风景，又想起了刚来到这里时的样子，杨帅几乎把所有的温柔都给了她，这一片风景就像杨帅买下来的一样，每一次杨帅都会变着花样地给蓝心惊喜。蓝心不敢看那些风景，仿佛每一处风景都有自己和杨帅年轻的样子，回到从前，就好像忘掉了现在一样。

杨帅指着前面的一块大石头说：“还记得那块石头吗？那下面埋着我们的誓言，今天我想把它取出来。”

蓝心看着海水一次次卷着浪扑过来，想到了那个瓶子。可是她不想拿出来，她希望那个瓶子永远埋在那里。但是，杨帅下了车，直接走到了那块巨石下面，他站在一块儿巨石前，拼命地挖，但是用手挖了半天，也没见到那个瓶子。蓝心看着杨帅拼命挖的样子，像看一个孩子玩泥巴，内心只是觉得他很可爱，但已经和自己没有任何关系了。

杨帅很颓废地坐在了地上：“我明明就埋在这里的，怎么可能没有了呢？天意啊，一切都是天意！”

蓝心看着杨帅脸上的泥水，本想伸手擦拭一下，但是她缩了回来，只是看着，然后笑笑说：“就让我们曾经的誓言，一直存活下去吧，直到海枯石烂。你看，也许它就在海上漂着呢，一直漂着呢，它漂不出这片海，除非这片海枯了。”

杨帅真的哭了：“没有你，那些誓言，我说给谁听？它漂得再久，也没有归宿。”

蓝心有点心疼了，杨帅很少在自己面前这样哭的，那么傲娇的一个大男人，却像孩子一样哭了。蓝心想抱抱他，可是她好像看见了肖剑雄，她的眼里只有肖剑雄。她再看杨帅的时候，感觉他就像一个丢失了自己心爱玩具的小孩，悲伤地坐在地上哭。也许过一会儿，有新的玩具了，他就会好了，会忘掉曾经的玩具，即便找到了，也只会瞥一眼嫌弃地说：“我有新玩具了，不要你了，谁让你跑那么久了。”

杨帅被安瞳凝视的目光看愣了，爬起来，走过来，想抱住她，不再撒手。

蓝心虽然比杨帅小，但却像个大姐姐一样温和地擦掉杨帅脸上的泥水说："以后乖乖的，找一个最爱你的女孩，幸福地生活，别再淘气了！"

杨帅不懂什么意思，抓住蓝心的手说："你别离开好吗？我们再放一句誓言在这里，等我娶你那天，我们一起找出来，在婚礼上读出来，可以吗？"

蓝心拿掉杨帅的手说："杨帅，你是一个好男人。是我把你弄丢了，但是我不想再找回来了，我知道你对我特别好，以前所有的误会都是我的错，但是我已经回不去了，现在我已经有了肖剑雄，你是我的曾经。现在我对你就像兄妹之间的感觉一样，没有以前那种见了面就想拥抱亲吻的感觉了。如果你不嫌弃，我只做你的妹妹，可以吗？"

杨帅长长地呼了一口气："我早知道不可能了，但是我还想争取一下，现在我懂了，你已经彻底放下了。也许现在我放手才是爱。如果你幸福，我放手。如果有一天，你感受不到幸福了，我还会给你。"

蓝心慌忙摇头说："别，别，别，幸福只是一种感觉，只有自己能给。如果有一天我感受不到幸福了，说明我要自我修行了，我不会怪罪任何人的。当然你一直关注我的幸福，我很开心。但是我希望你能把一切都给那个真爱你的人，因为我也会的，否则，即便是你愿意分出一部分精力给我，而我不能，我只会给我的爱人，而这样做对你会不公平的。我也不希望你这样做。"

杨帅似乎明白了什么："我用一生的时光关注你的幸福，是我一个人的事情，和任何人无关，所以伤害不到任何人，也影响不了任何人。譬如，现在，我一直在关注你的幸福，可是之前你并不知道，你只知道我和别的女人有关。我和你朋友什么关系都没有，以后也不会有。我关心她，是因为她找我帮忙，她是你朋友，所以我才愿意帮她。"

蓝心不知道该开心还是难过，她希望身边的每一个人都好好的，不希望任何人有任何的不愉快。

蓝心走过来很轻松地和杨帅说：“以后我就是你妹妹了，如果我先结婚，你要给我当伴郎。如果你先结婚，我就给你当伴娘。”

杨帅也想开了，这么久，突然感觉一切都释然了，感觉好轻松地说：“以后我们都有了孩子的时候，我们两家人一起周游世界去！对了，别忘了让你那几个姐妹，来我酒吧支撑我生意啊！”

蓝心很大方地给杨帅一个拥抱，杨帅抱住就不松开了。蓝心很温和地说：“如果你还放不下，那就什么都没有了，以后我也不敢给你拥抱了。”

杨帅瞬间松开了，像个孩子一样看着蓝心问：“以后还有吗？”

蓝心笑了笑说：“那就看你乖不乖了。”

蓝心拉着杨帅回到了车里，他们好像和以前一样有说有笑的，只是不谈爱情了而已。是不是没有执念，拥有的会更多？杨帅想不明白，反正感觉一切都那么美好。

蓝心问杨帅：“你就没有心仪的女孩吗？”

杨帅毫不避讳地说：“我也试过爱别人，可是都没有和你在一起的那种感觉。”

蓝心很平静地说：“因为我们是初恋，比较难忘。”

杨帅很坚定地说：“我没想忘掉，只是，只是……既然你不要我了，我也得走出来啊，不能一辈子就这样了啊？可是，看谁都没你好。估计以后我再找，也会找一个和你长得一样的。”

蓝心反驳他说：“你不能这样，这样对你未来的爱人不公平。”

杨帅很坦率地说：“我也不想这样，可是这个不是我能控制住的，我现在看哪个女人都和你有关。”

蓝心很担心地说：“我最担心的就是你这样！你可千万别像钱姝妍那样啊，这样会毁了你自己的。”

杨帅又很轻松地说：“我怎么能学她啊，她那是堕落！我只是想想。我妈天天给我介绍对象呢，我看哪个像你就娶了吧。”

蓝心没有再说什么，但是她已经没有心结了。她扭头看了看杨帅，又说：“多年以后，也许你再看我，我就是一个跳广场舞的大妈了。那时，也许你身边的那个爱人还没大学毕业，和我现在一样。杨帅，你很优秀的，只是我让你爱得卑微了。所以，我离开是正确的选择，你别怪我！前面左拐就到我住的地方了，不请你到楼上坐了，我要准备考研。”

蓝心下了车，两个人寒暄了几句，蓝心匆忙地离开了。七月初的阳光，总有些狂躁，让人很不爽。杨帅很快上了车，一踩油门，快速开走了。

第八十二章

无奈之散

高考前一天，班主任给张一鹤单独开了一个房间，就在考场旁边的一个宾馆，希望他安静地休息一晚上。

班主任帮他安排好一切之后，就走了。张一鹤妈妈从上海打来了一个电话："儿子，你好好考，别紧张！我陪不了你高考了，你爸在那呢，妈妈在这边给你加油！"

张一鹤想说什么，但是委屈的泪水一下子又涌了出来，他不想让妈妈知道这一切："好，妈！你别担心，我可以的！考完和你联系。"

说完，张一鹤就把电话挂掉了。他一个人在房间里哭了很久，这么长时间压抑的泪水，一下子全都发泄出来了。虽然他很担心明天，但是他哭完之后，感觉特别清爽，好像什么都不怕了。

他打开浴室的门，在镜子里看了看自己说："张一鹤，别装怂，你可以的！"

张一鹤脱掉所有的衣服，打开水龙头，把水调到最大，不一会儿满浴室都是水蒸气了，他看不清镜子里的自己了，然后他又调凉了一些，任由水龙头里的水喷向自己。他感觉那些水流下来的时候，冲刷的不仅仅是身体上的脏东西，还有灵魂里的和自己有关的一切污浊的东西，都清洗掉了。

洗好之后，他拿起手机，看到群里发的几乎都是早点睡，他也想一下子就睡过去，可是他怕他半夜醒来，睡不着，所以他就背数学公式，背着背着，就睡着了。这是他们班学生最好的催眠方式，哪一科不好，临睡前就背哪一科，绝对入睡快。

谭皓明一失眠，就背外语单词，连十个都背不到，就能睡着。不过，这一天晚上，他没有背单词，因为他的玉儿来了，她说好了，要陪他高考。谭皓明不希望任何人陪同，但是玉儿除外。玉儿让谭皓明早一点睡，但是谭皓明不想睡，他抱着玉儿说，我想让你陪我，不想让你走。

谭皓明吻了一下玉儿说："听说吻可以缓解紧张的情绪和疼痛，我现在有点紧张，而且一紧张头就疼。"

玉儿吻了一下谭皓明的喉结说："这样可以了吧？你明天还要考试呢！"

谭皓明搂着玉儿的腰说："我不让你走！"

玉儿又吻了谭皓明的额头和耳朵："好好睡吧，宝贝！你明天参加的是全国高考！"

谭皓明抱着玉儿狠狠地亲了一下说："明天等我好消息！"

玉儿很不舍地深情回吻了一下谭皓明，就离开了。玉儿参加了自主招生考试，已经被录取了。所以明天她不用参加这个考试了。

其实，谭皓明不知道的是，玉儿马上就要去上海做手术了。她不想让谭浩明知道这些，也许 8 号考完，谭皓明就见不到她了。

安瞳被两个姐姐安排在一个亲子房里，他一个人在里面的小间儿，两个姐姐在外面的大间儿。他应该是全班同学里待遇最好的。以前从来没有享受过这样的待遇，现在他才知道自己多么重要。他感觉有姐姐最好，关键时候她们都会出现。

考前的这个夜晚也许是失眠人数最多的夜晚，很多人都没有睡踏实，毕竟这是高考。

有很多家长都说："真想替孩子们上考场。这不上考场的，比上考场的更紧张。"

孩子们并不希望父母们这个时候关心他们，因为这样他们的压力更大。还不如之前那样，即便考不好，也不用担心什么。现在父母参与了，总担心考不好，对不起父母。

张一鹤准时起床了，班主任就在门口等着他呢，班主任看见张一鹤肿了的眼睛，知道前一天晚上他肯定哭了，但是班主任不想影响孩子了，马上考生都进场了。

班主任给了张一鹤一个拥抱说："别怕，好好考，我相信你一定行！"

张一鹤浑身瞬间充满了力量，他向班主任摆了摆手，就走进了考场。

安瞳来得也恰到好处，和班主任打了一个招呼，就进考场了。安瞳找到自己的座位号25号，他不自觉地向后看了一下，30号是空的。他心里突然特别难受，那个位子是李佳音的，她还没恢复好，估计这辈子都与高考无缘了。试卷已经发下来了，他不想再想这些了，他用蓝心教给他的方法，控制了一下自己的情绪，看了一下作文题目，感觉蓝心姐姐以前讲过这个故事，心里有底了，就先做前面的题了。因为熟悉作文材料，他突然觉得轻松了很多，迅速进入了状态。

高考就像做梦一样，两天很快就过去了。安瞳觉得自己发挥得特别好，这些题做起来都比模拟考试的题容易。所以他第一时间给蓝心发信息：姐，我要去南方找你了，你要带我玩哦。

蓝心很快就回复了：刚刚要给你发信息，问你考得怎么样呢。看样子，考得不错吧？好啊，你现在就可以订票过来，我们期末考试也考完了。

安瞳兴奋得当时就想买票，但是突然想起了张一鹤，于是他给张一鹤发信息：我们一起去南方啊，说好的。你现在能不能去啊？能去的话，我现在就买票。

张一鹤回复：你先去，我得处理一些事情，处理完了我就去找你。

谭皓明也第一时间拿出手机想给玉儿发信息，说自己考得很不错，走校考应该没问题的，可是打开微信看到的是玉儿很长很长的留言：亲爱的，我知道你走出考场看不到我，你会特别难受，甚至比落榜都难受，但是我还是选择了离开，因为我的眼睛可能还要手术，如果不成功，我可能一辈子都见不到光明了。我的苦难，我一个人来承担，你考上理想的大学之后，你还会有更高的理想要实现，我不想让你因为我而耽误前程。老天对我已经很开恩了，让我拥有你那么久，和你在一起的每一分每一秒，我都是快乐的。但是我不能太自私，我想让你更幸福，离开你才能让你更幸福。我也舍不得，可是我必须这样抉择。如果有一天我真的什么都看不见了，但是我还能看见你，因为我的世界里只有你！永远爱你！

谭皓明像疯了一样往楼下跑，楼层巡视的以为他没考好，要跳楼呢，慌忙拦住他："别激动，成绩出来后也许你被录取了呢！"

谭皓明慌忙双手合一，鞠躬道歉："我考得很好，肯定能被录取，谢谢您！我是下去找人。"说完，他两个两个台阶地飞了下去。

安瞳正好碰见谭皓明，看见他慌张的样子，不知道发生了什么，跟在后面疯跑："谭皓明，你怎么了？"

谭皓明并没有放慢速度，边跑边喘着粗气说："玉儿……玉儿，走了！"

安瞳把大姐的电动车推了过来，让大姐和二姐先回家，带着谭皓明就往车站骑。他们到了车站，一问才知道，去往上海的火车半个小时前就已经开走了。谭皓明蹲在地上，大哭了起来。

安瞳看他悲伤的样子，也流出了眼泪："你想他，就买票到她的城市里找她就是了。"

谭皓明听完不哭了，在网上买了一张票，准备明天就去上海。

毕业散伙宴就在当晚，班主任也破例喝了酒："这三年我们经历了太多，我感觉像过了三十年。特别是最后一年，我们经历了生离死别，经历了突如其来的病毒，我们感觉到生命的脆弱，看着那么多熟悉的和不熟悉的人，从我们身边离开，我们却无能为力。今后，我只希望你们一切安好，我不求你们大富大贵，但求你们都好好地活着。无论是二十年还是三十年，你们只要让我知道你们一直在就好。唐亦飞，我想他，这第一杯酒，我们先敬他，愿他在那边好好的。"

班主任情绪特别激动，她不想让任何一个人离开的，可是现在少了两个。第二杯酒，和李佳音视频喝，班主任一口干掉之后，泪流满面。

李佳音看着视频里的班主任也哭了："老师不哭，我很好的。"

安瞳没敢出现在视频里，但看到李佳音，还是有说不出的滋味。他躲了出去，不知道该怎么面对这一切，感觉这些复杂的事情，比高考还要难。

谭皓明和张一鹤都喝得烂醉。安瞳回来的时候，敬了班主任两杯，没有再喝了。他把谭皓明和张一鹤送回了自己住的地方，就出来了。

夜晚的风很柔，街上还有行人，似乎都是高三党。偶尔在桥边还有高声唱歌的声音，声音里弥漫着酒精的味道。霓虹灯依旧那么迷离，河水依旧那样泛着微澜，只是多了一些放纵的声音，这些声音十几年来一直关在学堂里，此时在夜晚的河边，显得稚嫩而又意味悠长。

今晚，没有父母出来找孩子，似乎一夜之间，他们都长大了。父母不需要担心他们夜不归宿了。

安瞳突然想起来，今晚还要到蓝心那儿去，就让大姐把行李装好，带他去车站，幸好买的是半夜发车的票。他登上列车，坐在自己座位上的时候，感觉一切都静了下来。四周偶尔有一些轻微的鼾声，他觉得正好借此入眠。一切就这样平静、这样舒缓该有多好啊！

第八十三章

恋人之眼

安瞳第二天上午就到了蓝心那里，蓝心看安瞳闷闷不乐的样子问：“没考好吗？”

安瞳摇了摇头说：“不是，能考上，我过了四个校考，文化课要求都不高，只要过线基本都能走掉。因为我专业课排名都在前面。”

蓝心不解地问：“那你怎么还不开心？”

安瞳沉默了一会儿说：“我就是心里不舒服，因为李佳音没能参加高考。”

蓝心心里也有一丝遗憾地说：“她现在什么情况？”

安瞳翻了翻手机，找了半天说：“昨天班主任还有全班同学和她视频了，看样子恢复得还不错。我也不知道详细情况，我不敢看和她有关的任何信息，瞟一眼就出去了。”

蓝心没有说什么，只是把做好的饭菜都端了上来，让安瞳先吃饭，然后好好休息一下。

安瞳没有胃口，吃了几口，就想洗洗睡一觉，忽然想起什么似的说：“对了，姐！明天张一鹤也来，他好像高考前家里出什么事了，好像和他爸爸有关。具体是什么事，他没仔细说，只是说他父亲背叛他妈妈了。”

蓝心应了一声说：“好的，正好你俩可以彻底放松一下。”

安瞳洗好之后，一觉睡到了傍晚。好像这么多年来，头一次睡这么踏实。他醒了之后给张一鹤发了信息，问他什么时候能到，好去接他。张一鹤回复他：我还在飞机上，估计半个小时就能到了。

安瞳很吃惊地回复：你坐飞机来的吗？给力！安瞳发完信息和蓝心一起开车赶往机场了。

毕业宴上，张一鹤喝多了之后，一直在安瞳高考前租的小屋里睡觉，睡够了，让谭皓明陪着他找他爸爸，结果他找到他爸爸的时候，又看到了那个女人。张一鹤过去，一拳就把那个女人击倒了。谭皓明抱住张一鹤，没让他再冲动。

他爸爸很理直气壮地说："今后我就和你杨阿姨过了，反正你们都知道了，我也不怕啥了。你们从来就没问过我，今后我也不让你们问了。你妈那，我会和她解释的。"

张一鹤恨得咬牙切齿地说："我以为我做错了，把你赶了出去，心里特别愧疚，毕竟你是我爸爸。可是，现在我知道了，我没有错，是你错了，还不知悔改。今后，别让我见到她，见一次我打她一次！我也不会再找你了！永远不会！"

张一鹤咆哮完，疯狂地跑。谭皓明就在后面追："张一鹤！你去哪啊？你回家找你妈解决啊！"

张一鹤缓了一口气说："我去南方，我找安瞳去！我不想让我妈知道我爸这样。她还啥都不知道，等我情绪稳定了，我再回去。否则，我什么也解决不了，只会让妈妈更难受。"

安瞳接到张一鹤的时候，张一鹤已经在飞机上作了一通了。回到蓝心的住处，又作了一通，彻底发泄完，安瞳就带着他出去散心了。

谭皓明送走张一鹤之后，买了一张开往上海的火车票。回家和父母交代了一下，说和同学们一起出去玩，都去了，他也想去。父母觉得反正考完了，也该出去散散心了，就答应让谭皓明出去了。谭皓明头一次出这么远的门，早就想去上海看看，这一次终于如愿了。

一路上，他并没有太多欣喜，虽然大上海的豪华让他很吃惊，感觉像做梦一样，但是他无心欣赏，他只想第一时间找到他的玉儿。

玉儿看到信息，泪流满面，她不想让谭皓明看到她最丑的样子，可是他竟然来了。玉儿的心都快碎了，她希望谭皓明一直在自己身边，又不希望他因为自己而难过。她哭得肆无忌惮。

妈妈以为她害怕手术，慌忙劝说道：“我的玉儿最勇敢了，这一次是小手术，不疼的。别怕，妈妈一直在！”

妈妈说完也眼泪汪汪的，玉儿看见了，不哭了，帮妈妈擦去泪水说：“妈，有个小男孩来找我，陪我一起手术，可以吗？”

妈妈很疼爱地说：“只要玉儿喜欢就好。”

当妈的这个时候还能有什么不允许的呢？只要女儿好好的就好。

谭皓明出现的时候，玉儿飞奔过去搂住了谭皓明：“我再也不提分开了，我们永远在一起。”

玉儿就那样趴在谭皓明的身上，一直不愿起来。

谭皓明看见她妈妈在远处一直看着他们，就走过去打招呼：“阿姨好！”

玉儿从谭皓明的身上跳下来，左手拉着他的手，右手拉着妈妈的手，很开心地回到了病房。

第二天，医生拿来新的病号服让玉儿换上，并让她妈妈签了很多字，医生安慰玉儿，马上手术了，不要紧张。玉儿一直拽着谭皓明的衣角，咬着牙看着医生。

当医生说“小手术，不会有大问题的”时候，玉儿才轻松地说：“只要医生能把我的眼睛弄得好看就好，我不怕。”

谭皓明一直搂着玉儿的肩膀，听到玉儿轻松的声音，他才松一口气说：“没事儿的，我们一直在呢。”

谭皓明把玉儿推到了手术室门口，看着她进了里面，不禁大哭了起来。玉儿的妈妈也泪流满面，虽然泪水已经快哭干了，但还是止不住地流。因为玉儿患的是天生的眼癌，没有人知道接下来会发生什么。

玉儿只想让自己更美一些，这样才能配得上谭皓明。无论之前遇到了什么，现在只要谭皓明在身边，她就什么都不怕了。她一个人在冰冷的手术室里等待着，好像在接受命运的安排，无法反抗，只有等待，也许等待还能让自己暂时完美。她不怕疼，也不怕失去光明，她就怕眼睛被挖成空洞，吓着最爱的人。可是，她不能左右自己的命运。

当医生把她抬到手术台上的时候，她感觉周围几乎都是拿手术刀的人，她就像一个任人宰割的羔羊，无助地在无影灯下挣扎着。她的脑海里都是谭皓明的样子，她嘴里默念着“谭皓明”的名字，竭尽全力地屏蔽掉所有声音，念着念着，她就像睡着了一样。

等她醒来的时候，她眼前什么都看不见了，只有纱布。

她有些慌乱地问：“怎么看不见了？我的眼睛都看不见了吗？”

谭皓明抓住她的手说：“你能看见，现在用纱布蒙着呢，过几天摘掉就能看见了。”

玉儿很开心：“只要你在就好，哪怕看不见都没事儿。”

谭浩明摸摸她的头说：“我会一直在的，我就是你的眼。”

玉儿妈妈笑着笑着哭了。

第八十四章

分数之尬

高考分数线出来了。安瞳超艺考生分数线93分，张天宇超分数线81分，谭皓明超分数线66分，对于过了几个校考的他们来说，这个成绩意味着他们今年稳走了。张一鹤虽然也超分数线74分，但对于走统考的艺术生来说，这个分数仅仅压线。

张一鹤本来和安瞳在云南调整了一段时间，再加上蓝心给他做了心理辅导，情绪已经很稳定了。但是这个成绩一出，他又有些波动了，因为他觉得如果今年高考走不掉，他父亲是罪魁祸首。

安瞳多次劝他："不要老怪罪你父亲，你为方璐差点丢掉半条命，难道不受影响吗？"

张一鹤也知道一切都和自己面对各种坎坷不能理性解决有关，但是对于方璐他是心甘情愿的，而父亲的背叛是他做梦都没想到的，所以说："安瞳，你没经历过这样的伤害，所以你不懂我当时有多崩溃。我现在想通了，只要他能好好地活着，怎么都好。我考上学，我养我妈。我就不明白，为啥一到高考，就有那么多父母要离婚？我们拼了那么久，就为了换来他们的离婚吗？如果这样，最初我们都不努力了，让他们早早地离吧。安瞳，你说我爸是不是脑子有问题？别人的父母就是离婚，也选择高考结束之后，我爸，他就等不及，还被我逮个正着！"

张一鹤都快成"祥林嫂"了，一想起就要唠叨一遍。本来，安瞳想和张一鹤说"我和你有一样的遭遇"的，可是看张一鹤并没有之前那么失去理智了，就不想说了，因为毕竟家丑不能外扬。

如果说起来，估计张一鹤听完肯定会大笑："你妈更过分！连娃都弄出来！"

安瞳想想父亲真不容易，为了这个家，为了孩子们，他可以忍下这样的奇耻大辱，那得多爱这个家啊！

现在他懂了父亲为什么在他叛逆期不听话的时候，经常伤心欲绝，甚至带着哭腔儿地说："你知道为了你，我忍受了什么吗？这个世界上，没有人比我更爱你！"

安瞳想着想着突然泪流满面，他想回家依偎在父亲身旁，好好地撒撒娇，然后钻进他的被窝里，贴着他的大肚皮，好好地睡一觉。

哭着哭着，他笑了，因为他感觉这个家一直很温暖，是他自己一直感受不到他们独特的方式，生活在这个家里的每一个人好像都很快乐，每天忙得不亦乐乎，似乎忘了自己。也许，真正享受生活的人，才会积极地投入到生活里。安瞳想想以前的自己，好像在他们的生活之外，也许从小他就在他们的生活之外。现在他想回归了，他也要走进生活里，做一个积极乐观的人。

安瞳回到家，给父母报喜，说自己考上了。

妈妈擦了擦脸上的汗水笑着说："你们老安家终于出大学生了！"

父亲放下手里的活儿很兴奋地问："考多少分啊？"

安瞳很得意地说："442 分，超分数线 93 分呢！"

父亲得意洋洋的脸一下子耷拉下来了，问："怎么这么少？你王叔家的小曼，一个女孩子，考了 672，你和人家差得不是一二十分，是二百多分，你骗谁来了？"

要是以往，安瞳一气之下肯定又离家出走了，这一次他没有，因为他有百分之百的把握考中，有了这个成绩，他什么都不怕了，胸有成竹地说："老爸，小曼分是高，但是她不是艺术生。我们艺术生的文化课分都不高，我这个分在艺术生里已经算高分了。如果我把专业课和文化课的综合分合在一起，还能超过小曼呢！"

周美琪看了看儿子，瘪了一下嘴说："你说你能考上，我还有点相信，但你说你能超过小曼？信你个鬼！”

说完，周美琪也笑了，她不懂现在的高考模式，但是看儿子没有气急败坏的样子，就觉得一切都很美好。

周美琪站起来拍拍身上的灰，拿掉围裙说：“我得出去证实一下，证实清楚了，我好摆宴庆祝！忙了这么多年，终于忙出头了。哈哈哈哈……”周美琪说着，还抑制不住笑出声来。

看着妈妈像个小女孩一样笑着走出去，安瞳特别开心。他主动走到父亲身边，拿出手机，搂着老爸的肩说：“老爸，您看！我学的是美术，我们的艺考分数线是这个。您再看我的高考分数，这个，是不是超出93分？”

安浩天激动得抱着儿子大哭了起来：“你终于让我笑出眼泪了！我们老安家出大学生了，我和你妈没白养你！你妈为了生你，差点命都搭进去，可没少受罪。”

安瞳看着父亲激动的样子也流出了眼泪：“爸，我以后还要考研，让咱们老安家再出一个研究生。但是你得答应我，以后不要喝酒了，我就想让你们都健健康康的。”

安浩天乐得不知道说什么好了：“不喝了，不喝了！不对，这酒得喝！我儿子考上大学了，我得找那几个伙计庆祝一下！”

安瞳没有说什么，只是拍了几张晴空照片发到了朋友圈里，附上文字：我要的晴空万里。

谭皓明也发了朋友圈：我考这么好，父母都说没考好。

谭皓明本来也很开心，想让父母争口气，可是家族的堂兄堂弟考得都比自己好，所以他父母也很不满意。谭皓明这段时间一直陪着玉儿，心里特别焦虑，因为玉儿的眼睛老是不好。他怕以后玉儿突然就不见了，像唐亦飞一样，一觉睡过去，只剩下冰冷的尸体。

方璐只差一分，今年肯定没希望了，因为文化课是硬杠，差一点都不行。张一鹤知道方璐没过线，心里似乎有点幸灾乐祸，但是又觉得这样不地道，所以还是想发一句话安慰一下，但是不知道说什么。后来，他就想了一个字发了过去：安。

不过，方璐并没有什么遗憾，因为她已经做好了出国的准备。她的海归男友帮她申请了国外六年制的本硕连读。方璐觉得这个要比她考一个艺术院校强百倍，因为现在艺术院校出来的不好找工作。

周美琪去了几家之后，很得意地回来了："我们安瞳这分不低，进了大学可能还排在前几名呢。过几天等录取通知书下来，我们就摆几桌。"

安瞳似乎成了家里的宝贝，很多人都围着他转了。其实他本来就是这个家的宝贝。

第八十五章

寂寞之极

高考和爱情一样神奇，考前那么多人为它疯狂，考完之后，感觉高考就那么回事儿。爱情好像也跑没影了。该分的分了，该断的断了。似乎一切都平静下来了，就连平时爱得死去活来的，也都静下来考虑要不要在一起了。在一起就有可能异地恋，异地恋太痛苦，他们比谁都清楚，因为他们大多数经历过，专业集训的时候就纠结过了。

安瞳在群里发信息：我玩累了。

张天宇他们发信息：我睡累了。

还有很多学生发信息：睡觉真无聊，游戏也没意思了，我想上学。然后后面带了一个调皮的笑脸。

有同学给他回复：上学的时候怎么没见你这么积极？

女生一般都说：不想化妆，不想出门。

也有女生发信息：我想要一个甜甜的恋爱。

于是群里开始热闹了。有的说：哥正寂寞呢，要不咱俩谈？

也有的说：正好我们都闲着呢，一起陪你去？

他们好像突然成了中年油腻大叔和大妈了，每一个人都毫不忌讳地打情骂俏，“口吐芬芳”了。

“僵尸”回复一条：别闹腾，我现在比你们幸福，我有课可上。然后发了一个无奈的表情图。

苏曼也回复一条：我和僵尸一个班，不和你们聊了，马上上课了。

褚建辉和苏曼都因为文化课没过线，提前做好复习准备了。他们在一中试课呢。一中的准高三已经开学了。

群里突然冷静了一些，好像他们都在起床准备什么。半个小时过去之后，安瞳发了一条信息：我们去看“僵尸”和苏曼去，谁去？

于是群里几乎都是“我去”和“同上”的字样。他们好像真的无聊透顶了，不约而同地赶着课间操的时间点聚齐到一中门口了。因为课间操时间长，而假期补课期间又不跑操，所以学生们几乎都跑出来补早餐了。

“僵尸”和苏曼跑出来还没掏出手机呢，就看见一群老同学笑容满面地过来了，每一个都像领导下来扶贫一样，拍拍“僵尸”的肩膀说：“好好干，我们一直在呢。”

苏曼说：“估计我们今天上完晚自习都得回去，回我们自己学校复习。”

他们几个都问：“怎么了？”

“僵尸”也说：“这些高中好像不让办补习班，我们来也只是插班生，就是插到应届班里。而班主任都不愿意要插班生，特别是艺术生。因为这样会影响他们管理，我们艺术生没有固定时间，有时为了学专业课，动不动就缺几堂课。班主任还得经常问，班长都不愿意搭理我们了，天天汇报的几乎都是关于我们的。”

苏曼补充道：“我们班主任很直白地和我们说，你们能回去还是回去复习，我最不喜欢艺术生了，你们艺术生太艺术了！其实我们在那个班很乖的，都学习呢，我们两个也掀不起风浪啊！”

“僵尸”看了一下手机说：“我们得回去了，不能迟到。要不班主任不一定说我们什么呢？还是以前的班级好。”

张一鹤看了看其他人很认真地说：“咱们可有晚自习？今天星期三，班主任的晚自习，得快一点，快跑啊！”

“僵尸”被弄得莫名其妙，跟着苏曼往教室里跑，边跑边问她：“他们也复习了吗？怎么有晚自习啊？”

苏曼回头瞪了“僵尸”一眼：“呆子！他们在故意气咱俩！意思是说，咱们还有晚自习呢，他们没有。后一句是说，以前星期三有，现在他们什么都没有!”

其实，他们也不是什么事儿都没有，他们得填报志愿呢。现在觉得校考过一个真舒服，因为不用纠结了，就填报这一个就可以了。安瞳他们过四个的就很纠结。但安瞳也有目标，就是和姐姐蓝心考一个城市，他正好有一个校考过了姐姐的学校。

张一鹤比较难，他得按照统考来报，要报很多个，保底的是本省的艺术学院。他想去最好的艺术院校，但是文化课分儿不够，本省的又觉得报得亏。

杨欣彤过来说：“别纠结了！和我报一个院校，我好罩着你!”

张一鹤看了看杨欣彤，突然感觉这个女孩一直对自己那么好，为什么自己就看不到呢?

“我和你报一个院校！不选了，就选你!”张一鹤呼了一口气，好像有些东西终于落下来了。

杨欣彤很疑惑地问：“我是说我们选一个学院，你怎么选我啊?”

张一鹤过来掐了一下杨欣彤的耳朵说：“我就选你了！认定你了！你逃不掉了!”

杨欣彤被张一鹤的这一举动弄得满脸通红，她还没谈过恋爱呢，就想考上大学之后，在大学里找一个白马王子。难道现在就出现了吗?但是一想到张一鹤和方璐纠缠了那么久，杨欣彤有点不舒服。虽然一路上几乎都是她一直陪着张一鹤，但是张一鹤隐瞒自己的恋情，她感觉他对她不真实。

杨欣彤冷静了一下说：“我可不敢和你谈，怕把你命谈没喽！和方璐谈，你丢掉了半条命，和我谈，再丢掉半条命，你就没命了。你还是留一半给你自己活命吧，别瞎折腾了!”

张一鹤想都没想说：“你和我在一起，我的那一半命就会回来的，我的这一半命也是你的。”

杨欣彤说：“你的那一半命，就是回来了，也不属于我，属于方璐的，永远属于方璐。你只有半条命了，所以你就是把你的命全给我，也只是一半。而且，你把命都给了我，你还怎么爱我，拿什么爱我?

所以你根本不是认真的，就是开玩笑的。”

安瞳插了一句：“如果你们大学录取通知书下来了，被同一所学校录取了，杨欣彤，你就答应他，取他半条命回来。”

张天宇报的学校几乎都有山有庙的，看来这一辈子他就和佛有缘了，他看了杨欣彤一眼说：“你现在眼里的爱情，还充满着神奇，一旦你谈了，你的眼神里就只有忧伤了。我希望你能好好考虑一下。”

张一鹤打了张天宇一下说：“你自己想当和尚，不能拉着别人当尼姑啊！”

张天宇填好了自己的志愿，很满意地笑了笑说：“我也想要爱情！谁说我要当和尚啊？我要到大学谈一个给你们看看！我修行这么久，就是为了考上一个理想的大学，否则，我没有资格谈恋爱。我以为你们早恋的都考不上呢，结果我又失算了。我总结了一下，张一鹤的性格是爱就爱了，作就作了，爆发几天，就能转移注意力，把所有的不幸转为动力，非要争这一口气，才罢休！所以成功了！当然还有一个因素就是你有安瞳和他姐姐的开导，有问题知道第一时间解决，就不会太影响自己。所以，你应该感激方璐，如果没有方璐的刺激，估计你也不会爆发出这么大的威力，能走统考的绝不是一般人！”

张一鹤苦笑了一下说：“我感谢苦难，但我绝不感谢给我制造苦难的人！如果没有安瞳和你们的帮助，我可能会因为制造苦难的人而死于苦难！”

失恋的都是什么鬼才啊？从他们嘴里总能听到深邃的哲语。

安瞳不知道说什么，因为他心里一直很愧疚，觉得李佳音变成这样，和自己有很大关系。对于李佳音来说，他也是制造苦难的那个人，但他还是想说一句：“我是苦难的救赎者，也是苦难的制造者。”

杨欣彤看着一帮大男孩谈着这么深奥的东西，有点摸不着头脑：“你们才多大啊，不就失恋了吗？至于发这么多感慨吗？这让我们没谈过恋爱的怎么谈啊？爱情不是美好的吗？爱不是没有对错吗？为什么失恋了，都觉得自己委屈呢？方璐不难受吗？她在宿舍里哭的时候，你们在干吗呢？恐怕你们在宿舍里大笑呢吧？李佳音，她都疯了，那不是她的苦难吗？你们在这干什么呢？救赎去啊！”

几个大男孩子一下子被训蒙了，他们不知道自己是谁了，在哪里，也不知道杨欣彤是谁了，这个平时大大咧咧的爱笑女孩，比他们看得还透，真的是旁观者清吗？

安瞳很难受地低下了头说：“我觉得，虽然考上了大学，但我并不合格，有时感觉我一直在生活之外，那么多人为我拼命，只不过希望我生活得更好，而我却游离在生活之外，自怨自艾，甚至怨天尤人。我好像只是生活的一个看客，似乎不问世事，其实都是别人在为我负重前行，其实这样的我最自私了。上了大学，我也该走进生活了，无论生活有多艰难，我都要勇往直前，因为我不想再让任何人为我而成为苦难的人了。”

杨欣彤看了看安瞳说：“要不，咱们去看看李佳音吧。她现在好像精神状态很好了，就是说话和做事都像小孩了，好像很没有安全感的样子。”

安瞳不敢面对她，他们就一起打开视频。

李佳音看到安瞳，瞬间流出了眼泪，跟个孩子一样地说：“我想你！”

安瞳也哭了，一直没有说话，李佳音突然笑了说：“哥哥不哭，妹妹一直在呢。”

周围的人都走了，就剩下安瞳一个人面对着李佳音，安瞳也笑了说：“哥哥也在，一直在。等哥哥考上大学，拿到录取通知书，一定给你看。”

李佳音很高兴地说：“我也去上大学，和你一个学校，和你坐同桌。”

安瞳不知道怎么回复了，看着李佳音孩子一样地幻想着，心里不知道什么滋味。

李佳音突然仔细看了看手机说：“以后我叫你爸爸吧，我感觉你很像爸爸。”

安瞳看着李佳音，觉得李佳音的病情并没好转啊，他有点崩溃，低着头不敢看李佳音了。

李佳音笑嘻嘻地说："安瞳，你别难过，我很好的，虽然我还得恢复一段时间，但是我能认出你。你别伤心，我不怪你，那段时间太想得到了，什么都想得到，最后什么都没得到，是我自己把自己弄崩溃了，你别伤心啊。我醒来之后，一想到你，就感觉你是我爸爸。也许我从小缺少父爱吧，我在你那里就想得到父爱，答应我好吗，以后我就叫你爸爸，可以吗？"

安瞳抬起头摸了摸视频里的李佳音说："乖女儿，好好养病，等爸爸赚好多好多钱，给你治病。"

安瞳感觉自己的病也好了一样，眼里都是幸福的泪水。他不希望李佳音有事，只要她好好的就好。

李佳音的姐姐催她吃药了，安瞳在视频里说："乖乖地吃药，回来爸爸给你买糖吃。"

李佳音捂着嘴笑着说："我现在是正常人，你不要把我当成小孩了，但我得叫你爸爸。"

安瞳被弄得莫名其妙的，忙问李佳美："姐，李佳音到底好没好啊？她一会儿正常，一会儿不正常的，我有点难受了。"

李佳美安慰安瞳："安瞳，你别太在意，我们都不会怪你的，我是过来人，感情问题，没有谁必须和谁在一起，也没有不能分开的事儿。她承受能力太弱，从小虽然遇到了一些事儿，但几乎都是我帮她扛，现在她一个人扛不了那么多了，所以就崩溃了。你别太自责，她就是间歇性的，医生说能治好的。她有时叫我姐姐，有时叫我妈妈。如果她愿意，她想怎么叫就怎么叫吧。只要她开心就好。自从那一次犯病之后，她每一天都很开心的样子，好像什么都不用想了，有时好了，一想起什么又不开心了。你们小孩子承受不了那么多，就不该早恋！不过，她不是因为这个，可能很多事压在一起了，你别自责了。我们都好好祝福她就好了。"

安瞳并不是非要一个解脱和安慰，他只是希望自己爱过的人都好好的。他不希望她们原谅他什么，他只希望她们别用自我毁灭的方式来折磨他，因为这比毁灭自己还可怕。

第八十六章

轮回之恋

男生好像都有一种征服欲。他们好像瞬间就忘掉了什么，只要有新的猎物出现。张一鹤好像发现了杨欣彤的与众不同，越难应对的女孩，张一鹤越想追到手。他已经不再想和方璐有关的事了，他也不再想和父亲有关的事了。

他现在脑海里几乎都是杨欣彤。这个女孩一直和自己玩得最好，他有了方璐，就忽略了她了，似乎她天天在自己身边，但好像离自己很远。杨欣彤把他看得那么透，好像比他自己还懂他。张一鹤内心的征服欲望又迸发出来了，他希望有一个女孩比他自己还了解他，但却不希望对方把自己看得那么透，所以他要给杨欣彤一个颠覆性的认识。

约了几次，杨欣彤都没有应约，因为张一鹤都是晚上约的，杨欣彤的妈妈不想让女孩子太晚出去。张一鹤就等通知书出来的时候，在一个阳光明媚的午后，约杨欣彤一起去学校拿，他们是被同一个学校录取的。他们开心得亲了一口通知书。

张一鹤说："我领你到一个地方，你绝对喜欢。"

杨欣彤很喜欢张一鹤新奇的想法，和他在一起，就没寂寞过。他就像一个魔幻师，瞬间就能给你变个花样，而且总让人意想不到。杨欣彤也曾想过，方璐为什么最后离开了呢？是不是张一鹤变不出来方璐想要的魔幻世界了啊？

张一鹤先在公园套圈的和玩游戏的地方，给杨欣彤弄了一些小礼物，不知道张一鹤有什么技巧，每一次来这样的地方，张一鹤都能把人家的礼物套走好多。这一次，张一鹤给杨欣彤套的礼物几乎都是夜明灯，杨欣彤包里都装不下了。

在黄昏时分，公园的景色特别美。夕阳透过公园的游泳池，打在周边的花花草草上，空气也瞬间清爽了很多。他们从泳池旁边的小甬路上走了出来，路边是一些道具。张一鹤买了一个奥特曼变形脸，给杨欣彤戴上，然后又拿出一个丝巾给杨欣彤蒙上眼睛。

张一鹤很诡秘地说：“前方有你不敢看的东西，你千万不要看啊，会吓着你的。不介意的话，我背你过去，可以吧？”

杨欣彤被弄得莫名其妙，不知道发生了什么，就答应了：“张一鹤，你别骗我，如果骗我，我不会轻饶你的。”

张一鹤很认真地说：“如果你觉得我骗你，那你现在就睁开眼好了。”

杨欣彤不知道张一鹤弄了什么新花样，既想看，又怕他捉弄她，所以她就听了张一鹤的，让他背着她过去。杨欣彤只想要一个惊喜，所以她一直没有睁眼。因为她感觉张一鹤肯定会给她一个魔幻世界，说实话她有些期待。

张一鹤把杨欣彤放下的时候，把丝巾弄了下来，然后和杨欣彤说：“现在，你可以慢慢睁开眼睛了！魔幻世界开启！”

杨欣彤感觉耳边有一些音乐，阴森森的，好像被带到了一个恐怖的地方，和她期待的童话般的世界一点都不一样。她慢慢睁开眼睛，里面漆黑一片。张一鹤让她往前迈一步，杨欣彤小心翼翼地往前迈了一步。突然一个披头散发的厉鬼“嗷”一声扑了过来，然后各种音乐和机关都配合着，在杨欣彤的眼前和耳朵里，疯狂地渲染着恐怖的氛围。杨欣彤吓得惊叫一声，扑到了张一鹤的怀里。她使劲儿地贴着张一鹤的身体，恨不得从他身体里掏出一个洞来，躲进去。

张一鹤在黑色的布景下，很得意地笑着，并用手轻轻地拍着杨欣彤的后背说：“别怕，我在呢。”

张一鹤就那样搂着杨欣彤一步一步地往前挪着。每一个机关被踩到了，都会有各种恐怖的叫声，杨欣彤不敢看也不敢听。她双手紧紧地抱着张一鹤，耳朵狠狠地贴着张一鹤的胸口，拽过张一鹤的手，让他把另一只耳朵也捂上。

杨欣彤闭着眼睛一路地尖叫着，终于听不到声音了，才问张一鹤：“我们出来了吗？”

张一鹤把她推到墙上靠着，然后让她睁开眼睛：“我们出来了，睁开眼睛吧。”

杨欣彤被惊吓的心脏才从张一鹤的胸口慢慢挪开，她睁开眼睛的时候，看见张一鹤一只手支撑在墙上，眼睛里充满了深情地看着她。杨欣彤像一只受了惊吓的小鹿，在暮色里娇喘着。

张一鹤没等杨欣彤说什么，就吻了一下她：“对不起，我想……我想……”

杨欣彤想逃，可是她一点力气都没有了，她就像一幅画贴在墙上，不能动了。张一鹤看杨欣彤没有拒绝，狂乱地吻了过去。杨欣彤感觉心脏比刚才被惊吓时跳得还快，她的双手紧紧地贴着墙壁，她感觉那种恐惧一点点地消逝，一种新奇的感觉迎了上来，好像一切都舒展了，心脏和另一个心脏一起跳动着，像个森林的舞者。她感觉自己就像柔柔的月光软软地浮在山泉边，被夜色贪婪地啜饮。她感觉自己回到了婴儿时代，那吮吸的贪婪声，就是爱的声音吗？她感觉爱情好美啊！她从未听到过从自己身体里发出的这种婴孩般稚嫩的爱的声音，难道这就是新生的爱情吗？她想睁眼去看看，但她怕瞬间就没有了。

张一鹤把长久以来的苦难都吻走了，他聆听着杨欣彤发出的最原始的爱情的声音，沉醉着，迷恋着。这是最酣畅淋漓的释放，没有人会干涉他们了。

他们把夜色都吻得迷醉了。不知道过了多久，杨欣彤才缓过神来，娇羞地说：“我得回家了，太晚了。”

虽然夜色很浓了，但是他们两个的眼睛却格外明亮，那爱的光芒让张一鹤忍不住又吻了下去。杨欣彤清醒了，感觉脸发烫，她不知道自己刚刚做了什么，害羞地推开张一鹤，慌乱地跑开了。

张一鹤在后面追上来，一把把她抱在怀里，杨欣彤想挣脱出来，但是张一鹤抱得太紧。杨欣彤就那样搂着张一鹤的脖子，被张一鹤一路地抱着。

夜晚的风格外温柔，风穿过杨欣彤的秀发，散发的香味弥漫在四周。张一鹤像一个胜利者，抱着自己的战利品，从远古走过来，穿越黑夜，向着开满鲜花的小径走去。

杨欣彤回到家，嘴角还残留着爱的影子。她幸福的表情扬上眉梢，挂在家的门楣上。

妈妈开门的瞬间，就嗅到了爱情的味道："他送你回来的？"

杨欣彤一下子酒醒了一样，收起幸福的表情，试探着问："您说的是谁？"

妈妈说："你男朋友呗。"

杨欣彤被弄得很蒙："妈，你什么都看到了吗？"

妈妈一脸疑惑地问："你还做了什么？"

杨欣彤慌忙换了一种方式问："我想问，您是怎么知道的？您不会一路监督我吧？"

妈妈说："我闲的啊，监督你？以前我得管，怕你早恋影响学习，现在我不干涉，尊重你的选择，但是你必须答应我，保护好你自己。"

杨欣彤一听，开心地搂着妈妈的脖子说："妈，你真好！不过，我还是想知道你怎么知道的，是因为你刚刚看到他在楼下了吗？"

妈妈瘪了一下嘴说："你照照镜子，看看，一脸的花痴样，谁看不出来啊？"

杨欣彤看着镜子里的自己，那种被爱情浸染过的幸福表情，让谁看都感觉是遇到了人生最得意的事。

不过，她一下子反应过来了，忙问："妈，你咋不说我是因为高考被录取了呢？"

妈妈笑着说："被录取是结果，开心一阵儿就觉得没啥了。遇上爱情是开头，未来被你用幻想涂上了甜蜜的颜色，你可能会被幸福冲昏头脑的。也就是，现在你的思维都有可能变了。"

杨欣彤被妈妈说得有点迷糊，不过她的确感觉，现在脑海里都是张一鹤的影子，还有那甜蜜的初吻。

杨欣彤看张一鹤发了很多信息，就洗洗跑到床上了。妈妈看了杨欣彤半天，杨欣彤都不知道。妈妈摇了摇头，轻轻地关上门，回屋睡了。

张一鹤留言：这是我最长的吻。

杨欣彤回复：那是我的初吻。

张一鹤回复：我爱你。

杨欣彤想了半天，最后回复：我喜欢你。

杨欣彤不知道爱是什么，她不敢轻易谈论爱情，可是她却那么迷恋张一鹤的吻。她也在想，张一鹤那么爱方璐，现在一下子就爱上了她，靠谱吗？她想问妈妈，可是妈妈关上门睡了。

张一鹤留言：太晚了，早点睡，宝贝！爱你哦！

杨欣彤想了半天，不知道怎么回复，她现在还没学会用这样肉麻的语言交流，只回复了一个字：安。连个表情都没有。

张一鹤想了半天，感觉杨欣彤睡了，才发一句：你不喜欢我吗？是不是我今天做错了？

杨欣彤也没睡，回了一句：我不知道。我只是觉得你发给我的情话，都是曾经发给方璐的，因为我还不会。而你却那么流畅地就发给我了，我感觉好廉价啊。

张一鹤感觉很心疼，杨欣彤还不会爱呢，刚刚接触爱情，就遇到了这样的纠结，所以他很心疼地回复：宝贝，以后我会用专属于你的词句爱你。

杨欣彤一下子又开心了：我现在就想要。

张一鹤说完也后悔了，可是那一刻，他太心疼杨欣彤，现在一下子词穷了，还没想好，就吐出了誓言。

张一鹤想了想，回复：以后，我就叫你彤儿，可以吗？

杨欣彤回复：这个有人叫了，我爸妈就叫我彤儿。

张一鹤有点为难了，可是他真的感觉爱情又来了，他觉得杨欣彤才是值得一爱的人：那你以后叫我“帅爸爸”，我叫你“憨宝宝”，可以吗？

杨欣彤像被爸爸小时候宠着举过头顶一样，开心地看着这个爱的世界：只要是独属于我的就是最好的。

张一鹤开心地回复：憨宝宝，叫一声帅爸爸，嘿嘿。

杨欣彤半天没有回复，因为她感觉自己叫不出来，试着发了一句，瞬间有种想让张一鹤抱抱的感觉，憋了半天才回复：我想你。

张一鹤心又动了，穿起衣服就往外走，他想找杨欣彤。他知道这样不好，会影响杨欣彤，但是他现在就想去找她，然后给她一个拥抱。如果见不到她，今晚他就睡不着。

杨欣彤半天没接到张一鹤的信息，以为他睡了，就熄了灯，想睡。可是，她还是忍不住看了一下信息。张一鹤一直没有回复，杨欣彤想了半天，留了一句话：帅爸爸睡了，憨宝宝也该睡了。

张一鹤气喘吁吁地跑到杨欣彤的楼底下，看着杨欣彤房间的灯，熄灭了，徘徊了一阵儿。不一会儿，杨欣彤房间的灯又亮了。张一鹤兴奋地拿出手机，看到杨欣彤发的信息，感觉自己特别高大，什么都不顾地爬上了楼：憨宝宝，帅爸爸来了。

杨欣彤有点不可思议，她不相信张一鹤会跑过来。

张一鹤发信息：憨宝宝，帅爸爸想你。

杨欣彤也忍不住地发：帅爸爸，憨宝宝想你都想哭了，睡不着。

张一鹤发信息：憨宝宝，你到猫眼那看看，帅爸爸一直在呢。别哭啊！

杨欣彤不知道张一鹤又变什么新花样了，她不敢相信张一鹤会跑来，但她还是想到门口看看。她小心翼翼地走到门口，从猫眼里果真看到了张一鹤，她不敢相信自己的眼睛，她觉得这是梦。可是张一鹤就在眼前，她那么想他，却不敢开门。

张一鹤在猫眼里向她摆了一下手，然后就跑下楼了，留了一条信息：憨宝宝，要做一个甜甜的梦哦。

杨欣彤想打开门，跑下去追张一鹤回来，可这是夜晚，她怕妈妈知道，怕左邻右舍知道。她把自己房间里的灯打到最亮，趴在窗户上看着张一鹤消失在夜色里。她不知道什么感觉，反正就想哭，她心疼她的帅爸爸了。她关好灯，上了床，闭上眼睛，甜甜地睡去了。

张一鹤看到杨欣彤就心安了，跑回家又冲了一个澡，看着窗外的夜色，感觉自己的人生如此美妙。嘴里不自觉地念叨着“憨宝宝”，仿佛杨欣彤就在身边一样。一切都静得只剩下心跳的声音的时候，他才上床，美美地睡去了。

这个夜晚，有多少人沉浸在这样甜蜜的爱情里啊。又有多少人羡慕这样纯净的爱情啊！为什么这么美妙的情感，总是很短。如果人每一天都可以重生一次多好，那么爱情也会重新燃起，那种美妙的感觉也会重新生发出来。

杨欣彤的梦里都是童话般的美好，张一鹤的梦里都是未来的奇幻世界。梦每一天都不一样，人生的每一天却有很多重复。也许人生只是一个人的某一个梦而已，之所以反反复复地重复，是因为这个梦还没有醒，一旦醒来，这个梦就没有了，人生也就结束了。该不该把每一天都过成一个轮回？那我们的爱情就真的可以三生三世，直到永生永世了。

第八十七章

天空之城

张一鹤很高调地发了朋友圈：帅爸爸和憨宝宝的幸福。下面还配了一张自己画的简笔画，画里有杨欣彤的漫画表情图。

安瞳发信息：这么快就有新欢了吗？别害人家单纯小女孩。

张一鹤回复：我们两情相悦。

安瞳回复：感觉你们是快餐式的恋情。高考结束之后，都急不可耐地想谈一场无拘无束的恋爱，所以很容易一拍即合。你得想好，别再出什么乱子了。你是旧伤还没彻底恢复，杨欣彤是初涉爱情，你俩又有好戏了。

张一鹤回复：无论出什么乱子，我都不会第一个退出的，因为她值得。如果她觉得我配不上她，那我就让自己更优秀，给她修炼一个完美的爱人。和她在一起，我才知道爱情是甜的。

安瞳回复：祝福你们！希望所有的爱都和最初一样甜！

安瞳拿到录取通知书后，第一时间给李佳音发了信息，告诉她他被录取了，可以帮她圆大学梦了。李佳音很开心，觉得安瞳就是自己。他考上了，就相当于她也考上了。安瞳也想到了沈逸琳，因为他要帮她完成她的梦想，现在大学梦已经完成了，就差一个乐队了。

谭皓明第一时间给玉儿报喜，希望玉儿早一点恢复。虽然谭皓明每一天都在担心着玉儿的健康，但是他却无法再去上海了，因为父母不可能让他一直在外面玩的。家里还有很多烦琐的事情，需要谭皓明来处理。最要紧的就是解决钱的问题，否则，上大学都困难。谭皓明和安瞳说了一个想法，想抱个吉他在街头卖唱。

安瞳正想找谭皓明谈这个问题呢："我的想法是我们喜欢音乐的弄一个乐队，这个更震撼，也好帮着沈逸琳完成她的音乐梦。我都想好了，就叫'Eline 乐队'，你看怎么样？"

谭皓明看有人愿意帮着自己实现梦想，还能赚一些学费，特别兴奋，虽然他的压力很大，但是一想到音乐，他就可以忘掉一切了。组建乐队，对于其他专业团队来说也许很难，但是对于谭皓明他们来说，就是抱着吉他，敲个架子鼓，再加上一些萨克斯和笛子等乐器。他们音乐班和培训班的学生都会几种乐器。

当晚，他们就在湖边搞了一个直播。围观的几乎都是少男少女们。谭皓明抱着吉他，连弹带唱，一曲《男孩》一下子迷倒了很多人，特别是那些吃着雪糕，追求浪漫的少女们，谭皓明还没有唱完，就过来要微信。谭皓明很喜欢这种感觉，他觉得他唱歌就应该有粉丝，才会走得更远。

安瞳虽然不是专业出身，但是对音乐特别有天赋，几乎听一遍就能哼唱出来。他选了华晨宇的《山海》，这个声音要把控好，否则容易破音，因为华晨宇的歌，调子都比较高。安瞳虽然没有专业训练过，但是他天生嗓音高，所以学几遍就能唱上去。这一首唱完，全场轰动，周边的群众几乎都跳了起来，一些路人路过时也跟着音乐的节拍扭动了起来。

很多路人不知道他们是做什么的，以为是大城市里的义工来这里搞义演的，都佩服他们的高水平。几首下来，周围的人越来越多了，好像他们的声音把全城的人都招来了。那几个小迷妹们一直守到最后。他们实在太累了，就在一阵阵"再来一首"的欢呼声里做了告别。他们和观众们一起互动，唱了那首《一路向北》。

谭皓明唱得最多，他的台风也特别好，总能把控好观众的情绪，所以结束的时候，还有很多女孩子跟着谭皓明问这问那，并希望他们天天来这里。谭皓明很享受这种感觉，觉得自己有种明星的范儿了。但是一想到要把自己最喜欢的东西拿来救济生活，他就有一种失落感。

他的微信里收到的打赏最多，红包有五六十个，还有直接扫码的。有一个小迷妹直接给他发了一个200元的大红包。他一共收入1800多元。安瞳也得到了很多红包，但是他一个都没要，他把收到的钱都给了谭皓明。安瞳只想完成沈逸琳的梦想，谭皓明帮着他实现了，他就已经很满足了。

他知道谭皓明需要这些钱，不仅他家人需要，他的玉儿需要，他自己也需要。他把这些钱转给谭皓明的时候，谭皓明感动哭了。

安瞳回到家之后，又听了一遍钢琴曲《天空之城》，这是沈逸琳经常弹奏的曲子。每一次听，他都感觉沈逸琳并没有离开。她肯定在世界的某一个角落，弹着曲子，给那些倾听她的人呈现最美的旋律。

沈逸琳，李佳音，这些名字曾经和自己那么近，似乎是自己身上的某一个器官，可是现在她们都在哪？他感觉她们从自己身边走远，就好像身体里缺少了什么一样，想抓住却又无能为力。

现在，他能做的就是保护好身体的其他部件，不再丢失。有时他也在想，他得到过吗？好像这些失去的东西本来就不属于自己。他不知道自己是成长了还是更幼稚了？他想要最纯真的感觉，因为那是他的灵魂。之前不知道自己是有灵魂的还是没有灵魂的，反正他感觉自己一直在布满灰尘的空间里生存着，他试图拂去的尘霾一直挥之不去。现在，他想回到出生的地方，也许那里的山和水就是他的灵魂。童年在哪，故乡就在哪。他想去新疆了。

他一直在想，沈逸琳去的地方，是不是就是那种最纯净的地方，就是她弹的曲子里的天空之城？那里是没有任何污浊的纯净的世界。有时他也搞不清楚自己为什么老想这些，是不是自己也有了和李佳音一样的精神疾病？难道这个世界本就容不下纯净的东西吗？包括情感和简单的想法。

他想找张天宇问问，可是张天宇本来就是别人眼中的奇葩和怪胎，他能告诉他什么呢？无非是“顺其自然”“一切随缘”。因为他也扭转不了什么，当人力不能及的时候，一切就只能交给命运。他不想这样，因为他觉得自己应该有责任，只有被需要才会更幸福。就像今晚，那么多人因自己的声音而欢呼雀跃，自己得到的第一笔血汗钱，他给了自己的兄弟，因为他觉得让更需要的人拥有这些才更符合大道。

谭皓明把自己的第一笔钱给了妈妈 1000 元，给了玉儿 1000 元。剩下的留给乐队急用。

安瞳发了一个祝福给“Eline 乐队”，并看着天上说：“你在吗？我一直在！”

他也给李佳音发了同样的信息：你在吗？我一直在。

“天歌教育集团”让安瞳他们乐队给“天歌小学”写一首校歌。安瞳写词，谭皓明作曲。校歌很快就出炉了，并被小孩子们传唱了起来。乐队因此得到了一大笔活动经费。“天歌教育集团”承诺，今后将大力支持他们做自己的事情。

第八十八章

你在就好

安瞳和谭皓明一下子火了起来，安瞳的大姐和二姐知道了之后并没有太惊喜，而是告诉安瞳，不要过早地享受被追捧的感觉，因为以后走向社会的时候，几乎都是踩你的人。现在还小，还不能给别人造成多大的压力，一旦你的出现，让对方有了危机感，对方就会用各种不同的方式，来让你不舒服，从而让你离开竞争的平台。

谭皓明的父母没有想那么多，儿子能帮家里解决经济困难了，当然是好事，还四处炫耀，觉得自己生了一个懂事的儿子。

安瞳和谭皓明说："我们做点事儿，为什么那么多人参与？只要是正当的事儿，做下去不就好了吗？非要那么多人用自己的思想围困咱们干什么呢？我感觉如果咱们做不下去，不是竞争对手的原因，而是怕竞争对手的亲人的原因。"

谭皓明很无奈地说："其他乐队成员也和我说了，家里人不让他们过早出名，会影响自己以后的生活，我就不知道这个会影响他们以后什么？我父母倒是没反对，还相当开心，因为我给他们挣着钱了，可是这种支持总感觉有种金钱的味道。"

安瞳和谭皓明说："我二姐说，她从'天哥集团'给咱俩争取了两个资助名额，咱们上大学不用愁了。"

他们上大学的时间都不一样，张一鹤和杨欣彤先去了。安瞳和谭皓明给他们买了一些零食，让他们在车上没有什么事儿的时候吃。

张一鹤凑到安瞳和谭皓明的耳边说："你俩不应该给我们买，她要是饿了的话，可以吃我哦，哈哈哈哈。”

杨欣彤不知道张一鹤和他俩说了什么，看张一鹤笑得那么开心，也笑笑上了车：“过年聚哦！”

谭皓明看着他俩甜蜜的样子，有点羡慕了：“看来我们谈早了，他们才正是时候。”

安瞳看了看谭皓明说：“你的玉儿怎么样了？”

谭皓明很难受地说：“她的病好了很多，但她不理我了。她让我到大学里找一个更好的，她在我面前太自卑了，累了，不想谈了。”

安瞳也不知道该说什么，为什么就不能好好爱一回呢？世界上就没有干干净净纯粹的感情吗？只要爱着就好，其他的都不用考虑，不行吗？

谭皓明接着说：“一开始我就想过，就是我能一直谈下去，我父母也不会愿意的。他们不可能让自己的儿子找一个有这样疾病的媳妇，这不仅是心疼我，也是因为他们会考虑会不会影响下一代，当然也有他们的面子问题。他们一直觉得我是最优秀的，每一个母亲都觉得自己孩子最好，所以他们会更挑剔的。更何况玉儿的眼睛太明显，一见面，我妈就会发现的。可我总不能因为这个一直不让她们见面啊？”

安瞳懂谭皓明的难处，又不知道怎么说合适，就转移了话题，只谈自己：“我也想照顾好所有人，可是一旦我有了新恋情，我就不知道该怎么面对其他人了，特别是李佳音。”

谭皓明劝安瞳说：“你的情况和我还不一样。李佳音是在你们分手以后出现这种状况的。究竟是谁的原因，谁也说不准。你不要太往自己身上揽罪过，世界上每天那么多分手的，不可能一分手就都疯了吧？你做得已经够好了，等她好转了，你在大学里就可以重新找一个了。我的情况和你不一样，玉儿生病了，我不能不管，可是我又没有能力管，她又不让我管。如果我们一直这样僵持着，对她的病情也不好。她不能老哭的，可是没有我在，她会哭。”

安瞳说：“那你就好好爱着，只要你还爱就好。”

谭皓明点了点头，说：“我上大学都想把她带在身边，只要她在身边就好。”

安瞳和谭皓明在湖边聊到很晚，也许今晚说的一切，到了另一个城市就变成了夜色，但是他们还是聊了很久。好像这个年龄段的一切，都将随着今晚的湖水流向夜的深处。

张一鹤发了一个短视频，附了一句话：有你的夜晚总是五彩缤纷的。今晚是杨欣彤的生日。张一鹤给了杨欣彤一个大大的惊喜，他把大蛋糕放在湖边，用夜明灯围成了一个大大的“心”字，然后让杨欣彤闭眼。杨欣彤很幸福地闭了一下眼睛。

张一鹤数着：“五四三二一！”

对面的湖岸瞬间燃起了烟花爆竹，随着三声响，两岸一起出现了祝福声：“杨欣彤生日快乐！”

杨欣彤开心得像个孩子，蹦得老高，欢呼着喊：“噢！好漂亮的烟花啊，我好久没见过烟花了！”

张一鹤单膝跪下送上了一大束玫瑰花：“憨宝宝生日快乐，我爱你！”

杨欣彤刚要接过玫瑰花，远处传来了警车的声音，警车直接停到了湖对岸刚刚燃放烟花的地方。对面的舍友，在视频里喊着，你们快点散开，警察来了。

张一鹤一手拿着鲜花，一手扛起杨欣彤，和室友们向着树林深处跑去。

杨欣彤使劲地拍打着张一鹤说：“你每一次给我的都不是惊喜，都是惊吓！”

张一鹤笑着说：“刺激吗？我就想让你开心！”

杨欣彤在张一鹤的耳边说：“你就不怕警察把你抓走吗？这个城市是禁放烟花爆竹的。”

张一鹤说：“为了你，我可以得罪全世界的人！我就想让你看到人间的烟花，让你感受到，我们就是在人间也能过上五彩缤纷的生活。我要让你每一天都生活在梦幻的世界里。”

身边的室友很知趣地散去了，他们两个在美丽的夜景下，憧憬着未来。

张一鹤说：“你还没来得及许愿呢？”

杨欣彤双手合一看着星辰许下了最美的心愿。

张一鹤很调皮地说：“我知道你许的什么心愿。”

杨欣彤说：“你猜不到！”

张一鹤追着杨欣彤说：“你肯定说，上帝啊，把帅爸爸赐给我吧，让我们永远不分离。”

杨欣彤说着“不是，不是”，向远处跑去。

张一鹤在后面追上，抱住她，然后抓住她的胳膊，抬起她的脸，深吻了一下，然后轻声地说：“现在能告诉我了吗？”

杨欣彤像个犯错的孩子，求饶似的说：“我说，我说，我是说，只要你在就好！”

尾　　声

安瞳给褚建辉和苏曼分别留了一个相册。相册的扉页是“只要你在就好”几个大字。褚建辉和苏曼慢慢地翻着相册，看着每一张笑脸，回忆着三年里的每一段时光。

苏曼看到了褚建辉的照片问：“这是你啥时候的照片啊？看起来好小啊！”

褚建辉看着照片里曾经稚嫩的自己，也很感慨：“那时我刚进校，对什么都感到新奇。看到高中的校园这么优美，四处都是花香，我就和张一鹤说：‘这一片江山就是朕的了。’张一鹤看我得意的样子，就给我拍下来了。还说，三年后我看你的江山会变成什么样？”

苏曼捂着嘴笑着说：“三年后你的江山还是你的江山啊！人家在这里待三年，我们待四年，到底是重情重义的人，舍不得啊！”

苏曼笑着褚建辉，突然感觉也在笑自己。

褚建辉感叹道：“那时的志向特别远大，觉得自己清华北大都能考上，所以也拼了一阵子。可是后来，我也不知道什么原因，就不想学了，天天看电影。这三年，我看了1000多部电影，我感觉自己都能当导演了。”

苏曼很疑惑地说：“天啊，三年你好像除了看电影也没干啥吧？一共就1000多天，你看了1000多部。我很奇怪，他们为啥叫你‘僵尸’呢？是不是和你经常看恐怖片有关？是不是你看的都是僵尸片？”

褚建辉笑了笑说：“也不完全是。主要是因为，我看电影的时候容易入迷，他们怕我迟到喽，就拍拍我。每一次，我都是一惊，然后像僵尸复活了一样，露出尖锐的牙齿，发出电影里经常出现的那种恐怖的声音。他们喊着‘僵尸复活了，快跑啊’，就都跑走了。我也慌忙下床，追赶他们。”

苏曼看了看褚建辉问：“你后悔吗？我的意思是，这三年，你除了看电影，什么都没得到，遗憾吗？”

褚建辉看了看相册里的自己说：“高考成绩下来的时候，我很难受，但是现在看看照片里的自己，觉得自己以前那么单纯快乐，也就没什么了。其实，从小我就喜欢看电影，我想以后自己拍电影。到了高中以后，也想过考211、985的，可是每次成绩出来，和邻居家的孩子一比，差距太大了。后来，知道还有编导这个专业，我特别开心。我当时想，世界上竟然有天天看电影的大学专业！那以后，我看电影就更理所当然了。有时，被父母或者老师逮着，我很理直气壮地说：‘我们专业老师让我们看的，看完还要让我们写影评呢！’他们就很无奈地走了。”

苏曼好像自言自语地说：“有时觉得老天太不公平了，他们天天谈恋爱的都考上了，我们三年都没谈的，反而啥都没得到。”

褚建辉翻了几页相册说：“他们也不是谈三年。安瞳，好像断断续续谈一年，最后要了女孩子半条命。他能考上，除了选准了专业之外，关键是有几个好姐姐。张一鹤，好像只谈了几个月，最后得到了什么？自己半条命差点没了。他能考上，绝对是赌气。他就有那股子不服输的劲儿，感情输了，他要从学业上赢回来。谭皓明纯属于有天赋，老天爷给了他好的长相、好的嗓子、好的机遇，关键是他做什么都很有责任心，无论做什么，他都能投入最大的热情。”

苏曼很疑惑地看着褚建辉说：“我怎么感觉你比张天宇还厉害呢？”

褚建辉很得意地说：“他那是故弄玄虚，现实达不到的，就从精神领域来满足。这可能和他小时候的生活环境有关。我这是客观分析，或者叫事后诸葛亮。”

苏曼诡秘地一笑说：“我现在知道你没涉猎感情也没考上的原因

了。那就是你快意于别人的感情。也就是，你花太多时间关注别人的感情，而忘了关注自己了。”

褚建辉看了一眼苏曼说：“你也开始算命了吗？苏大仙！”

苏曼捶了褚建辉一下说：“你知道那么多别人的感情故事，而你自己却什么都没有，我不得不往这方面分析啊。”

褚建辉盯着苏曼看了半天说：“你怎么知道我没有喜欢的人？”

苏曼也看了褚建辉半天，张大嘴巴“啊”了半天说：“不会吧？你也有喜欢的人？那你可是藏得最深的啊，班上好像任何人都不知道。”

苏曼说完，翻了半天相册，把每一个女孩都看了一遍，都没有猜出是谁。

褚建辉瞧了一眼苏曼说：“别瞎猜了，你永远都猜不到的，因为她在我心里，谁都不可能知道的。我只要每一天看到她，我就开心。”

苏曼好像明白了什么说：“我知道了，原来你是暗恋。其实暗恋才是人间最美的情感，只希望对方好，没有任何打扰。”

褚建辉翻到苏曼的照片说：“我也想表白，可是我怕表白了，最后什么都没有了，就这样在心底惦记着一个人，也很美的。你看，多好看啊！你这一张照片，啥时候照的啊？”褚建辉怕苏曼知道什么，慌忙转移话题谈论起照片的事儿了。

苏曼想起了白雪菲，好像在回忆很遥远的事情一样，和褚建辉说：“这是我和白雪菲一起参加校园歌曲大赛的时候，她给我拍的。白雪菲有点可惜，她应该能考到北京的。现在她很纠结，虽然考上了，也想复读。我劝她不要复读了，到大学考一个好的研究生院校。她和谭皓明也是一对冤家，本来都很看好他们的，金童玉女，可最后还是分道扬镳了。谭皓明分完不久就找到了玉儿，学业也直线上升。白雪菲一开始没什么，后来听说谭皓明又找了，心里特别难受，感觉之前的感情就是逢场作戏一样。她怀疑自己从来就没被他爱过。她最大的委屈是，自己那么优秀，那么多男生喜欢她、追她，她都没有接受，最后主动追他，并为他几乎拒绝所有异性，结果却落得这样的下场。她觉得自己在这段爱情里太卑微了。而谭皓明却说她和唐亦飞走得太近了，最后狠心放下。”

褚建辉听得有点糊涂，中途插了一句说：“我听的版本和你知道的版本不一样啊。谭皓明好像一直喜欢白雪菲的，可是每一次闹别扭，白雪菲都赌气几天不理他。谭皓明每一次都很崩溃，经常和我们诉苦。”

苏曼也打断褚建辉的话说：“我们不要管别人的事了，从今天开始我们不谈感情，只谈学习！一起加油，希望这一年别白费。我们也一定能考上理想大学的。”

褚建辉点了点头说：“我们一起加油！”

那以后，褚建辉在新的环境里沉默了很久，成绩提升得也很快。可是，在上专业课的时候，他注意力好像又转移了。因为班上来了一个特别漂亮的女生——高欢。

这是她第二次复读。为了考上自己最喜欢的电影学院，她放弃了普通的学院，没去填报志愿，再次选择了复读。她来的时候，看见褚建辉手里拿着一块小熊饼干，双手紧紧地捧着，生怕掉喽。偶尔，他还会放在唇边轻轻地触碰一下，然后一种幸福而隐秘的笑容浮上脸庞。他就那样独自一人享受着这种不被人知的幸福。

她被安排在他旁边，看见他那无视人的样子，她心里反而安生了很多。因为她觉得他内心有了一个暗恋的对象，就不会理会任何人，那么她也就可以很安心地在他的旁边好好复习迎考。

一节课下来的时候，他还沉浸在一种自己营造的美好氛围里。她想问一些什么，关于课程安排和进度，但是她不忍心打扰他。

下课的时候，一群女孩子跑过来，抢过他手里的饼干说：“你别想她了，她只给你一块，给她男神一大袋子。你还把这一块当成个宝贝不舍得吃呢，真不明白你图个啥！”

他好像清醒过来了，发现身边有一个她，觉得有点不好意思。还有很多男孩子也围了过来，不知道是为了安慰他，还是趁机想看她。她站了起来，走出了教室。

她没有任何不开心，只是看了看远方，心想：“这些都是姐不屑的！”

她知道自己的梦想在远方，她也知道自己因为那段不堪的早恋而影响了自己的发挥，所以今年她必须考好。

也许是因为她太努力，他在她旁边也疯狂地学了一阵子。

偶尔想起什么的时候，他也会主动问一句：“老想一个人，怎么才能放下？”

她狠狠地看了他一眼，心想这个问题你现在才来问我，你早就应该问。

她很平静地说：“疯狂地做另外一件事！”

“可是我一直在疯狂地学习啊！”他很没底气地说。

“你觉得你在学习吗？你是在控制自己的焦虑中挣扎着学习呢！你觉得这样学习能给自己带来快乐吗？”她看着他说了好多，又好像在对自己说。

她头一次这样看这个男孩的眼睛，此时他眼神里全是绝望。

刚来的时候，他盯着那块饼干时，满眼都是星光。虽然她看不到他的眼睛，但是她能感觉到他眼神里有一种神秘的光芒，能照亮黑夜的那种。

他没有说话。

她接着又说了一句：“青春伤不起！你不要学我复读两年！复读生很难的，精神压力特别大。”

他看了一眼她说：“没事的，我们都是复读生，别有压力。”

她扭脸笑了一下，心想这个孩子也太单纯了。

他也很乖，从那以后，听了她的话，每一天都很充实地完成了学习任务。艺考很快就要开始了，因为怕有疫情，艺考笔试提前了。她每一天都很努力。他看她努力，也好像忘了一些什么，每一天和她一起完成一张张试卷。

艺考集训前一天，她给他买了一罐糖，留了一张纸条，放在了糖罐里。只有一句话：“胡思乱想的时候，拿出一块糖含嘴里，然后做题。”一开始他真的不太习惯身边空空的感觉。他从糖罐里拿出一粒糖，含在嘴里，瞬间就有了甜蜜的感觉，不再沉溺在恼人的焦躁里了。

她艺考发挥得特别好。回来时，全校学生几乎都知道她肯定能考一个特别好的电影学院了。可是，她回到教室的时候，发现他不在教室。

很多男生过来说：“师姐，我做你同桌吧？”

她很疑惑地问：“他呢？”

“他生病了，没大事，就一个感冒，发热了。这一个星期了他都没回来，估计趁机在家好好养养。”那个男生似乎不太在乎他是否病了，病得怎么样，眼睛直勾勾地看着她说。

也是啊，感冒发热很正常。可是她还是忍不住要了他的微信。

他很快就加了，并问道：“你考完了吗？我知道你考得肯定很好。”

她回复：“能过关，你怎样？”

他等了半天才回复说：“我感觉我快要死了，头疼，肚子也疼，发热还拉血。”

她不知道怎么回了，半天才说一句：“我马上去看你，你给我具体地址。”

她说完就出去了，和老师请假说行李还没拿完。

她跑到医院的时候，他还没发信息。但是她根据他提供的症状，找到了全市最好的医院，从发热门诊到肠道急诊，挨排地问过去，终于找到了。

他激动得说不出话来，想坐起来，但没有力气。她看着他虚弱的样子，突然觉得有些心疼，帮他擦去头上的汗。

他很不好意思地说：“我很听话的，一直在学习。就是不知道什么原因病成这样，估计吃了门口的小吃。”

她安慰他：“没事儿的，很快就会好的。”

但看到他无力的样子，她有些心疼了。这个和自己关系不是很大的男孩子，怎么就能让自己瞬间想呵护他呢？

医护人员过来的时候，问她：“你是病人的姐姐吧，过来一下。”

于是她跟过去问明情况，医生说：“你们家人不要给他太大压力，让他精神放松。他拉血比较严重，我们会尽力的。他还老想着高考，命重要还是高考重要啊？”

她连连点头。

那以后，她每一天给他发一些安慰的话，只要有半天的假，她都跑去看他。很快他好了，又回到了学校。他落下的所有课程几乎都是她给补上的。

寒假回来，安瞳、谭皓明和张一鹤他们都来学校了，看看老师，看看同学。他们找褚建辉一直没有找到。

苏曼和安瞳他们说：“我现在都不想理他，马上高考了，只剩100多天了，他还天天想着一个大美女呢！”

安瞳诡秘地笑笑说：“他暗恋的大美女不是你吗？以前我好像听他说过，喜欢上咱们班的一个女孩，但没有人猜出是谁。我感觉他暗恋的是你。”

苏曼慌忙摇头说：“别！别！别！我脑子里现在除了学习，其他的我根本就不想，我也没资格想。我来复习是为了考学，不是来谈恋爱的。我现在一听谁有这个想法，我都烦。”

张一鹤也很疑惑地问：“怎么暗恋也可以出轨啊？不是说暗恋是人间最美的情感吗？怎么暗恋还有三心二意的呀？他不是暗恋你吗？”

苏曼有点气愤地说：“最好不是我，因为他现在喜欢一个超级大美女。我不配他喜欢，我还怕他喜欢我呢！”

谭皓明好像想起了什么似的说：“怪不得咱们班主任把他拉黑了，可能是知道了他谈恋爱，劝他不听，就拉黑了。班主任最不喜欢学生早恋了，影响学习不说，还经常出乱子。就像张一鹤这样的，班主任天天提心吊胆的。”

张一鹤捶了谭皓明一下说：“你还说我呢，你也好不到哪里去，只有我们知道爱的痛。不过，班主任可能用这样的方式提醒他，好好学习，因为管不到他了，但是班主任还是希望他好的。我在想，如果他不把注意力都集中到学习上，今年还是很难走掉的。实在不行，我们集体拉黑他!”

安瞳想了想说:“我们应该帮他一把,毕竟只剩100多天了,挺挺就过来了。我们哪一个不是在最艰难的时候挺过来的啊!我想他也能扛得住诱惑的。集体拉黑他,对他打击太大,这个时候不能用这样的方式惩罚他。我们只能用最合适的,有利于他的方式。我相信他可以的。”

苏曼说:“现在的这个班主任都和他说了,如果他再胡思乱想,就让他离开这个班级,估计他知道哪头轻哪头重的。”

他们谈论的时候,褚建辉从外面回来了,跑了一头的汗。安瞳问他:“我们都找你呢,你跑哪去了?怎么还旷课出去啊?”

苏曼看见褚建辉过来了,扭头回教室了。褚建辉看了看这几个大学生,有些惭愧地说:“我出去买药去了。”

张一鹤拍了拍褚建辉的后背说:“你这身板儿,也不像有病的样啊,是不是给女朋友买啊?”

褚建辉很敏感地说:“是不是苏曼又告我状了啊?我们没谈!”

安瞳很温和地过来搂着褚建辉的肩膀说:“兄弟,没有人说你谈恋爱,我们也相信你不会谈的,连暗恋都不会有的。也就是,和感情有关的想法都不会有的,对吧?”

褚建辉低下了头,很无奈地挠了挠耳朵说:“我承认我暗恋过苏曼,但是她不喜欢我。她也有喜欢的对象,班上的一个体育生,高大帅气,文化课成绩还很棒。但是她说她没有任何想法,只是刚开学的时候,她们宿舍的同学无聊,说让她去试试,看看哪个男生愿意接受她的礼物。结果试验成功了。这个男生从来不接任何女生的任何东西,可是偏偏接了苏曼的小熊饼干,所以我就特别来气。说好的一起努力考学,她先出格了。我可能想找一个心理平衡吧,平时不理她,就和我同桌在一起玩。对了,我同桌是一个大美女,电影学院稳上了。我从来没见过这么漂亮的女孩子,有那么一阵子我对她动了心,但是我知道我不配,我只是想想而已。那个班的所有男生都不配。关键是她根本就看不上任何男生,也许以前受过伤吧。她对我很好,是因为我比较安全。因为我知道我不配，所以我们处得很和谐，没有任何争执和计较。我生病了，她去看我；她生病了，我给她买药。仅此而已！”

安瞳很欣慰地说：“我就知道你不会傻到这个时候还在想这些。今年文化课分值会很高的，你一定要努力哦！我们几个就是赶上了疫情，否则，我们那么作，估计一个也考不上。疫情给了我们缓机，我们抓到了，所以考上了。今年对你来说也是一个机遇，估计以后都没有复读生了。加油，兄弟！我们都相信你的！”

安瞳接了一个电话，从学校赶回了家里。今天是祭祖的日子，家族的人几乎都来了。

二姐安忆也回来了，见到安瞳就说：“安瞳，上了大学更应该好好学习。一定要考研，从大一就开始准备，先过了英语四六级，然后考研就会轻松一些，特别是外语方面。现在我们公司招聘都要研究生以上学历的了。滕婉茹爸爸的教育集团，现在面向全国招收小学教师，都要求研究生学历了。你考不上研究生，就连去天歌小学教书的资格都没有。我和滕婉茹也被派到了天歌集团。我们想在这个城市的每一个小区都设立一个‘天歌读书社’，未来的竞争必将是文化的竞争，所以我们要让阅读深入到最基层。我们甚至想，如果街头的乞丐想读书，我们也会给他们提供阅读条件的。”

蓝心特别兴奋地说：“现在遍地都是大学生，不考研真没出路了。我们班的同学几乎都在准备考研，就连以前不爱学习的现在都打算考研了。看来形势的确很严峻。如果我们这个城市全体市民都真心喜欢阅读了，姐姐的功劳肯定是最大的。我毕业之后，办个心理咨询室，我要从心理上解决他们读书的问题。”

家族的人不管懂不懂都说几句，意思就是只要读书就是好的。安瞳感觉这个家族的重担都落在了自己的肩上。他有时想回到童年，但是想想自己的童年，好像没什么值得回去的。他的童年好像承担了太多不该承担的东西。所以，他只想留在现在，活好现在的每一天，哪怕所有的重担都在肩上，也是幸福的。

虽然他不懂祭祖的流程，但是只要爸爸要做的，安瞳都帮着弄好，好像整个家族的光芒都集聚到了他的身上。他反而喜欢上了这种感觉。

安浩天跪在祖坟前，喜极而泣：“祖上开恩，我们老安家终于可以扬眉吐气了，我们老安家也是有文化的家族了。”

安瞳没有学爸爸的样子说那些话，只是不停地磕头。阳光打在他稚嫩而又刚毅的脸上。他站起的那一瞬间，仿佛天地之间只有他一个人，在阳光下格外耀眼，像人类之初的样子。偶尔的一阵风吹来，原始的声音在空中萦绕出最美的旋律，好像有嫩芽般的东西在光源处冒出，无比神圣。